Tiempo de bailar

Tiempo de bailar

SERIE AMOR ETERNO

KAREN KINGSBURY

GRUPO NELSON
Una división de Thomas Nelson Publishers
Desde 1798

NASHVILLE DALLAS MÉXICO DF. RÍO DE JANEIRO

Editora general: *Graciela Lelli*
Traducción: *Ricardo y Mirtha Acosta*
Adaptación del diseño al español: *Grupo Nivel Uno, Inc.*

ISBN: 978-1-60255-448-1

Impreso en Estados Unidos de América

11 12 13 14 15 HCI 9 8 7 6 5 4 3 2 1

Queridos amigos

A veces escribo un relato que cobra vida propia, la clase de novela en que Dios pone la historia en mi corazón como una película... pero en la que considera un millón más de rostros. Me gustaría presentarle a John y Abby Reynolds, a quienes conocerá después de viajar a través de las páginas de *Tiempo de bailar* y *Tiempo de abrazar*; espero que aparte un momento para escribirme unas líneas. Me puede encontrar en KarenKingsbury.com o en mi página Facebook. Estoy allí casi todos los días comunicándome con mis amigos lectores. Estaré esperándole a usted, ¡tal vez su rostro sea uno de los que Dios tuvo en mente cuando me dio esta novela!

En la luz y el amor del Señor,
Karen Kingsbury
2010

Todo tiene su momento oportuno; hay un tiempo para todo lo que se hace bajo el cielo... un tiempo para llorar, y un tiempo para reír; un tiempo para estar de luto, y un tiempo para saltar de gusto.

—ECLESIASTÉS 3.1, 4

Uno

Era indudablemente el momento que Abby Reynolds había esperado toda la vida.

Bajo las luces de la noche de viernes en el estadio universitario más grande del estado de Illinois, el esposo de Abby estaba a punto de ganar su segundo campeonato colegial de fútbol americano. Además, se disponía a lograrlo en gran parte gracias a los talentos de su hijo mayor, mariscal de campo del equipo y que cursaba el último año de colegio.

Abby se ajustó al cuerpo la chaqueta azul y gris de las Águilas de Marion y deseó haberse puesto una bufanda más gruesa. Después de todo, eran los primeros días de diciembre y, aunque no había caído nieve durante más de una semana, el aire frío era cortante. «Clima de fútbol», decía siempre John. Helado y seco, directamente del cielo. Ella miró más allá de las luces hacia el cielo estrellado. *Hasta Dios te está alentando esta noche, John.*

La mirada de Abby revisó el campo de juego hasta divisar a su esposo en la línea de banda, auriculares orientados con gran cuidado, cuerpo flexionado al frente y manos en las rodillas mientras esperaba el desarrollo de la jugada. La mujer podía recordar un millón de tardes en que los ojos de John relucían de júbilo, pero aquí y ahora estaban fijos y concentrados; el rostro del entrenador era la imagen de la concentración, inundado con la intensidad del momento mientras lanzaba órdenes en una docena de direcciones. Aun desde el relevante lugar en los abarrotados graderíos en que Abby se hallaba podía sentir la energía que emanaba de su esposo en los minutos finales de ese partido de fútbol, el más preciado para él.

No había ninguna duda de que dirigir era su don.

Y este era su mejor momento.

Ojalá todo lo demás no hubiera resultado tan...

—Vamos, Águilas. ¡Sí se puede! —gritó Nicole, la hija de Abby, aplaudiendo y apretando los dientes, estrujando con fuerza la mano de su novio Matt, y enfocando cada pizca de energía en su hermano menor.

Las lágrimas brotaban de los ojos de Abby, por lo que parpadeó tratando de controlarlas. *Ojalá pudiera congelar el tiempo, aquí y ahora...*

—Puedo sentirlo, papá —manifestó la señora Reynolds volteándose hacia su padre y apretándole la rodilla—. Van a ganar.

Su padre, un anciano que apenas se parecía al papá con quien ella se criara, levantó parcialmente el puño dentro de la helada noche.

—¡Puedes lograrlo, Kade! —exclamó, volviendo a colocar débilmente la mano entre las rodillas.

Abby palmeó el brazo flácido de su padre y luego ahuecó las manos alrededor de la boca.

—Anota, Kade. ¡Vamos! —gritó mientras empuñaba los dedos golpeándose las rodillas con rapidez y firmeza.

Por favor, Señor, haz que lo logre.

Después de esta noche era muy probable que hubiera pocos momentos de fulgor para algunos de ellos.

—En cierto modo, detesto ver el final —opinó el padre de Abby sonriéndole y con ojos humedecidos por las lágrimas—. Todos esos años de fútbol en conjunto. El muchacho es fabuloso. Juega igual que su padre.

—El chico siempre fue así —contestó Abby enfocando la mirada en su hijo y levantando las comisuras de los labios.

—¿No es extraño, mamá? —inquirió Nicole apoyando la cabeza sobre el hombro de Abby.

—¿Qué, cariño? —preguntó agarrando la mano libre de su hija y resistiendo la urgencia de cerrar los ojos; se sentía muy bien estando ahí, en la emoción del momento, rodeada por la familia...

—Este es el último partido de Kade en el colegio —contestó Nicole con voz grave, llena de indignación, como si acabara de darse cuenta de la pérdida para la que no se había preparado—. Así no más, se acabó. El año entrante se irá a Iowa, y las cosas ya no serán iguales.

Una punzante sensación volvió a abrirse paso a través de los ojos de Abby, que luchó por tragar saliva. *Ojalá supieras, querida mía...*

—Nunca son iguales.

Nicole miró fijamente la cancha.

—Quiero decir, así son las cosas. Kade no volverá a jugar para papá después de esta noche —explicó mirando hacia el marcador—. Todos esos entrenamientos y esos partidos, y en pocos minutos habrán acabado. Exactamente como una caja repleta de recuerdos y de viejos artículos periodísticos.

El nudo en la garganta se hizo más espeso. *Ahora no, Nicole. Déjame disfrutar el momento.* Las lágrimas nublaron la vista de Abby. *Vamos, cálmate. La vida está llena de partes finales.*

—Se supone que debemos estar animando, ¿recuerdas? —expuso Abby apretándole la mano a su hija y emitiendo una corta risita—. Aún no han ganado.

—¡Vamos, Águilas! —gritó Nicole con todas las fuerzas, haciendo sobresalir la barbilla—. ¡A ganar! ¡Sí se puede!

La mirada de Abby se movió hacia el campo de juego donde Kade se hallaba; estaba en el centro del grupo, transmitiendo al equipo las instrucciones de su padre. Tercer intento y en ocho, a veinticinco yardas para ir por un gol [gol de campo o, simplemente, gol]. Quedaba solo un minuto de juego, y Marion ganaba por tres puntos. Este gol de campo, porque Abby sentía en el estómago que iba a serlo, sellaría la victoria.

—¡Adelante, Águilas! —exclamó batiendo las palmas enguantadas y con la mirada fija en el campo mientras la jugada se desarrollaba.

Vamos, Kade. Hazlo con tranquilidad y esmero. Como cientos de veces antes...

Su fornido hijo agarró el pase rápido y, con elegancia practicada, se ubicó bien en el área, escudriñando el fondo del campo hasta localizar su objetivo. Entonces, en un movimiento dinámico que resulta de ser el talentoso hijo de un famoso entrenador de fútbol americano, lanzó la pelota, haciéndola pasar entre dos amenazadores defensas para ir a caer, casi de manera mágica, en las manos de un receptor Marion.

Los espectadores locales se pusieron de pie.

Por sobre el estruendo de diez mil fanáticos, el anunciador explicó la situación: las Águilas estaban en la línea de las tres yardas y en posición de anotar con menos de un minuto de juego.

El equipo opositor pidió tiempo, por lo que Abby respiró lentamente. Si pudiera disfrutar ese momento, reprimir las emociones o plasmarlas para siempre, lo haría. ¿No habían soñado con ese momento y ese lugar desde que Kade nació, al principio bromeando al respecto y luego comprendiendo con cada año que pasaba la posibilidad de que ocurriera de veras? Muchos ayeres reclamaron la atención de Abby. La primera vez que vio a John en uniforme de futbolista... el modo en que los ojos de él la amaron mientras pronunciaban los votos matrimoniales y brindaban para siempre... Nicole jugando en el patio trasero... el brillo en los ojos de Kade a los cuatro años de edad cuando obtuvo su primer balón de fútbol... la emoción por el nacimiento de Sean siete años más tarde... años de reunirse en el muelle al final del día... la música que ellos...

Sonó un silbato y los jugadores tomaron posición.

Abby tragó grueso. Su familia había pasado toda una vida para llegar aquí; dos décadas de recuerdos, muchos de ellos centrados alrededor de una lodosa cancha de cien yardas cubierta de césped y con líneas blancas.

El gentío permanecía de pie, pero a pesar del ruido ensordecedor había un lugar apacible en el corazón de Abby donde podía oír la risa de antaño de sus hijos, donde podía ver la manera en que John y los chicos jugueteaban alegres en la cancha del Colegio Marion todos los días cuando el entrenamiento terminaba. Por años John había sabido de modo instintivo cómo involucrar a sus muchachos en su papel como entrenador, y cómo poner el juego detrás de él al finalizar el día. Las imágenes y las voces cambiaban ahora, y el ruido del estadio era solo un rugido lejano.

«Baila conmigo, Abby... baila conmigo».

Se hallaban allí, sobre el muelle. Bailando la danza de la vida, bamboleándose al son de grillos y crujidos de madera en noches en que el verano parecía durar eternamente, mucho después que los chicos se quedaran dormidos.

Una ráfaga de viento hizo que un escalofrío recorriera los brazos de Abby, que parpadeó para olvidar las cada vez menos intensas visiones del pasado. A pesar de cómo él la había traicionado, y de lo que ocurriera a continuación, nunca habría habido un mejor padre para sus hijos que John Reynolds.

Otro recuerdo le resonó en la mente. Ella y John en el lago, a la deriva en un antiguo bote de pesca un año después de que Kade naciera. *«Un día, Abby, un día Kade jugará para mí, e iremos a los estatales. Hasta las finales, cariño. Tendremos todo lo que alguna vez soñamos y nada nos detendrá. Nada...»*

Ahora, en lo que parecía un abrir y cerrar de ojos, estaban aquí.

Kade atrapó el pase rápido y levantó el balón.

Vamos, Kade. Es tuyo, cariño.

—¡Vamos, Águilas! —gritó Abby.

La pelota voló de manos de Kade como una bala, girando en medio de la noche invernal del mismo modo que el chico había volado por las vidas de John y Abby, como un movimiento difuso. *Vamos, atrápala...* observó Abby al mejor amigo de Kade, T. J., el receptor del ala cerrada del equipo, saltando para atrapar el balón. *Impecable*, pensó. Como el final perfecto para una película perfecta. Además ella entendía que todo acerca de Kade, de John y su época de fútbol, incluso ese partido final, había sido de algún modo destinado desde el principio.

Todo parecía estar ocurriendo en cámara lenta...

T. J. cercó los dedos alrededor del balón, se lo llevó al pecho, y cayó directamente en la zona final.

—¡*Gol de campo*! —gritó Abby con el puño al aire y el corazón subiéndole y bajándole—. ¡No puedo *creerlo*! ¡Lo logramos! ¡*Ganamos*!

Atrajo hacia sí a su padre y a Nicole y chocó las palmas con su hijo Sean de diez años, que se hallaba tres gradas más abajo.

—¡Campeones estatales! ¿Pueden creerlo?

En la cancha los jugadores pateaban el punto extra y luego se alinearon para el puntapié. Quince segundos más y las Águilas de Marion serían campeones estatales. El equipo del padre y el hijo Reynolds sería por siempre parte de la tradición del fútbol colegial de Illinois.

John, lo lograste... tú y Kade.

En honor a todo lo que ellos habían sido y al faro de luz que el amor y la familia había representado, Abby no sentía por su esposo más que alegría pura y sin obstáculos.

Dos lágrimas le brotaban de los márgenes de los ojos y le ardieron al bajarle por las heladas mejillas.

Ahora no, Abby. No cuando se supone que esta sea una celebración.

—Cinco... cuatro... tres... dos... —gritaban los espectadores al unísono.

Mientras las graderías se volcaban al interior del campo de juego, arremolinándose en azul y gris, el padre de Abby lanzaba gritos como nunca lo había hecho desde que lo relegaran a una casa de reposo. Sean daba brincos detrás de Nicole y Matt mientras estos bajaban apurados las escaleras para unirse a los demás.

Abby se quedó sentada en su lugar, asimilando el momento. Examinó la multitud hasta que descubrió a John, lo vio quitarse los audífonos y salir corriendo como loco para encontrarse con Kade. El abrazo entre ellos la emocionó tremendamente, y las lágrimas le brotaron en silenciosos raudales. El abrazo de John con su hijo fue tan compacto que hizo de lado a todos los demás: compañeros de equipo, entrenadores, miembros de la prensa. Todo el mundo menos padre e hijo. Kade agarraba el casco con una mano y la nuca de su padre con la otra.

Entonces sucedió.

Mientras Abby aún se deleitaba en el momento, Charlene Denton llegó por detrás de John y le lanzó los brazos alrededor de los hombros. En el estómago de Abby se alojó una roca que cada vez se hacía más grande. *Ahora no... aquí frente a todos nuestros conocidos.* John y Charlene estaban a escasos cincuenta metros de Abby, pero daba lo mismo. Ella podía ver la escena con tanta claridad como si estuvieran al lado de ellos. John se alejó de Kade y se volvió para abrazar brevemente a Charlene. Había algo en cuanto a la manera en que acercó la cabeza a la de la mujer y en la forma en que le mantuvo la mano en el hombro, que expresaba sus sentimientos por ella. Charlene Denton, profesora del Colegio Marion, el más grande obstáculo de John.

Abby pestañeó, y de repente sintió vil y artificial todo lo bueno, memorable y nostálgico de la noche, como algo extraído de una mala película. Ni siquiera los pensamientos más tiernos podían rebelarse a la realidad frente a ella.

El papá de Abby también los vio.

—Estaré bien aquí solo, cariño —comentó aclarando la garganta—. Ve a estar con John.

—No, esperaré —respondió ella meneando la cabeza, pero sin dejar de mirar a su esposo y a Charlene.

Los ojos de Abby estaban secos ahora, la ira le inundaba el cuerpo, llenándole el corazón con enrarecida y fuerte amargura. *Aléjate de él, mujer. Este es nuestro momento, no el tuyo.* Miró a Charlene, odiándola. La voz de John le volvió a resonar en el corazón, pero esta vez las palabras no tenían nada que ver con bailar.

Y sí todo que ver con divorcio.

Este era el fin de semana que habían acordado decírselo a los chicos. El fin de semana que haría añicos la equivocada opinión familiar de que John y Abby quizás eran las personas más felizmente casadas del mundo. Suspiró. Sin importar cómo sentía ver a John con Charlene, el caso era que en realidad él podía hablar con la profesora o con cualquier otra mujer. Después de todo, en pocos meses estaría soltero. Igual que Abby. Se abrazó con fuerza, tratando de alejar las náuseas que se le arremolinaban por dentro. *¿Por qué aún me duele esto, Señor?*

Ninguna respuesta mágica le llegó a la mente, Abby no estaba segura si deseaba esfumarse o lanzarse a la cancha y unírseles, de modo que Charlene se sintiera demasiado incómoda para quedarse.

Creí haber superado esto, Dios. Ya hemos acordado seguir adelante. ¿Qué me está ocurriendo? Abby golpeó el piso de concreto con el pie y cambió de postura, detestando el modo en que la otra mujer parecía desinhibida, encantadora, joven, y sin las cargas de dos décadas de matrimonio. ¿Qué clase de sentimiento la estaba asaltando? ¿Celos?

No, aquello se sentía más como arrepentimiento. El pulso de Abby se aceleró. No podía ser, ¿o sí? ¿De qué se debía arrepentir? ¿No se habían dado cuenta *los dos* de la posición en que se hallaban y el lugar al que se estaban dirigiendo?

¿O era así como se sentiría siempre viendo a John con otra mujer?

La visión de Abby se nubló, y volvió a oír la voz de John mucho tiempo atrás. *«Baila conmigo, Abby... baila conmigo».*

Las silenciosas palabras se le desvanecieron de la mente, y parpadeó otra vez para hacer retroceder las lágrimas. Algo era seguro: si así era como se iba a sentir al estar divorciada, más le valía que se acostumbrara.

Por mucho que le disgustara.

Dos

EL ESTADIO ESTABA VACÍO, VASOS APLASTADOS DE GATORADE Y PANES CON salchichas medio comidos esparcidos por todas partes. Vestigios diversos de azul y gris colgaban de la sección de estudiantes, pruebas de que las Águilas de Marion habían estado realmente allí, de que John y Kade habían alcanzado el sueño de su vida, y de que juntos ganaron un campeonato estatal.

Abby bajó por los graderíos hacia el campo de juego y atravesó el césped hacia el vestuario. John aún estaría dentro, hablando con la prensa, analizando con los demás entrenadores las fabulosas jugadas, recogiendo las cosas tiradas de su equipo.

Disfrutando tanto el momento como fuera posible.

Había una banca exactamente fuera de la puerta de visitantes en la que Abby se sentó, mirando a través del campo vacío de juego. Kade, Nicole, Matt y Sean estaban reservando una mesa para ellos en Smokey's Pizza, a una cuadra del estadio. El padre de Abby esperaba en el auto. Abby analizó las enlodadas líneas y la manera en que los postes de las porterías se alzaban orgullosamente en cada lado del campo. ¿Había sido solo una hora antes que el lugar estuviera abarrotado, y que toda una multitud contuviera el aliento mientras Kade lanzaba su gol final?

Abby se estremeció e introdujo profundamente las manos en los bolsillos. La temperatura había descendido, pero eso poco tenía que ver con el aterrador frío que reinaba en su corazón.

Un entrenador asistente salió y se detuvo al verla.

—Hola, Abby —expresó con una sonrisa de oreja a oreja—. ¿Qué te parecieron las Águilas?

Ella rió entre dientes. Por dolorosos que fueran los giros que su vida estaba a punto de tomar, recordaría que sus días de fútbol fueron absolutamente maravillosos. Cada jugador, cada entrenador, cada temporada... todo un mosaico de recuerdos que conservaría siempre.

—Asombroso. Un sueño hecho realidad.

El hombre resopló ligeramente y sacudió la cabeza, mirando hacia el cielo invernal. Era el entrenador más grueso del personal, un ex defensor de línea con la reputación de ser el preferido frente a los chicos. Pero aquí en las tranquilas sombras de un estadio sin aplausos de fanáticos y sin los gruñidos guturales de sesenta adolescentes en uniforme de guerreros, Abby notó que los ojos del sujeto brillaban con lágrimas contenidas. Él carraspeó y la miró por un momento a los ojos.

—Aunque viviera cien años, nunca olvidaría la manera en que John y Kade trabajaron conjuntamente esta noche. Esos dos son mágicos —declaró el hombre cruzando los brazos y levantando la mirada hacia las luces del estadio, tratando de serenarse; un momento después volvió a mirarla—. Qué desplazamiento, Abby, ¿sabes? Sencillamente estoy feliz de haber contribuido.

—Yo también, entrenador —asintió ella levantando un poco las comisuras de los labios mientras una capa de lágrimas le hacía borrosa la vista; entonces gesticuló hacia el vestuario—. ¿Ya casi termina John?

—Sí, los últimos reporteros salieron unos minutos atrás. Debe estar recogiendo sus cosas —respondió el hombre sonriéndole mientras salía—. Bueno... nos veremos el año entrante.

Abby asintió, temerosa de que la voz la traicionara si intentaba hablar. *No habrá año entrante para nosotros... para mí.*

Cuando el entrenador se hubo ido, Abby pensó en John, en la boda con él hacía más de veintiún años. ¿Qué había pasado con las personas que eran ellos en ese entonces, las que debieron haber atravesado juntos el fuego para salir más fortalecidos al otro lado?

Olvídalo, Abby. El entrenador tenía razón. Ya todo había acabado; ella simplemente estaba contenta de haber participado. Deseó con todas sus fuerzas poder regresar en el tiempo, incluso una hora atrás hasta los momentos antes del gol final cuando los sueños de toda la vida de John se estaban volviendo realidad.

Todos menos uno.

Cinco minutos más tarde, John salió por la puerta y la vio allí. Abby pensó en Charlene rodeándolo con los brazos después del partido. *¿Lo abrazo ahora como lo hizo ella? ¿Saludo cortésmente?*

Se hizo un silencio incómodo mientras su esposo le sostenía la mirada.

—Abby... ¡Lo logramos! —expresó él en voz baja, con cada palabra revestida de regocijo.

Los ojos de John le brillaban con una electricidad que tomaría días o semanas en disiparse, y la atrajo de una forma que ella no podía resistir. Se juntaron con la misma fuerza de la gravedad, y Abby le rodeó el cuello con el brazo, poniéndole la cabeza en el hombro.

—¡No puedo creerlo! ¡Campeones estatales! —exclamó ella disfrutando las consoladoras palpitaciones del corazón en el pecho masculino, y pensó que habían pasado meses desde que se abrazaran de este modo.

—Lo sé —contestó él retrocediendo, con los ojos tan llenos de vida, esperanza y promesa como estuvieran dos décadas antes.

—Los mejores en el estado, Kade y tú —afirmó ella, quitándole tiernamente con el pulgar una mancha de lodo en la mejilla—. Asombroso.

John la volvió a atraer hacia sí y permanecieron de ese modo, con sus cuerpos juntos, bamboleándose levemente. Los brazos de él la sujetaban bien alrededor de la cintura, y ella se le aferró más fuertemente de lo normal.

Cada momento estaba inmerso en una desesperada irrevocabilidad.

John se apartó primero, y Abby se abrazó a sí misma para rechazar el repentino escalofrío.

—¿Podrías creer ese último gol? —preguntó él agarrando la mochila de la banca y sonriéndole—. Kade estuvo algo más que...

—Hermoso —terminó ella devolviéndole la sonrisa.

—He imaginado este momento desde la primera vez que Kade aprendió a lanzar —comentó él mirando la cancha como si estuviera observando una repetición en la mente.

Empezaron a caminar hacia las gradas del estadio, manteniendo los pasos en un ritmo conocido. John se colocó la mochila sobre el hombro.

—Abby, respecto a este fin de semana...

—¿Qué? —inquirió ella sintiendo que le crecía la roca en el estómago.

Él examinó el terreno.

—No me siento bien en cuanto a eso... lo que quiero decir es, los muchachos... —titubeó mirándola a los ojos mientras seguían caminando—. No me importa lo que digan los consejeros; no podemos decirles ahora.

Tenía la frente arrugada con preocupación.

—No después de esta noche —continuó él—. Estarán celebrando completamente la Navidad, Abby. Tienen derecho a eso.

—Ellos tienen el derecho de saber la verdad —replicó Abby sintiendo tensos los hombros mientras una descarga de rigidez nerviosa le fluía a chorros por las venas.

—Se lo diremos pronto —rogó John con los párpados cargados de tristeza, suplicándole que razonara—. Vamos, Abby. Este es el día más feliz de la vida de Kade. Y antes de que te des cuenta habrá llegado la Navidad. ¿No es algo que pueda esperar?

—¿Qué se supone que hagamos, John? —interrogó ella dejando de caminar y mirando a su esposo, con una mano en la cadera—. ¿Fingir para siempre?

El perfil de la mandíbula de él se endureció, pero no contestó.

Basta, hija. Una palabra amable aleja la ira.

Abby oyó la silenciosa vocecita en alguna parte en las lejanas guaridas del alma, pero sacudió la cabeza. Después de todo, fue John quien provocó eso. ¿Por qué encubrirlo ahora?

—¿Qué bien hace esperar? Debimos haberles dicho el mes pasado —desafió cruzando los brazos y resoplando; después titubeó—. No puedes ser eternamente el tipo bueno, John.

No lo digas, Abby...

—Aunque ustedes sean campeones estatales —concluyó ella.

—Volvemos a lo mismo —declaró John quitándose la gorra de béisbol del Colegio Marion e incrustándose los dedos en el oscuro y húmedo cabello—. ¿Qué quieres, Abby? ¿Pelear? ¿Exactamente aquí en la línea de las cincuenta yardas?

La mujer pensó en una docena de respuestas rápidas pero contuvo la lengua.

—Solo estoy diciendo que ya debimos haberles dicho. Por el amor de Dios, John, estaremos en la corte en enero. Ellos no sabrán qué los golpeó si no se los explicamos pronto.

El rostro masculino se contrajo, y ella pensó que él podría llorar. Parecía un niñito que había perdido a su mejor amigo, y por un chiflado instante quiso tomarlo en los brazos y suplicarle que se quedara, rogarle que rompiera con Charlene y que la amara solo a ella, a Abby, por el resto de la vida. El corazón se le suavizó. *Ambos estamos equivocados, John. ¿No vale la pena darle otra oportunidad a lo que hemos construido?* Pero antes de que ella se pudiera armar de valor para expresar las palabras, desapareció el sentimiento. *Debo estar loca. Hemos ido demasiado lejos para segundas oportunidades...*

Para Dios no hay nada imposible, hija mía.

Abby cerró los ojos. Esta vez estaba segura que la silenciosa voz en el corazón pertenecía al Señor. *Lo intentamos. Sabes que lo hicimos... Pero hasta tú me concederías una salida en esta situación... Tu palabra lo dice así, ¿no es verdad?*

Odio el divorcio, hija... para mí nada es imposible...

Es demasiado tarde... Ella cerró los ojos.

—Escucha, yo solo quiero acabar con esto.

—Podemos ir a la corte en febrero —declaró él observándola aún, pero su tristeza se había convertido en determinación—. Hemos esperado todo este tiempo. Pasemos la Navidad.

La imagen de John y Charlene se mofó de ella.

—Jo, jo, jo —susurró Abby.

—¿Qué? —preguntó él alzando la voz.

—Digamos tan solo que no estoy de humor para fiestas —contestó ella levantando la cabeza.

—Lo juro, Abby, en lo único que piensas es en ti misma —expresó él rechinando los dientes—. Es Navidad, ¿recuerdas? Eso solía significar algo para ti.

No me hagas esto, John. No finjas que te importa cuando no es así. Entonces le llegaron imágenes a la mente, de ella y John recorriendo los pasillos de la casa en años recientes... en silencio, tensos, sin amor.

—Sí, cuando *yo* solía significar algo para *ti.*

Se quedaron plantados allí, con rostros enfadados, aumentando el abismo entre ellos con cada respiración. Abby fue la primera en romper el silencio.

—No me conviertas en la villana. Yo tampoco quiero arruinarles la Navidad —declaró, y se señaló a sí misma—. Solo estoy tratando de ser realista.

—Egoísta, querrás decir —cuestionó él luchando por mantener baja la voz.

—No, ¡*realista*! —objetó ella con voz apenas más alta que un susurro—. ¡No me gusta fingir!

—¿Y crees que a mí sí? —replicó John mientras le temblaban los músculos de la mandíbula—. No estoy hablando aquí de nosotros, Abby, sino de los chicos. Les hablaremos después de las vacaciones, y eso determina el futuro.

—¡Espera! —gritó Abby cuando John empezó a irse.

El hombre se detuvo, hizo una pausa, y se volvió hacia ella.

—¿Qué?

Abby exhaló, luchando por controlar las emociones que le hacían estremecer el corazón. Ella no podía imaginarse otro instante atrapada con John en una casa mientras él estaba enamorado de otra mujer... ¿y durante Navidad?

Entonces se le ocurrió que las fiestas solían ser ocupadas, de todos modos. Bajó los hombros. ¿Y qué importaba? Tal vez John tenía razón. Quizás no haría ningún daño que los chicos tuvieran menos tiempo para acostumbrarse a la idea. Quizás ella sobreviviría esperando el bien de ellos. Siempre y cuando el divorcio viniera rápidamente después de eso.

—Está... bien. Después de Navidad —titubeó Abby. Pero mantente alejado de Charlene en público, ¿de acuerdo? Al menos hasta después que se lo hayamos dicho a los muchachos.

—¿Qué se supone que significa esto? —indagó John con ojos bien abiertos y con el enojo convertido en indignación.

—Otra vez... —empezó a decir Abby con la boca abierta.

¿Por qué insistía él en mentirle? ¿Cuál era el punto?

—Significa que no tengo intención de mirar para otro lado mientras correteas con tu *novia* precisamente para que podamos ofrecerles a los chicos una feliz Navidad.

—¿Sabes? Estoy harto de que estés culpando de esto a Charlene —advirtió John dando un paso hacia ella, con expresión cada vez más dura—. Nuestra decisión de divorciarnos no se debe a mi amistad con ella sino a que tú has cambiado... a que los dos hemos cambiado.

El frustrado hombre suspiró y miró hacia el cielo iluminado por la luna, por lo que Abby se preguntó si él buscaba respuestas, como ella misma había hecho muchas veces. Le observó la maniobra de la mandíbula y supo que John intentaba controlarse.

—No somos las mismas personas, Abby.

—No me digas que esto no tiene que ver con Charlene —replicó la mujer poniendo los ojos en blanco—. Por mucho que hayamos cambiado podríamos haber buscado una solución; tendríamos la obligación de buscarla. Pero al meterte con Charlene, tengo que hacerme a un lado.

Luego soltó una corta risita.

—Quiero decir, vamos, John. No me digas que no estás teniendo una aventura amorosa con ella si al entrar a tu salón de clases la encontré en tu...

—¡Eso fue un abrazo! —le gritó John—. Te dije que ella estaba sentida debido a...

La voz se le apagó, y Abby sintió acelerársele la presión sanguínea. ¿Cómo se atrevía él a negarlo cuando ella lo había atrapado en el acto? ¿Cuando una docena de fuentes distintas desde entonces le habían estado advirtiendo de la relación de John con Charlene?

—¿Un abrazo? ¿De veras? —rebatió ella con sarcasmo en la voz—. ¿Y debido a qué estaba sentida esta noche cuando se colgó de ti frente a diez mil personas?

El cuerpo de John se encorvó hacia adelante, como si hubiera quedado fuera de combate.

—Olvídalo —expuso él metiendo las manos en los bolsillos y empezando a caminar otra vez con pasos largos y resueltos—. Cree lo que quieras.

Abby estaba furiosa. Él estaba mintiendo, por supuesto. Como lo había hecho un centenar de veces antes.

—Les creo a mis amigas, ellas han visto lo mismo que yo —manifestó después de correr algunos pasos para alcanzarlo y ponerse otra vez al lado de él.

John no dijo nada, miraba al frente mientras subían los escalones del estadio hacia el auto.

Estúpido.

—Está bien, no me hables. Solo que no hagas una escena con ella, ¿está bien? Si esperamos hasta después de las vacaciones, al menos concédeme eso.

Llegaron a lo alto de las escaleras. John se detuvo y se miró el reloj de pulsera.

—Como quieras —expresó con voz vacía de cualquier emoción—. Te veré otra vez en el hotel en algunas horas.

—¿Qué? —cuestionó Abby mientras las palpitaciones del corazón se le aceleraban; *no me hagas esto, John, no esta noche*—. Tú te vienes conmigo. Los chicos nos están esperando.

Aun antes de que John contestara, Abby supo que lo había presionado demasiado. Su esposo miraba calle abajo, perdido para ella, para sus hijos y para todo lo que les había dado motivo de celebración una hora antes.

—Los entrenadores están reunidos en el bar calle abajo. Diles a los muchachos que los veré más tarde.

Luego sin hacer contacto visual, sin el más leve indicio de remordimiento o pesar, sin siquiera una simple mirada hacia atrás, John se marchó en medio de la noche. Abby permaneció petrificada, observándolo irse.

Vuélvete, John. Regresa y dime que me amas; dime que esto es una chifladura y que de alguna manera todo va a estar bien.

Él siguió caminando. *Haz que se detenga, Señor; los chicos lo necesitan esta noche.*

Silencio.

Abby observó mientras John revisaba el tráfico en ambas direcciones, atravesaba corriendo la calle, y seguía caminando por la acera. *Está bien. Deja que se vaya.* Se volvió, parpadeando para contener las lágrimas y negándose a considerar el dolor en el corazón. Era hora de acostumbrarse a verlo irse. Esto era todo a lo que habían llegado ahora, todo lo que serían: dos personas, dos extraños, caminando solos en direcciones separadas en medio de la noche fría y tenebrosa del futuro que tenían por delante.

Ella lo sabía; John lo sabía.

Y de alguna manera, después de Navidad, los muchachos también lo sabrían.

Tres

Lo más maravilloso de criarse al pie de un lago privado, al menos para Nicole Reynolds, no era la larga colina cubierta de hierba que se extendía desde la puerta trasera hacia el agua, o el antiguo muelle de madera donde se reunían tan a menudo para hacer competencias de clavados y cantar a coro. Eso era maravilloso y siempre sería parte esencial en la vida familiar de la joven, desde luego. Pero la ventaja más asombrosa era la senda que serpenteaba entre los oscuros matorrales de árboles y arbustos, y que luego retrocedía hasta el claro a lo largo de la orilla del agua. Cuando niños, Nicole y Kade montaban en sus bicicletas alrededor del agua fingiendo que eran exploradores en una nación extranjera, o que atravesaban territorio enemigo para llegar a un lugar seguro: generalmente la casa de uno de sus amigos a orilla del lago.

A los veinte años, Nicole ya era adulta para juegos imaginarios y travesuras en el bosque, pero aún apreciaba el antiguo sendero. Hoy era el lugar en que Matt Conley y ella podían apartarse de las exigencias de la vida universitaria y caminar tomados de la mano, conociéndose cada vez más.

Años antes, a Nicole le había gustado más el sendero en verano cuando la tierra era cálida y las hojas estaban totalmente desparramadas. Pero ahora, con Matt a su lado, había algo mágico con eso de recorrer la senda de cinco kilómetros incluso en medio del invierno.

Esa tarde, un miércoles casi tres semanas después de Navidad, Nicole llegó temprano de clases a casa, encendió la chimenea, y preparó el almuerzo. Matt estaría allí en menos de una hora para decirle algo importante. Algo muy importante. Sacó el pan de la nevera y arrancó dos hojas del rollo de papel toalla. Recordó la voz de él, apremiante y certera, diciéndole que pasara lo que pasara ese día, se debían reunir después de clases.

A Nicole le sudaban las palmas, por lo que se las secó en los jeans.

No estoy preocupada. Pensó en eso por un momento. ¿Por qué debería preocuparse? Ella y Matt habían sido inseparables desde su encuentro en el club de debate de la universidad dos años antes cuando él estaba en último año. Desde entonces cada día había sido más maravilloso que el anterior, y la relación que empezaron había estado repleta de romance y risas. Sus luchas eran típicas para personas de su edad, decididas a servir a Dios y ponerlo a él en primer lugar. Por eso habían establecido límites apenas empezaron a salir juntos. Sin embargo nunca, ni una sola vez en dos años, Nicole había temido que Matt pudiera romper la relación.

No puede ser eso.

Ella asió el frasco de mayonesa, lo abrió y agarró un cuchillo. Matt siempre era muy considerado, sorprendiéndola con los almuerzos que ella más apetecía —de pavo ahumado y queso—, trayéndole flores silvestres y dándole su espacio cuando debía estudiar para un examen de inglés.

Nicole pensó en el vínculo entre Matt y ella, y un dolor profundo se le formó en el pecho. Él no querría ver a nadie más, ¿verdad? *No, no es posible.* Ellos eran demasiado buenos entre sí. Matt tenía veinticuatro años, estudiaba su último año en la facultad de derecho, y era un atleta con mente brillante y con una manera de hacerla sentir protegida. Era fuerte, resuelto y estaba muy enamorado de ella. Aunque Nicole sabía que él la hallaba físicamente atractiva, Matt parecía más inclinado a la forma en que ella lo hacía reír. La joven había sido porrista en el colegio y le gustaban los momentos alegres y graciosos. Era juguetona, afectiva y le encantaba cerrar los libros, ponerlos a un lado, y participar en una improvisada pelea con bolas de nieve o en una caminata a lo largo del congelado sendero. Él era el apoyo de la muchacha, y ella era el recordatorio para él de que era necesario disfrutar la vida.

Eran perfectos, juntos. ¿O no?

¿Hay algo mal en nuestra relación, algo que yo no logro ver?

Quédate quieta, reconoce que yo soy Dios, hija.

Nicole respiró lenta y profundamente. Le encantaba la manera en que Dios le hablaba, aprisa y con amorosa autoridad, con voz suave que le resonaba en algún lugar en las profundidades del alma. Por años ella y el Señor habían sido así, y la seguridad de la presencia y la voz de Dios producían en la relación de ellos una intimidad que constituía la misma roca en la que Nicole estaba cimentando su vida. Si Dios quería que ella estuviera en paz en cuanto a la relación con Matt, entonces en lo más profundo de su interior estaba consciente de que no debía temer nada.

Gracias, Señor. Solo evita que el corazón se me salga del pecho, ¿de acuerdo? La curiosidad me está matando.

Durante el almuerzo a Matt le bailaban los ojos, y parecía a punto de estallar de emoción. Pero habló solamente de sus tareas y de proyectos actuales. Al principio Nicole le siguió la corriente, pero cuando terminaron de comer ella se limpió la boca y soltó con fuerza la servilleta en la mesa.

—Está bien... basta.

—¿Qué pasa? —preguntó él sonriéndole.

Ella logró sentir una sonrisa formándosele en las comisuras de los labios.

—Tenías algo *muy importante* que decirme, ¿recuerdas? —objetó enfadada de todos modos—. Por eso estamos aquí.

Matt se recostó en el asiento y miró por la ventana, parpadeando mientras respiraba hondo.

—Veamos, algo importante... —titubeó entre dientes, como si tratara de refrescar la memoria—. ¿Qué era...?

El gruñido exasperado de Nicole rompió el silencio, y luego agarró el brazo derecho de Matt con ambas manos, jalándolo como a un niño petulante.

—Matt, esto no es gracioso. Hablo en serio, ¿de acuerdo? He estado esperando todo el día.

Él le sonrió pero no dijo nada.

—Está bien, supongo —rezongó ella—. ¿Te estás mudando a la Antártida para dedicarte a la pesca en el hielo? ¿Te estás yendo a Zimbabue para ser misionero? ¿Estás renunciando a la facultad de derecho para unirte al circo?

Ambos rieron y juntaron las frentes.

—Eres muy chistosa —expresó él meneando la nariz contra la de ella—. ¿Sabías eso?

—Y tú eres un mocoso —susurró ella, con los rostros aún tocándose, aunque en un instante el estado de ánimo cambió; Matt le acunó la nuca, acomodándole la cabeza de tal modo que sus bocas se toparan en un beso que empezó de manera tierna pero que en muy poco tiempo se llenó con urgencia.

¡Huye!

La voz del Señor era clara, como lo era siempre en momentos como ese. Una casa vacía, una chimenea cálida, nieve que caía suavemente afuera sin que se esperara a alguien en más de una hora.

Se apartaron y se examinaron mutuamente, con los rostros separados unos centímetros.

—Salgamos a caminar... —titubeó Matt.

—¿Ahora? ¿Creí que deseabas hablar? —exclamó Nicole conteniendo el aliento y recostándose en el sillón.

—Allá afuera —contestó él asintiendo con la cabeza y señalando el patio trasero—. En el sendero.

—Está bien —concordó Nicole encogiéndose de hombros.

Pasaron en reverente silencio al patio trasero y siguieron el sendero, cada uno disfrutando la presencia del otro, recordando el beso que se dieron minutos antes. Luego como si lo hubiera planeado, Matt se detuvo y pateó la nieve de un tronco caído. Se quitó la bufanda del cuello, lo tendió sobre el empapado madero, y miró profundo a los ojos de la joven.

—Siéntate.

No era una orden, sino parte de la clase del cautivante ritual que Nicole no lograba reconocer y en el que nunca había participado.

—Está bien... —titubeó ella sentándose lentamente en el tronco y mirándolo a los ojos.

Moviéndose en lo que parecía cámara lenta, el joven metió la mano en el bolsillo del abrigo y sacó un paquetito envuelto en papel dorado. El objeto relució en las sombras, y de pronto Nicole tuvo dificultad para sentirse los brazos y las piernas, como si estuviera flotando de algún modo, viviendo un sueño que había acarreado desde que era una niñita. Las lágrimas le ardieron en los ojos, y volvió la mirada del paquete al rostro de su novio.

—¿Matt? —inquirió ella con voz apenas audible, pero llena de amor, inquietudes e incredulidad.

Sin dudar, el joven se inclinó y plantó una rodilla firmemente en la nieve mientras sostenía el regalo para que ella lo tomara. Con cautela, y con las enguantadas manos temblándole, Nicole agarró la cajita y la examinó. ¿Podría ser? ¿Había él decidido pedirla hoy? *Querido Dios, ayúdame a abrir la cinta...*

Con muchísimo cuidado retiró el papel, extrajo un estuche azul de terciopelo y lo destapó. El anillo de diamante en el interior atrapó la luz y difundió brillo en mil direcciones mientras la respiración se le atoraba en la garganta. Se trataba de un conjunto de boda, un anillo de compromiso con un solo diamante y una argolla matrimonial con una serie de diamantes a través de la parte superior. *Oh, Señor, no puedo creerlo.* Las lágrimas le empañaron la vista y parpadeó, un rastro húmedo le bajaba por ambas mejillas.

—Oh, Matt... —titubeó la joven atrayéndolo hacia sí y abrazándolo hasta que él se soltó gentilmente y la miró profundo a los ojos.

—Nicole Michelle Reynolds, te amo más que a la vida misma —declaró llevando con suavidad la mano al rostro femenino y enjugándole las lágrimas con la mano enguantada—. Te he amado desde nuestro primer día... y te amo más cada vez que estamos juntos.

Hizo una pausa, y dos lágrimas más le bajaron a ella por la mejilla. Así que de esto se trataba... Matt estaba a punto de hacerle la pregunta.

Gracias, Dios. Gracias por este hombre.

Nicole esperó mientras él consideraba las palabras.

—Toda mi vida he tenido pavor al compromiso, temiendo que si me prometía a una mujer terminaría un día como mi padre... furioso, solo y... bueno, patético, supongo —titubeó, y se quitó un mechón de cabello de los ojos—. Entonces te conocí.

Había cien cosas que Nicole quería expresar, pero se quedó en silencio, memorizando el momento, asimilándolo porque sabía que nunca lo olvidaría mientras viviera.

—Veo la manera en que tus padres han cimentado su amor durante... ¿qué, veintiún años ya?

Nicole asintió con la cabeza, con una sonrisa interrumpiéndole las lágrimas.

—Veintiún años —continuó Matt, sacudiendo la cabeza—. Asombroso.

Los ojos de él mostraban ternura.

—Lo que ellos tienen juntos, Nicole, también lo quiero para nosotros. Una familia y un hogar donde se funden tradiciones y recuerdos, donde podamos llevar juntos una vida que dure hasta que Dios nos llame a casa.

Entonces la felicidad de ella se desbordó y se le escapó una risa henchida de alegría.

—Cielos, Matt... ¡te amo tanto!

Nicole intentó abrazarlo otra vez, pero él levantó la mano, impidiéndole que se acercara más. Analizándolo, ella vio que el muchacho tenía los ojos húmedos. En todos los días y meses que habían pasado juntos nunca lo había visto tan serio.

—Nicole, quiero que seas mi esposa —pidió el joven enmarcándole los pómulos con las yemas de los dedos; ella se sentía completamente segura en la poderosa y fija mirada de su novio—. Ya se lo pregunté a tu padre, y él nos va a dar su bendición.

Luego hizo una pausa durante lo que pareció una eternidad.

—¿Te quieres casar conmigo?

Ahora las lágrimas brotaron con más fuerza, y ella lanzó los brazos alrededor del cuello masculino, sujetándose de él como haría el resto de la vida. Qué preciosos, perfectos y maravillosos eran los planes de Dios para su gente. Pensar que la madre de ella había orado centenares de veces durante años por el futuro esposo de la joven, y que ahora aquí estaba él. Nicole estaba lista, de la manera pura e íntegra que Dios deseaba, para unirse a Matt y convertirse en su esposa. Exactamente como la madre había orado. Apenas podía esperar para contárselo a sus padres.

Oh, Señor, gracias... Estoy inundada de agradecimiento. ¡Podemos decírselo a mis padres en la reunión familiar esta semana!

—Sí, Matt —asintió ella, que recordaría este momento mientras viviera—. Sí. Me encantaría casarme contigo...

Cuatro

Era viernes por la noche, horas antes de la reunión familiar, y Abby se sentía increíblemente agotada. A pesar de una serie de sesiones conjuntas con sus consejeros, John y ella no habían podido llegar a un acuerdo de último minuto. En vez de eso se habían reunido en un restaurante en las afueras de la ciudad para discutir los detalles, decidiendo finalmente un escenario que funcionaría bastante bien para el futuro.

Abby se quedaría en la casa; John buscaría dónde vivir. Los muchachos tenían suficiente edad para que la custodia no fuera un problema. Sean se quedaría con Abby durante la semana y con John en fines de semana o vacaciones... cuando él quisiera, en realidad. Por lo demás la vida seguiría siendo bastante igual. Kade se mudaría a un dormitorio en la Universidad de Iowa en algún momento ese verano, y Nicole continuaría viviendo en casa mientras tomaba sus clases en la Universidad del Sur de Illinois.

El agotamiento de Abby era comprensible. Durante años John y ella solo habían cumplido con las formalidades, fingiendo estar felizmente casados, pero en estas últimas semanas Abby sentía repulsión por la farsa que estaban realizando. Ella se había descubierto queriendo gritarle a John, a los chicos, a cualquiera dispuesto a escuchar que estaba asqueada de que su vida fuera poco más que una actuación. Los muchachos habían estado atrapados en su emoción navideña, con los nuevos esquíes de Sean y el anillo de graduación hecho especialmente para Kade, con la insignia que lo declaraba campeón estatal de fútbol americano. Nicole estaba absorta en su vida, dedicada a las clases más difíciles que venían por ser estudiante de último año, y pasaba con Matt casi todo su tiempo libre.

Como John había vaticinado, la emoción de un título estatal aún era parte de la plática familiar. Él seguía recibiendo semanalmente llamadas de periodistas y de otros entrenadores que querían felicitarlo y comparar jugadas, esperando quizás que el éxito del entrenador Reynolds los pudiera contagiar o que hiciera suscitar una idea que les diera resultado en sus propias vidas. La gente parecía creer que John tenía la respuesta para todo, y para todos.

Para todos menos para ella.

Abby exhaló lentamente y extrajo del cajón del tocador un viejo camisón de franela. John y ella aún compartían un espacio vital, pero no una cama. Ya no durante meses. Ella se vestía en el baño, se lavaba los dientes, y cuando estaba segura que los muchachos dormían o estaban demasiado ocupados para notarlo, se escurría por el pasillo hacia el cuarto de huéspedes. Siempre había sido la primera en levantarse en la mañana, por lo que ninguno de ellos la había descubierto.

Era temprano y John se hallaba en una reunión de liga que duraría hasta después de las diez de la noche. *Mejor así. Estaré dormida antes de que él regrese.*

Un viento glacial aullaba afuera mientras ella se quitaba la ropa, se ponía el camisón y se daba cuenta que tenía los pies helados. *Uno de estos días tendré que comprar mis propios calcetines.* Pero por ahora, en esta última noche comoquiera podría usar los de él. Eran más grandes y más gruesos, y le mantenían calientes los pies durante las noches más heladas.

Después de que hablaran con los muchachos acerca del divorcio, John iba a hablar con uno de los entrenadores colegas para quedarse mientras tanto en su casa, hasta que todo el asunto fuera definitivo y pudiera encontrar un lugar para él solo. De cualquier manera, planeaba estar fuera de casa en una semana. Abby abrió el cajón y metió las manos, buscando el par de medias más grueso que pudiera encontrar. En vez de eso sus dedos palparon una hoja doblada de papel. La sacó, y se quedó mirándola. ¿No había limpiado los cajones apenas unas semanas atrás?

El corazón le comenzó a palpitar en el pecho, gritándole que soltara la plegada nota y evitara el mensaje interior. No hizo caso a la advertencia. Sentándose al borde de la cama, Abby desdobló el papel, el cual contenía una letra que —aunque no era de ella— claramente pertenecía a una mujer. Comenzó a leer.

John, gracias por hablar conmigo la otra noche. No sé lo que haría sin ti. En serio. Eres el mejor amigo que una chica podría llegar a tener. Abby no sabe lo que está perdiendo. De todos modos, te veré temprano el viernes como de costumbre. No puedo esperar para verte. Con amor, Charlene.

Abby siguió mirando la nota mientras los sentimientos de ira le galopaban en el estómago. Sin poder detenerse, la leyó de nuevo, entonces la rasgó por la mitad una vez y otra, y otra, y otra, hasta ya no poder reconocerse ninguna de las palabras de la mujer.

No podía decidir si correr hacia el baño o perforar de un puñetazo la pared. Al final no hizo nada de eso, solamente se quedó allí en el borde de la cama, presa por el dolor en el corazón. *¿Cómo pudiste, John? ¿Te costaba mucho esperar hasta después del divorcio? ¿No es todo lo que compartimos al menos digno de eso?*

Abby podía oír la voz de su esposo, indignada y defensiva siempre que ella sacaba a colación el nombre de Charlene: *«Solo es una amiga... solo una amiga».*

Rezongó mientras sus ojos revisaban los diminutos pedazos de papel. Solo una amiga... ¡Qué burla! Miembros del club deportivo le habían informado en repetidas ocasiones haber visto a John y Charlene juntos en el salón de clases de él. Y al menos una vez alguien había entrado y los había sorprendido abrazados. *«Ha tenido un día difícil... está totalmente sola... tan solo es una amiga».* Las excusas eran interminables.

Perfecto. Pasado mañana John podría ser todo el amigo que quisiera para Charlene. Siempre que se mudara y dejara esta terrible mentira que había estado viviendo durante estos últimos meses.

Abby estrujó los pedazos de papel y entró al baño, lanzándolos al inodoro y jalando la cadena. Mientras lo hacía captó su reflejo en el espejo. ¿No era suficientemente bonita? ¿Había ganado peso en los últimos años?

Se examinó y supo que el problema no era el peso. Usaba la misma talla de jeans de siempre y con un metro setenta era más delgada que la mayoría de las mujeres de la mitad de su edad. Trotaba en la caminadora eléctrica temprano cada mañana y tenía cuidado con lo que comía.

Debe ser mi edad.

Se escudriñó la piel y vio los poros visibles y las delgadas arrugas que no habían estado allí hace diez años. ¿Qué edad tenía Charlene, de todos modos? ¿Treinta y dos, treinta y tres? Abby se pasó los índices por la línea del cabello y levantó el rostro, observando cómo este tomaba un aspecto con el que estaba más familiarizada, el que había tenido de adolescente y de mujer joven.

¿En eso había ido a parar el amor que se tuvieron? Después de sobrevivir a tanto, de celebrar tantas cosas, de criar juntos una familia... ¿se había realmente reducido a esto? ¿En perder a su esposo porque la piel en el rostro de ella mostraba desgaste?

Te di esos años, John.

Retrocedió un paso y se volvió a examinar. El cabello era una gran cantidad de cortas capas con estilo que todavía llamaba la atención de los hombres. Hombres viejos, quizás, pero de todos modos hombres. Y con un poco de ayuda del salón de belleza seguía teniendo el cabello rubio. Abby inclinó el rostro de un modo y otro, tratando de verse como John la veía. De acuerdo, ella acababa de cumplir cuarenta y uno, ¿y qué? Algún día Charlene también cumpliría cuarenta y uno. Esa no podría ser la razón de que las cosas no funcionaron entre ellos.

Frunció el ceño. Estaba siendo ridícula. La rotura no tuvo nada que ver con apariencias externas. Se debió a que hace años el matrimonio se había convertido en un calcetín viejo, desgastado en todos los lugares importantes y demasiado raído y manchado para molestarse en salvarlo.

Dejó de mirarse en el espejo y atravesó la puerta del dormitorio hacia el cuarto de huéspedes. Sin prender la luz, cerró la puerta y se metió a la cama.

Se quedó rápidamente dormida en cuestión de minutos.

Un viento otoñal soplaba por los árboles lanzando hojas de toda forma y color sobre la pasarela que rodeaba un descomunal estadio. Abby estaba adentro gritando: *¡Adelante, ojiazul! Vamos, John, ¡tú puedes!* Él la saludó desde el grupo, un impresionante mariscal de campo de un metro noventa de estatura, con cabello oscuro y ojos de color azul marino... a las claras el jugador más apuesto en el campo de juego.

«Espera un momento, Abby... Tengo algo que decirte... algo que decirte». John echó el brazo hacia atrás y lanzó el balón de fútbol americano hacia los graderíos, hasta donde subió, luego bajó y finalmente fue a parar a manos de Abby para convertirse en un ramo de capullos de rosa de color rosado y blanco. Una sonrisa se dibujó en el rostro de John, y Abby notó que otros jugadores parecían congelados en el tiempo. Entonces, como si fuera la acción más normal en

el mundo, John subió corriendo los escalones del estadio hacia ella, haciendo ruido con el uniforme y abriéndose paso a empujones mientras llegaba. Se acercó, y la multitud, las tribunas descubiertas y el equipo desaparecieron. En su lugar había una congregación bien vestida mirándolos directamente, sonriéndoles e indicándoles que se acercaran más el uno al otro.

«Entonces, Abby, ¿te quieres casar conmigo... eh? ¿Sí, Abby?»

Ella miró, en lugar de uniforme John usaba un esmoquin negro. Abby se miró nerviosamente los jeans, luego encogió los hombros y comenzó a recitar sus votos.

«Yo, Abby Chapman, prometo amar y respetar...»

Pero antes de que pudiera terminar, un médico entró corriendo a la iglesia agitando las manos y gritando: *«¡Es una niña! ¡Es una niña!»* Detrás de él venían tres enfermeras, y la del medio cargaba una bebita. La multitud de la iglesia desapareció, y se hallaron en un cuarto de hospital. Abby sollozaba, lloraba como si el corazón se le hubiera partido en dos, y le quitó la nena a la enfermera. Pero no era una bebita en absoluto, porque ahora Nicole estaba parada al lado de ella, y John sostenía la manita de la pequeña hija de ambos. La nueva bebita, aquella en brazos de Abby, no se movía, no respiraba.

«No sé lo que sucedió. Ella estaba durmiendo su siesta como todos los días, y cuando fui a despertarla estaba...»

«Un niño, Abby. ¿Puedes creerlo? ¡Tenemos un niño!»

Bajó la mirada. La bebita muerta ya no estaba allí, y Nicole ahora había crecido, bailando en su traje de ballet, andando en puntas del pie, girando y entonando una canción que Abby no lograba entender. Inesperadamente las vueltas de Nicole se transformaron en un torbellino, y este se convirtió en tornado, violento, amenazador y más intenso con cada momento que pasaba. A la distancia Abby pudo ver a su madre, sonriendo, saludando.

«Felicitaciones, Abby, tienes una personita realmente bella. Felicitaciones, Abby... Felicitaciones...»

El tornado cambió de dirección y se dirigió hacia la madre de Abby, sacudiendo la tierra y llenando el aire con el sonido de mil trenes de carga ardiendo.

«¡Mamá! ¡Cuídate... corre! ¡Sal antes de que esto te mate!»

De pronto el salón estaba vacío excepto por un hoyo en la tierra. John salía de allí arrastrándose y cargando al bebé en los brazos. Kade... era Kade;

Abby lo supo. Recorrió el dedo por la frente del bebé y entonces vio que Nicole también salía del hoyo.

«*Nicole, ¡estás bien!*» Abrazó a su hija, llorando y acariciándole el cabello dorado. Antes de que la niña pudiera decir algo, el bebé en brazos de John soltó un fuerte sonido, y Abby se volvió para verlo, solo que ahora tenía tres años de edad, y tanto él como John estaban teniendo una competencia de eructos en medio de la sala. Abby miró a John, y ambos rieron hasta que las lágrimas les bajaban por los rostros. Ella miró por la ventana y vio que la casa estaba en medio de un campo de fútbol americano. Por la línea de las cincuenta yardas corría una calle en la que Nicole estaba sentada, jugando en medio de la vía sin darse cuenta del auto que se dirigía a toda velocidad hacia ella...

«*¡Nicole!*» La voz de Abby resonó en medio de la noche, y se quedó muerta de miedo, totalmente sola hasta que sintió los brazos a su alrededor. Cálidos, fuertes y consoladores. Los brazos de John. *Él está aquí... ha venido.* Ella se volvió y le dio un estrecho abrazo. *Oh, John, te amo... gracias a Dios que estás aquí...*

Al instante estaban envueltos en las luces nocturnas del viernes de fútbol americano, parados en la zona de anotación del Colegio Marion. Lentamente la distancia entre ellos aumentó, dejando a John en la cancha y a ella en las graderías, en la última fila, entrecerrando los ojos para ver lo que sucedía. La multitud estaba frenética, y las Águilas tenían un gol menos en lo que Abby sabía que era el partido más fabuloso del año. *Medio tiempo... debe ser el medio tiempo.*

Por los parlantes alguien estaba leyendo una carta.

«*Señor Reynolds, creo que es el peor individuo que alguna vez haya dirigido fútbol americano. Quizás nuestros muchachos podrían ganar un partido o dos si lograran tener al volante a alguien que supiera lo que hace... que supiera lo que hace... que supiera lo que hace...*»

Las palabras resonaban a través del campo de juego, y Abby bajó las escaleras corriendo tan rápido como podía hacia John. Solo que le tomaba más tiempo del acostumbrado, y se vio obligada a correr durante lo que parecieron horas, hasta que finalmente se cerró la brecha entre ellos. Entonces, con todos observando, le rodeó con los brazos alrededor del cuello. «*Todo está bien, cariño... Dios tiene un plan en esto. Todo saldrá bien... tú tienes un don y algún día todo el mundo lo sabrá...*»

De repente ella se hallaba en el cuarto de pesas del colegio, dirigiéndose a la oficina de John, hallándolo en el escritorio. *«John...»*

Había lágrimas en los ojos de él cuando se volvió para mirarla. *«No me lo digas Abby. Ya ha sido suficientemente duro, por favor no me lo digas... no me lo digas... no me lo digas...»*

Ella apareció detrás de su esposo y le puso las manos sobre los hombros. *«Mi deber es hacer esto, John... aunque sea la peor noticia que hayas oído alguna vez. Tengo que decirte...»*

Sin anuncio previo se oyó el sonido de un estadio explotando con las ovaciones de miles de hinchas de fútbol. *«Y ahora...* —gritaba el anunciador del estadio por sobre la multitud—, *al estado de Illinois le gustaría conferir al entrenador John Reynolds y a las Águilas de Marion el honor de...»*

John detuvo al anunciador antes de que este pudiera terminar. *«Lo que realmente quiero* —manifestó—, *es a mi papá. Se supone que él debería estar aquí. Quizás si alguien pudiera hallarlo... hallarlo... hallarlo».*

«¡Felicitaciones! Aquí está...» Solo que la voz ya no pertenecía al anunciador sino a otro médico... uno con bata verde y lentes extraños. Y Abby no estaba en los graderíos sino en un quirófano. *«Es niño... niño... niño».*

Sean sonrió a sus padres y les hizo una señal de aprobación con los pulgares levantados. Pero antes de que Abby pudiera cargarlo o disfrutar la suave pelusa en la mejilla del recién nacido, todos se hallaban en el auto, el viejo sedán que tenían en ese entonces cuando estaban recién casados. En el semáforo John señaló un edificio adelante. *«¿Qué es eso, Abby? Lo he visto antes pero no puedo recordar... no puedo recordar...»*

Abby tardó un instante en reconocerlo. El edificio era la iglesia de ellos, el lugar donde habían dictado juntos clases de escuela dominical, donde habían llevado a sus hijos cuando eran pequeños. Solo que ahora el lugar se veía diferente, y John fruncía el entrecejo. *«Así no es como se veía la iglesia, Abby... ¿Estás segura? ¿Estás segura?»*

Detuvieron el auto y se apearon, y ella sostenía las manos de Nicole y de Sean mientras Kade estaba con John, y de pronto se hizo en el suelo una grieta entre ellos, y comenzó a agrandarse.

«¡John! ¡Rápido, salta!»

Él la miró de manera extraña. *«Salta tú, Abby. Me gusta este lado».*

«¡Pero es mejor aquí! A mí me gusta este lado. Vamos... ¡salta!» La voz de Abby era estridente, llena de pánico mientras la distancia entre ellos seguía aumentando a un ritmo alarmante. Finalmente ella no lograba distinguir lo que él decía, solo que intentaba hablar.

«Vamos, John. ¿Es que no te importa? ¡Salta! ¡Salta, John! ¡Antes de que sea demasiado tarde!»

Nicole empezó a llorar, y Sean cerró los ojos. *«Estoy asustado, mami. Haz que él regrese. Haz que papá regrese...»*

Entonces John agarró un largo trozo de cuerda, y aunque el espacio entre ellos se agrandaba más y más con cada segundo que pasaba, lo tiró con toda la fuerza y lo extendió en lo que ahora era un cañón. En un instante la cuerda se convirtió en una resistente pasarela.

«Cambié de parecer, Abby. Voy hacia allá... ¡voy hacia allá!»

Sin esperar un instante más, John y Kade atravesaron el puente tan rápido como pudieron. Casi estaban allí, casi en el lugar seguro en que Abby, Sean y Nicole esperaban, cuando el puente empezó a ceder. Kade se agarró del brazo de su padre y los dos saltaron el tramo que les faltaba, logrando aterrizar en tierra firme.

«Oh, John, te pudiste haber matado...» Abby corrió hacia ellos y abrazó primero a Kade, luego a John. *«Debiste haberte quedado allá donde era seguro».*

Él la miró a los ojos y la acercó hacia sí, besándola del modo que hiciera la primera vez cuando se enamoraron. *«Tenía que estar contigo, Abby. ¡Te amo! Siempre te amaré... siempre te amaré... siempre te amaré...»*

Las palabras de él se repetían una y otra vez: *«...Siempre te amaré... siempre te amaré...»*, pero su voz cambió, y Abby retrocedió, examinándolo.

¡No! No puede ser...

Abby se destrabó, frenética. En vez de que John la sostuviera, vio que allí había un maniquí parecido a él. *«Siempre te amaré... siempre te amaré...»* Había una grabación tocando desde el interior del muñeco de tamaño natural, y mientras Abby retrocedía con el corazón palpitándole a toda velocidad, el maniquí caía a tierra, con los ojos abiertos. *«Siempre te amaré... siempre te amaré...»*

El grito de Abby rasgó la noche, y entonces se enderezó en la cama, jadeando y con el corazón más acelerado que nunca. ¿Qué había sucedido? ¿Qué acababa de experimentar? ¿Un sueño?

No, una pesadilla. Una pesadilla terrible, muy terrible.

Sacudió la cabeza, tratando de aclarar las extrañas palabras e imágenes que le habían consumido la noche. Todo respecto del sueño —las voces y los sentimientos, la manera en que su cuerpo se había sentido rodeado por los brazos de John— todo había sido muy real. Luchó por recobrar el aliento.

En medio de la quietud de la oscuridad miró el reloj en la mesita de noche. Las cuatro y quince. Aún se le reproducían en la mente fragmentos de las imágenes, y se arrellanó sobre la almohada. ¿Había otras dos personas que hubieran experimentado tanto como John y ella, para luego decidir tirarlo todo por la borda?

Abby no lo creía.

Y, durante las taciturnas horas antes de que John y ella se sentaran con los chicos en la misma casa donde los habían criado para contarles lo del divorcio, Abby se acongojó por todo lo que ella y su esposo habían sido, por todo lo que habían hecho, y por todo lo que nunca volverían a ser después del día de hoy.

La congoja se convirtió en apacible llanto. Sollozó en una manera que no lo había hecho en años, hasta que oyó el revuelo mañanero de John en la cocina haciendo panqueques, y de los chicos duchándose al fondo del corredor. Sintiéndose como si hubiera envejecido décadas de la noche a la mañana, Abby se obligó a levantarse, se secó las lágrimas, y respiró hondo.

No tenía sentido vivir en el pasado. Era hora de enfrentar el futuro.

Cinco

ABBY SE PUSO UN SUÉTER CUELLO DE TORTUGA, CON LA CORRESPONDIENTE sudadera, y un par de jeans. Era bueno estar vestida de manera cómoda ya que estaban obligados a pasar la mayor parte del día conversando seriamente, enjugando las lágrimas de los chicos, y haciendo promesas vacías de que de algún modo todo iba a salir bien.

La casa estaba más fría de lo que a Abby le gustaba, y después de bajar las escaleras giró en el pasillo y encendió la calefacción. *Al menos nuestra casa estará agradable, aunque no podamos el uno con el otro.*

—Los panqueques están listos —comunicó John quitando la mirada de la sartén y reconociéndola.

Abby lo miró y pestañeó. ¿No importaba este día para nada? ¿Había sido tan fácil para él venir tarde a casa, dormir en la noche, y saltar de la cama para hacer panqueques como si todo estuviera bien?

—No tengo hambre.

Abby le dio la espalda y se dirigió a la sala donde se realizaría la reunión en menos de una hora. Todo estaba limpio y ordenado, pero a la luz de la mañana pudo ver una capa de polvo sobre las antiguas fotografías que se hallaban en los estantes, fotos enmarcadas de cuando ellos eran jóvenes y acababan de empezar. Pensó en conseguir un trapo y desempolvarlas, pero movió la cabeza de lado a lado. *Es adecuado que estén cubiertas de polvo. Exactamente como nuestras vidas.*

Cerró los ojos por un momento y consideró la enormidad del anuncio que John y ella estaban a punto de hacer. *Conque así son las cosas, ¿eh, Dios? Fotografías empolvadas, vidas empolvadas. ¿Cómo llegamos a enredar tanto la situación?*

Busquen primero mi reino y todas estas cosas...

La réplica de Abby fue rápida y descortés. *Te buscamos y mira lo que ocurrió.* Al instante sintió remordimiento. *Lo siento. No es culpa tuya.* Entrecerró los ojos y miró a lo largo de la sala, por la ventana hacia el césped delantero al que John y ella habían dado forma. Parecía haber pasado una eternidad desde que habían podido reír juntos, amándose del modo en que una vez esperaron amarse con ternura por toda una vida. Y ahora...

Ahora sus vidas eran una incontrolable bola de nudos demasiado enredados como para entenderlos, y mucho más como para desenredarlos.

De pronto sintió que alguien había entrado a la sala y se volvió.

—Creo que deberíamos hablar —declaró John, cuyos ojos estaban preocupados; tal vez el hombre estaba más turbado de lo que ella creía.

—¿Acerca de qué? ¿No lo hemos analizado un centenar de veces con los consejeros?

Cruzó los brazos y se reprendió por hallar atractivo a su esposo. Después de todo, él la había puesto a prueba: todas las mentiras que le había dicho... aun en este momento, una hora antes del gran anuncio; ella no podía obligarse a estar impasible al verlo.

John suspiró y se dejó caer en el sillón más cercano, hundiendo los codos en las rodillas mientras bajaba la cabeza. Después de algunos segundos levantó la vista y miró fijamente a los ojos de Abby de modo tan poderoso que ella no pudo haber parpadeado aunque hubiera querido hacerlo. *¿Tienen tus ojos que ser tan azules todo el tiempo?*

—Mira, Abby... lo que quiero decir es... ¿estás segura? ¿Estás segura de que esto es lo que debemos hacer? ¿Estás segura que es lo correcto?

—Estoy absolutamente segura que no es lo correcto —replicó ella alternando el peso del cuerpo y soltando una corta risita—. La Biblia nos habla tanto así.

—¿Por qué entonces, Abby... por qué dejar que suceda? —cuestionó John sentado y perfectamente tranquilo, con la mirada aún puesta en su esposa.

Ella siempre había detestado la forma en que los ojos le ardían con las primeras lágrimas. Esta vez no fue diferente.

—No fui *yo* quien dejó que algo sucediera, John, y lo sabes. *Nosotros* dejamos que esto sucediera. Y ahora, para ser perfectamente sincera, *tú estás* dejando que suceda. Tú y la señorita «Te veré temprano el viernes como de costumbre».

—¿Qué?

—No pongas mirada de sorpresa, John. Eres tú quien guarda las notas de ella en el cajón de tus medias. ¿Olvidas que soy yo la que te lava...?

—Guarda silencio —la interrumpió él a mitad de frase, y la conexión entre ellos se rompió al bajar la mirada al suelo y dejar caer los hombros—. Los chicos ya se están alistando, y Matt estará aquí en cualquier momento.

¿Qué? Abby sintió como si le hubieran abofeteado el rostro.

—¿Matt? ¿Por qué está viniendo?

¡Esto era inaudito! La novedad más difícil que alguna vez ellos debieran comunicar, ¿y ahora tenían que hacerlo frente a un extraño? John debía estar loco para permitir que Nicole...

—Deja tu arrogancia, Abby. Nicole lo quiso aquí para la primera parte de la reunión. Imagino que el muchacho tiene algo que pedirnos. Habla con *ella* si estás tan decepcionada.

—Deja de culparme por todo —replicó Abby sentándose en un sillón frente a él y bajando el tono de la voz, dándose cuenta de que ni en eso podían ponerse de acuerdo—. Lo haces parecer como que estuviera loca por querer únicamente a nuestra familia aquí cuando les digamos a los muchachos que nos vamos a divorciar. Quiero decir, en serio, John, ¿por qué no invitamos a todo el vecindario? Podríamos vender boletos y repartir palomitas de maíz. No sé, creí que este era un momento privado.

—Lo será —respondió él con un bufido totalmente controlado—. Podemos hacer una pausa después de que Matt hable con nosotros y se vaya. Nicole dijo que él tiene cien cosas que hacer hoy día.

—¿Por qué entonces viene a nuestra reunión?

—¿No reduces la agresividad alguna vez? —preguntó John esforzándose por sacar el aire de los pulmones y sacudiendo la cabeza, y riendo luego de un modo totalmente desprovisto de humor.

—Lo sé, soy la tipa mala, la implacable, prepotente y exigente. Muy bien. Que así sea. Sin embargo, ¿por qué tiene él que venir a la reunión?

—¡Basta! —exclamó John parándose y mirándola.

Él ya había perdido la intensidad en los ojos, y el corazón perspicaz e inquisitivo que lo había llevado a preguntarse en voz alta si esta decisión de disolver el matrimonio era realmente la que deberían estar tomando. En lugar de todo eso quedaba un hombre con quien Abby estaba más familiarizada en estos días, un hombre que parecía no amarla ni importarle los sentimientos de ella.

—Pregúntale a Nicole —concluyó él volviéndose para salir; al instante Abby se puso de pie.

No tan rápido, John. Tú empezaste esta conversación.

—¡Espera! —pidió ella.

—¿Qué? —objetó él dando la vuelta, con la expresión fría como cemento húmedo.

No lo digas, hija... La respuesta amable calma el enojo...

—Me hiciste antes una pregunta —contestó Abby entrecerrando los ojos.

Él esperó, callado.

—Me preguntaste si estaba segura de que esta era la decisión correcta —continuó ella mientras unas lágrimas frescas le brotaban de los ojos, las que hizo retroceder pestañeando; sintió una opresión en el pecho y reconoció de qué se trataba: las paredes del corazón se le crecían y se endurecían cada vez más.

—¿Y...? —preguntó John cuya mirada ya no era fría sino impaciente. Abby deseó patearlo en el mentón, quizás entonces él compartiría un poco del dolor que ella estaba sintiendo.

—Es lo que debemos hacer, John —expresó ella con voz mesurada y apenas más audible que un susurro, al mismo tiempo que intentaba controlar las lágrimas—. Mientras estés acostándote con cualquiera a mis espaldas, es lo único que *podemos* hacer.

Los ojos de él se encendieron, y luego apretó los dientes.

—No estoy acostándome con ella, Abby. Solo es una amiga.

—¿Cómo puedes pararte allí y mentirme? —contraatacó la dolida esposa con un movimiento brusco de cabeza y enfrentándolo—. Quiero decir, eres absolutamente asombroso. El cajón de tus medias guarda una carta de amor de esa tipa, ¿y estás tratando de decirme que solo es una amiga? Sé realista, John. Y cuando los chicos pregunten por qué, asegúrate de mencionar tu debilidad por mujeres tristes y solas, ¿de acuerdo?

Varias emociones centelleaban en los ojos de John, y se le tensionaron los músculos de la mandíbula. Pero no dijo nada, solamente se volvió otra vez y se dirigió al interior de la cocina.

Abby permaneció allí, observándolo irse, y tuvo una sensación extraña y triste. En ese instante sintió su endurecido y ofuscado corazón como una carga insoportable en su interior. *«Es una amiga... es una amiga... es una amiga».* Las palabras de John la golpearon de forma despiadada hasta que cerró los ojos para acallarlas.

Su esposo se *estaba* acostando con Charlene, ¿verdad que sí? Con toda seguridad.

El que esté libre de pecado, que tire la primera piedra...

Allí estaba otra vez... esa misma voz. Un fuerte remordimiento le penetró en la conciencia, y Abby pensó en su amigo por correo electrónico, un tipo con quien se había comunicado casi todos los días durante los últimos dos meses. *No es lo mismo.*

El que esté libre de pecado, que tire la primera piedra...

¡No! —gritó silenciosamente Abby ante las palabras que le embestían el corazón—. *Ni siquiera he llegado a conocer al hombre.* ¿Por qué querría Dios hacerla sentir culpable ahora? Ella necesitaba esa amistad. Especialmente cuando John le dedicaba toda la atención a Charlene.

Óyeme, hija, El que esté libre de...

Cerró los ojos y obligó a aquellas palabras a salir de la mente. *Muy bien, bueno. Ambos somos culpables. Pero es culpa de John, Señor. Él fue quien primero rompió la lealtad.*

Consideró la cantidad de ocasiones en que por medio de otras fuentes se enterara que John y Charlene estaban juntos, y al instante la mente se le llenó con imágenes de ellos dos en la cancha de fútbol después del partido estatal. Era asombroso que los muchachos no se hubieran enterado del lío amoroso de su padre.

Como dice el antiguo adagio: donde hubo fuego, cenizas quedan. Y en cuanto a John y Charlene había habido suficiente fuego para que hubiera indicios de un indiscutido infierno.

No confíes en tu propia inteligencia, sino reconóceme en todos tus caminos y yo...

¿Por qué estaba esta persistente voz rondándole últimamente el corazón desde el partido de fútbol americano? Con seguridad tenía que tratarse de hábito, conocimiento bíblico, y no de la presencia de Dios tratando de comunicarse con ella. Después de todo, habían pasado años desde que asistieran regularmente a la iglesia, y por lo menos esa misma cantidad de tiempo desde que ella había orado o leído su Biblia con alguna constancia. *¿Qué querría ahora el Señor conmigo? ¿Ahora que John y yo nos hemos ido contra todo lo que alguna vez Dios quiso para nuestras vidas?*

No hubo respuesta, y Abby dejó que su mirada se enfocara otra vez en las empolvadas fotografías. Cada vez que había habido una oportunidad de enderezar las cosas, ella y John habían terminado peleando de algún modo. *Solo una vez, Abby, ¿no pudiste haber cerrado la boca? ¿No pudiste ir directo hacia él y dejarte abrazar como en los viejos tiempos?* Pensó en eso por un instante y notó que la respuesta era negativa. Palabras agresivas era lo único que había quedado entre ellos.

Aparentemente hoy día no iba a haber excepción sentimental.

No les quedaba más alternativa que seguir adelante con el divorcio y orar para que de alguna manera Dios, si es que aún le interesaba oír, los perdonara y les ayudara a tener vidas nuevas a cada uno sin el otro.

Sean y Kade ya habían bajado a la sala, pero Nicole estaba leyendo la Biblia sobre su cama, sintiendo como si pudiera flotar de verdad si intentaba levantarse. Miró a través de la habitación hasta llegar al espejo, y se dio cuenta de que nunca se había sentido más hermosa. Ella era realmente una hija del Rey, y solo él la había separado para este momento en el tiempo. Era impresionante.

Revisó las páginas de Jeremías 29 hasta encontrar el versículo que deseaba, bajo el cual había vivido y en el que había creído desde que era una niñita: *«Yo sé muy bien los planes que tengo para ustedes ... planes de bienestar y no de calamidad, a fin de darles un futuro y una esperanza».* Nicole dejó que sus ojos repasaran varias veces las palabras. Su futuro nunca había parecido más brillante que en ese momento, y todo tenía que ver con la naturaleza y la fidelidad de Dios todopoderoso.

Dejando la Biblia abierta en esa página, encontró el estuche aterciopelado que había estado oculto en su joyero. Con facilidad se puso el anillo en el dedo apropiado y lo miró. *Oh, Señor, soy la chica más feliz y llena de vida.* Doblando los dedos de la mano izquierda para que el aro no fuera tan evidente, bajó bailando las escaleras y entró a la sala donde Matt, Kade y Sean observaban un espectáculo antes del partido de la Liga Nacional de Fútbol (NFL).

—¿Dónde están papá y mamá?

Ya eran más de las nueve, Nicole sabía que no podía esperar mucho tiempo. Si no empezaban pronto, ella simplemente tendría que saltar encima de la mesa de la cocina y anunciar la noticia para que todo el vecindario la oyera.

—Arriba, tal vez —informó Kade encogiéndose de hombros, con la mirada fija en la televisión.

Nicole captó la mirada de Matt y la sostuvo, sonriéndole mientras él le comunicaba con los ojos cientos de silenciosas palabras. Luego el joven se paró y atravesó la sala.

—Te ves preciosa —la elogió besándola suavemente en la mejilla.

—Ah, dejen eso, muchachos —expresó Sean agarrando un cojín del sofá y lanzándoselo a Matt—. Nada de tonterías sentimentales antes del mediodía sabatino, ¿de acuerdo?

Nicole rió mientras Matt le entrelazaba los dedos y la llevaba a la sala.

—Un día entenderás, hermanito —le dijo Matt a Sean dándole palmaditas en la parte superior de la cabeza.

Todos rieron, el amor de Nicole por el hombre a su lado era obvio. Él ya veía a Kade y Sean como sus hermanos. Los padres de ella se emocionarían al...

—Muy bien, apaguen la televisión.

Papá y mamá entraron juntos a la sala, por unos instantes Nicole sintió que el ceño se le fruncía. ¿Estaban papá y mamá enojados entre sí? La muchacha tuvo la más rara impresión de que había algo extraño, una tensión, una muralla o un contratiempo, algo entre ellos. Algo importante.

La joven se contuvo. Alejó la imagen pestañeando y volvió a mirar a sus padres. Allí mismo. Ahora se veían bien. Sonreían y se sentaban uno al lado del otro. *Debe ser mi imaginación. Tengo demasiado en la mente.*

La sala estaba plácidamente en silencio. Ella y Matt se hallaban en un sofá, Sean y Kade en el otro, y mamá y papá en unos sillones, uno al lado del otro. Papá habló primero.

—Empecemos. Todos ustedes saben lo ajetreada que es aquí la temporada de fútbol, especialmente esta última. Y ahora que las cosas han vuelto a la normalidad hay algunos asuntos que debemos discutir como familia. Primero me gustaría...

—¿No vamos a empezar con una oración? —preguntó Nicole mirando a su padre, luego a su madre y otra vez a su padre—. Siempre empezamos con una oración nuestras reuniones familiares, ¿verdad?

Ella vio cómo mamá lanzaba una mirada de complicidad a papá, y volvió a sentir una sensación de sospecha. Él parecía nervioso, hasta culpable. Le vino un sentimiento de temor. *No puedo creer que papá se haya olvidado de veras, Señor... Vaya, ¿qué está pasando entre ellos?* Se deshizo de la preocupación. Todo estaba bien. Sus padres eran íntegros. Como una roca sólida. ¿Por qué imaginar un problema donde no lo había?

—Tienes razón, Nicki —expresó papá mirándola, la intranquilidad de un momento antes desapareció; a ella le gustaba que su padre la llamara así; era el único que lo hacía—. ¿Por qué no oras, cariño?

Nicole se encogió de hombros y miró a los rostros a su alrededor.

—Por supuesto —asintió ella, inclinando la cabeza y enfocándose de lleno en el Señor, en la bondad y la amabilidad, y en los planes que él estaba fructificando en su vida—. Padre, llegamos ante ti como uno, como una unidad, como una familia, decididos a que nuestros caminos y nuestras decisiones sean solamente los que tú has planeado para nosotros. Bendice este tiempo de comunicación y permite que nos acerquemos más como familia, que nos acerquemos más a ti, y que nos acerquemos más unos a otros. Gracias, Señor. En el nombre de Jesús, amén.

Se hizo una pausa, Nicole no pudo quitarse de encima la sensación de algo aterrador y premonitorio en el aire. *Vamos, papá, di algo divertido como haces con regularidad. Esto se está poniendo misterioso aquí.*

—Matt, empezaremos contigo —dijo su padre aclarándose la garganta y mirando en dirección a Nicole—. De este modo puedes continuar con tu día y dejarnos aquí para terminar lo planeado.

Matt asintió y apretó la mano de Nicole, la que tenía el anillo de compromiso.

—Pues bien... —titubeó el muchacho, mirando a su novia, y ella supo que nunca olvidaría el modo en que los ojos de él centelleaban—. En realidad, Nicole y yo tenemos algo que exponerles.

La joven captó la reacción de su madre, notando cómo la mirada le cambiaba de tensión fría a ojos muy abiertos por la incredulidad. Su padre aún parecía no tener idea, pero eso era típico.

—¿Quieres decirles? —inquirió Nicole respirando hondo y mirando a Matt con atención.

—Vamos, muchachos... el suspenso nos está matando —indicó John con una sonrisa forzada, cruzando una pierna sobre la rodilla y reclinándose en el sillón.

¿Por qué parece nervioso? ¿O lo está? Nicole no pudo evitar la molesta sospecha de que algo no estaba bien. *Lo averiguaré después. Ahora hay algo más importante que discutir.*

Matt sonrió y enfrentó a la familia.

—Bien, se trata de esto... —informó, levantando suavemente la mano de Nicole para que todos pudieran ver el anillo—. Le he pedido a Nicole que se case conmigo.

La joven pasó la otra mano por la nuca de Matt y le dio un rápido abrazo.

—Y le dije que sí —completó ella mirando a Matt, sin volverse hacia su familia.

Luego se dio vuelta y vio que sus padres estaban atónitos, boquiabiertos, y con los ojos desorbitados.

—Papá, mamá... ¿nos oyeron? ¡Estamos *comprometidos*! —gritó Nicole más fuerte; luego, moviéndose torpemente, los padres de la muchacha se pusieron de pie y la jalaron hasta quedar abrazados los tres.

Mamá gritaba mientras papá daba un paso atrás y le estrechaba la mano a Matt.

—Qué tremenda sorpresa... —titubeó John bombeando la mano de Matt hasta que se dio cuenta de que el momento merecía algo más que una estrechada de manos—. Ven acá.

Entonces agarró a su yerno y le dio un gran abrazo.

Al mismo tiempo, mamá puso las manos en los hombros de su hija y la besó en la mejilla.

—¡Nicole! No puedo creerlo. ¿Cuándo sucedió?

Todos los sentimientos de fatalidad inminente habían desaparecido como la niebla mañanera en el lago; la muchacha estaba llena de alegría.

—Desde el miércoles. Matt me llevó al sendero y me lo propuso inclinado, rodilla en nieve.

El grupo se desplazó de tal modo que mamá pudo abrazar a Matt y felicitarlo también. Kade entró al círculo, agarrando con suavidad a ambos por el cuello y acercándolos hacia sí.

—Qué locura, mantener un secreto como ese —les dijo, codeando ligeramente a Matt—. Bien hecho, Matt. Bienvenido a la familia.

Poco a poco cesaron los abrazos y todos regresaron a sus asientos. Nicole sonreía francamente a su padre, que tamborileaba los dedos a un nervioso ritmo sobre los brazos del sillón.

—Bueno, papá, no me digas que estás impresionado. Matt me dijo que te preguntó acerca de esto hace mucho tiempo, y que le diste tu bendición.

Los padres intercambiaron una intranquila mirada.

—¿De veras? —preguntó mamá con una ceja arqueada y lanzando a papá una sonrisa extrañamente parcial.

La sensación de intranquilidad volvió a inundar a Nicole. *¿Cuál es el problema de mamá? ¿Por qué están actuando de este modo?*

—Yo no supe nada de eso —concluyó Abby.

Una risa nerviosa salió de la garganta de John, que miraba una y otra vez a Abby y a Nicole.

—Matt dijo que podría ser... en algunos años. Creí... bueno, no tenía idea de qué es lo que quería decirnos hoy.

Matt alargó la mano otra vez hacia la de Nicole y la muchacha se le puso al lado. Todo iba a salir exactamente como ella siempre había soñado. Entonces recostó el hombro contra el brazo mucho más grande de su novio y analizó al hombre. Él era algo más, realmente. El paquete completo. Exactamente por lo que ella y su madre habían orado.

—En realidad, yo no tenía idea de que estaría listo para esto tan pronto —confesó Matt enderezándose y enfrentando a los padres de la joven.

Luego bajó la mirada y lanzó a Nicole una sonrisa que resonó en todo el ser de la chica. *¡Me ama! Gracias, Dios, ¡me ama!* Entonces Matt se dirigió a los padres de su novia.

—El cambio vino en algún momento el verano pasado, o tal vez en el otoño. Empecé a pensar en que terminaría mis estudios de leyes en junio, ¿por qué entonces no casarnos en este verano? Nicole puede seguir recibiendo clases. Es más, ambos creemos que es una buena idea que termine su educación para que pueda enseñar si ella lo desea.

A Nicole le encantó la manera en que él articuló eso. *Si ella lo desea...* La verdad era que casada con Matt tendría oportunidad. Los pensamientos eran casi demasiado sorprendentes de soportar.

—Eso es maravilloso —asintió mamá mirando de Nicole a Matt—. Estoy muy feliz por ustedes.

Abby titubeó, y Nicole le examinó los ojos, los cuales no tenían vida; además la felicidad en la voz de ella parecía artificial. *¿Por qué no estás radiante, mamá? Este es el momento más fenomenal para mí.* Quiso mencionar el hecho de que todo con relación a este día, a esta noticia, era una respuesta a la oración que su madre había hecho a menudo desde que Nicole era una pequeña niña, pero de algún modo la ocasión no pareció adecuada.

—¿Han pensado en una fecha? —inquirió John mirándolos curiosamente. Era extraño que los ojos de él tampoco parecieran afectados por el gozo de la noticia.

Nicole y Matt se miraron y sonrieron mientras se volvían hacia Abby.

—Lo resolvimos anoche. El 14 de julio. ¡El aniversario de ustedes, papá y mamá! ¿No es fabuloso?

Matt deslizó el brazo alrededor de Nicole y miró intensamente a los padres de la joven.

—La verdad es que Nicole y yo queremos la clase de matrimonio que tienen ustedes dos —declaró, y luego volvió a mirar a Nicole—. De la clase que cada año es mejor que el anterior.

Mamá se paró, su sonrisa era extraña... forzada.

—Qué maravilloso —expresó y miró a John, entonces Nicole pensó que ella le comunicaba algún mensaje tácito—. Voy a poner a hervir agua para hacer té. ¿Nicole? ¿Matt? ¿Les puedo ofrecer un poco?

—En realidad a mí también, mamá —pidió Kade levantando una mano, y poniendo una expresión ultraformal en el rostro—. Té inglés con un poco de crema dulce sería sencillamente estupendo.

Sean soltó una carcajada de niño pequeño y forcejeó con su hermano hasta que los dos fueron a parar al suelo.

—Claro. Gracias, mamá —dijo Nicole sonriendo a su madre.

Sin decir nada más, sin atravesar la sala para darle un abrazo a Nicole o pedirle que la acompañara, mamá salió a toda prisa y se dirigió a la cocina.

John se puso de pie.

—La ayudaré —manifestó, luego titubeó mirándolos de manera extraña—. Ya volvemos.

Kade y Sean seguían luchando en el piso, cuando papá y mamá estuvieron alejados como para no poder oír, Nicole se volvió hacia Matt.

—¿Están mis padres actuando de modo extraño o solo me lo parece?

—Creo que están felices —contestó el joven encogiéndose de hombros; luego una preocupada mirada le atravesó el rostro—. Lo están, ¿verdad que sí?

—Sí, parecen felices —asintió Nicole pensando en la reacción de su madre y forzando una sonrisa mientras se arrimaba a Matt; por supuesto que papá y mamá estaban felices; *solo es mi imaginación*—. Tal vez mamá está impresionada. Quiero decir, cumplió cuarenta y un años la semana pasada y ahora yo me caso. Eso es mucho con qué tratar.

—Si conozco a tu madre, una vez que lo asimile estará aceleradísima —añadió Matt riendo.

—Sí —concordó Nicole recorriéndole el rostro con el dedo—. Tú eres la respuesta a las oraciones de ambas.

Seis

El ruido de Sean y Kade luchando en la sala bastó para ocultar los convulsivos gimoteos de Abby mientras se afianzaba en el fregadero de la cocina y miraba por la ventana el gélido lago. A su lado, de espalda al paisaje, John permanecía parado en silencio con los brazos cruzados mirando hacia el suelo.

El corazón de la mujer estaba tan abrumado que apenas podía soportar el peso. *Ayúdame, Dios. Nunca me he sentido tan sola en la vida. ¿Qué se supone que hagamos ahora?*

Lo que Dios ha unido, que no lo separe el hombre, hija mía.

¡Oh, no más! Abby estaba extremadamente cansada de respuestas tontas. No era posible que ese versículo viniera de parte del Señor. No cuando Dios sabía lo que estaba sucediendo entre John y Charlene. *Necesito respuestas verdaderas, Señor. ¡Por favor!*

Silencio.

Las lágrimas le salieron más fuertes, por lo que se ocultó el rostro entre las manos. Nicole se iba a casar en seis meses, en el aniversario de bodas de ellos, nada menos, durante el tiempo exacto para el que los procedimientos de divorcio estaban programados. Era algo como salido de una terrible pesadilla. ¿Estaba el sufrimiento de vivir en un matrimonio sin amor predestinado a seguir indefinidamente?

Durante dos minutos ninguno de los dos dijo nada. Abby miró a John y sintió que dentro de ella surgía odio. *Míralo, parado allí sin pronunciar palabra. ¡Di algo! Abrázame o dime que encontremos una manera de darles la noticia a los muchachos a pesar de los planes de Nicole. Algo. Quiero decir, vamos, John. Debe-*

ríamos estar celebrando allá afuera con ellos, no aquí donde no hay respuestas, donde no hay ninguna salida.

—Tienes que calmarte, Abby —expresó John alternando el peso del cuerpo sobre los pies y volviendo la cabeza en dirección a su esposa—. Los chicos podrían entrar en cualquier momento.

Ella lo miró, boquiabierta. ¿Es que él no lo comprendía? ¿No entendía que el anuncio de Nicole y Matt cambiaba todo? Arrancó del rollo una toalla de papel, se secó los ojos y se sonó la nariz, estirando la mano hacia abajo para tirar la arrugada toalla a la basura debajo del fregadero. Cuando levantó la mirada se topó con los ojos de su esposo y los escudriñó, tratando de entender.

—¿Calmarme? ¿Quieres que me calme cuando nuestros hijos están ahí celebrando el compromiso de Nicole? —objetó ella, sonriendo brevemente y negando con la cabeza—. Quiero decir, ¿no los *oíste*? Quieren un matrimonio como el nuestro, John. Se van a casar en nuestro aniversario, por amor de Dios. ¿Crees que podemos salir ahora y decirles que nos estamos divorciando?

John apretó los dientes y miró hacia el suelo, sobándose la nuca con la mano derecha.

¡Levanta la cabeza y mírame a los ojos! Abby cruzó los brazos y lo miró. Él siempre se sobaba la nuca con relación a una cosa u otra. Era demasiado tarde para eso ahora.

—¿No puedes decir algo?

John enderezó lentamente la cabeza; Abby no estaba preparada para la transparencia o la tristeza que le vio en los ojos.

—Lo siento mucho, Abby. Me siento... no sé, creo que me siento como si te hubiera fallado a ti, a Dios, a todo el mundo.

Abby había esperado que él le contestara bruscamente, pero este... este hombre destrozado delante de ella era alguien que no había visto en casi una década.

No te olvides de Charlene.

La burlona voz lanzó dardos a su compasión, reventándola como un globo barato. *Buen intento. Hemos ido demasiado lejos para sentir pesar el uno por el otro. No con...*

No lo digas, hija. La lengua está llena de maldad.

—Ahorra tus confesiones para Charlene.

Tan pronto como las palabras salieron, Abby deseó poder arrebatárselas del aire y volverlas a meter en su interior, donde pudiera clasificarlas y filtrarlas. Recordó algo que su padre le había dicho una vez después de haberle entregado la vida al Señor. *Tratar de hacer desaparecer palabras hirientes es como intentar volver a poner la pasta dental dentro del tubo. No lo puedes hacer y, si lo intentas, solo conseguirás que se dañen más las cosas.*

—Lo siento —declaró Abby desdoblando los brazos y tamborileando suavemente los dedos en el mesón de la cocina—. Eso no fue muy amable.

—No, no lo fue —contestó John inclinando la cabeza y sondeando a su esposa—. Pero tampoco es que hayamos sido exactamente muy amables uno con el otro desde hace un buen tiempo.

Abby sintió lágrimas frescas en los ojos y se volvió para llenar la tetera y encender el fuego debajo de esta.

—¿Qué se supone entonces que debamos hacer?

—Nos calmamos, volvemos allá, y actuamos emocionados por nuestra hija, eso debemos hacer —opinó John con voz tranquila y mesurada, como sonaba cuando no se estaba discutiendo con él.

—¿Y *nuestro* anuncio? —indagó ella mientras le surgía pánico en el pecho; necesitaba aire fresco con desesperación.

No podían fingir otros seis meses, ¿verdad? ¿Mientras planificaban una boda para Nicole y Matt? *Ayúdame, Dios, yo...*

Se contuvo. ¿Qué sentido tenía pedirle ayuda al Señor si de todos modos no le estaba enviando las respuestas que ella le pedía? Al menos ninguna que pudiera usar.

—Podemos decírselo a los chicos después de la boda. De veras, Abby —consideró John con un gesto de incredulidad en el rostro—. ¿Crees que podemos volver a entrar allí, pedirle a Matt que se vaya, y luego decirles que hemos terminado? Es muy probable que Nicole empaque sus cosas y se escape. Ella merece más que eso de parte nuestra.

—Bien, por eso es que no me he calmado, ¿entiendes? —desafió ella con dolor y sarcasmo brotándole en cada palabra, luchando por no escupir a John—. Estás saliendo con otra mujer a plena vista de todos, y ahora tengo que fingir durante otros seis meses que nada malo pasa.

John puso los ojos en blanco y ella continuó, aumentándole la ira con cada palabra que susurraba.

—No solo eso, sino que debo actuar como si nuestro matrimonio fuera este brillante *faro* de ejemplo para nuestra hija y su novio mientras compramos vestidos de boda y arreglos florales. Eso es más de lo que puedo resistir, John.

—Por amor de Dios, Abby, ¡no estoy saliendo con ella! —exclamó con la voz más alta que la que había usado durante la discusión, mientras Abby miraba hacia la entrada de la cocina y otra vez hacia él.

—Baja la voz. Por favor. Y deja de mentir —pidió la enojada esposa, que no tenía idea en cuanto a qué les dirían a los chicos para explicarles por qué estaban peleando, si entraban a la cocina.

—Está bien, ¿quieres saber la verdad? —continuó John como si no la hubiera oído—. La besé. ¿Estás feliz así?

El mundo de ella cambió brutalmente mientras lo miraba. Al fin él lo admitía; después de todo Abby había tenido razón. John estaba sosteniendo una aventura amorosa. Eso solamente podía significar una cosa: él estaba enamorado de Charlene. Retrocedió tambaleándose hasta tropezar con el lugar en que el mesón formaba una L. Con frecuencia ella había acusado a su esposo, sí, pero en alguna parte de lo más recóndito de la mente siempre había esperado que no fuera así, que las constantes afirmaciones de inocencia de él quizás fueran ciertas, al menos en parte.

—¿La *besaste*?

Las palabras de Abby eran débiles y roncas, como sonidos provenientes de una anciana moribunda. La tetera comenzó a silbar, por lo que apagó el quemador sin voltear a ver. Se olvidaría del té. La cabeza le estaba dando vueltas con demasiada rapidez como para pensar en meterle algo al estómago.

—Sí. Tenías razón, ¿estás feliz? —contraatacó John acercándosele un paso, con decisión plasmada en el rostro—. ¿No es eso lo que querías oír? Lo hice; besé a Charlene una noche después del entrenamiento porque fui estúpido, débil y no pensé correctamente.

Entonces dio otro paso en dirección a ella.

—Sin embargo, Abby, no he dormido con esa mujer, ni tengo una aventura amorosa con ella.

La mirada de Abby se dirigió al suelo, al lugar donde ahora los pies de ambos estaban frente a frente como habían estado muchas veces antes. Él mentía, ella lo pudo sentir en los huesos y empezó a mover la cabeza de lado a lado con movimientos lentos y entrecortados.

—No te creo... —declaró mientras la invadía una renovada irritación y encontraba las fuerzas para mirarlo otra vez a los ojos—. ¿La besaste? ¿Por qué sencillamente no me dices toda la verdad, John, que tienes un lío amoroso y que estás enamorado de ella?

Los labios de él formaron una línea recta de ira; le desapareció del rostro todo vestigio de tristeza y compasión. De pronto descargó con dureza la palma de la mano sobre el mesón.

El golpetazo se oyó.

—¡Eh...! ¿Se rompió algo en la cocina? —gritó Nicole preocupada desde la sala.

—No, querida —informó Abby forzando la voz para parecer alegre y normal—. Tu padre dejó caer una taza. Todo está bien.

Entonces lanzó una mirada acusadora hacia John, que entrecerró los ojos.

—Cree lo que quieras, Abby. Te he dicho la verdad. No me importa cómo quieras manejar esto, pero debemos organizar un plan —declaró, haciendo una pausa mientras la tensión le desaparecía del rostro—. Nuestra decisión de divorciarnos no tiene más que ver con Charlene que con tu amigo por correo electrónico, Stan. Las cosas entre nosotros se han estado destruyendo por años.

Algo de calidez volvió al rostro del hombre.

—No salgamos peleando de este modo, odiándonos uno al otro —concluyó.

Frescas lágrimas llenaron los ojos de Abby, que cruzó ceñidamente los brazos, mirando otra vez al suelo. Él tenía razón; por eso lo odió. Stan era su editor y amigo, nada más. Pero su matrimonio con John había muerto mucho antes de que Charlene entrara en escena. ¿Cómo diablos se las habían arreglado para mantener engañados a todos por tanto tiempo? ¿Hasta a los chicos? Hábito, supuso Abby. Toda una vida de amar por los motivos correctos se había convertido en un patrón rutinario. Noches alegres y de profunda conversación habían dado paso a un silencioso aislamiento: horas de televisión sin sentido, y uso de viejas revistas para pasar el tiempo y llenar el vacío.

Y ahora les quedaba esto.

Ella asintió, enjugándose una lágrima antes de que le bajara por el rostro. John suspiró.

—Me alejaré de Charlene tanto como sea posible. Quiero decir, trabajo con ella y nada puede cambiar esa realidad. Pero haré lo posible.

Él extendió la mano para levantarle con suavidad la barbilla, y ella sintió que se le tensaban hasta los más pequeños músculos a lo largo de la columna vertebral. John ya no la tocaba de ese modo. Ahora que habían acordado terminar, ella prefería la airada indiferencia de él a esto... a este recordatorio de todo lo que habían sido una vez.

—¿Puedes hacerlo, Abby? ¿Durante seis meses?

Ella contuvo el aliento, buscando otra salida y sabiendo que no la había. Esta era la época de Nicole, su momento más dichoso. Abby no haría nada que lo estropeara, aunque el fingimiento la matara. Volvió ligeramente la cabeza y John captó el mensaje, dejando caer la mano al costado.

—Estaremos ajetreados, supongo —opinó ella manteniendo el contacto visual—. Con los planes de la boda y todo lo demás.

—Así es —concordó John asintiendo levemente—. Las semanas volarán y más tarde, cuando ellos regresen de su luna de miel, podemos continuar con nuestros planes.

Abby consideró la idea y supo que era la única alternativa. Pensó en Charlene y en respuesta el corazón le dio un brinco.

—No te burles de mí, John —le pidió ella; por primera vez en esa mañana hubo temor y vulnerabilidad en la voz.

—Te respeto, Abby —enunció él volviendo a llevar la mano al rostro de ella para quitarle de los ojos un mechón de cabello—. Tienes mi palabra.

Ella quiso alejarle los dedos y la amabilidad, gritarle que era muy tarde para eso, pero en ese momento necesitaba el toque de él más de lo que podía entender.

—Ese será por tanto nuestro secreto, ¿de acuerdo? —le preguntó ella moviéndose un poco, por lo que él retiró la mano una vez más—. ¿No se lo diremos a nadie?

—Exacto.

—Imagino que no importará, en todo caso —continuó Abby levantando la mirada y examinando las plantas alineadas en lo alto de los aparadores—.

Los próximos seis meses no tendrán que ver con nosotros sino con Nicole y Matt.

—Así es... —titubeó él y ella volvió a mirarlo a los ojos—. Además... básicamente ya estamos divorciados. Vamos por caminos separados, pasamos tiempo con diferentes grupos de amigos y dormimos en cuartos separados. Lo único que estaremos esperando será decírselo a los chicos.

Abby pestañeó. La descripción que John hacía de sus vidas parecía tan atractiva como la avena helada; entonces se secó la humedad que le volvía a los ojos. Era la verdad, ¿no es así? Eran personas aisladas con vidas separadas.

—Tratemos de superarlo sin pelear demasiado, ¿está bien?

—Estoy totalmente de acuerdo... —empezó a decir John riendo levemente, lo que encendió la ira en Abby al instante.

¿Qué creía él? ¿Que ella causaba todas las peleas? Se contuvo para no soltar una respuesta mordaz. *Respira profundo, Abby.* Si no iban a pelear, entonces debían empezar ahora. Con ella.

Pensó en algo. Si él estaba reconociendo que tenían sus cosas separadas, eso significaba que él no podía hacer comentarios sobre el hecho de que no estaban durmiendo juntos ni tenían intimidad física. Por supuesto, no habían dormido juntos durante seis meses, desde la primera vez que ella atrapara tarde una noche a Charlene en el salón de clases de él, pero eso no había impedido que John se metiera de vez en cuando con Abby. Especialmente después de las sesiones con los consejeros.

—Así que durante los próximos seis meses seremos compañeros cordiales, nada más. ¿De acuerdo? —desafió pensativamente ella nivelando la mirada con la de él.

—De acuerdo —concordó John bajando las cejas, confundido por la declaración de ella.

—Tampoco nada de: «Qué buena esposa eres, durmiendo por el pasillo». ¿Está bien?

Las tinieblas cayeron sobre los ojos de John, por lo que desapareció la intimidad que había habido allí un momento antes.

—No te preocupes, Abby, no quiero nada de ti.

La afirmación le dejó a ella un hueco en el estómago. Con esas palabras sonándole una y otra vez en el corazón, se excusó y fue al baño donde se salpicó agua fría en los ojos. *«No te preocupes, Abby, no quiero nada de ti... no quiero nada de ti...»* ¿No era ese el problema? ¿Que ninguno de los dos quería ya nada del otro? Abby esperó hasta que se le aclarara la mirada y le desapareciera un poco el enrojecimiento en el rostro. *«No quiero nada de ti... de ti... de ti...»*

Contuvo más lágrimas y lanzó una severa mirada al espejo. Las palabras de John podrían herir, pero eran más que apropiadas.

Porque, en ese momento, ella no tenía nada que dar.

Exhaló con firmeza y se unió a John y los chicos en la sala. Ninguno de ellos pareció notar algo distinto y Abby se volvió a acomodar en su sillón, fijando la atención en Nicole y lanzándole una tácita invitación.

La muchacha captó inmediatamente el mensaje y se unió a su madre, acomodándose en el suelo al lado derecho de ella.

—¿Está todo bien?

Cielos, cariño, si supieras.

—El vapor de la tetera me derritió el maquillaje. Se me metió en los ojos. Ya estoy bien.

—Qué bueno —opinó Nicole con alivio en el rostro—. Estaba empezando a creer que ustedes no estaban felices. Es decir, emocionados por nosotros.

Los chicos habían dejado de luchar y se volvieron a poner frente al televisor para ver el primero de dos partidos de la liguilla de la NFL. En medio del estruendo de la actividad y del ruido del fútbol nadie escuchaba la conversación de ellas, por lo que Abby estaba agradecida. Necesitaba tiempo a solas con Nicole, necesitaba que su hija supiera desde el principio cuán emocionada estaba su madre por su inminente boda.

—Cariño, estoy muy feliz por ti —le dijo acariciándole el pelo rubio oscuro—. Matt es un joven excelente. De veras.

—Es maravilloso, ¿verdad? —contestó Nicole sonriéndole.

Abby sintió otra oleada de lágrimas y no hizo nada para detenerlas. Llorar por la felicidad de Nicole estaba bien; llorar por la muerte de su propio matrimonio y por el sepulcro que mantendrían en secreto durante los próximos seis meses estaría absolutamente prohibido. Al menos en público.

—Me cuesta creer que hayas crecido —opinó Abby mientras una lágrima le bajaba por la mejilla—. Mi niñita, lista para casarse y formar su propio hogar.

De repente los ojos de Nicole también se llenaron de lágrimas y levantó la mano para estrechar la de su madre.

—¿Sabes qué leí hoy?

—¿Qué? —preguntó Abby sonriendo a través de ojos húmedos.

—Jeremías 29.11: «Sé muy bien los planes que tengo para ustedes ... planes de bienestar ... a fin de darles un futuro y una esperanza». ¿Lo recuerdas?

Las palabras golpearon a Abby como ladrillos que le caían encima. ¿Recordar? El pastor les había recitado esas mismas palabras en su propia boda hace más de veintiún años. Tragó grueso. *¿Cómo lidio con esto, Señor? ¿Qué le digo a ella?*

La verdad te hará libre, hija...

Abby no estaba segura si la respuesta había venido de Dios, pero de todos modos actuó en consecuencia. ¿Qué mal podría hacer?

—Lo recuerdo bien. Lo leímos en nuestra boda, cariño. ¿Sabías eso?

Los ojos de Nicole se iluminaron.

—No... ¿de veras? Yo creía que ese era *mi* versículo especial. Es asombroso —expresó la muchacha, y pensó por un instante—. Tal vez nosotros también deberíamos usarlo.

Entonces empezó a levantarse como si fuera a acercarse a Matt y preguntarle acerca del versículo en medio del partido de fútbol, pero se detuvo y volvió a sentarse.

—Se lo diré luego... ah, mamá, casi me olvido. Compré una revista de *bodas cristianas*. ¿Quieres mirarla más tarde, después de que se vaya Matt?

—Claro.

Punzadas de nostalgia ardían en el corazón de Abby. Recordó haber analizado los detalles de su boda con su propia madre, planificando la recepción, buscando el vestido perfecto...

¿Se sentiría igual cada día durante los próximos seis meses? ¿Dolida y llorosa cada vez que recordara el pasado y evocara los días antes de que John y ella dieran este mismo paso? Suspiró interiormente. Si pudiera tener la perspectiva adecuada no sería tan malo repasar esa época en su vida. Algo así como recordar a un amigo que había muerto demasiado joven. Sí, así exactamente era su matrimonio. Ningún recuerdo podría recuperarlo, pero seguramente no habría nada de malo con recordar los buenos momentos.

Sean le interrumpió los pensamientos silenciando el sonido del televisor y mirando expectante primero a su padre y luego a su madre.

—¿Cuándo terminamos la reunión?

John miró alrededor de la sala. Abby no estaba segura de qué decir, así que le disparó una mirada que decía: *Piensa rápido; no va a ser nada fácil.*

Hubo un momentáneo temor profundamente arraigado en los ojos de John mientras se aclaraba la garganta y se enderezaba en el sillón. Luego, encogiendo un poco los hombros, forzó una sonrisa.

—Planes para el verano —anunció, y miró una vez más a Abby—. ¿Correcto, querida?

—Sí. Planes de verano —contestó ella sintiéndose como un personaje en una obra mediocre.

—Y ya que Nicole y Matt nos han dado su noticia, supongo que el verano ya tiene suficientes planes —declaró John aplaudiendo como una muestra de haber concluido.

Sean pareció satisfecho, y una rápida mirada alrededor de la sala le mostró a Abby que los demás también le creyeron a John.

—¿Puedo ir entonces a casa de Ben, por favor? —preguntó Sean poniéndose de pie y dirigiéndose hacia el clóset de los abrigos—. Ya le dieron el nuevo Play Station, por Navidad. Tú debes ver el partido de la NFL, papá.

—Está bien, anda —respondió Abby sin poder dejar de reír—. Pero regresa antes de la merienda.

—De acuerdo... y asegúrate que seas el mariscal de campo —le gritó John al muchacho, guiñándole un ojo a Kade, que ahora se había tendido en el sofá, sonriendo—. Los varones Reynolds siempre son mariscales de campo.

—¡Lo haré, papá! —exclamó Sean saliendo en una borrosa imagen de bufanda al vuelo y un abrigo a medio cerrar.

Matt se paró y después de otra ronda de felicitaciones salió para encargarse de sus diligencias y deberes. Abby lo observó irse; algún lugar en lo más profundo de su ser se estremeció ante la farsa que ella y John estaban viviendo, ante la manera en que los chicos creían en ellos y les habían creído por meses. *Exactamente como si todo estuviera bien.* La familia entera caía en picada hacia un desastre fatal, y ninguno de sus hijos tenía siquiera la más leve idea de lo que se venía. ¿Qué pensarían los muchachos cuando lo averiguaran? ¿Se sentirían engañados? ¿Traicionados? Se obligó a sacarse el pensamiento de la mente. Cualquiera que fuera el precio que John y ella pagaran, no tendrían que enfrentarlo hasta después de la boda.

Tan pronto se cerró la puerta, John y Kade se ensimismaron en el partido de fútbol. Nicole los examinó y le sonrió a su madre.

—Nunca cambian, ¿verdad?

—Nunca.

La mente de Abby revivió una celebración pasada, un momento en la carrera de John por el cual habían esperado años, un tiempo en que ella y John estaban locamente enamorados. En ese entonces los brazos de John la rodeaban y todo parecía perfectamente bien en su mundo. Ella podía oírlo, incluso ahora: «Nunca lo habría logrado sin ti, Abby... nunca lo habría logrado sin ti...»

¡Basta! La silenciosa y áspera orden obligó a desaparecer el recuerdo. Una cosa era recordar cómo se habían conocido, cómo se enamoraron y decidieron casarse. Otra era ser vapuleada por recuerdos más recientes, visiones momentáneas de días felices estando juntos, de cuando se hallaban a mitad de camino hacia la eternidad.

—¿Me oíste? —preguntó Nicole apretándole la mano.

—Lo siento, querida —contestó Abby incorporándose—. Estaba distraída.

—Dije que vayamos a revisar mi revista.

Nicole fue adelante y Abby miró para ver si John notaba que ellas se estaban yendo. Debió pensarlo mejor. Él tenía los ojos fijos en la pantalla; la jugada estaba a punto de realizarse.

Una vez en su habitación, Nicole lanzó la revista sobre la cama, y Abby se recostó boca abajo a su lado.

—Creo saber qué deseo en un vestido, pero no estoy segura con respecto al escote, ¿sabes?

—Hay muchos de dónde escoger —contestó Abby pasando el dedo índice sobre las imágenes de jóvenes novias en sus variados vestidos de novia.

Nicole se enderezó y cruzó las piernas, con los ojos henchidos de asombro.

—¿No es asombroso, mamá? ¿Cuán fiel es Dios? Traer a Matt de esta manera como respuesta a todos esos años de oraciones.

Abby se incorporó y acercó las rodillas al mentón. ¿A dónde estaba yendo Nicole con esto? Solo había una respuesta correcta, desde luego.

—Él siempre es fiel.

En realidad, Dios había contestado la oración de Abby en cuanto a que Nicole encontrara un esposo piadoso.

Pero para su propia vida, mientras ella y Nicole veían fotos de vestidos de novia, había algo que Abby no lograba entender. Si Dios pudo contestar sus oraciones por Nicole, ¿por qué no había respondido las oraciones por sí misma?

Siete

John no tenía idea en cuanto a cómo iba a lograr fingir —durante los próximos seis meses— que él y Abby tenían un matrimonio feliz, pero algo sí sabía: si el problema seguía consumiéndolo, sería un inútil en el salón de clases.

Plantó los codos en la abarrotada superficie del escritorio en la parte trasera del cuarto de pesas y cerró los ojos. Debía encargarse de cuatro clases de salud y dos sesiones de entrenamiento de pesas, hacer pruebas y calificar a 152 estudiantes, además de alistarse para la liga de primavera que venía en diez semanas. Todo eso mientras intentaba evitar a Charlene Denton. Alguien dejó caer una pesa en el salón contiguo y John levantó la mirada. Al hacerlo, sus ojos se fijaron en la foto de la Navidad familiar de... este... ¿qué año? La observó más detenidamente. Sean tenía dos años, así que debió ser hace ocho.

Señor, ¿cómo es que se trastocó todo esto?

Había pasado tanto tiempo que no hablaba con Dios que sintió extraña la silenciosa pregunta, y una punzada de culpa lo vapuleó. Quizás la culpa era suya. Después de todo, se supone que era el líder espiritual. Tal vez las cosas serían distintas si solo hubiera...

Tocaron a la puerta y John se volvió. Allí estaba Charlene.

Ah, Charlene... ¿Qué voy a hacer contigo? Se hizo la pregunta y esbozó una amplia sonrisa mientras se dirigía a la puerta y la abría.

—Hola, ¿qué tal?

Charlene entró al salón con aire majestuoso y se sentó frente a él. John la examinó por un instante, disfrutando la cordialidad que había entre ellos. No era tanto que la mujer fuera hermosa, en realidad. Es que había algo respecto a ella, un parecido a Sandra Bullock tal vez, que provocaba en él deseos de estar con ella, de protegerla de los peligros de la vida.

—¿Quieres café? —inquirió ella; los ojos le brillaban y John se preguntó, como había hecho centenares de veces antes, si dentro de uno o dos años las cosas podrían funcionar para ellos dos. Ella le había asegurado muchas veces que estaba dispuesta. Pero él no estaba seguro. Ya había arruinado un matrimonio.

Rechazó la urgencia de tomarla de la mano.

—Hoy no —contestó, pensando en cómo iba a decírselo—. Oye, Char, tengo algo que decirte.

La expresión de la mujer cambió, y John pudo verle temor no lejos de la superficie de los ojos.

—Está bien.

—Se trata de Abby y yo.

—Estoy escuchando —expresó ella moviéndose en la silla.

—Estamos posponiendo el divorcio —anunció él observando cómo la mujer se erguía en la silla, más formal, más atrás de él, como si las palabras le hubieran lanzado un cuchillo directamente a través del corazón; al ella no decir nada, él continuó—. No fue algo que planificáramos. Nicole y Matt anunciaron el sábado su compromiso. Exactamente antes de que se lo dijéramos.

Charlene levantó la cabeza y la bajó en un movimiento sutil; John notó que ella intentaba ser fuerte.

—Bueno, ¿por algunas semanas o qué?

¿Algunas semanas? ¿No comprendía ella cuán difícil iba a ser esto con sus hijos y su familia? Lanzó una risita de incredulidad.

—No, hasta que haya pasado la boda. Seis meses por lo menos.

—¿Y quieres que yo espere impacientemente seis meses? —cuestionó la mujer agarrando con firmeza los brazos de la silla.

La voz de Charlene no era de enfado, pero casi. John cerró los ojos y deseó estar a mil kilómetros de distancia; allí debía haber un lugar en que la vida fuera tranquila y sin complicaciones... quizás una cancha de fútbol, donde lo que más importara fuera la forma en que sus muchachos jugaran. Cuando abrió los ojos, ella estaba esperando.

—Lo que hagas es tu problema. No te he prometido nada.

—Te importo más que ella. Sé que así es —expresó Charlene como una niñita petulante; John sintió una oleada de duda; este era el lado de ella que él no había visto antes—. Aun desde que Rod se fuera el año pasado, tú siempre estuviste allí conmigo.

La voz femenina mostró que había recuperado el control.

—Sabes cómo me siento respecto a ti, John —le confesó ella.

Sí, lo sabía. Charlene estaba enamorada de él. Si no hubiera estado seguro antes, la reacción actual de ella despejaría cualquier duda.

—Yo solo quería tu amistad, Charlene. Lo siento si te he hecho creer que podría haber algo más entre nosotros.

—¿A quién crees que estás engañando? —lo desafió y esta vez fue quien rió—. Fuiste *tú* a quien besé esa noche después del entrenamiento, ¿verdad? No me digas que lo único que deseabas entonces era mi amistad.

Allí estaba de nuevo. Como si alguien más hubiera entrado al salón usando la piel de Charlene.

—Ya no sé *qué* quiero, pero sí sé esto —resaltó John después de soltar dos exhalaciones de preocupación—. No puedo enfrentar un futuro contigo, ni con nadie, a menos que mi pasado quede detrás.

El ceño fruncido de la mujer se esfumó, como si el hecho de que él admitiera un posible futuro con ella le aplacara de alguna manera las preocupaciones.

—Tienes razón. Los dos necesitamos tiempo para considerar las cosas —aceptó la visitante sonriéndole y golpeándole juguetonamente los pies con los de ella—. Además, no parece como que no vayamos a estar juntos.

John sintió que se le relajaban los músculos. Esta era la Charlene a quien conocía, la que era su compañera, su amiga divertida. La que le recordaba el modo en que Abby solía ser. John se inclinó hacia adelante, reposando los antebrazos en los muslos. Esperaba que Charlene aún sonriera cuando oyera lo que él tenía que decirle.

—En realidad... le prometí a Abby que me alejaría de ti hasta donde fuera posible.

—¿Sabe tu esposa respecto a nosotros? —averiguó ella con las cejas arqueadas, las comisuras de los labios ligeramente levantadas, y la mirada en los ojos tan confiada como si se hubiera anotado alguna clase de victoria.

John no estaba seguro por qué, pero le molestó la reacción de la mujer.

—¿Cómo podría no saberlo, Charlene? Estamos juntos todo el tiempo. La gente habla —declaró él, y se quedó pensativo.

Lo que quedaba de la frustración y el temor de Charlene desapareció aun más; John pudo ver otra vez la despreocupada y juvenil exuberancia que tanto apreciaba en ella.

—Entonces debo mantenerme lejos, ¿eh?

Al verla allí, con el cabello oscuro cayéndole sobre los hombros, los ojos verdes centelleándole incluso bajo las fluorescentes luces de la estrecha oficina, le hizo anhelar tomarla en los brazos y... la mente se le llenó con el recuerdo del beso que se dieron, y apretó los dientes. *Muestra un poco de dominio, Reynolds.*

—*Ambos* debemos mantenernos lejos. Se lo prometí a Abby.

La boca de Charlene se curvó en una sonrisa completa y se levantó para irse.

—Está bien, si así es como tiene que ser —manifestó, besándose rápidamente dos dedos de la mano y tocándole los labios con ellos—. Pase lo que pase, estaré aquí contigo. Si necesitas hablar, lo que sea. Vivo sola, ¿recuerdas? Puedo asegurarme que nadie lo averiguará alguna vez. De ese modo puedes cumplirle tu promesa a Abby.

Sin más se volvió y salió, haciendo zigzaguear el ágil cuerpo entre las máquinas y las pesas sueltas, y saliendo sin siquiera voltear a ver.

El aire en los pulmones de John salió lentamente mientras se quitaba de la cabeza la gorra de béisbol y la lanzaba sobre el escritorio. Las palabras de Charlene le resonaban en la mente. *«Puedo asegurar que nadie lo averiguará alguna vez... de ese modo puedes cumplirle tu promesa a Abby».*

Si así es como ella se sentía, desconocía totalmente lo que era cumplir una promesa. Las dudas empezaron a roer los tobillos de la conciencia de John. ¿Qué clase de futuro esperaba tener con una mujer que podía faltar a la verdad con tanta facilidad? ¿Quién podía justificar un lío amoroso sin pensarlo dos veces? No tenía respuestas para sí mismo.

Una repentina imagen le inundó la mente: besando a Charlene a la luz de la luna en el campo de fútbol vacío del Colegio Marion, y bajó la cabeza. Mira quién la juzga. Él también desconocía totalmente qué era cumplir una promesa. *Al menos se ha ido. Quizás se mantenga lejos hasta el otoño, y entonces...*

Entonces quizás él y Charlene encontrarían un medio para hacer que el asunto funcionara; tal vez la de ellos sería una relación mejor debido a lo que él había aprendido con Abby.

Volvió a poner la atención en el cúmulo de exámenes de «Suplementos nutricionales» que yacía en lo alto de un montón de reseñas de jugadores, solicitudes de campo y anuncios publicitarios de materiales futbolísticos. Normalmente tardaría menos de una hora en corregir pruebas como esas: respuestas con varias alternativas y una sola palabra para escoger. Pero hoy había trabajado en eso durante dos horas sin haber revisado ni la mitad.

Enfocándose en la tarea a la mano, entrecerró los ojos e intentó concentrarse, pero en lo único que logró pensar fue en Charlene: en cómo había mirado, olido y supuesto tan fácilmente que él le aceptaría la oferta de estar disponible y reservada.

«Puedo asegurar que nadie lo averiguará alguna vez... nadie lo averiguará alguna vez... nadie lo averiguará alguna vez...»

¿Quién habría imaginado alguna vez que las cosas se complicarían de este modo con Charlene Denton? Como en respuesta, John recordó las palabras de Abby años atrás: *«No me gusta el modo en que te mira, como si le importara un comino que tanto ella como tú estén casados».*

Puso el lápiz sobre el escritorio y se reclinó en el asiento, entrelazándose las manos por detrás de la cabeza y cerrando los ojos. Se olvidaría de los exámenes. La única manera de entender cómo se habían complicado tanto las cosas era regresar al otoño de 1993, el año en que contrataran a Charlene como profesora en el Colegio Marion. El mismo año en que las cosas entre Abby y él pasaron de divertidas e inolvidables a atareadas y estresantes.

Ese año Nicole cumplió trece, y cada hora que la chica pasaba en el primer ciclo de secundaria parecía requerir dos horas adicionales del tiempo de Abby para elegir entre los problemas de Nicole y ayudarle a entender las penas del crecimiento. Y desde luego que había actividades deportivas. Ese año Kade cumplió diez y se estaba haciendo un nombre entre las ligas juveniles de fútbol del sur de Illinois. Cuando no había fútbol había béisbol o básquetbol.

Abby siempre parecía estar llevando a Kade de un lugar a otro, y Nicole estaba igual de atareada yendo al grupo de jóvenes, a las lecciones de natación, a recitales de piano y a partidos de balompié. Y como añadidura, estaba el padre de Abby. El hombre vivía solo, pero había perdido gran parte de su independencia desde que le diagnosticaran la enfermedad de Parkinson. Había vendido la antigua casa en Wisconsin en 1993, junto con muchos de sus muebles; luego había empacado sus pocas pertenencias para mudarse a un asilo de ancianos a diez minutos de la casa de John y su esposa. Así que además de los programas de los chicos, Abby sacaba tiempo para ir a ver a su papá varias veces a la semana. Antes John y ella pasaban las tardes dominicales viendo fútbol otoñal, ese año Abby pasaba esas horas con su padre.

La mujer estaba tan ocupada la mayor parte del tiempo, que llevaba a Sean de tres años de edad al salón de pesas del Colegio Marion y lo dejaba con John para poder tratar de cumplir con la insalvable programación diaria.

Las cosas eran muy diferentes a aquellos primeros años en que los niños eran pequeños y lo único en la agenda de Abby cada tarde había sido llevarlos al colegio para que pudieran correr por las colinas cubiertas de hierba y ver los entrenamientos de fútbol de las Águilas de Marion. Para el otoño del 93, ella no solo estaba demasiado ocupada para observar los entrenamientos del equipo de John, sino que ya no le interesaban: *«Es lo mismo, año tras año... Además, hace demasiado frío en la ladera.*

John recordaba las excusas de Abby, e incluso ahora, años después, aún dolían. Al principio ella no podía esperar para oír quién salió del equipo y quién se quedó. Ella lo acosaría a preguntas con los jugadores, estrategias y próximos partidos hasta mucho después de finalizado el entrenamiento.

Así eran esos días.

John abrió los ojos y alargó la mano hacia la botella de agua, y tomó tres largos sorbos antes de volver a bajarla y mirar atentamente la fotografía familiar. ¿Por qué había cambiado su esposa? ¿Había perdido de alguna manera su atractivo el fútbol? ¿O era él de quien ella se había cansado? De cualquier modo, cuando Charlene empezó a enseñar en Marion, la vida en la casa de los Reynolds era poco más que una borrosa imagen funcional. Al menos cuatro de cinco noches John y Abby se veían solo cuando se hallaban en la casa por la noche para comer a toda prisa antes de acostar a los chicos.

Tarde en la noche, un tiempo que habían reservado para ellos solos, se convirtió en la única oportunidad para lavar platos, doblar ropa o para que Abby editara el artículo de una revista que debía enviar al día siguiente. Cada temporada se decían que bajarían el ritmo, que estaban *obligados* a disminuirlo.

Sin embargo, se ocupaban más. Y mientras más se ajetreaban, más solitaria sentían la vida.

John recordaba la capacitación durante el desempeño laboral tres días antes del inicio de clases en 1993, cuando Charlene se le acercó y se presentó. Entonces ella contaba con veinticinco años y era joven y lozana, y sin duda captaría la atención de cientos de estudiantes. Uno de los otros entrenadores le había hablado de la nueva profesora, pero ni siquiera los elogios que hiciera prepararon a John para el impacto que ella causaba en persona.

—Hola, soy Charlene Denton. Usted debe ser el entrenador Reynolds —expresó extendiendo la mano, la cual él tomó, perplejo por la franqueza de la joven mujer.

—Supongo que me parezco a un entrenador Reynolds... —contestó él riéndole, y ella sonrió en una forma en que hacía mucho tiempo Abby había dejado de hacerlo.

—Título estatal en 1989; cuartos de final en 1990. Soy una gran admiradora del fútbol de las Águilas, entrenador. Todo el mundo sabe quién es usted.

John consideró ahora la afirmación de Charlene. Quizás por eso lo había atraído tanto. Ella admiraba el fútbol y lo admiraba a *él*. Del modo que Abby era antes de que la ladera se enfriara mucho y los entrenamientos se volvieran demasiado rutinarios.

Recordó cómo se sintió perdido, esa tarde, en medio de esa mirada escrutadora.

—Bueno, es un privilegio conocerla, señora Denton. Siempre podemos beneficiarnos de una admiradora extra en el Colegio Marion.

Aquello debió haber acabado el asunto, pero Charlene era persistente... y él, débil. Muchísimo. Ella se quedó a su lado, claramente disfrutando su compañía y sonsacándole docenas de detalles acerca del equipo y de las posibilidades para esa temporada.

—Mi esposo también lo admira —le había lanzado ella casualmente el comentario, por lo que John recordó haberse sentido relajado, aliviado al descubrir que la mujer era casada.

De ese modo no habría amenazas para ninguno de los dos.

Antes de terminar la sesión de entrenamiento, John había encontrado una manera de invitarla a cenar a ella con su esposo ese fin de semana.

—Solo para hacerla sentir bienvenida —le había asegurado.

Abby se había quedado perpleja cuando John le planteó el asunto esa noche.

—Ni siquiera los conocemos, cariño. Quiero decir, esta es la época más atareada del año. Debo entregar un artículo el lunes y comprarles los útiles escolares a los chicos. No planeaba exactamente ningún agasajo este fin de semana.

—La profesora es nueva en el personal, eso es todo —había manifestado John encogiéndose de hombros como si no fuera gran cosa—. Además, no creo que ella y su esposo sean cristianos. Sería un buen testimonio.

—Bueno, de acuerdo —había contestado Abby sonriendo con esa fatigada manera que en ese entonces había escogido, después de pensar al respecto—. Tendremos una parrillada. Y quizás tú pudieras ayudarme con la limpieza...

La noche fue un desastre desde el principio.

Charlene y Rod llegaron y, por la manera en que se rehuían y el modo en que se hablaban, era evidente que estaban peleados. Las presentaciones fueron simples y, aunque Charlene fue cortés con Abby, toda la noche permaneció al lado de John, sacándole historias de fútbol y riendo de forma histérica ante todo lo que él decía aunque fuera remotamente cómico.

¿Por qué no lo vi entonces? Tal vez nada de esto habría sucedido...

La pregunta de John en realidad no estaba dirigida a nadie; además, no había respuesta mágica. Volvió a retomar los pensamientos. La noche había sido agradable para él, pero Abby estuvo tensa casi desde el principio. Cuando Charlene y su esposo se fueron, Abby sacudió la cabeza y se dirigió a la cocina. John recordó haberla seguido y preguntarle inocentemente si pasaba algo.

—Vamos, John —había exclamado ella aventando sobre el mesón la esponja de limpiar y esparciendo agua jabonosa por el piso—. No me digas que no lo notaste.

John estaba desconcertado. ¿Estaba Abby celosa? ¿Solo porque una mujer joven y hermosa disfrutara la compañía de él?

—¿Notar qué?

—A Charlene —refunfuñó Abby.

—No puedo creerlo —exclamó John soltando una risotada antes de poder contenerla—. Sientes celos de ella. Vamos, Abby, sé realista.

Ella pareció luchar entre gritar o quebrantarse y llorar. En vez de eso estiró las manos de forma controlada, con las palmas hacia abajo, hasta tener los brazos derechos. Luego inclinó la cabeza en un gesto que indicaba que se estaba obligando a calmarse.

—En caso de que no hubieras estado mirando, la mujer se te pegó por todas partes y puso atención a todo lo que decías.

—Vamos, querida. Es una mujer casada —le había expresado John acercándose a Abby, pero ella dio un paso atrás.

—Tú también eres casado, y eso no impidió que le cayeras en el jueguito que planeara.

En ese tiempo, sinceramente John no había sabido qué quiso decir Abby, y la acusación de su esposa lo enfureció.

—Espera un momento, no me culpes de las acciones de ella. No puedo evitar si...

—¿Si qué? —Abby lo había desafiado alzando la voz—. ¿Si esa mujer está prendada de ti? Que conste, no agradezco que la hayas invitado aquí para que desfilara por *mi* casa coqueteando con *mi* esposo y comiéndose *mi* comida en *mi* mesa. ¿Me estás entendiendo?

Luego John había salido furioso de la casa, rechazando incluso la diatriba de Abby. En ese entonces el asunto había parecido ridículo. Quizás como si se tratara de esa época del mes o como si Abby hubiera estado frustrada por el cabello o algo así. Al evocar... bueno, se daba cuenta de que su esposa había tenido más razón de la que él pudo imaginar. Desde el punto de vista actual de John, parecía que Charlene había utilizado la cena para hacerle saber que él la atraía.

Volvió a inclinarse hacia adelante y hurgó entre los papeles de su escritorio. Desde entonces le había preguntado a Charlene acerca de la cena y en cada ocasión le había negado que tuviera un plan oculto.

—¿Cómo podría haber sabido que las cosas llegarían a ser así entre nosotros?

En cualquier caso, ¿cómo habían llegado a ser así las cosas? John se había cuestionado muchas veces, si es que alguna vez se había hecho la pregunta. No fue realmente Charlene, ¿o sí? Fue Abby. Demasiado abrumada con los chicos y sus programas, además de su padre, como para preguntarle siquiera a John cómo le había ido, y como para dejarlo ir solo a los partidos nocturnos de los viernes. Básicamente ella se había olvidado de él. Lo había dejado vivir su propia vida mientras ella manejaba las de todo el mundo a su alrededor, quejándose siempre de algo. Incluso desde que a Abby se le había complicado la vida, constantemente culpaba a John, acusándolo de no ayudar suficiente en la casa y de no participar lo suficiente en las vidas de los chicos. Él estaba haciendo todo lo que sabía, pero no bastaba. Su esposa se había convertido en una miserable arpía.

Considerando todo eso, cualquier hombre habría estado débil en esas circunstancias.

Al principio había sido almuerzos con Charlene en el salón de clases de él, y luego una llamada telefónica ocasional después del trabajo. No obstante, no fue sino hasta cuatro años después que Charlene comenzó a tener problemas graves con Rod.

—No tengo con quién hablar —le había confesado a John—. Reúnete conmigo aquí antes de clases. Solo necesito alguien que me comprenda.

Y así, sin decirles nada a Abby ni a los chicos, empezó a levantarse más temprano y a llegar al Colegio Marion media hora antes de clases. Recordó que en ese año Abby no le había preguntado ni una sola vez por qué. No era todos los días, desde luego, pero con el tiempo él y Charlene comenzaron a reunirse en el salón de pesas y a ejercitarse juntos antes de iniciar las clases. De vez en cuando se tomaban el pelo, dándose golpecitos en las costillas y haciéndose raras cosquillas. Pero John había sido franco con ella respecto a la situación de él.

—No creo en aventuras amorosas, Charlene.

Una de las veces que John dijera eso, ella se le acercó por detrás y empezó a sobarle ambos lados de la base del cuello, aparentemente concentrada solo en la tensión de él en la espalda.

—¿Y quién tiene una aventura amorosa?

Charlene era una compañía muy inocente, dulce y divertida. El hombre se había convencido de que era inofensiva, y que no había nada de malo en un masaje de vez en cuando después de hacer ejercicio. Recordó haberse reído ligeramente y bajado la cabeza, disfrutando el modo en que los dedos femeninos le sobaban los músculos.

—Está bien, no se trata de una aventura. Solo quiero saber dónde estoy parado.

—No te preocupes, entrenador —susurró ella bajando ligeramente los dedos por los costados de los brazos—. No estoy tratando de seducirte.

John había hecho una rápida revisión de las emociones que sentía y comprendió que no hacía falta que ella lo intentara. El solo hecho de tenerla cerca... Él había levantado la mano, quitándole firmemente las manos de sus brazos y volviéndose.

—Mira, Charlene. Me importas mucho, pero nunca podría hacer algo que pusiera en peligro mi matrimonio. En serio.

—Sí, *señor* entrenador —contestó ella sonriendo y dándole toscamente un golpecito en el hombro—. Entonces solo seré tu amiga del alma. De todos modos, eso es lo único que quiero de ti.

John se había puesto de pie, notando que la sobrepasaba como en treinta centímetros.

—Dejémoslo así entonces, ¿de acuerdo?

Pero aun mientras expresaba lo adecuado, un intenso deseo comenzaba a apoderarse de él. Quiso besarla y se sintió atraído a hacerlo. Después de todo, aún no eran las siete de la mañana, y los estudiantes no vendrían sino en media hora.

¡Hipócrita! La acusación le resonó en la mente, como si su deseo se estuviera burlando de él. *¡Hipócrita!*

Casi había sucumbido, pero finalmente retrocedió y exhaló, luchando por aliviar los sentimientos pecaminosos que lo asaltaban.

Antes de que él pudiera salir esa mañana, Charlene lo agarró suavemente del brazo, con sus ojos verdes taladrándolo, rogándole comprensión.

—La situación está mal en casa, John. Solo entiende una cosa. Eres el mejor amigo que tengo. No haré nada para perder eso.

Aquel año y el siguiente mantuvieron a raya su obvia atracción mutua. A veces, cuando parecía que sus sentimientos se estaban tensando demasiado, él tomaba unos días libres y la evitaba. Pero siempre se volvían a encontrar, fuera en el salón de pesas, en el almuerzo o después de clases en el campo de fútbol. En muchas maneras ella era la constante compañía de él. Y aunque aún se sentía hondamente comprometido con Abby, Charlene estaba a toda prisa reemplazando a su esposa como la mejor amiga de John.

No fue sino hasta el otoño de 1999 que el divorcio de Charlene y Rod se hizo definitivo. Después de eso la situación se encendió en gran manera. Los momentos a temprana hora de la mañana que John y Charlene pasaban en el salón de pesas estaban cargados de tensión sexual. Si ella estaba a tres metros, a él casi le era imposible ejercitarse. Durante los instantes en que los brazos desnudos y sudados de ambos se rozaban al pasar, o que se tocaban los dedos al intercambiar una mancuerna, John combatía chispeantes sensaciones que sin duda alguna enojarían a un Dios justo.

Dios.

El pensamiento lo trajo bruscamente al presente. ¿Dónde calzaba Dios en medio del desastre en que se había convertido su vida?

Acomodó los papeles alrededor del escritorio hasta que formaron un nítido montón. Él todavía amaba a Dios, aún creía en la Biblia y en las promesas del Señor. Solo que en algún momento, a principios de la década de los noventa, cuando la vida se volvió más agitada y Abby estaba más atareada con su padre y con los chicos, pareció más fácil dejar de asistir al servicio dominical y a las reuniones de caballeros los miércoles. Los entrenadores que dirigían partidos de balompié y fútbol americano de los muchachos no solían guardar el día de reposo. ¿Por qué debería hacerlo él?

Sin ánimo de ofender al Señor o algo así. Después de todo, en esa época John había sido un creyente por tanto tiempo que parecía haber oído cualquier sermón imaginable. Sabía miles de historias, analogías e ilustraciones, todas diseñadas para mantenerlo en la adecuada e íntegra conducta moral. Es más, para cuando cumplió treinta y cinco años en el otoño de 1991, calculó los domingos y miércoles que había pasado en la iglesia y estos ascendieron a 3,640. ¡3,640 días! Pensó en su programación de actividades y concluyó que necesitaba menos tiempo en la iglesia con un puñado de personas que apenas conocía y más con su familia o renovándose a solas para otra ajetreada semana. Después de todo, no había ley que le ordenara ir a la iglesia. No cuando cada día podía leer su Biblia y mantener una relación perfectamente devota con el Padre el domingo por la mañana, desde la comodidad de su sillón. Esa tarde, en las horas anteriores a la cena de cumpleaños, le hizo una promesa a Dios, algo que recordaba hasta el día de hoy.

Está bien, Señor, así están las cosas. He memorizado tu mensaje; conoces mejor que yo mi registro de asistencia. Devuélveme los domingos y los miércoles, y te prometo que seré un hombre piadoso todos los días de mi vida.

John consideró ahora su promesa, a la luz de todo lo que había ocurrido en los años desde entonces. *Aún te amo, Señor. Todavía creo...*

Recuerda la altura desde la cual has caído... arrepiéntete y vuélvete a mí.

Se irguió con firmeza en la silla. ¿De dónde vino *eso*? Habían pasado años desde que el Señor le hablara haciéndole recordar versículos bíblicos. Quizás no se trataba de Dios. Tal vez solo era la conciencia culpable de John.

Era verdad, su plan no había funcionado exactamente como esperó. Había empezado temprano con devocionales diarios, pero cuando Charlene dispuso que se vieran en las mañanas, algo debía quedar fuera. Después de un año de encontrarse con ella, ya ni siquiera sabía dónde estaba su Biblia.

Y en cuanto a la oración, bueno, aún oraba en cenas y reuniones familiares y...

Se imaginó el asustado rostro de Nicole un par de días atrás preguntándole cómo es que no irían a empezar la reunión familiar con oración. John suspiró y se sobó la nuca. De modo que quizás no oraban en familia tan a menudo como antes. Sin embargo... él definitivamente era un hombre de oración, aunque no había orado mucho en las últimas semanas. Meses. Años...

Arrepiéntete y vuélvete a...

El pensamiento le rondó en la mente como si su conciencia no tuviera lugar para archivarlo.

¿Y qué respecto a los partidos de fútbol? ¿No había elevado una oración antes de cada competencia mientras dirigía en el Colegio Marion? ¿No le había hecho frente a los poderes de lo políticamente correcto y decidido que su equipo oraría aunque los demás no lo hicieran? ¿No había sido un pilar ejemplar para innumerables muchachos que habían pasado por su programa?

Le vino a la mente la imagen de Charlene, parada a su lado cerca del vestuario en el campo de juego del colegio a altas horas una noche, en brazos de él mientras la besaba.

Así que no soy tan perfecto. Al menos la besé una vez. No es que no haya tenido mis oportunidades.

Recordó la ocasión en que Charlene le pidió que pasara a verla un sábado por la mañana, el verano anterior, para hablar de algunos planes de enseñanza para el otoño. Abby había salido de la ciudad con Nicole para un partido de balompié, y Sean y Kade estaban haciendo tareas en casa. Charlene y Rod no tenían hijos y, para entonces, Rod se había mudado a Michigan para aceptar un empleo en una empresa de ingeniería con tecnología de punta. Por tanto, John sabía que Charlene estaría sola.

Esa mañana al tocar a la puerta, esta se abrió con poco esfuerzo.

—¿Eres tú, John? —la voz de Charlene vino desde alguna parte del pasillo. *La habitación de ella, sin duda.* John había tragado grueso, y se había obligado a sentarse en la sala.

—Soy yo. Te esperaré aquí.

—Ven acá —había respondido ella de manera rápida y despreocupada—. Tengo mis cosas regadas sobre el escritorio.

Alerta al peligro del momento, John se dirigió al pasillo hacia la distante alcoba con sentimientos mezclados. Él y Charlene ya estaban tan cerca, como buenos amigos, que él podía confiar en que ella no le haría una jugada. Era él mismo quien le preocupaba.

—Hola —dijo él llegando a la puerta y asomando la cabeza.

Al sonido de la voz de él la mujer apareció desde un clóset, con el cabello envuelto en una toalla mojada, y el cuerpo sin más abrigo que un holgado lienzo de baño. Entonces hizo un gesto hacia un pequeño escritorio cubierto con varias hojas de papel.

—Ven y siéntate.

Si las advertencias que él sintió hubieran sido audibles, la alcoba habría estado a reventar con el clamor de campanillas y silbatos. Pero puesto que eran silenciosas, él no les hizo caso y se acercó, evitando el contacto con la mujer mientras se sentaba. Como si ella fuera inconsciente del efecto que tenía sobre John, le rodeó casualmente los hombros con un brazo y se le reclinó por sobre la espalda, señalándole los planes que deseaba analizar.

El olor a champú y el ocasional goteo de agua sobre el brazo de John le imposibilitaron entender en lo más mínimo lo que ella manifestaba. Después de diez atormentadores segundos, él empujó la silla hacia atrás.

—No puedo hacer esto.

Luego John la miró profundamente a los ojos, y la coqueta mujer vio que dijera lo que dijera a continuación sabía exactamente a lo que él se refería.

—¿La mesa de la cocina entonces? —preguntó Charlene sonriendo afectuosamente, con una sonrisa que expresaba que no lo presionaría, que no lo obligaría a cruzar una línea que lo hiciera sentir incómodo.

John asintió. Sin pronunciar una palabra más atravesó la casa hacia la mesa de la cocina, donde ella se le unió quince minutos después. El resto de la mañana se sintió abrumado con un doloroso deseo que no tenía nada que ver con Charlene Denton.

Tenía que ver con Abby.

¿Por qué estaba pasando la mañana sabatina aquí, en la casa de esa extraña, en vez de estar al lado de la única mujer a la que todavía amaba más que a mi vida misma?

Basta de recordar. John se puso de pie y con las manos recogió los papeles del escritorio. Era hora de irse a casa y buscar la manera de concluir allá su trabajo. Al menos no se pondría en el camino de Abby. Durante esos días la sola presencia de él parecía presionarla.

Tal vez debería ir a casa y orar.

Hazlo ahora, hijo, antes de que pase otro momento.

Allí estaba esa voz otra vez. ¿Era la misma que le había hablado de modo tan normal mientras vivió sus 3,640 días de iglesia? Rechazó el pensamiento. Había desperdiciado suficiente tiempo para un día sin sentarse a solas en la oficina tratando de arreglar las cosas ante Dios. ¿Cuál era el punto? Él y Abby habían tomado la decisión de terminar su matrimonio. Una decisión a la que no iban a dar marcha atrás.

No, en esta ocasión habían preferido actuar de modo independiente, sin la ayuda del todopoderoso Dios. John acomodó la silla y antes de salir miró una vez más la foto de Navidad. Abby era una mujer bastante hermosa. Muy llena de vida y amor. Al menos lo había sido. *Abby, muchacha, ¿qué nos sucedió? ¿Simplemente nos llenamos de ocupaciones y renunciamos a hacer un esfuerzo? ¿Es ese el legado que les dejaremos a nuestros hijos y a nuestra hija ahora que empieza una vida propia?*

En respuesta solo obtuvo el zumbido de las luces en lo alto, y dejó que la mirada se le posara un momento más en la imagen de su esposa. Sin pensarlo, llevó el dedo al rostro de ella y lo recorrió con ternura. *Te extraño, Abby.* Por primera vez en años estuvo tentado a ir a casa, tomarla en los brazos, y decírselo, frente a frente.

Qué locura. Sacudió la cabeza y la idea desapareció. *Ni siquiera nos gustamos ya. ¿Cómo puedo estar extrañándola? Contéstame eso, Dios, ¿cómo?*

Más silencio.

Figuras. Primero Abby, ahora Dios. Lo siguiente que sé es que los chicos me darán la espalda. Permaneció parado, con los pies derechos, y sintiendo dolor por la familia feliz que estaba en la fotografía. *¿Qué hice para que te volvieras contra mí, Abby?* Levantó la mirada tratando de ver a través del cielo raso. *O tú, en realidad.* Apagó la luz y entró a la fría e invernal noche, seguro tan solo de algo muy triste: cualesquiera que fueran las decisiones que tomara respecto a su futuro en los meses venideros, no involucrarían a las dos personas que una vez importaran más que cualquier otra.

Abby y Dios.

John no tenía idea de cómo él y su esposa llegaron a la decisión de divorciarse, una decisión que prácticamente le eliminaría de la vida tanto a Abby como a Dios. Solo sabía que lo habían hecho. Pensó en las dos personas... Abby, por quien una vez habría entregado su propia vida; y Dios, que voluntariamente había muerto para darle esa misma vida desde el inicio. Abby, a quien él se había prometido por siempre; y Dios, que se había prometido por siempre para él.

Yo era joven y tonto.

Eras feliz, hijo mío... piadoso... apartado... Arrepiéntete y vuélvete a mí...

El cortante viento le daba en pleno rostro. Se encaminó hacia el auto, haciendo caso omiso de los susurros silenciosos del corazón.

No, a pesar de los sentimientos de culpa no cambiaría de opinión respecto al divorcio. Abby estaba irascible, dura y distante; había estado así por años. Aunque quisieran no podrían hallar la manera de volver a ser las personas que una vez fueron, ni a encontrar las vidas que una vez tuvieron. Era demasiado tarde; habían ido demasiado lejos. Y si eso significaba perder a Dios en el proceso, lo perderían.

Se apretó más la capucha de la chaqueta del campeonato estatal alrededor de la cabeza y jugueteó con las llaves. Además, era probable que Dios hubiera abandonado al entrenador Reynolds hacía mucho tiempo. Ese pensamiento se enraizó en John mientras subía al auto y comenzaba a conducir, luchando todo el tiempo por olvidarse de lo que lo esperaba en casa, y en vez de eso girar el volante del auto y manejar directo hacia la casa de Charlene Denton.

Ocho

La mujer estaba volviendo loca a Abby, amenazando con arruinarle toda la salida.

En todo caso, ¿de quién había sido la idea de traerla? Se suponía que la tarde fuera un tiempo especial entre Nicole y ella, horas para mirar vestidos de novia, buscando el ideal.

En vez de eso, ella y Nicole apenas habían tenido un momento para intercambiar miradas, menos aún para tratar de interrumpir la conversación. *Ten paciencia, Abby. No hagas una escena.* La mujer —Jo Harter, divorciada, madre soltera e incrédula— era la futura suegra de Nicole, a fin de cuentas. Quizás era una de esas mujeres que hablaba demasiado cuando estaba con personas que no conocía bien.

—Entonces, de todas formas, como yo le estaba diciendo el otro día a Margaret en la oficina, una chica tiene que vestir de blanco —expresó la mujer castigando al chicle como si fuera culpable de algún crimen—. Es decir que no importa mucho que tenga los accesorios, sí saben a lo que me refiero, pero aún así el vestido tiene que ser blanco.

Dio una rápida exhalación.

—Bueno, mira la tez de Nicole. La chica estaría perdida en algo color marfil o subido de tono. Tiene que ser blanco; insisto absolutamente.

Jo se relamió, frotándose una excesiva capa de lápiz labial, y revisando a toda prisa un perchero de vestidos.

—En realidad, me gusta el blanco, pero estoy buscando... —empezó a decir Nicole lanzándole una mirada a Abby.

—¡Lo encontré! —exclamó la mujer, cuyo cabello de tono rojo fuerte creaba un enorme contraste con los vestidos blancos que colgaban del perchero. El pecoso rostro adquirió de pronto un incómodo color rosado cuando Jo sacó a la fuerza uno de los atuendos. Este tenía escote alto pero el dobladillo llegaba apenas abajo de la rodilla, donde se partía y curvaba en tres colas de encaje que pendían desde la espalda.

Es horrible; parece a medio terminar.

Abby aguantó las ganas de decir lo que pensaba pero, en vez de eso, lanzó a Nicole una mirada de complicidad. *Cielos, cariño, espero que las cosas se les faciliten a ustedes dos. No hay nada más maravilloso que compartir una amistad con la suegra.* Abby recordó a Hattie Reynolds y se preguntó cómo le estaría yendo a la mujer, que agonizaba de la enfermedad de Alzheimer, y a quien la habían relegado a un asilo para indigentes. Habían pasado meses desde que ellas hablaran o incluso...

—Bien... —dijo Nicole interrumpiendo los pensamientos de Abby y mirando atentamente el vestido—. En realidad no es lo que tenía en mente, con toda sinceridad.

—Es sin duda alguna el estilo más reciente, Nicole —insistió Jo bajando el rostro—. ¿No has estado leyendo las revistas?

Abby estaba orgullosa de la forma en que su hija trataba a la mujer: con paciencia y educación, pero firmemente decidida a salirse con sus propios deseos. La muchacha agarró con delicadeza el vestido y lo volvió a colocar en la percha.

—En verdad estoy buscando un vestido más tradicional. Blanco, sí. Pero también elegante, inolvidable, de esa clase.

Jo asintió con la cabeza, ligeramente desalentada, y luego volvió la atención hacia Abby.

—A propósito, he tenido la intención de decirte...

La mujer hizo una pausa; Abby se preparó mentalmente. Jo era de Carolina del Norte, y muchas veces durante ese día solamente la falta de oxígeno le había impedido continuar por horas en cada tema que tocaban.

Jo ajustó la cabeza para que los ojos estuvieran al nivel de los de Abby, arqueando de modo dramático las cejas.

—Qué hombre tan magnífico el que tienes en ese John tuyo. Sí señor. Gran estrella de fútbol americano de la Universidad de Michigan —expresó agitando una mano al aire—. Recuerdo cómo fue. Denny y yo habíamos estado desperdiciando ese día, sin nada que hacer el fin de semana, cuando sintonizamos en la televisión un partido de pelota colegial. Y ese hombre tuyo... mmhhhm.

La mujer alargó el sonido tanto como pudo y luego tomó una bocanada de aire.

—El mariscal de campo más apuesto que he visto desde entonces.

La molestia en el estómago de Abby la agarró por sorpresa. ¿Así que John era apuesto? Eso no afirmaba un matrimonio más de lo que la pintura a las paredes.

—Sí, siempre ha sido apuesto.

—Desde luego, tú no te ves nada mal —añadió Jo dándole una ojeada y sonriéndole—. Debe ser interesante, eso es lo único que puedo decir.

Aprovechando que ya no era el objetivo de Jo, Nicole hizo circular el perchero, absorta en pensamientos privados mientras revisaba con cuidado cada vestido en la sección. Abby volvió a sentir que le brotaba la frustración. Se suponía que este fuera *su* tiempo con...

—¿Cuánto tiempo dices que han estado casados?

Abby pestañeó. *Aquí vamos de nuevo.*

—Cumplimos veintiún años en julio pasado.

—Veintiún años, ¡vaaaayaaa!

Jo hizo un sonido como el de una granjera llamando a los cerdos al final del día. La última nota fuerte resonó en medio del aire de la tarde, y Abby miró alrededor con la esperanza de que no estuvieran atrayendo audiencia.

—¿Sabes lo que creo? —preguntó Jo poniéndose con firmeza las manos en las caderas, y después le dio un golpe a Abby en el hombro—. Creo que veintiún años ya es un milagro.

Abby retrocedió un ligero paso y deseó con desesperación que la mujer la dejara sola. *No me hable de milagros, señora. Esa clase de fenómenos no les suceden a personas como yo.*

Se esforzó por ocultar su incomodidad, no es que tuviera importancia. Jo estaba demasiado ocupada disfrutando el sonido de su propia voz como para percatarse de algo más. Se examinó las uñas, admirando la manera en que los bordes estaban perfectamente redondeados y pintados de color naranja para hacer juego con la blusa.

—¿Sabes? Uno de estos días hasta podría poner un pie en una iglesia si creyera que eso me devolvería a mi Denny. Sí, señor, creo que podría hacerlo —continuó Jo dejando caer las manos a los costados, y mirando directamente a Abby—. Tú asistes a una iglesia, ¿verdad? Es lo que Matt me dice. De eso es de lo que primero habla desde que fue y encontró la salvación. «Son cristianos, mamá». «Ella es creyente, mamá». Parece que la gente cada vez toma más a pecho pasar tiempo en el edificio de una iglesia; sin embargo, ¿sabes cuál es mi opinión?

Abby abrió la boca, pero no tuvo tiempo para contestar.

—Más les conviene. ¿Y sabes qué más? Si creyera que mi Denny volvería a mí, es probable que yo también aceptara —siguió hablando la mujer, apenas respirando—. Matt no me dijo exactamente qué son ustedes, de todos modos. ¿Son pentecostales, presbiterianos, bautistas, de los que van de casa en casa, televidentes o qué? Porque no tengo nada contra ninguno de ellos; quiero que sepas que lo oíste de mí primero. Aquí mismo. De primera mano. No quiero discutir de religión cuando de la boda de los muchachos se trata.

Jo titubeó, en realidad para darle a Abby una oportunidad de hablar, pero ella no estaba segura de qué decir.

—Bueno, ¿de qué categoría? ¿Qué son ustedes? Por supuesto que no parecen de los que van de casa en casa, y lo digo como un cumplido.

—De hecho pertenecemos a la Iglesia El Calvario.

Esta mujer es una lunática.

Debes estar preparada a tiempo y fuera de tiempo.

Abby se quedó impresionada interiormente ante las palabras que se le filtraban en la mente. *Ni siquiera puedo hacer que mi matrimonio funcione, Señor. Te puedes olvidar de que yo me prepare con esta mujer, especialmente si ella se va a mantener...*

—Iglesia El Calvario... —titubeó Jo mirando el cielo raso del almacén—. Me suena como una tienda navideña.

Respiró entrecortadamente.

—¡Espera un momento! Creo que sé de qué clase son. ¿De las que todos se desenfrenan y empiezan a reír y a correr en círculos?

A pesar de su frustración, Abby debió resistir los deseos de reírse a carcajadas. Sería fabuloso hacerle creer que eso era verdad.

—No, nada de eso.

—¿Cuál es el problema con la gente de la Iglesia El Calvario? ¿En qué creen ustedes? ¿En eso de fuego y azufre del infierno de lo que todo el mundo siempre habla?

Se controló rápidamente.

—No es que me importe, de veras. Nunca me molestaron todas esas cosas como: «Ponte a cuentas que el Señor podría regresar mañana mismo» —continuó Jo, y a pesar de lo que dijo, en sus ojos resplandeció la preocupación—. Quiero decir que está bien para ustedes además, pero yo soy una persona muy ocupada. Los domingos son mis días de limpieza, en realidad.

Dile la verdad, Abby.

La voz era tan fuerte y clara que Abby se preguntó si Jo también la había oído. Más por hábito que por cualquier otra cosa, miró tiernamente a Jo.

—Nuestra iglesia es como muchas otras. Creemos en Jesucristo y en que la Biblia es el único mensaje infalible de Dios.

Jo pareció intrigada y se quedó en silencio por casi dos segundos completos, algo que era un récord en toda la tarde.

—¿Crees de veras eso, eh? ¿Una mujer inteligente como tú?

Abby asintió. Lo creía, ¿no es verdad? Quizás no había estado viviendo como creía, pero en alguna parte en lo profundo del corazón sabía que la Palabra de Dios era veraz.

El cielo y la tierra pasarán, pero mis palabras jamás pasarán.

Más allá de Abby o John, o del hecho de que habían decidido divorciarse. La Palabra de Dios era eterna.

—Sí, lo creo.

—Eh. Bien, tú y yo debemos tener algunas charlas sencillas, antiguas e interminables sobre ese tema. Especialmente entre hoy y el gran día de la boda. Denny y su nueva esposa están separados ahora, y no sé si él fue lo mejor que alguna vez me acaeciera. A partir de ahora voy a perder diez libras y a teñirme el cabello solo para llamarle la atención. Y él vendrá al instante, ¿sabes por qué?

—¿Por qué? —preguntó Abby analizando el cabello de la mujer y notando que, después de todo, el rojo no era natural.

—Porque desde que Matt ha preferido las cosas de Dios, Denny también se ha interesado. Creo que en realidad está empezando a creer en eso. Nada disparatado, imagínate, pero Matt dice que es casi como si hubiera algo distinto en el tono de voz de su padre. Algo que no tenía antes.

Jo sonrió ampliamente y Abby notó que la mujer se había hecho blanquear los dientes, que estaban más blancos que los vestidos de novia.

De no ser tan insoportable, Jo casi sería una mujer hermosa... pero si había hablado así durante los años que estuvo casada, lo menos que Abby podía hacer era felicitar a Denny por haber tenido el sentido común de marcharse.

Lo que Dios ha unido, que no lo separe el hombre, hija mía.

Abby se llenó de temor, y sintió la santa amonestación de manera tan enérgica como si Dios se le hubiera aparecido para decírsela en la cara. ¿Qué pasaba con ella? ¿Cuándo se había comenzado a sentir tan hastiada y arrogante con el matrimonio? La situación entre John y ella era una cosa, pero ¿estar de acuerdo tan fácilmente con el divorcio? ¿Solo porque una persona hablaba demasiado?

Lo siento, Señor, ya ni siquiera me reconozco.

—Mamá, ¿qué te parece este? —inquirió Nicole como a cinco metros sosteniendo un vestido.

Abby inclinó la cabeza y lo examinó. Cuello elevado con encajes, corpiño ceñido, cintura apretada, y falda tradicional que brillaba con lentejuelas y encajes.

—Me gusta —contestó Abby sonriendo al imaginarse a Nicole con ese vestido.

—Aún debemos comer y tengo que encontrarme con Matt en unas cuantas horas —anunció Nicole mirando el reloj—. Tal vez le pida al almacén que me lo guarden.

—Buena idea.

Cuando el vestido estuvo guardado en forma segura, el grupo de tres se dirigió a un restaurante de ensaladas a una cuadra de distancia. Jo habló otra vez acerca de Denny; Abby se recordó continuamente que la salida estaba a punto de acabar.

—¿No les conté la historia de Denny y yo, verdad? ¿De cómo decidimos que era demasiada responsabilidad y nos dimos por vencidos? —preguntó Jo caminando entre ellas—. La peor decisión que he tomado.

—Eh... —titubeó Abby captando una mirada forzada de Nicole y devolviéndole la sonrisa. *Oh, bien, pequeña niña. Déjame tratar con ella*—. No creo que lo mencionaras.

Abby mantuvo la mirada al frente en espera del siguiente capítulo.

—La cuestión con Denny y yo era que en realidad nos amábamos. Quiero decir de veras. Así empezó y todo pareció ir bien más o menos hasta el séptimo año. Luego pasó algo y, santo Dios, si les llego a contar de que se trató.

Esa última parte captó la atención de Abby. *Ella podría estar contando también mi historia...*

—Un día estábamos en un gran nivel, pasando tiempo juntos, riendo, amándonos, haciendo bebés y pescando. Al siguiente... —Jo se detuvo para hacer un sonido con los dientes y el labio inferior—, apenas hablábamos. En un santiamén llevábamos vidas separadas. Quiero decir, completamente separadas. Él se quedaba afuera en la casa rodante, mientras a mí no me importaba lo que hiciera. Y esa no fue la manera en que comenzó todo. Es más, si ustedes tienen un minuto les contaré cómo empezamos. Prácticamente una historia de amor, a decir verdad.

Abby tuvo la sensación de que no había manera de negarse a oír la historia. Entraron al restaurante, y Jo se detuvo el tiempo suficiente para llamar la atención de la mesera.

—Señorita, necesitamos una mesa para tres en la que podamos hablar tranquilamente —pidió lanzando una gran sonrisa a Abby y luego a Nicole—. Tenemos mucho de qué conversar.

Luego señaló la hoja de reservaciones.

—Y no demasiado cerca de la sección de fumadores, si no le importa.

—¿Sección de fumadores? —cuestionó la mesera, una morena de no más de dieciséis años que parecía confundida por el comentario de Jo.

Abby y Nicole volvieron a intercambiar una mirada que les hizo morderse los labios para no reír.

—La sección de fumadores —resaltó Jo inclinándose más hacia la chica—. Así es como yo la llamo, ¿de acuerdo? El lugar donde el aire es tan denso por el humo que una persona podría perder la voz en quince minutos. No queremos la sección de fumadores porque como dije, tenemos mucho de qué hablar.

—Por supuesto —accedió la muchacha mirando sin expresión a Jo por un instante—. Está bien.

Jo se quedó inmóvil, obviamente esperando más información.

—Bien, ¿de cuánto tiempo de espera estamos hablando? Porque hay un Micky D's a la vuelta de la esquina si no resulta aquí. Nada personal, recuerde, pero necesitamos un lugar tranquilo para hablar.

¿Y si nos fuéramos al McDonald's? Abby se guardó el comentario para sí y observó con compasión a la mesera mientras esta revistaba su diagrama de mesas disponibles.

—Deberán esperar como cinco minutos —anunció la chica en tono inseguro, como si la confusión le hubiera ido en aumento desde el instante en que Jo entrara al edificio, y aún no se hubiera recuperado.

—Está bien, cinco minutos —advirtió Jo sonriendo con complicidad a la chica—. Te estaré tomando el tiempo a partir de este momento.

La muchacha se dirigió al comedor con pasos rápidos y nerviosos, y Jo usó su partida como señal para reanudar el monólogo.

—Así que de todos modos, como les venía diciendo, nunca ha habido una historia de amor como la de Denny y yo, y les estoy hablando la verdad; sinceramente, delante de Dios...

Jo divagó durante los cinco minutos de espera, deteniéndose solo el tiempo suficiente para seguir a la mesera hasta la mesa y llenar su plato en el mostrador de ensaladas. Para cuando volvieron a la mesa, Jo había hablado de su historia de amor con Denny durante casi media hora; Abby aún no estaba muy segura de cómo se había conocido ese par.

Nicole parecía absorta en sus propios pensamientos, contenta de dejar que Jo divagara. *Ella está pensando en Matt, el vestido y el resto de su vida.* Abby fingió estar escuchando, pero por dentro le estaba sonriendo a Nicole. *Eres muy hermosa, cariño. Yo no podría estar más feliz por ti.*

¿Cómo recordaría esto Nicole, su historia de amor con Matt, cuando un día su propia hija se estuviera casando? De algún modo agradecía la distracción que Jo brindaba. De otra manera estaba segura que Nicole estaría acribillándola con preguntas acerca de la historia de amor de John y Abby.

Algún día... Quizás algún día podré hablar al respecto sin sentirme iracunda, dolida y frustrada, sin querer pegarle a la pared con el puño debido a la forma en que arruinó todo. Debido a cómo me obligó a ponerme al frente de la crianza de los chicos, y a la manera en que se dedicó tanto al fútbol que ni siquiera recogía lo que desordenaba.

Abby se sintonizó por un momento.

—Pero después de ese día en la competencia de pesca del condado ya no hubo vuelta atrás, no señor. Denny atrapó el pez más flamante y grande que desde entonces nadie ha visto en todo Marion, Illinois. Les digo que era un pescado realmente enorme. La verdad sea dicha, y toda la vida he sido portadora de la verdad, no se pesca nada más grande de como ese se veía cuando...

La mente de Abby volvió a divagar. Jo y Denny no tenían nada en común con John y ella. El amor de ellos estaba destinado desde la infancia, como un asombroso arco iris a través del cielo para que todo el mundo se maravillara de él. Tragó saliva y dejó el tenedor, mirando la lechuga marchitándose en el plato. Por supuesto, como todos los arco iris, la luz de ellos se había extinguido, y lo único que quedaba ahora eran tormentosos grises y opacos tonos de beige. Muy pronto todos sabrían que por fabulosa que hubiera comenzado una historia, y por mucho que hubiera durado, había estado condenada por mucho tiempo a un horrible final. De la clase que hacía que la gente saliera de los teatros queriendo la devolución del dinero.

Ah... pero una vez la historia de ellos había sido verdaderamente brillante.

Por allá en la primera década de casados, Abby contaba esa historia a menudo, refiriéndose a John como a su príncipe azul, y disfrutando en secreto la manera en que otras parejas trataban de modelar lo que ellos dos tenían en conjunto. Recientemente la historia de cómo se conocieron de chiquillos y de cómo al fin llegaron a casarse parecía pertenecer a otra época, y a otra mujer. Como si tal vez nunca hubiera sucedido en absoluto.

La voz de Jo le interrumpió los pensamientos.

—Así que allí estábamos, todo este pescado con el vientre abierto y extendido sobre el mesón de la cocina en la casa de mi suegra cuando vimos algo brillante en las agallas de uno de los pequeños...

Jo no necesitaba una audiencia. Si Abby y Nicole inclinaban las cabezas y se quedaban dormidas, la mujer seguiría hablando. La historia continuaría mientras las dos estuvieran respirando y quizás hasta si no lo hicieran. Notó que Nicole revolvía el tenedor entre una bola de atún en el plato. Agallas de pescado. Gran conversación para el almuerzo.

No, Abby estaba casi segura de que no había nadie cuya historia de amor superara a la de ella y John. Trató de recordar, al principio las imágenes parecieron confusas. Pero después de varios segundos se volvieron más claras, y Abby se dio cuenta de algo. No es que se hubiera olvidado del pasado vivido junto a él, ni que se hubiera convencido de que quizás nunca ocurrió. Simplemente había dejado de darse autorización para volver atrás.

Pero aquí, con Jo Harter narrando una historia que parecía no tener un verdadero argumento, pero que no obstante estaba ligada a durar el resto de la tarde, Abby se permitió recordar como no lo había hecho en años.

Allí, en la privacidad de su propia mente, viajó a una época y a un lugar en que solo era una muchachita de diez años de edad, que vivía en una maravillosa y antigua casa en la parte posterior del Lago Geneva.

«*Abby, entra y aséate...*» Era la voz de su madre, tajante y vívida como si aún estuviera viva, todavía mirando a Abby desde el pórtico posterior y haciéndole señas para que saliera del agua...

—Me estás escuchando, ¿no es así, Abby? —la voz ronca de Jo cortó el recuerdo, deteniéndolo en seco.

Abby respiró tranquilizadoramente. Este no era el lugar. Pero tal vez no era una idea tan mala, después de todo. Sea como sea, los planes de boda de Nicole estaban ligados a sacar muchos de los recuerdos del pasado de Abby...

—Es una historia fascinante, Jo, pero tendré que oír el resto después —expresó Abby sacando un billete de diez dólares y poniéndolo sobre la mesa.

—Nicole prácticamente saltó del asiento y se unió a su madre cerca del borde de la mesa, agarrando un billete y pasándoselo a Jo.

—Yo también. Lo siento... Matt me está esperando.

Jo parecía desilusionada, pero recogió el dinero y comenzó a calcular.

—Bueno, ahora, ¿no saben ustedes que nunca confié en alguien para decirle esto? Ha sido la mejor de las tardes que pueda recordar en mucho tiempo, fue grato pasarla con ustedes muchachas. Opino que lo volvamos a hacer la semana entrante, ¿eh? Muchísimas compras qué hacer, y si hay algo que me encanta es...

—La próxima semana no, Jo —interrumpió Abby mirando a Nicole y sonriendo—. Le prometí a Nicole que saldríamos un par de días, solamente ella y yo.

Luego volvió a mirar a Jo.

—Hemos hecho eso incluso desde que ella era una niña pequeña.

—Bien, entonces, ya sé —opinó Jo con ojos iluminados—. Jueves por la noche de esta semana en la siguiente. ¿Qué tal si retaceamos juntas?

—¿Retacear?

Sácame de aquí...

—Ah, lo olvidé... —dijo la pelirroja mujer haciendo borbotear la voz desde el fondo de la garganta. Ustedes los del norte lo llaman álbum de recortes. Tú sabes, ir juntas a la tienda de artesanías y pegar fotografías sobre el papel. Estoy haciendo un álbum y se lo pienso dar a Matthew para la boda.

Echó una rápida mirada a Nicole y se llevó un dedo a los labios.

—Shhh, no le digas nada, bueno. Es una sorpresa. Como cuando yo solía llevarle caramelo de leche con mantequilla de maní al colegio después de un buen informe escolar —explicó, sonriendo orgullosamente a Nicole—. Y tú, encanto de niña, eres lo mejor que él ha conseguido desde quién sabe cuándo y, como siempre digo, la celebración tiene que estar de acuerdo con lo que estás celebrando.

Abby observó los ojos de Nicole, analizando posibilidades mientras se volvía hacia ella, medio expectante, medio excusándose.

—Mamá, sé que estás ocupada con tus artículos —declaró parpadeando como solía hacer cuando era pequeña—. ¿Crees que podrías sacar tiempo para hacerme un álbum de recortes?, bueno.

Nicole volvió a mirar a Jo.

—Creo que es una gran idea.

En ese momento Abby estaba dispuesta a hacer todo lo posible para terminar la tarde y alejarse de Jo Harter tanto como pudiera. Por otra parte, la idea no era mala. Había empezado un álbum de recortes para Nicole cuando su hija estaba en la escuela primaria, pero se habían perdido algunas páginas. En algún momento después del décimo cumpleaños de la niña, Abby se había atareado demasiado como para seguir con eso. Si iba a terminarlo alguna vez, no había un mejor momento que el actual.

—De este jueves en una semana, entonces. ¿A qué hora?

—A las seis de la tarde —contestó Jo sonriendo—. Encontrémonos en Crafter's Bin de Main y Sixth.

Cuando las tres salieron al estacionamiento, Nicole y Abby se despidieron aliviadas de Jo, mientras la veían irse. Entonces Abby se volvió hacia su hija y las dos casi se desploman de la risa.

—Creí que casi iba a perder el control —comentó Nicole sin poder respirar por reírse con tanta fuerza.

—Lo único que sé es que de haber oído un detalle más acerca de agallas de pescado y objetos brillantes deslizándose por ahí, no habría almorzado —asintió Abby conteniendo el aliento y agarrándose los costados—. Lo siento. No fue muy agradable.

Nicole pasó el brazo alrededor de la cintura de su madre y caminó a su lado hacia el auto.

—Comprendo, mamá. No es que estés condenando a la mujer. Y podría ser peor. La suegra de Marli actúa como si Marli ni siquiera estuviera viva. Al menos Jo me cae bien.

—Seguro —concordó Abby, y una vez junto al auto se volvió hacia su hija—. Vete a casa. La tarde no está demasiado fría. Creo que me iré caminando.

—Madre, son como tres kilómetros —objetó Nicole frunciendo el ceño—. No querrás caminar tres kilómetros sobre aceras congeladas. Te romperás el cuello.

Abby despeinó los flequillos de la joven.

—Bueno, ahora te pareces a mí —le dijo y sonrió—. En realidad no. No te preocupes. Tomaré la ruta panorámica a lo largo de Willow Way. Es un sendero de gravilla. No hay peligro de hielo.

—¿Estás segura? —preguntó Nicole con preocupación en la mirada; Abby se esforzó todo lo que pudo por parecer casual respecto a su decisión.

—Sí. Necesito aire fresco. Dile a papá que estaré en casa dentro de una hora si pregunta, ¿está bien?

—Está bien —contestó Nicole sonriendo y dándole un abrazo a su madre—. Creo que puedo entender que desees un poco de silencio a la luz de la tarde.

—Maneja con cuidado —sugirió Abby volviendo a reír y besando a su hija en la mejilla.

—Camina con cuidado —replicó Nicole y ambas rieron, entonces la joven se subió al auto—. Te veré en casa.

Cuando el vehículo se perdió de vista, Abby soltó una honda respiración que se le había estado acumulando desde que se toparan con Jo Harter. Sobre todo durante los últimos veinte minutos, mientras recuerdos de otro día y otra época la llevaban de vuelta a los pasillos del ayer. Apenas lograba pensar en algo más.

«Abby, entra y aséate... Los Reynolds estarán aquí en media hora».

Ella pudo ver las sábanas de algodón moviéndose en las cuerdas, y pudo oír el susurro de las hojas en los robles alineados a los costados de la propiedad familiar. El aroma del lago, la sensación del calor del sol en sus bracitos bronceados... todo eso estaba allí, tan cerca que podía tocarlo.

Y ahora, con una caminata de tres kilómetros a solas, y con un futuro de soledad exactamente delante de ella, estaba lista para regresar y volver a vivir el pasado.

Nueve

ABBY Y JOHN NO SE HABRÍAN CONOCIDO DE NO HABER SIDO POR LOS PADRES de ambos. Ella pensó en eso mientras iba camino a la casa y recordaba una vez más las historias que su padre le había contado. Relatos de los días gloriosos, de cuando Joe Chapman y Allen Reynolds fueron héroes futbolísticos en los Wolverines, de la Universidad de Michigan. Su padre había sido receptor, y el de John, el mariscal de campo. Abby miró el cielo nublado sobre ella y se ajustó un poco más la chaqueta.

Me gustaría haberte visto jugar, papá.

Sin embargo, ella había oído centenares de historias de lanzamientos de goles para ganar partidos y disparatadas anécdotas en uno de los más famosos equipos de todo el fútbol universitario. Mucho después de que acabaran su época de jugadores, tanto su padre como el de John siguieron siendo amigos, de los que se enviaban tarjetas navideñas y se sorprendían llamándose por teléfono una o dos veces durante la temporada de fútbol, solo para asegurarse de que el otro estaba observando un buen partido de Michigan. Casi siempre contra el Estado de Ohio.

Los Chapman se mudaron a Lake Geneva, Wisconsin, a una casa de campo de cien años de construida que les dieran los abuelos de Abby. La casa bordeaba el lago en el extremo, lejos del área a la que acudían los turistas cada verano. Con el ímpetu del fútbol en la sangre, el padre de Abby enseñaba y entrenaba en el colegio local. Los Chapman estaban tan totalmente absortos en el fútbol, que aun ahora Abby recordaba las veces que solía ver a su padre estirándose ligeramente la chaqueta, en la línea de banda durante el entretiempo en una fría noche de viernes.

—Sí, cariño... —solía decir su padre, siempre paciente, disfrutando la manera en que su familia participaba activamente en lo que a él le apasionaba.

—Papito, cuando crezca voy a jugar fútbol para ti, ¿de acuerdo?

Algo acerca de la noche, del escarlata y dorado de los árboles que rodeaban el estadio, del aroma apenas perceptible de las resecas hojas levantadas al viento, hacía que el recuerdo se destacara claramente en la mente de Abby.

Fútbol americano.

Cuando ella tuvo suficiente edad para darse cuenta de que las chicas simplemente no jugaban, se imaginó que solo había otra opción. Se casaría con un jugador de fútbol. La comprensión le había llegado al cumplir diez años de edad. La misma época en que vio por primera vez a John Reynolds.

Por motivos que Abby nunca entendió, durante el verano en que cumpliera diez años, la amistad de su familia con los Reynolds dejó de ser solo correspondencia navideña y se convirtió en algo profundo y personal, algo que las dos familias continuarían por el resto de sus días. En ese entonces a Abby no le había importado nada de eso, solo el hecho de que los amigos de papá venían de visita junto con los chicos.

Desde luego, se había desilusionado cruelmente cuando su madre le explicó que ellos no tenían niñas de la edad de Abby. Sin embargo, había cierto aire de emoción al saber que los Reynolds llegarían. Y esa tarde, cuando su madre le pidió que saliera del lago, Abby recordó haber entrado corriendo a la casa, con su ralo cabello rubio infantil al viento y las mejillas bronceadas por los primeros días de verano en el lago.

Abby no había querido estar abajo cuando ellos llegaron, así que corrió a su alcoba y mantuvo una vigilancia privada desde un banquillo exactamente debajo de su gran ventanal. Quizás su madre estaba equivocada. Tal vez tenían una hija de la edad de ella, o al menos cerca. Mientras trataba de imaginar cómo sería la próxima semana, una camioneta ranchera azul se detuvo y una familia bajó.

Aun ahora, con el divorcio de John y Abby como algo seguro, con el frío cortante que le helaba las mejillas y el verano ido para siempre, Abby podía recordar cómo se le enrojeció el rostro esa tarde en que fijara por primera vez la mirada en John Reynolds.

El muchacho era alto y musculoso, con cabello tan oscuro como la crin de la vieja yegua de ella que estaba afuera en el establo. Abby recordó su pequeño suspiro de niña, prolongado y fuerte. No obstante, él solo era un repugnante muchacho. ¿Qué diversión podrían tener juntos? En particular cuando él tenía mucha más edad.

La realidad había sido sorprendentemente distinta. Con nadie más con quién jugar, John de trece años simpatizó con ella esa semana. Juntos montaron a caballo por senderos recónditos y construyeron castillos de arena en la playa alrededor del lago. Había un muelle público a cien metros por la orilla, y pasaron horas allí, lanzando piedras al lago y contando chistes bobos. Ella le enseñó a lanzarse desde el muelle al agua dando volteretas, y él le enseñó a lanzar un pase en espiral.

Abby se dio cuenta de que John no le atraía. Después de todo él tenía tres años y medio más que ella, que solo tenía diez. Pero cuando él agarraba el balón y pasaba los dedos por los cordones de cuero, tomándole la mano entre las suyas para ponerla en la posición exacta, a la muchachita la invadía una sensación de la que nunca había estado más segura durante toda su joven vida.

Algún día se iba a casar con John Reynolds. Y si él no lo sabía ahora, eso no importaba. Porque Abby no iba a ser siempre una niñita, y estaba totalmente segura de que cuando los años lo permitieran, él sentiría por ella lo mismo que ella ya sentía por él.

Abby sonrió mientras caminaba, recordando la pequeña traviesa que había sido y con cuánta intensidad se había enamorado de John ese verano. Pateó una piedra suelta y dejó que la mirada se levantara hacia el cielo invernal. *Nunca hubo ningún otro chico para mí, ¿verdad, Señor?*

Silencio.

No pensó mucho en el hecho de que no había susurros divinos en respuesta a su reflexión. *Quizás Dios me esté dando espacio. Después de toda la conversación de hoy es probable que yo lo necesite.*

Metió las manos profundamente en los bolsillos del abrigo y siguió caminando. Recordó que no pasó mucho tiempo para que John volviera de visita. No realmente.

Cuatro años más tarde, el verano en que Abby ya tenía catorce, John y su familia volvieron a Lake Geneva y esta vez pasaron allí dos semanas. Él la recordaba, desde luego, y aunque entraba a su último año del colegio y ella solo estaba en primer año, volvieron a encontrar cosas en común. Para entonces la jovencita podía lanzar y atrapar un balón mejor que la mayoría de los muchachos de su edad, por lo que pasaban horas descalzos en la playa lanzándose mutuamente el balón.

—No eres tan mala para ser una chica —le había bromeado John.

Abby recordó haber mantenido la cabeza un poco más en alto. Los muchachos mayores no la intimidaban. Después de todo, su padre dirigía a sesenta de ellos cada año en el colegio, y a menudo pasaban tiempo en casa, jugando en el lago o comiendo pollo asado con la familia.

—Y tú no eres tan malo para ser un *muchacho* —le contestó ella inclinando la cabeza y mirándolo, con el corazón danzándole cerca de la superficie.

John se había reído bastante esa tarde, tanto que finalmente fue tras Abby, haciéndole cosquillas y permitiéndole que creyera que podía correr más que él. La verdad era que John se había convertido en un gran mariscal de campo, y lo querían tener en una docena de universidades importantes, incluyendo el alma máter de los padres de ellos dos: Michigan.

Qué extraño que en ese entonces hubieras vuelto, John... diecisiete años, jugador estrella de fútbol, pero de algún modo feliz de pasar dos semanas corriendo por todos lados con una chiquilla.

Una noche las dos familias llevaron frazadas a la arenosa orilla y el padre de Abby encendió una hoguera. Allí hicieron algo que Abby no recordaba haber hecho antes: entonaron cánticos de celebración a Dios. No las acostumbradas canciones tontas alrededor de fogatas que hablaban de pollitos o trenes que rodeaban montañas, sino tiernos cánticos de paz, gozo y amor, y de un Dios que se preocupaba profundamente por todos ellos. Cuando los cánticos terminaron y los adultos se dedicaron a conversar, John se puso al lado de Abby y le dio un codazo.

—¿Tienes novio, señorita Abby Chapman? —le dijo sonriendo; ella aún recordaba la manera en que los ojos azules del muchacho brillaban con el reflejo de la luna en el agua.

Abby había estado profundamente agradecida de que ya hubiera oscurecido, porque la pregunta hizo que se le encendieran las mejillas. De nuevo, años de recibir bromas de parte de muchachos mayores surtieron efecto, y la joven pudo conservar la calma.

—No necesito novio —contestó golpeándole el pie descalzo con el de ella.

—¿Ah, sí? —inquirió él con una amplia sonrisa en el rostro; entonces Abby no estuvo muy segura de cómo tomar la respuesta.

—Sí —respondió ella levantando un poco más la cabeza y mirándolo directamente a los ojos—. Los muchachos suelen ser muy inmaduros.

Entonces lo examinó por un instante.

—Déjame imaginar... tienes una novia distinta cada semana, ¿verdad? Es lo que pasa con los mariscales de campo de papá.

La cabeza de John volvió a bajar por un instante.

—Creo que soy diferente —contestó él soltando la carcajada antes de volver a mirarla.

—¿Qué? —objetó ella con ojos bien abiertos en una mueca de asombro—. ¿John Reynolds no tiene novia?

Entonces él agarró la pelota de fútbol americano, de la que en todo ese verano no se separaría más de medio metro, y la lanzó con delicadeza al aire algunas veces.

—*Esta* es mi novia.

—Estoy segura de que será una fabulosa compañera en la fiesta de graduación —expresó ella asintiendo de manera juguetona.

—Shhh —exclamó él empujándole otra vez el pie, bajando la mirada y haciendo una mueca de indignación—. La podrías ofender.

John se rió; luego, la sonrisa desapareció.

—La verdad es que no tengo tiempo para chicas. Quiero jugar fútbol en Michigan, como tu papá y el mío. O me ejercito todos los días y mejoro todo el tiempo, o alguien más se me anticipará. Las chicas pueden esperar.

Entonces alargó la mano y le alborotó el cabello, y en el contacto algo le cambió en la mirada.

—¡Oye, Abby! Ten cuidado el año entrante, ¿de acuerdo? Chica colegial crecidita y todo.

El comentario pareció surgir de la nada. *¿Ten cuidado?* Ella sintió un manojo de nervios en el estómago.

—¿De qué? —preguntó, creyendo entender lo que él quería decir, pero no obstante...

Él le hizo caso omiso, levantando los bronceados hombros en tal forma que dejaron ver las líneas de los músculos en los brazos.

—De los chicos —contestó al fin dándole otro codazo en las costillas, y Abby tuvo la impresión de que John estaba tratando de decir algo serio sin permitir que el humor se volviera demasiado pesado—. ¿Sabes a qué me refiero?

—¿Chicos? —inquirió ella volviéndole a golpear el pie y sonriéndole—. Ah, ¿quieres decir como tú?

—Vamos, Abby... —titubeó John volviéndose de tal modo que quedó frente a ella—. ¿Te has mirado últimamente en el espejo, verdad?

—¿El espejo?

El manojo de nervios le acrecentó ahora, todo en la jovencita deseó creer que John Reynolds estaba pensando en lo que ella creía que él podría estar pensando. *Él cree que soy hermosa...*

John silbó en respuesta y sacudió casualmente la cabeza.

—Te vas a volver un bombón, Abby. Y los chicos harán fila de aquí hasta tu puerta. En particular los jugadores de tu padre —le explicó, haciendo desvanecer la sonrisa y volviendo a hacer contacto visual con ella—. Solo ten cuidado.

Fue como si alguien hubiera abierto una escotilla hacia el corazón de la joven liberando todo el manojo de nervios a la vez. En su lugar quedó una sensación más profunda que cualquier otra que sintiera antes. Más que una tensión, más que lo que había sentido por una amistad de verano en la playa. Más bien, en ese instante hubo algo profundo e íntimo, como una mejor amistad, que se le instalaba en el corazón y echaba raíces.

Abby suspiró, volvió al sendero de gravilla del presente y a la ligera nieve que había empezado a caer.

Raíces que se mantenían firmemente hasta el día de hoy.

¿Qué nos pasó, John? ¿Cómo pudo algo haberse interpuesto entre nosotros?

Sintió lágrimas en los ojos y parpadeó para contenerlas. Si iba a recordar cómo habían sido John y ella, no podría detenerse ahora. No con la mejor parte, los días más dulces de todos, solo a pasos por delante.

John había vuelto a casa con su familia unos días después, y antes de Navidad firmó una carta de intención diciendo que deseaba jugar fútbol en Michigan, igual que su padre y el de ella décadas atrás. Pasaron tres años, y en vez de visitas de verano, la familia de John enviaba recortes de periódicos. El muchacho era sencillamente uno de los mariscales de campo de los que más se hablaba en la nación, y a menudo el tema de conversación en la casa de los Chapman. Una vez al año los padres de Abby conducían hasta Ann Arbor y presenciaban un partido, pero Abby se quedaba en casa, ocupada con su vida estudiantil y segura de que John Reynolds se había olvidado de ella.

Entonces una tarde septembrina de 1977 sonó el teléfono en casa de los Chapman.

—¿Aló? —contestó Abby sofocada, con diecisiete años de edad, y que en ese entonces se hallaba ocupada animando al equipo colegial de su padre.

—Hola... —quien llamaba hizo una pausa— ...mucho tiempo sin hablar.

El alma de Abby se le atoró en la garganta. Habían pasado meses y años desde que estuvieran juntos, y John había tenido razón: las propuestas habían sido abundantes. Pero ninguno de los chicos la había hecho sentir alguna vez como la hiciera sentir John esa noche de verano mucho tiempo atrás, con los pies descalzos de ambos topándose en la arena. Y ahora no había duda en la mente de Abby de que la voz profunda al otro extremo de la línea le pertenecía a él.

—John...

Hubo una risa que animó el corazón de Abby.

—No me digas que la muchachita linda de todos esos veranos anteriores ha crecido.

—Sí, creo que sí —contestó ella agradecida otra vez que él no pudiera verla ruborizarse.

—Qué bueno, tengo una pregunta para ti.

Le estaba bromeando, tomándose su tiempo, y Abby no podía creerlo. *Se acuerda de mí... después de la universidad, después de todo lo que ha hecho desde entonces...*

—Estoy escuchando.

¿Parezco mayor... más madura? ¿Más...?

—Cada año tus padres viajan hasta Ann Arbor para verme jugar... —expresó interrumpiéndole los pensamientos, y ella pudo imaginar el modo en que bailarían los ojos del muchacho del mismo modo que aquella noche en la playa, la última vez que lo viera—. Y en cada ocasión les pregunto dónde estás, ¿y sabes qué responden?

Entonces hizo una pausa para captar la atención.

—Me dicen: «Ah, Abby... ella está ocupada con sus amigos, atareada con el colegio». Quiero decir, vamos, Abby. Ni siquiera un solo partido... ¿no pudiste arreglártelas ni una vez?

La muchacha sintió que le aumentaba la confianza. Ese otoño estaba a solo unos meses de su decimoctavo cumpleaños, y con John en la línea, ella creía sentir todo a la perfección en su mundo.

—Mmmm. Veamos, bueno... Si recuerdo correctamente, que yo sepa no me invitaste nunca. No es que te esté culpando... quiero decir, solo soy una *muchachita linda*. ¿Qué querría de todos modos un mariscal de campo de Michigan, y en apogeo como tú, con una chiquilla inexperta como yo?

John no contestó al instante, ella prácticamente lo vio sonriendo a través de la línea telefónica.

—¿Cuántos años tienes en todo caso, Abby?

—Casi dieciocho —contestó ella tratando de parecer formal y madura, pero cuando las palabras se le escaparon de la boca la impactó el hecho de que sonaron totalmente absurdas.

Él habría acabado de cumplir veintiuno. *No está interesado en mí. Solo está jugando conmi...*

—Por tanto, ¿tenía razón yo?

Al principio ella pareció confundida.

—¿Respecto a...? —inquirió con la voz desvaneciéndosele poco a poco.

—Respecto a los tipos haciendo fila a tu puerta.

Ese fue el momento en que todo había empezado a parecer un sueño. *¿Por qué está haciendo esto? A él no le importaba realmente, ¿o sí?*

—Ha habido algunos.

—Bien, bien... ¿y quién es el afortunado?

Él estaba bromeando, hasta jugando con ella y haciéndole imposible observar si John estaba siquiera un poco interesado.

—Estás loco —declaró la joven riendo tontamente y en voz alta.

—No, en serio. Quiero detalles... te lo advertí, Abby. No lo olvides.

—Nadie. Solo amigos, eso es todo.

—Oh, seguro... —replicó él con palabras extendidas y juguetonamente sarcásticas—. Conozco tu especie. Dando falsas esperanzas a un pobre tonto, haciéndole creer que tiene posibilidades.

—En realidad no —objetó ella riendo ahora con más ahínco—. No hay ninguno. No tengo enamorado. Además, mira quién habla. El señor «Muy Popular» de la universidad. Es probable que tu fila le dé la vuelta al estadio.

—Oh, pues sí. Muy bien —expresó él, haciendo una pausa, y se le atenuó la sonrisa—. En realidad, estoy viendo a la misma chica, aquella con quien estaba saliendo la última vez que te vi.

Abby contuvo la risa, recordando el modo en que él había mecido la pelota de fútbol esa noche en la playa.

—¿No era Paula Piel de Cerdo?

John se rió.

—Sí. Mi pelota y yo, juntos para siempre —manifestó, con voz cada vez más seria—. Como siempre digo, las chicas pueden esperar.

El corazón de ella se le hinchó de esperanza, entonces se reprendió. *Sé realista, Abby. Él es demasiado viejo para ti.*

—Así que tu lema no ha cambiado mucho desde el colegio, ¿eh?

—No mucho.

Ninguno de los dos habló por un rato, luego John retomó la conversación.

—¿Cuál es entonces tu respuesta?

John volvió a ponerse optimista, divirtiéndose con ella. Pero el tono de broma había desaparecido, y Abby supo instintivamente que tenía buenas intenciones.

—Hablas en serio, ¿verdad?

—Por supuesto que hablo en serio —refunfuñó él simulando indignación—. No me has visto jugar ni una sola vez. Y sé a ciencia cierta que tus padres vienen otra vez esta temporada... a mediados de noviembre.

Mediados de noviembre. La idea resultó repentinamente atractiva.

—¿En serio?

—Claro —contestó él ahora en tono suave.

Probablemente me ve como una hermanita menor.

—Te pasearé por las instalaciones. Te presentaré a los todopoderosos en la ciudadela universitaria.

—¿Tu línea ofensiva?

—Atinaste —respondió él, y ambos rieron—. Entonces, ¿qué respondes?

El recuerdo de cómo Abby se sintió ese día le abrigaba el corazón incluso ahora.

—Está bien, está bien. Para entonces debería haber acabado de animar al equipo, y si no estoy muy ocupada...

—Ah, está bien. No quisiera cortarte el vuelo ni saturar tu programación —objetó él, aún tomándole el pelo, pero ella decidió mostrarse seria.

—No, de veras. Iré —dijo ella, e hizo una pausa.

¿Debería decírselo? Abby cerró los ojos y se arriesgó.

—Siempre he querido verte jugar.

—Oh, seguro —replicó John con voz cada vez más tranquila—. Puedo darme cuenta de eso por el esfuerzo que has hecho.

—Veo televisión, ¿sabes? —replicó ella mientras una risa afloraba a la superficie—. Lo has estado haciendo muy bien, John.

—¿Qué? ¿La señorita «Demasiado ocupada como para venir» sigue el fútbol de Michigan?

—No como si no tuviera alternativa. Por aquí es como un día de fiesta nacional cuando los Wolverines están en televisión. Papá hace que le manden por correo el periódico de Ann Arbor para poder seguir los juegos cada semana. Él está muy orgulloso de ti, John.

—¿Y tú...? —preguntó él carraspeando.

¿Por qué estaba él actuando de ese modo? Lo más probable era que ella no le interesara más que como una amiga de la familia, ¿o sí?

—Sí, John... —expresó ella, entonces puso en las palabras un sarcasmo protector y burlesco—. Yo también estoy orgullosa. Estoy segura de que eso te arregla el día.

Hubo un titubeo.

—En realidad sí —asintió él y volvió a esperar, casi como si quisiera decir algo más, pero concluyó la conversación—. Te veré entonces en un par de meses, ¿de acuerdo?

—Seguro que sí —concordó ella sintiendo que se le bajaban las cejas por la confusión—. ¿Quieres hablar con mi papá o con alguien más?

—No. Solo contigo. Imaginé que nunca te tendría aquí para un partido si no te lo pedía personalmente. Es que con tus ocupaciones y todo eso... bueno... pensé que mejor era avisarte con bastante anticipación.

Los meses de espera fueron insoportables. Todo respecto a la temporada escolar de fútbol ese año parecía aburrido y sin importancia comparado con la idea de que John Reynolds quería que ella lo viera jugar pelota universitaria. Mejor aún, quería mostrarle la ciudadela universitaria.

Una fría ráfaga de viento invernal sacó a Abby de sus recuerdos, y se ajustó más el abrigo, acelerando el paso. En ese entonces John había sido más grandioso que la vida. Un héroe, en realidad. Alguien de quien se hablaba en los hogares de toda la nación, un atleta conocido por su talento físico, su buen aspecto y su elevado carácter moral. Su nombre se mencionaba con relación al más preciado premio del fútbol universitario: el Trofeo Heisman. Sin embargo, allí había estado ella, con sus diecisiete años de edad, creyendo que él realmente deseaba verla. Precisamente a ella.

Abby pestañeó y el pasado desapareció. Miró directo al frente sintiendo la fuerza de gravedad en los labios; se dio cuenta cómo le tiraba la mandíbula inferior hacia abajo y haciéndole fruncir el ceño todo el tiempo. No era solo el paso del tiempo lo que la había hecho envejecer, sino también la relación con su esposo. ¿Cuándo fue la última vez que se había reído de uno de los chistes de él? Los chistes ridículos con que cada semestre hacía reír a un grupo de estudiantes. Abby forzó una sonrisa, y se afligió al sentirla tan extraña en la cara. Una granja y una laguna congelada aparecieron a su derecha; se detuvo por un instante tratando de imaginar cómo había lucido ese día de noviembre en que junto a su familia se sentaron en el Estadio Michigan.

Llegaron dos horas más temprano con planes de reunirse con John en el campo de juego antes del partido. Abby podía ver a su padre, aún robusto y sano en ese entonces, agitando las manos en dirección a ellos.

—Vamos, sé exactamente dónde podría estar.

Con el largo cabello agitándosele sobre los hombros, la muchacha siguió a su padre decidida a no mostrar nerviosismo. Además, ¿de qué tenía que preocuparse? Probablemente todo el asunto era más imaginación suya que otra cosa. Pero solo por si acaso, ella usaba sus nuevos jeans negros y un apretado suéter blanco cuello alto. Durante el camino su madre había comentado que Abby nunca estuvo más hermosa. No tenía motivos para estar nerviosa, pero mientras se acercaban a la entrada de los vestuarios creyó que podría desmayarse por la incertidumbre que sentía.

John apareció casi al instante, usaba la camiseta gruesa de los Wolverines y el corto cabello oscuro nítidamente peinado de modo que no le caía sobre el rostro. Abby inspiró profunda y rápidamente. Estaba guapísimo. Se veía mucho mejor en persona que en televisión o en las fotografías de los periódicos. Y parecía mucho más maduro que la última vez que estuvieron juntos ese verano en casa de ella.

—¿Hola, cómo están? —saludó emocionado, con el rostro lleno de energía, y dirigiendo rápidamente la mirada del padre a la hija—. Abby...

Los ojos se le abrieron exageradamente y se acercó hasta quedar muy cerca de la joven, sobrepasándola con su metro noventa de estatura. Incluso rodeada por papá, mamá y su hermana menor, Abby pudo ver la admiración en los ojos de John.

—Dios mío... cómo has crecido.

Había esperado que él le tomara el pelo, puesto que esa era la característica de John Reynolds que ella conocía mejor, pero los ojos del muchacho mostraban admiración pura y ni un solo rastro de burla. Insegura de cómo reaccionar, se rió levemente y le lanzó una desorbitada mirada hacia arriba. *Señor, no permitas que el corazón se me salga del pecho.*

—No tanto como tú.

—Sí, me estiré un poco —contestó él sonriendo.

Estaba aún analizándolo cuando su padre dio un paso adelante y puso el brazo alrededor de los desarrollados hombros de John.

—Tamaño perfecto para un mariscal de campo de los Wolverines. Y creo que es verdad cuando digo que nunca, ni antes ni después, Michigan ha tenido un mariscal de campo como tú, hijo. Eres único.

Abby apreció la oportunidad para examinar el rostro de John, sus pronunciadas mejillas, y estuvo totalmente de acuerdo con la afirmación de su padre, que había sido un interceptor.

—Gracias, señor —expresó John con los cachetes ligeramente ruborizados—. ¿Encontró a mis compañeros?

—Aún no —respondió el padre de Abby, luego miró a las mujeres e hizo un gesto con la cabeza hacia la cancha—. Demos una vuelta. Quiero mostrarles el lugar donde se llevó a cabo el juego más fabuloso en la historia.

Entonces se despidió de John.

—Ve a alistarte. Dales una paliza, ¿oíste?

Abby y su hermana habían visto el famoso sitio, marcado en el campo solo por el recuerdo del juego, durante viajes a Ann Arbor cuando eran pequeñas. Habían oído las historias una y otra vez. Pero aun así se volvieron para seguir a su padre, reviviendo los recuerdos exactamente como él lo hacía.

—Oye Abby, espera.

Ella se volvió, con el corazón aún palpitándole con fuerza.

—¿Sí?

El resto de la familia se detuvo y también se volvió, esperando con atención lo que John estaba a punto de decir. Él descargó el peso del cuerpo en el otro pie y titubeó, mirando al padre, luego a la hija, y otra vez al señor Chapman.

—Este... ¿podemos Abby y yo ponernos un poco al día? Ella se podría volver a reunir con ustedes en las graderías, ¿quizás?

Todo en el mundo de Abby se volvió loco. *¿Quiere hablar conmigo?* ¿No era todo solo una broma? ¿Su manera de tratar de ser agradable con una familia amiga? De repente el asunto pareció mucho más serio, y Abby apenas pudo contener la emoción. Después de una leve pausa, la madre de Abby agarró la mano de Joe Chapman y respondió por él.

—Está bien, John. Sigan adelante ustedes dos y pónganse al día.

Cuando la familia estuvo fuera de la vista, John se volvió otra vez hacia Abby.

—Gracias por venir —comentó él con voz suave y tierna, y aunque los ojos masculinos centelleaban en medio del tempranero sol de la helada mañana, no había en ellos la menor sombra de burla ni de necedad.

—Te dije que vendría —contestó ella sonriéndole y ajustándose la bufanda.

—Temí que creyeras que yo estaba bromeando —explicó él encogiendo los hombros y mirándola directo a los ojos.

¿Qué quería decir? ¿A dónde iba a parar todo eso? Abby tragó grueso e inclinó la cabeza con curiosidad.

—¿Y... no estabas bromeando?

—No, para nada —replicó titubeando, pasando suavemente el dedo a lo largo de la curva de la mejilla de la joven justo debajo del ojo—. Eres muy hermosa, Abby. ¿Lo sabes?

A pesar de que casi siempre ella parecía no poder dejar de hablar, ahora se quedó absolutamente muda. Permaneció allí, empapándose en la cercanía de él, tratando de convencerse de que no estaba soñando.

—Sal conmigo esta noche después del partido —continuó el joven al ella no decir nada—. Podemos comer pizza o simplemente caminar por las instalaciones universitarias.

¿*Salir* con él? De nuevo el impacto casi la lanza al suelo. Entonces se sintió de pronto tímida ante él.

—Está bien. Si a mis padres no les importa.

—Mejor voy y me alisto para el partido —declaró él con una gran sonrisa en el rostro y mirándola por sobre el hombro—. Te veré en casa de mis compañeros después del partido, ¿está bien?

—De acuerdo.

Entonces, sin ninguna vacilación, la abrazó del modo en que los viejos amigos se abrazan en una reunión de clases.

—Qué bueno volver a verte, Abby Chapman —expresó John, retrocediendo y sonriéndole—. De veras.

En un instante desapareció, llevándose todo lo que quedaba del corazón de Abby.

La joven rió ahora a carcajadas, recordando los inocentes y despreocupados días del John Reynolds de cuando ella tenía diecisiete años. Recordaba también cuán enamorada había estado de él, cuán segura se había sentido de que aunque el mundo dejara de girar, nada cambiaría alguna vez lo que sentía por el joven parado frente ella ese sábado por la mañana.

La sonrisa de Abby desapareció al divisar la casa a cien metros por delante del camino. Era más divertido caminar por los senderos del pasado que tomar este del mundo muy real. Pestañeó para contener las lágrimas y metió las manos totalmente en los bolsillos, imaginando la fría recepción que en pocos minutos recibiría de parte de John. De pronto le llegó una imagen. Ella y John a los dos años de casados, acurrucados sobre un raído sofá observando una película de suspenso.

—¡Odio esta parte! —gritó clavando la cabeza en el hombro de John, que sofocando la risa le tomó cortésmente las manos entre las suyas y le tapó la cara a fin de que no pudiera ver.

—Vamos. ¿Está mejor así?

Abby recordó haberse sentido segura y protegida mientras el brazo de John la rodeaba.

—Sí. Solo algo más —pidió ella con voz ahogada filtrándosele entre las separaciones de los dedos.

—Por ti, amor, lo que sea... —aseguró él inclinándose hacia ella y besándole las mejillas.

—Dime cuándo puedo abrir los ojos, ¿de acuerdo?

—Siempre, Abby. Siempre.

¿Qué le había sucedido a ese hombre, aquel del que ella se enamorara ese sábado por la mañana fuera del vestuario de los Wolverines? Por primera vez en años, contra su mejor juicio o sus capacidades de razonamiento, Abby extrañó lo que ellos habían sido, dolida por la pérdida de lo que una vez compartieron.

«*Siempre, Abby... siempre, Abby... siempre...*»

Se detuvo cuando se encontraba a solo una docena de metros del frente de la casa, con los pies enterrados en treinta centímetros de nieve mientras las lágrimas le hacían arder los ojos. *Odio esta parte. Ayúdame a superar esto, Señor; es más de lo que puedo soportar. Me horroriza estar sola, y eso que lo aterrador ni siquiera ha empezado. Pero esta vez no tengo nadie a quién volverme, ningún hombre en el cual ocultar el rostro.*

Y nadie que me diga cuándo puedo abrir los ojos.

Diez

Nada como el tranquilo alivio del silencio en el salón de clases de un colegio, diez minutos después del campanazo final.

No es que a John Reynolds le disgustara enseñar. En realidad dentro del grupo de profesores él era de los que realmente disfrutaba llegar al colegio cada mañana, saludar a los estudiantes, y alternar entre educarlos y divertirlos. Su salón de clases era su dominio personal donde era el gobernante supremo, el segundo lugar solo después del campo de juego en que se sentía totalmente a cargo de su destino.

Sin embargo, había algo que John apreciaba respecto a la soledad que venía después de que todos los estudiantes abandonaran las instalaciones. Con frecuencia esa era la primera oportunidad que tenía en toda la jornada de dedicarse a planear una lección para la semana entrante o a reflexionar en su vida personal. Especialmente en días como hoy en que todo acerca de su existencia fuera del salón de clases parecía derrumbarse a su alrededor.

La imagen del rostro de Abby temprano ese día le resplandeció en la mente. Ella había estado conectada a la red, sin duda, tal vez escribiéndose electrónicamente con el editor con quien juraba no tener nada. Pero aun con toda la separación entre Abby y él, John estaba consciente de la culpa que irradiaba el rostro de su esposa. Y era definitivo que Abby sentía culpa por algo. John cerró los ojos y recordó el intercambio como si hubiera sucedido solo minutos atrás.

La tensión entre ellos había empeorado desde el anuncio del compromiso de Nicole, y John estaba resuelto a hallar una zona neutral, un terreno común donde pudieran comprenderse y cohabitar durante los próximos seis meses.

Al disponer de diez minutos antes de irse al trabajo, había asomado la cabeza dentro del estudio de su esposa.

Al instante Abby deslizó el ratón de la computadora sobre la alfombrilla y pulsó dos veces.

—Me asustaste —manifestó ella con tono acusatorio; una oscura sombra de mal proceder le cubrió las facciones.

—Lo siento —replicó John, buscando las palabras adecuadas mientras entraba al estrecho espacio y cerraba la puerta detrás de él.

¿Por qué era tan difícil hablar ahora con Abby? ¿Se habían alejado tanto en realidad, hasta el punto de ni siquiera poder hablar?

Sin duda John conocía tanto la respuesta como sabía que el divorcio era la única opción que les quedaba, la única manera en que cualquiera de ellos podría volver a encontrar felicidad.

—¿Puedes hablar durante un minuto?

—¿Qué pasa? —replicó ella, que ya había suspirado con fuerza y cerrado su America Online.

La actitud de Abby produjo un cambio total de perspectiva en John. Si ella no podía ser civilizada a inicios de la mañana, ¿qué esperanza había de que pudiera estar dispuesta a llegar a alguna clase de acuerdo para no pelear? *No importa, Abby. De todos modos, ¿quién necesita tu malhumor?*

—Olvídalo —decretó él volviéndose para salir, pero ella lo interrumpió.

—Escucha, no entres aquí interrumpiendo mi trabajo y creyendo que por eso me voy a poner a dar saltos mortales, ¿de acuerdo? Yo también tengo una vida, ¿sabes? —advirtió la mujer permaneciendo en la silla pero con el rostro vuelto hacia él.

John detestó el desprecio en los ojos de Abby, que parecían menospreciarlo tanto a él como a todo lo que podría haber querido decirle.

—¿Por qué me tomo la molestia? —objetó John dejando caer los brazos a los costados, con los puños apretados—. Entré para ver si quizás podríamos idear alguna clase de camaradería, alguna manera en que pudiéramos sobrevivir realmente a los meses de aquí a julio. Pero como siempre, tu actitud es demasiado grande como para franquearla.

—¿*Mi* actitud? —replicó ella frunciendo el ceño con indignación y continuando antes de que él pudiera reaccionar—. Cuando no te alejas de Charlene ni siquiera tras haberte pedido una docena de veces que lo hagas. Realmente hablo en serio, John. ¿Seis meses? ¿No pueden esperar tanto tus hormonas adolescentes?

—No tengo que escuchar esto —expresó él riendo una vez entre dientes y negando con la cabeza.

—Bueno, tal vez sí. Estoy encontrando notas que recuentan los momentos. ¿No crees que yo deba saber cuándo deberías estar en casa? He estado casada contigo veintiún años, John. No soy del todo estúpida. Quiero decir, o sales temprano para estar con ella o te quedas hasta tarde para lo mismo. Incluso ahora, cuando me prometiste que ibas a dejar de hacerlo.

—¡Me niego rotundamente a hacer de esto una discusión acerca de Charlene! —exclamó él levantando la voz, sin que le preocupara más si pudiera llamar la atención de los chicos en la planta alta, donde se estaban alistando—. He estado cumpliendo mi parte del convenio, Abby. Pero tú...

Dejó que la voz se le fuera desvaneciendo poco a poco, y la miró estupefacto.

—Eres tan francamente odiosa que ya ni siquiera veo que tenga sentido.

No hagas eso, hijo mío.

Cerró los ojos ahora, recordando las santas advertencias, cómo le habían resonado... pero no habían tenido importancia. Después de años de hacerles caso omiso se había vuelto experto en obviarlas. Además, en estos días eran tan frecuentes que ya no estaba seguro de que fueran advertencias divinas. *Puedo decir lo que me dé la gana... ella se lo merece.*

—¿Que tenga sentido qué? —replicó Abby mirándolo como si él fuera un extraño exigiendo poder entrar a la casa de ella.

—Si paso más tiempo con Charlene, al menos yo no tendría que estar aquí.

—Fuera de aquí, John —contestó Abby lanzándole una mirada asesina y girando luego para volver a posar la vista en la pantalla de la computadora—. No tengo nada que hablar contigo.

—¡Qué novedad! —manifestó él con la resignación brotándole del pecho—. ¿No es así como empezó todo esto? ¿Desde que hallaste tu propia vida de escritorcita y dejaste de tener algo que hablar conmigo?

Ella ni siquiera se dignó voltear a mirarlo.

—Ah, volvemos a empezar. Culpemos de todo a mis artículos. Eso es muy propio en ti, John —declaró Abby soltando una carcajada desprovista totalmente de humor—. Desde el principio no quisiste que escribiera, te negabas a leer mis trabajos, y me dejaste con la obligación de criar a los niños. Ahora me culpas por el hecho de que nuestro matrimonio está en terapia intensiva. Eso sí que es grandioso, de veras. Perfecto.

—¿Por qué no te bajas de tu pedestal solo por una vez y miras el panorama completo, Abby? —le recriminó con los nervios ardiéndole como dardos de fuego debido al sarcasmo de su mujer—. Yo sí quería que escribieras artículos. Esa es una válvula de escape para ti. Pero dejaste que eso te desequilibrara la vida, y sea que lo quieras ver o no, después de que empezaste a escribir yo caí como al quinto o sexto puesto en la lista de importancia. De algún modo detrás de los chicos, de tu papá y de los correos electrónicos con ese...

Señaló la computadora.

—...con ese *editor* amigo tuyo.

—No caí en cuenta de que estabas tan necesitado, maridito —contraatacó ella volviéndose levemente ante la mención de su editor, por lo que John estuvo otra vez seguro de que esa sombra en los ojos de su esposa era de culpa—. Es decir, ¿se te ocurrió alguna vez pensar que yo podría necesitar un poco de ayuda, que *yo* tenía suficientes quehaceres? ¿Te habrías muerto si hubieras lavado un poco de ropa o doblado tus propias medias?

Abby inclinó la cabeza en un simulacro de asombro.

—¿Esperabas que te halagara cuando estaba demasiado cansada hasta para deletrear mi propio nombre al final del día? —concluyó ella.

Las palabras de Abby eran secas y amargas; de pronto, el hombre llegó a la conclusión de que ya había tenido suficiente.

—Me voy. Y si llego tarde esta noche sin duda estarás demasiado ocupada escribiendo como para darte cuenta.

John había recordado la escena muchas veces durante el día. Ahora alargó la mano para agarrar un clip del organizador sobre el escritorio y lo flexionó descuidadamente. ¿Habían llegado en realidad las cosas a este punto? ¿Les era imposible incluso llevarse bien? De ser así, ¿cómo diablos se suponía que él se mantuviera lejos de Charlene? ¿En particular ahora cuando la orden de Abby de que guardara la distancia solamente le hacía pensar más en la profesora?

Puso los codos en el escritorio y bajó la cabeza. Si Abby se hubiera portado así cuando empezaron a salir, John la habría descartado después de la primera vez que salieron. Su mujer era arrogante, grosera y francamente mezquina. Con razón la intimidad física entre ellos fue lo primero en desaparecer. Era claro que ella no tenía buenos sentimientos hacia él en absoluto, ni los había tenido por años.

Tal vez sea mi culpa... quizás dejé de amarla del modo que ella necesitaba...

Casi como en respuesta a su divagación, Charlene abrió la puerta del salón de clases y entró.

—Hola. ¿Tienes un minuto?

La mujer vestía pantalones color azul marino y chaqueta deportiva, la cual usaba desabotonada sobre la ajustada camiseta blanca. John trató de evitar que la mirada se le posara por debajo del cuello femenino.

—Por supuesto —contestó él enderezándose más, y todos los pensamientos acerca de Abby le desaparecieron de la mente—. ¿Qué hay de nuevo?

—Se trata otra vez de los chicos de quinto curso —informó ella atravesando el salón y sentándose frente a él, reposando los antebrazos en el escritorio de tal modo que las manos de ambos quedaron solo a centímetros de distancia—. Haga lo que haga, no dejan de ponerme a prueba. ¿No te llegas a cansar alguna vez de esto? ¿Del modo que los chicos han cambiado con los años?

—Claro que sí —asintió John analizándola, bastante seguro que no había venido para hablar de estudiantes revoltosos.

El perfume de Charlene le inundó las fosas nasales, y de repente no le costó ningún trabajo pensar en cuán bien lo hacía sentir esa mujer.

¡Huye! Lo que Dios ha unido, que no lo separe el hombre.

John sintió el versículo como un balde de agua helada, y parpadeó, tratando de enfocarse en lo que ella estaba diciendo.

—Por consiguiente, ¿cuál es la respuesta? Tú nunca luchas para controlar tu salón de clases.

Estoy luchando ahora...

—Ellos saben que si dan guerra los pongo a correr en la pista.

Se estaba burlando de ella, disfrutando el alivio que esa mujer le traía a la pesadez de su vida.

—Vamos, hablo en serio —comentó ella empujándole el brazo con fingida frustración—. Se supone que tú tienes todas las respuestas.

Con esas palabras algo cambió en los ojos de Charlene y los enfocó en los de él.

—¿Están las respuestas un poco más claras en estos días, John?

Sin duda ella ya no hablaba del control en el salón de clases. Sintió deseos de rodear el escritorio y tomarla en los brazos. No era culpa de Charlene. Era claro que ella se preocupaba por él. Y ahora los dos estarían obligados a esperar otros seis meses antes de que se pudiera decidir algo.

Lo que Dios ha unido...

No fui yo quien nos separó, Señor, sino Abby. La respuesta determinante de John fue fulminante y segura. Además, ya era demasiado tarde para versículos bíblicos. La decisión de divorciarse ya estaba tomada.

Charlene seguía inmóvil, esperando la contestación, con la cabeza inclinada y el rostro lleno de interrogantes acerca de los sentimientos de él hacia ella. John lanzó un silbido dejando escapar aire a través de los apretados dientes.

—Te lo dije, Nicole se casa en julio. No sabré nada hasta que ella vuelva de su luna de miel.

—¿Vas a esperar realmente? —preguntó ella con el rostro inundado de frustración.

John detestó el modo en que la inocente pregunta de la profesora resaltaba el hecho de que él estaba atrapado, sin poder hacer lo único que deseaba: empezar de nuevo con la hermosa y divertida mujer sentada frente a él.

—Tengo que hacerlo. Nos debemos a los muchachos.

Abby se habría peleado con él por el asunto, pero no Charlene, que se reclinó en la silla y dejó que la información se le afincara.

—¿Y si... si Abby quisiera buscar una solución?

—Lo único que Abby y yo estamos tratando de hacer es no matarnos —contestó él sonriendo tristemente, mientras volvía a mirarla a los ojos—. Últimamente no logramos decir dos frases sin enfadarnos.

Charlene inclinó la cabeza en un lindo gesto que siempre tocaba la sensibilidad a John.

—Lo siento. Yo... bueno, desearía que hubiera algo que pudiera hacer para ayudar.

Sí, puedes convencerme de huir contigo y nunca...

Huye, hijo mío... huye.

¡No estoy haciendo nada malo! La voz en el corazón le vociferó ecuánimemente al susurro de advertencia que resonaba en el alma de John. Intentó mantener los pensamientos a un nivel más digno.

—Solo son cosas de la vida. Lo superaremos de algún modo.

Los ojos de la profesora seguían irradiando inquietudes.

—Lo que me pediste... tú sabes, eso de darte espacio... ¿será verdad durante todo el tiempo, todos los seis meses?

Charlene se veía tan joven y adorable, tan sola y necesitada de alguien que cuidara de ella. John empuñó los dedos y se obligó a contestarle.

—No tengo alternativa.

La mujer no dijo nada por un instante, pero John estaba seguro de que ella luchaba con sus emociones. Era evidente que deseaba estar con él; finalmente, después de casi un minuto, extendió las manos y las puso encima de las de John.

—Me apartaré —determinó, dejando que el pulgar delineara pequeños patrones de empatía en el dorso de la mano masculina. En realidad, yo no tenía nada que hablar hoy acerca del quinto curso.

Bajó la mirada.

—Solamente te extrañaba.

John hizo presión en las manos femeninas y bajó la cabeza hasta conectarse una vez más con la mirada de la mujer.

—Yo también te extraño. Y de vez en cuando estamos obligados a pasar tiempo uno al lado del otro. Pero de otro modo es necesario esperar hasta...

En ese momento se abrió la puerta del salón de clases, y Kade entró portando un cuaderno y una pila de papeles. Dirigió la mirada al escritorio donde las manos de John y Charlene seguían unidas.

—¿Papá? ¿Qué pasa?

La profesora se paró de inmediato.

—Tu padre estaba orando por mí —declaró, y se hizo un incómodo silencio—. Ya estaba a punto de salir.

¿Orando por ella? Las palabras de Charlene golpearon a John en el estómago como el puño de un boxeador profesional. Ella no era una mujer de oración; ni siquiera habían discutido acerca de la fe de él. *¿Qué clase de testigo he sido para esta mujer, Señor... qué estoy haciendo aquí?*

Kade se hizo a un lado mientras Charlene atravesaba el salón a toda prisa y salía por la puerta.

—Nos vemos —expresó ella lanzándole una mirada de reproche a John antes de desaparecer por el pasillo.

—¿Qué fue todo *eso*? —desafió Kade con el rostro aún lleno de confusión—. ¿Desde cuándo tú y la señora Denton oran juntos?

De repente la garganta de John se le atoró y se esforzó por encontrar la voz.

—Ella, este... necesitaba hablar con alguien. Está teniendo problemas en casa.

—¿No está divorciada? —inquirió Kade entrando al salón, bajando la mochila y sentándose en la silla en que Charlene había estado; el muchacho no estaba acusando a su padre, solo estaba curioso y más que un poco molesto.

—Sí, desde hace tiempo.

Kade movió la cabeza de lado a lado como si la situación no tuviera sentido.

—Extraño —comentó mientras estiraba la mano hacia la mochila, sacaba el cuaderno y lo ponía sobre el escritorio—. ¿Crees que es buena idea orar con ella de ese modo, papá?

El muchacho niveló la mirada con la de su padre.

—Eso podría darle una idea impropia.

—Hijo, la señora Denton y yo hemos sido amigos durante mucho tiempo —aclaró John lanzando una sonrisa, que pareció débil y obligada hasta para él mismo—. No creo que alguien vaya a captar una idea impropia.

—Está bien —asintió Kade, examinándolo por un momento más—. Sin embargo, ¿qué pensaría mamá si entrara y los viera a ustedes dos tomados así de las manos? Es algo como... no sé, bastante extraño, ¿sabes?

Dios, dame aquí las palabras adecuadas.

¡Recuerda de dónde has caído! Arrepiéntete...

—Todo está bien entre la señora Denton y yo —explicó John interrumpiendo el versículo que le centelleaba en el corazón—. Además, tu madre sabe que somos amigos. No te preocupes por eso, ¿de acuerdo?

—Seguro... no importa —contestó Kade encogiéndose de hombros; a John le sorprendió el parecido del muchacho consigo mismo veinte años atrás; casi como si la historia se repitiera—. Solo que no me pareció bien.

John se movió en el asiento, desesperado porque Kade cambiara de tema.

—Lo siento. Ella necesitaba alguien con quién hablar —formuló, señalando la carpeta de su hijo—. ¿Querías algo?

Kade abrió el cartapacio y sacó un fajo de papeles engrapados.

—Tenía que escoger un tema para mi proyecto de último año —expuso, girando el documento para que quedara frente a su padre.

—¿Hábitos de las Águilas? —le preguntó John dejando que los ojos examinaran las hojas—. ¿Es ese tu tema?

—Sí. Tú sabes. Como el hecho de patear adversarios durante toda la temporada, ganar los partidos importantes y hacer frente a la adversidad. Hábitos de las Águilas. Águilas de Marion, ¿lo captas, papá?

John se rió y esperó que la risa no le pareciera tan vacía a Kade como la sentía él. El recuerdo de la mano de Charlene en la de él le ardía profundamente en el estómago, revolviéndole sentimientos que con desesperación deseaba poder controlar. *Ella es como una droga, Señor... sácala de mi sistema.*

¡Arrepiéntete! ¡Huye de la inmoralidad! ¡Recuerda de dónde...!

Era como un disco rayado. ¿No había algo más consolador que Dios pudiera susurrarle? ¿Algo respecto a cómo él y Charlene podrían estar juntos cuando este insoportable tiempo con Abby hubiera acabado, y Nicole y Matt estuvieran casados y solos? Desechó las advertencias y se enfocó en el documento de su hijo.

—Me gusta, Kade. Un estudio sobre las águilas.

—Sí, solo que no las Águilas de Marion, papá. No creo que me dejen hacer un informe al respecto. Voy a estudiar a las verdaderas águilas. Puedo conectarme y leer libros, y luego tengo que reunir una visualización de gráficos. El señor Bender dijo que el año pasado alguien hizo un informe sobre las águilas, y los datos que encontró fueron asombrosos. Como, escucha esto...

El muchacho buscó en su cuaderno hasta encontrar una hoja arrugada de papel.

—El águila es la única ave que no huye de los problemas. En vez de eso utiliza las tormentas de la vida para remontarse a lugares más elevados.

John asintió, tratando de mostrarse interesado. *¿Me estará esperando Charlene en el pasillo? ¿Se habrá ido ya? ¿Cuándo podremos terminar nuestra conversación...?* Obligó a los pensamientos a salírseles de su cabeza y se enfocó en su hijo.

—¿No es eso adecuado, papá? El ave usa las tormentas para ascender más. Exactamente como un Águila de Marion —comentó Kade, hizo una pausa esperando la respuesta de su padre, y continuó—. Recuerda... cuando se le rompió un ligamento a Taylor Johnson, todo el mundo creyó que nos desmoronaríamos. Pero no fue así.

—Nos remontamos; ¿es eso lo que quieres decir? —preguntó John tratando de ver la relación.

—¡Correcto! —exclamó Kade con brillo en los ojos—. ¿Y sabes qué más? Las águilas también están en la Biblia.

La sola mención de la palabra «Biblia» le endureció las entrañas a John.

—¿La Biblia?

—Así es... —expresó Kade mientras escudriñaba una vez más sus papeles hasta encontrar lo que buscaba—. Aquí está. Debemos volar como las águilas. ¿Ves, papá? Dios no dice que deberíamos ser como polluelos de cuervos o de pericos. Dice que deberíamos ser como águilas.

—Águilas de Marion, sin duda —comentó John sonriendo ante el entusiasmo de su hijo e intentando hacer caso omiso a la convicción que le agarrotaba el corazón.

—Bueno, yo no pensaba encontrar conexiones, pero ya que lo has sacado a colación... —exteriorizó Kade con una mirada de humildad en los ojos.

John empujó juguetonamente con el puño el hombro del muchacho.

—Parece que el informe será ganador, hijo. Exactamente como...

—Las Águilas de Marion —terminaron la frase al unísono.

Kade agarró a su papá por el cuello con la parte interna del codo.

—Así es mi padre, agudo como un látigo.

—Puntudo como una tachuela... rápido como un látigo —expresó John sobándose los nudillos contra la cabeza de su hijo—. Ese es mi muchacho, el atleta callado.

Kade se rió tontamente ahora, parecido más el muchachito que había sido diez años atrás, antes de convertirse en el hombrecito que era hoy.

—Lo que sea —dijo, sobándole la cabeza a su padre hasta ambos quedar trabados en un abrazo, riendo y luchando por liberarse uno del otro.

—¿Vas para la casa? —le preguntó John separándose primero, inhalando con brusquedad y conteniendo la respiración.

—Sí, ¿quieres ir conmigo? —contestó Kade recostándose contra la silla, y ni siquiera respirando de manera entrecortada a pesar del juego brusco—. Mamá está haciendo pizza.

Pensar en Abby hizo que John perdiera el apetito, y se esforzó por mantener la expresión neutral.

—Mejor no. Tengo exámenes que corregir.

Kade volvió a meter sus pertenencias en la mochila y se las lanzó al hombro. Por un instante niveló la mirada con la de su padre, como si hubiera algo que quisiera decir pero no pudiera hacerlo.

—Apúrate, ¿de acuerdo? —le dijo el muchacho, la sonrisa se le desvaneció—. A mamá le gusta que todos estemos en casa para cenar.

—Está bien, dile que estaré allí —asintió John, agradecido de que Kade no le pudiera leer la mente.

Cuando el joven se hubo ido, John exhaló y se dio cuenta de que había estado conteniendo la respiración desde el comentario de su hijo acerca de la cena. Si iban a sobrevivir los meses siguientes, el muchacho tenía razón. Debía hacer un esfuerzo para estar en casa de vez en cuando. O si no los chicos se imaginarían que pasaba algo.

Sacó los exámenes del sexto curso y comenzó a calificarlos. *No pienses en Abby, en Charlene ni en nada de eso. Termina esto y vete a casa.*

Aunque esquivó con éxito los pensamientos de las mujeres en su vida, no pudo sacarse de la mente una poderosa imagen: la de un águila en pleno vuelo, ascendiendo cada vez más mientras en el fondo se formaban nubes negras. Mientras más fuerte la tormenta, más alto volaba el águila, y lo menos que John podía hacer era comprender que a pesar del bordado en su camiseta de entrenador, él no era un águila.

Ni siquiera andaba cerca.

Once

Como era a menudo el caso en esos días, el padre de Abby dormía, y ella se hallaba sola en el cuarto de él, ya sin repulsión por el olor a medicinas y a casa de reposo, o reprochándose por la manera en que el hombre al que una vez ella creyera más grandioso que la vida se había consumido hasta quedar en poco más que piel y huesos. Ella le sostenía la mano, acariciándola tiernamente con el pulgar y preguntándose en cuánto tiempo sería. El Parkinson no tenía horario, y los médicos le habían dicho que el anciano podía morir este año o en los próximos cinco.

La mirada de Abby se dirigió a un letrero de madera que colgaba cerca del pie de la cama: «Solo estoy de paso... este mundo no es mi hogar».

Ah, pero el paso podría ser muy doloroso, Señor. Igual que ver a papá desaparecer delante de mis ojos... o ver a John con Charlene.

Ninguna certeza susurrada ni versículo bíblico instantáneo le llenó la mente, y Abby suspiró, echándose para atrás en la silla. Había estado agobiada la mayor parte de la semana, absorta en detalles de la casa, limpiando baños y doblando ropa. Y, por supuesto, ocupada en sus asignaciones escritas. Había tenido tres artículos importantes que debió terminar para el viernes, y no los había enviado por vía electrónica sino hasta después de medianoche esa madrugada.

Ahora, por primera vez desde que caminara en la nieve, tenía realmente tiempo para sí misma. Tiempo en que no debía preocuparse en cuanto a dónde estaba John, qué podrían decirse uno al otro y a cómo evitar mejor a su esposo en la casa que aún compartían. Toda la semana no habían hecho más que pelear entre sí, fuere por Charlene, los artículos o su editor. No se habían dicho una palabra amable y, recién ahora, Abby se daba cuenta de lo agotador que había sido aquello.

¿Seis meses de esto, Señor? ¿Cómo voy a sobrevivir?

Lo que Dios ha unido, que no lo separe el hombre.

Suspiró. Las advertencias de Dios eran como un disco rayado: trilladas, obligadas y para nada enfocadas en su vida actual. Estaba claro que entre John y ella no había quedado nada. ¿Por qué Dios insistía en traerle a la mente versículos de conducta ideal? Su esposo y ella se estaban separando. Punto. Ahora debían encontrar un modo de sobrevivir al proceso.

Cerrando los ojos, Abby recordó su caminata de la semana anterior y lo bien que se había sentido al revivir el pasado en que estuvieron enamorados más allá de cualquier cosa que ella pudo haber soñado. Un tiempo en que el solo hecho de caminar cada mañana ofrecía más emoción y promesa de la que la joven Abby podía aguantar.

¿Dónde se había quedado...? Se concentró, y la mente se le llenó con la imagen de sí misma, jeans negros, jersey blanco cuello alto, sentada con su familia observando el partido... la primera vez que había visto jugar a John para Michigan. Con cada jugada ella había contenido la respiración, orando desesperadamente porque no resultara herido y al mismo tiempo sintiéndose cautivada por el modo en que el cuerpo del joven se movía. Los Wolverines ganaron cómodamente ese día con John lanzando tres goles y provocando otro.

—Fanfarrón —le había bromeado ella mientras paseaban después por el recinto antes del anochecer.

La temperatura había bajado, y John le había puesto encima la chaqueta que le dieran como reconocimiento a su labor deportiva. Acurrucada dentro de la prenda se sentía como Cenicienta en el baile, temerosa de que pudiera llegar la medianoche en cualquier momento y se viera obligada a despertar del sueño.

—¿Tenía yo alguna alternativa? —objetó John caminando a su lado, tan cómodo como si hubieran estado juntos todos los días en los últimos tres años—. Te me escapaste todos esos años y ahora... finalmente... lo lograste en un partido. Quiero decir, vamos, Abby. La presión estaba en su gran momento.

La sonrisa de él la calentó por dentro, de tal modo que en lo profundo del corazón sintió como si fuera mediodía. Durante dos horas hablaron de las clases tanto de él como de ella, y de las metas y sueños de cada uno.

—No me sorprendería que termine siendo entrenador algún día, cuando haya acabado mi época de jugador...

El padre del joven era un próspero banquero, Abby ladeó la cabeza de forma pensativa.

—¿Y no ir tras los grandes billetes como tu papá?

Ella bromeaba, y era obvio que él se daba cuenta, por lo que encogió los hombros.

—Hay más por qué vivir. Creo que si papá tuviera otra oportunidad también sería entrenador, igual que el tuyo —explicó John mirando el atardecer a través de los árboles y manteniendo el paso con el de Abby—. Es un juego difícil del cual alejarse.

—Lo sé —contestó ella pensando en lo intrincadamente que el fútbol había sido parte de su crianza.

Habían atravesado la ciudadela universitaria hasta llegar a una banca debajo de un antiguo y frondoso roble; John se detuvo y se volvió hasta quedar frente a la joven.

—Tú en realidad lo sabes, ¿verdad, Abby? Tú comprendes. El fútbol, quiero decir. Lo importante que es para personas como tu padre y yo.

Abby se deleitó con la cercanía del muchacho. *¿Está sucediendo de veras? ¿Estoy aquí a un millón de kilómetros de casa y a centímetros de John Reynolds?*

—Sí, comprendo —asintió ella con timidez.

—Y la mejor parte es que te gusta de veras —expresó él meneando la cabeza, con incredulidad en el rostro—. A muchas chicas podría importarles menos.

—Bueno, en realidad, solo he sobrevivido a un partido —bromeó ella sonriendo.

John se rió al principio, luego la risa desapareció poco a poco y la miró directo a los ojos.

—He pensado mucho en ti, Abby. ¿Lo sabes?

Algo en ella quiso salir corriendo, para protegerse el corazón antes de que llegara a perderlo tanto que no lo volviera a encontrar. En vez de eso asintió, poco dispuesta a romper la conexión entre ambos. Luego, con el viento invernal atravesando las hojas alrededor de ellos, John puso sus manos en los hombros de Abby y se inclinó más, tocándole los labios con los suyos. La besó de manera tan dulce y tan natural que ella creyó estar flotando a medio metro del suelo.

No fue un beso seductor, o que exigiera en ella más de lo que estaba lista para dar, sino uno que le clarificó las intenciones de John. Abby fue la primera en apartarse, sin aliento, buscando en el rostro masculino las respuestas que de pronto necesitaba con más desesperación que el oxígeno.

—¿John?

—Sé que eres joven, Abby. Pero hay algo entre nosotros —expresó sin dejar de mirarla mientras le pasaba tiernamente el pulgar por sobre las cejas—. Algo que he sentido desde que te conocí.

El muchacho titubeó; a pesar de toda su fama, gloria y presuntuosa habilidad atlética, parecía totalmente vulnerable.

—¿También tú... puedes sentirlo?

Una risita surgió de la garganta de Abby, que le lanzó los brazos alrededor del cuello, permitiéndole que la acercara, deleitándose en cómo el cuerpo masculino le calentaba el de ella en una forma que la joven no había conocido antes. Con la pregunta de él flotando aún en el aire, la muchacha retrocedió e inclinó la cabeza, segura de que los ojos le resplandecían con todo el sentimiento que llevaba por dentro.

—Sí, puedo sentirlo. Creía que solamente lo sentía yo. Bueno, porque era demasiado joven para ti.

—No, nunca lo sentiste solo tú —replicó él con una sonrisa traspasándole el rostro—. Sin embargo, en aquel entonces eras demasiado joven para hablar al respecto; incluso creí que quizás yo lo estaba imaginando. Pero con el paso de los años no desapareció el sentimiento. Yo llegaba a casa después de un partido y me preguntaba dónde estarías, qué estarías haciendo. Como...

—¿Como si estuviéramos predestinados? —terminó la frase por él, confiada de repente en todo lo que había sentido siempre por John.

Él asintió y la volvió a besar. Esta vez había pasión entre ellos; John retrocedió apartándose de ella.

—Abby, no sé cómo irá a funcionar todo esto. Ni siquiera nos veremos mucho el año entrante. No obstante, hay algo de lo que nunca antes he estado más seguro: nunca me he sentido así con nadie más.

—Yo tampoco —contestó ella volviendo a mirarlo y extendiéndole los dedos a través del pecho.

John temblaba; ahora que estaba recordando, Abby supo que era deseo lo que provocaba esos temblores. En ese entonces no se dio cuenta pero ahora, a la luz de una vida de experiencia, estaba segura. Había reconocido muchas veces ese mismo estremecimiento durante los primeros diez años de matrimonio, sintiendo a John de ese modo mientras los miembros de él se extendían a través de los de ella, debajo de los de ella y contra los de ella.

Sí, en esa época él había sentido deseos profundos hacia ella la primera noche que salieron juntos, y ella también había sentido lo mismo por él. Pero no sería sino hasta después de la boda que ambos actuarían de acuerdo a sus propios sentimientos.

Mientras esa noche recorrían el camino de vuelta al dormitorio de John, Abby recordó la forma en que él le había tomado la mano, tratándola como la más especial de las gemas, preciosa y única, convenciéndola con cada paso que daban de que las palabras de él eran sinceras. Que él nunca había sentido eso por otra persona.

El padre de Abby se movió en la cama contigua a la silla de Abby, que le soltó la mano, volviendo al presente de inmediato. Inesperadamente el anciano abrió los ojos, desesperado mientras miraba alrededor de la habitación hasta descubrir a su hija.

—¿Dónde está John?

La pregunta rompió el silencio, ella sintió tristeza en el corazón.

—Está en casa, papá. Con los chicos —contestó en voz alta y moderada, como se suele hablar a las personas ancianas.

—Debería estar contigo —opinó él mientras mostraba temor en el rostro y las manos le temblaban de manera incontrolable.

—No te preocupes, papá. Él está con los muchachos —replicó Abby agarrándole los dedos entre los suyos e intentando calmarle las convulsiones.

La inquietud del hombre se calmó poco a poco. La expresión era ahora menos de consternación y temor. Por un prolongado instante miró profundamente a Abby a los ojos; luego pronunció por primera vez lo que quizás le oprimía demasiado el corazón.

—Hay problemas, ¿no es verdad?

El primer pensamiento de Abby fue mentirle, como les había mentido a todos los demás en esos días. Pero entonces brotaron las lágrimas y supo que no podía mentir. Era demasiado allegada a este hombre, a este padre y amigo de gran corazón, como para ocultarle lo que la estaba matando.

—Sí, papá —asintió ella apretándole con ternura las manos entre las suyas—. Tenemos problemas.

Él pareció encogerse debajo de las cobijas, los ojos se le humedecieron.

—¿Has... han orado ustedes al respecto?

Abby sintió que se le formaba una tierna sonrisa en los labios. Su padre tenía las mejores intenciones. *Papá, si solo entendieras lo mala que está la situación...*

—Lo hemos hecho.

Las emociones del anciano se le reflejaban en el rostro con tanta claridad como si las tuviera escritas en la frente. Tristeza y confusión, seguidas de frustración y dolor profundo e ilimitado.

—¿No se trata... no se irán a...?

Un torrente de lágrimas se desbordó por las mejillas de Abby. ¿Había llegado la situación a eso? ¿No era ella la misma muchacha que estuvo con John debajo del roble, casi sin poder pensar cuando él la besó por primera vez? ¿No era ella la única chica a la que él había amado alguna vez? Las lágrimas fluyeron con más fuerza y las palabras se le taponaron en la garganta. Abrió la boca pero no salió nada.

Ahora era el turno de su padre de consolarla. Él le agarró las manos y se las llevó a su propio corazón, pasándoles por encima los débiles dedos.

—Oh, Abby, no puedes hacerlo, cariño. Tiene que haber una manera...

—No entiendes, papá —lo interrumpió ella negando con la cabeza y esforzándose por poder hablar—. Hay más.

—¿Esa mujer? —preguntó él mientras se le nublaban los ojos—. ¿La del campo de juego después del partido por el título estatal?

De modo que su padre sabía la verdad. John se había involucrado con Charlene, y en el proceso todos estaban conscientes de que la engañaba con esa mujer, menos los ciegos chicos de Abby dedicados a sus tareas. La desconsolada mujer agachó la cabeza y una fresca oleada de lágrimas le brotó de los ojos, cayendo sobre las cobijas de su padre.

—Él afirma que solo son amigos, pero es mentira, papá. He encontrado notas.

Con toda la energía que logró reunir, el anciano padre levantó una mano y le enjugó las lágrimas de las mejillas.

—¿Han recibido consejería? ¿Consejería cristiana?

—Hemos tratado todo —replicó ella exhalando y conteniendo el aliento, levantando luego la mirada hacia los interrogantes ojos del enfermo—. Esto es más que un asunto de fe, papá.

—Nada está más allá de Dios, Abby —advirtió él bajando la mano hasta dejarla caer al costado, mirando tristemente a su hija—. Quizás lo hayas olvidado.

—Es probable que así haya sido —reconoció ella topándose con la mirada de su padre.

Los ojos del hombre transmitían preguntas, se aclaró la garganta, tratando tal vez de no quebrantarse y ponerse a llorar. Después de todo, John era el hijo de su mejor amigo. La noticia probablemente iba a ser devastadora, pese a las primeras sospechas que él tenía acerca de Charlene.

—¿Se lo han... dicho a los chicos?

—Intentamos, pero Nicole anunció su compromiso la mañana en que pensábamos hacerlo —explicó Abby reclinándose en la silla—. Decidimos posponerlo hasta después de la boda.

—Así que es definitivo; ¿ya lo decidieron?

—Hemos hablado entre nosotros y con consejeros, lo hemos intentado todo —expresó Abby volviendo a bajar la cabeza—. No vemos ninguna otra salida.

Se hizo silencio por un momento mientras el anciano asimilaba la noticia. Como él no comentara nada, ella continuó, desesperada por llenar el espacio entre ellos con algo que pudiera ayudarlo a comprender.

—Tal vez será mejor así.

—*Nunca* puede ser mejor divorciarse, Abby —replicó su padre mientras los ojos le brillaban con una ira que ella veía por primera vez desde que era niña—. Nunca. Esa es una mentira de la boca del infierno; recuerda lo que te digo.

Ahora las lágrimas fluyeron más libremente en Abby, y sintió surgir su propia ira. Después de todo el pecado no era de ella.

—No me culpes, papá. Yo no soy la que está viendo a alguien más.

—¿Es verdad eso? —inquirió él arqueando una ceja lo suficiente para que ella lo notara—. ¿Y qué hay del amigo con quien te escribes, tu editor?

Las venas de Abby se le llenaron de nerviosismo. *¿Cómo diablos...?*

—¿Quién te lo dijo?

—John. La última vez que estuvo aquí —contestó su padre tras hacer una pausa—. Le pregunté cómo estaban ustedes dos, y me dijo algo respecto a que te pasabas mucho más tiempo escribiéndote con tu editor que hablando con él.

El anciano hizo una pausa para respirar, Abby se dio cuenta de que la conversación lo estaba agotando; además los brazos y las piernas le temblaban con más fuerza.

—Él le restó importancia a la situación para que yo no creyera que ustedes tenían problemas. Hasta ahora.

Abby se paró y cruzó los brazos, mirando hacia el techo.

—Oh, papá, no sé cómo todo se volvió tan desagradable —cuestionó volviendo a bajar la mirada mientras su padre le limpiaba nuevamente las lágrimas de las mejillas—. Necesito mi amistad con Stan. A veces él es el único que comprende lo que está sucediendo en mi vida.

El enojo del hombre había desaparecido y en su lugar había tristeza, distinta a cualquiera que Abby hubiera visto antes.

—Lo único que ustedes necesitan es fe en Cristo y dedicación mutua. Si tienen eso... todo lo demás quedará en su sitio.

Él lo hacía parecer demasiado fácil.

—John está teniendo una aventura amorosa, papá. Admitió haberla besado. La situación no es tan sencilla como crees —objetó ella volviendo a la silla, sentándose otra vez, y agarrando las manos del padre entre las suyas—. Duerme otra vez. No quiero que te vuelvas a poner tan nervioso.

Esta vez las lágrimas que llenaban los ojos del anciano se desbordaron por sus cachetes, y se las secó tímidamente.

—Ese muchacho es parte de nuestra familia, Abby. No lo dejes ir. Haz lo que sea necesario. Por favor. Por mí, por los chicos. Por Dios.

Tú no entiendes, papá. Ella titubeó, sin estar segura de qué responder.

—Por favor, Abby —suplicó él con tanto dolor, y tan serio en su petición, que a ella no le quedó más alternativa que decirle lo que él deseaba oír.

—Está bien. Me esforzaré más. De veras, lo haré. Ahora descansa un poco antes de que me saquen de aquí a patadas para siempre.

Abby apretó con fuerza las manos de su padre, que en cuestión de minutos se volvió a dormir, dejándola batallando con el nudo de emociones que le conmovían las entrañas.

Perder a John sería como perder una parte de ella, no solo un fragmento de su historia sino también de la de su padre. El corazón de Abby le dolió mientras veía dormir a su papá enfermo. Ella le había dicho la verdad; no tenía la culpa. John y Abby habían dejado que el tiempo se interpusiera entre ellos, y ahora él estaba viendo a otra persona. Simplemente era demasiado tarde para deshacer el daño, habían ido demasiado lejos en el proceso de romper las cosas como para volver a armarlas.

Los pensamientos de Abby volvieron otra vez a ese primer beso, al modo en que John la hizo sentir la chica más importante en el mundo, a la manera en que le había prometido escribirle y llamarla, y a la forma en que sorprendentemente cumplió su palabra el siguiente año. Nunca olvidaría la mirada en los rostros de sus amigas cuando él apareció con ella en la fiesta del colegio. El baile se celebró en primavera, solo semanas antes de que la joven se graduara. Allí estaba él, estudiante de último año en la Universidad de Michigan y mariscal de campo conocido en toda la nación, bailando con Abby frente a todos los compañeros de clase de ella.

La joven usó un vestido celeste de seda y él superaba a todos los demás compañeros de las chicas con su esmoquin negro y su chaleco azul pálido.

—Todas te están mirando —le susurró ella durante uno de los boleros.

A Abby le encantó la manera en que él la sujetó al bailar y la acercó hacia sí, no demasiado fuerte sino con suficiente firmeza como para mostrarle al mundo que ella era su chica, pero al mismo tiempo respetuoso de la pureza de la muchacha.

—No me miran a mí sino a ti. Nunca he visto una dama más extraordinaria de lo que te ves esta noche.

John estuvo separado de la joven durante todo el año, y el otoño siguiente Abby se matriculó en Michigan. Si había un período en su vida que nunca olvidaría, una época que nunca atenuaría el brillo, fue el año escolar entre 1978-79. John llevó a los Wolverines a un campeonato de temporada, y aunque perdió ante Heisman a dos partidos de la final, aún parecía que lo iban a reclutar. Ella estuvo en todo partido y en todo entrenamiento, empapándose de todo acerca de su amado.

Entonces, en su partido final esa temporada, John retrocedió para hacer un pase y no pudo encontrar un receptor bien ubicado. Un defensa divisó su vulnerabilidad y le lanzó un golpe a las rodillas que le hizo doblar las piernas y rebotar la cabeza contra el duro césped artificial. Quedó inconsciente y tendido en la cancha durante diez minutos mientras los médicos del equipo hacían todo lo posible por revivirlo.

Abby aún recordaba con cuánta desesperación oró desde las graderías por John.

—Por favor, Dios... por favor...

Había estado demasiado aterrada para pronunciar lo inimaginable, para considerar que él pudiera quedar paralítico o que muriera en el campo de juego. De repente todo respecto al juego que ella amaba se volvió desagradable y poco importante. *¿Qué sentido tiene?* —recordó haber pensado—. *¿Renunciar a tus piernas, a tu vida... por un partido de fútbol? Por favor, Señor, haz que se levante...*

Finalmente John movió los pies, y Abby volvió a respirar. *Gracias... oh, gracias, Dios.* Ella no podía imaginarse lo diferentes que habrían sido las cosas si...

Un carrito médico se llevó a John al vestuario donde Abby se reunió con él después del partido. Las noticias fueron mejores de lo que podrían haber sido, pero no tan buenas. John había sufrido una grave conmoción cerebral cuando la cabeza golpeó contra ese césped tan duro como el cemento. Y peor aún, se le había desgarrado un ligamento en la rodilla, herida que requeriría una operación y que probablemente terminaría con la carrera futbolística del muchacho.

El médico había sido crudamente sincero con John.

—Podrías encontrar una manera de volver a tener esa pierna en condición de jugar, hijo, pero tu cabeza no puede recibir otro golpe como ese. Sería un riesgo que juegues.

La operación en la rodilla se llevó a cabo más tarde ese mismo mes; para marzo John ya estaba haciendo carreras cortas y alistándose para las búsquedas de buenos jugadores de la NFL.

—Puedo hacerlo, Abby. No me duele la cabeza. De veras.

Ella estaba consciente de que no podía decir nada que a John le quitara el amor por el juego, un amor que había estado en la familia de él y de ella por tanto tiempo como podía recordar. Pero al final no tuvo necesidad de decir nada. Él nunca recuperó la velocidad y la movilidad que un día tuviera, y los investigadores lo consideraron demasiado lento. Para abril era claro que ya no tenía futuro en el fútbol profesional.

John quedó devastado durante una semana. Permanecía en el dormitorio, veía poco a Abby, y hablaba aun menos. Pero al final de esa época la llevó a comer pizza y anduvo con ella por el mismo lugar donde la besara por primera vez más de un año atrás.

—Se me ha estado ocurriendo un plan, Abby —le comunicó acariciándole las mejillas con los dedos y examinándole los ojos en tal forma que aun ahora a ella se le conmovían las entrañas al recordar—. Si no puedo jugar, seré entrenador.

Luego hizo una pausa para exhalar de forma tranquilizadora.

—Voy a estudiar un año más y a obtener mis credenciales de instructor. Entonces podré ir a cualquier parte, enseñar, entrenar. Seguiré mi sueño —continuó, entonces sacó un reluciente anillo de diamantes mientras la luna se abría paso en medio del cielo—. Cásate conmigo, Abby. Este verano. De ese modo podemos vivir juntos el año entrante y nunca volver a separarnos.

Volviendo a la época actual, Abby miró el anillo, aún en su dedo pero ya opaco debido a los años. En ese entonces se había quedado atónita, impresionada porque John la hubiera pedido tan pronto. Pero ella nunca había estado más segura de cualquier otra cosa en la vida.

Cerró ahora los ojos y volvió a recordar lo que sintió al perderse en brazos de John Reynolds y saber sin duda que ese era el lugar para el que ella había nacido, la vida para la cual había sido creada.

—¡Sí! Me casaré contigo.

Casi lo repite ahora en voz alta como lo hiciera entonces. John la había levantado en vilo, cargándola y depositándola suavemente sobre la vieja banca de madera. Luego se sentó al lado de ella y le tomó el rostro entre las manos, sosteniéndole la mirada en una manera que nadie lo había hecho antes ni lo haría después.

—Te prometo Abby que no te defraudaré. Podríamos pasar tiempos difíciles o tristes, pero estaré a tu lado para siempre. Nunca habrá para mí nadie más que tú, Abby Chapman.

Sí, además... de Charlene. La ofendida esposa dejó que las cínicas palabras persistieran en su mente por un momento. *No te hagas esto, Abby.* Prestó atención a su propia advertencia y desterró esos pensamientos. Sin importar a dónde los hubiera llevado el tiempo, en ese entonces John y ella habían estado hermosamente juntos. Los padres de ambos se habían sorprendido y emocionado por el anuncio, y ese julio se casaron en una iglesia exactamente en las afueras de la ciudadela universitaria ante varios cientos de testigos. El periódico local de Ann Arbor sacó una fotografía de los dos en la página principal de la sección Sociedad con el título: «Sueño hecho realidad: Amigos de la infancia oficializan su relación».

Ni en la más absurda fantasía se le habría ocurrido a Abby que las cosas con John Reynolds no funcionarían. Ese primer año estuvieron juntos día y noche, susurrándose con suavidad en medio de la multitud y paseando por el recinto agarrados de la mano. Cuando otras personas los veían, era con ese anhelo celoso de que aunque *vivieran* cien años nunca experimentarían la magia que existía entre John y Abby Reynolds.

Seis semanas después de su luna de miel se emocionaron al saber que Abby estaba embarazada, y mientras ella escribía artículos independientes para el periódico de la universidad, John encontró un puesto de enseñanza y entrenamiento para el otoño siguiente. Nicole Michelle nació el 16 de abril de 1980, y ese verano John aceptó un empleo como profesor del Colegio Southridge en las afueras de Marion, Illinois. Ambas familias se alegraron por ellos, y el padre de John les ofreció suficiente dinero para que compraran una casita cerca del colegio.

¿Qué le sucedió al final de nuestro libro de historias, Señor?

Una imagen apareció en la mente de Abby y se le grabó en el interior de la conciencia: John cargando a Nicole de tres meses de edad en la línea de banda durante un entrenamiento de fútbol, al poco tiempo de haberse mudado a Illinois. Abby recordó haber captado la escena y haberla guardado en la memoria para otra época, consciente en ese entonces de que finalmente los días volarían con gran rapidez, que antes de que cualquiera de los dos se diera cuenta, su pequeña niña habría crecido.

John había sido un padre maravilloso en cada tramo del camino. Cuando Nicole tenía cinco años y montaba su bicicleta chocó contra un Buick que venía de frente mientras Abby estaba en el mercado. Fue entonces John quien, tranquila y rápidamente, agarró en brazos a la niña y la llevó al hospital. Nicole había resultado con una pierna fracturada y cinco puntos de sutura por encima de la frente, pero su padre no quiso soltarle la mano hasta que Abby y Kade estuvieron allí una hora después.

Aun durante los días más lóbregos cuando criaban a los niños, así como en los desesperados momentos de inimaginable dolor, John había sido un pilar de fortaleza, un bastión de amor y preocupación para todos en el hogar.

Abby creyó que las lágrimas se le habían secado hace mucho, pero volvieron a brotar cuando las palabras de su papá le resonaban en la mente. *Ese muchacho es parte de nuestra familia, Abby. No lo dejes ir... no lo dejes ir... no lo dejes ir.*

Deseó con todo el corazón que hubiera alguna manera de satisfacer la petición de su padre. Pero independientemente de cuántos recuerdos felices tuviera ella, de que John hubiera sido mucho tiempo atrás el hombre de sus sueños, y de que hubiera sido el padre más maravilloso en cada etapa de la crianza de los chicos, Abby no podía hacer nada para conservarlo.

Besó la mejilla de su padre y se paró para irse. ¿Cómo podía conservar a John cuando ya se había ido?

Veinte minutos después la mujer atravesó la puerta principal de la casa y vio a Kade recostado sobre el sofá de la sala, mientras la pantalla del televisor presentaba lo más destacado de la NFL.

—Hola, cariño, ¿cómo estuvo tu día? —preguntó Abby haciendo todo lo posible por lucir optimista.

Con toda una vida de recuerdos acelerándosele por los canales de la mente, Abby estaba destinada a verse preocupada, incluso profundamente deprimida, a menos que hiciera un gran esfuerzo por parecer lo contrario.

—¿Quieres venir un momento, mamá? —pidió Kade sentándose y mirándola con curiosidad.

Abby captó inquietud en la voz de su hijo y sintió que el corazón le dejaba de palpitar. ¿Había hecho John algo en el colegio? ¿Quizás una escena con Charlene? Detestó esta vida de fingimiento, sin saber cuándo alguien podría descubrirles el secreto. *Por favor, Señor, ayúdame a decir lo correcto...*

—Está bien, soy toda tuya —asintió, dejándose caer al lado del muchacho, con tono suave y juguetón mientras el corazón le latía en la garganta.

—Mamá, ¿cómo llegaron papá y tú a tener algo tan divertido entre ustedes?

—¿Algo tan divertido? —preguntó Abby sintiendo que se le relajaba algo en el interior.

Kade sonrió y, por un momento, pareció el jovencito que había sido una vez, burlón y abstraído de amor por su madre.

—Sí, tú sabes. La manera en que no son celosos y todo eso. Tal vez por eso es que tienen tan buen matrimonio.

A Abby se le hizo un nudo en la garganta; tragó grueso, luchando mientras soltaba una risa forzada.

—¿De dónde viene todo esto?

Kade se reclinó y cruzó los brazos en el pecho.

—Bueno, por ejemplo la señora Denton. El otro día entré al salón de papá, y él y ella estaban tomados de la mano —explicó Kade con preocupación centelleándole en la mirada—. No como si algo estuviera pasando entre ellos, ¿sabes? Papá solo estaba orando por ella, lo cual al principio creí un poco raro.

De repente a Abby le dolieron las entrañas y se desmoronó un poco. *Actúa normal, Abby. No pienses en eso; no llores. Sigue escuchando.*

—Sí, puedo ver eso.

—De todos modos, ahora que he tenido tiempo de pensar al respecto, tal vez por eso es que papá y tú tienen algo tan magnífico entre ustedes. No hay celos. Quiero decir, la confianza entre ustedes es algo más —opinó él y meneó la cabeza—. Le pregunté a papá qué pensarías tú de que él orara con la señora Denton, y me dijo que ya sabías que estaba teniendo problemas y que no era gran cosa que a veces él orara con ella.

El rostro del muchacho se le iluminó en una gran sonrisa.

—Mientras más lo pienso, más me doy cuenta de lo genial que fue —continuó al tiempo que Abby emitía una contenida sonrisa, pero Kade pareció no notarla—. Desearía que mi esposa sea exactamente como tú. De ese modo no perderá los estribos cada vez que yo hable con otra mujer.

—Bien, eso es bueno, hijo —comentó ella esforzándose por volver a encontrar la voz—. Me agrada que eso haya causado buena impresión en ti.

Abby se puso de pie y se estiró, desesperada por hallar un sitio donde pudiera ordenar sus sentimientos, algún lugar alejado de la curiosa mirada de sus hijos.

—Hola, mamá, ¿cómo está el abuelo? —saludó Sean entrando a la sala, yendo hacia ella, y lanzándole los brazos alrededor del cuello.

—Bien. Te envía cariños.

El chico asintió y atravesó la sala hasta un sillón de gran tamaño. Aún no eran las dos de la tarde y el sol ya parecía estar ocultándose, como si el mundo entero estuviera triste por todo lo que Abby estaba pasando. Su ira contra John ardía tras la imagen que intentaba mantener, necesitaba estar sola antes de explotar en medio de un cúmulo de rabia y lágrimas. Sus hijos se habían vuelto a enfocar en la televisión; ella miró por la ventana principal, haciendo todo lo posible por lucir normal.

—¿Está Nicole en casa?

—No, salió con Matt —contestó Kade estirando los pies—. Vendrá después de cenar.

—¿Y papá? —asintió Abby conteniendo la respiración.

—Está en el club con Joe.

Muy bien. Él estaría afuera por un buen rato. Joe era uno de los entrenadores asistentes de fútbol americano, y los dos podían pasar horas haciendo ejercicio y jugando básquetbol con los muchachos en el club. Abby se cuidó de no salir corriendo de la sala, en lugar de eso subió lentamente las gradas hacia el cuarto de huéspedes. Allí, acurrucada en la cama, ocultó el rostro en una almohada y dio rienda suelta a la ira que brotaba en su interior.

Oleadas de lágrimas la inundaron y golpeó reiteradamente el colchón con el puño. ¡Él había prometido no armar una escena! Juró alejarse de Charlene durante los próximos seis meses. Sin embargo lo que hacía era agarrarle la mano a la tipa esa en su salón de clases donde todo el mundo viera. ¿Quién, además de Kade, habría entrado esa tarde? Abby apenas podía respirar, pero no le importó. Clavó el rostro más profundamente en la almohada y empezó a sollozar de nuevo. Pobre Kade. ¿Cómo se iría a sentir cuando le dijeran la verdad? Sabría que su padre mintió en cuanto a lo de orar con Charlene y de muchas otras cosas.

—Gran ejemplo, John —susurró ella, levantándose de la almohada y alargando la mano hasta un pañuelo de papel en la cómoda—. ¡Muy bien!

El tiempo retrocedió y Abby se pudo ver andando por el pasillo del Colegio Marion, tarareando una alegre tonada, llevándole la cena a John porque debía trabajar hasta tarde calificando exámenes. La relación de ellos se había vuelto muy tensa también en ese entonces, y la cena era la manera en que Abby tomaba la sugerencia del consejero de buscar maneras de ser amable con John. Recordó, en realidad, sentir pesar por él debido a que dedicaba muchas horas sobre el campo de juego y luego se relegaba también a horas extras en el salón de clases. Habían sido las ocho, bastante tiempo después de oscurecer y el resto del colegio estaba desierto. Finalmente Abby llegó al extremo del pasillo y sin tocar abrió la puerta del salón de clases de su esposo.

Contuvo la respiración en la garganta al verlos. John y Charlene, parados cerca del escritorio, trabados en un perfecto abrazo.

Al instante se apartaron, desde luego, y Abby, desesperadamente insegura de cómo reaccionar, se negó a salir corriendo. En vez de eso conservó los sentimientos de ira en su interior y entró al salón.

—Hola, Charlene. Espero no estar interrumpiendo.

Recordó haber sonreído fijamente a la mujer y luego a John.

—Este, no... solo me estaba despidiendo.

Charlene pronunció de modo atropellado unas cuantas frases, intentando explicar y dar razones al uno y al otro de por qué debía irse.

Abby nunca olvidaría la ira y el dolor que había sentido cuando solo ella y John quedaron en el salón. Exactamente así se sentía ahora. Sospechar era una cosa; la realidad era otra. El estómago le dolía de tanto llorar, pero ni los cubos de lágrimas calmarían la rabia que le ardía por dentro.

Se oyó un sonido afuera en el pasillo y, antes de que Abby pudiera prepararse, se abrió la puerta del cuarto de huéspedes y John entró. Ella lo enfrentó como un chiquillo atrapado en un acto de desobediencia, y él la miró de forma extraña, con las cejas juntas.

—¿Qué pasa, Abby? Los muchachos dijeron que estabas preparando la cena.

Ella deseó golpearlo, sacudirlo, hacerlo consciente del dolor que le estaba causando. En lugar de eso resopló y lo taladró con la mirada, infundiéndole un poco del odio que sentía.

—Kade me contó de tu pequeña... reunión de *oración* —expresó en un tono apenas más alto que un susurro, dándose cuenta de que los brazos le temblaban por la irritación que le brotaba dentro del corazón.

—¿Reunión de oración? —inquirió él pálido.

—Qué difícil mantener todas las mentiras, ¿verdad, John?

—Abby, no tengo idea de qué estás hablando —manifestó él entrando al cuarto y cerrando la puerta detrás—. ¿Qué reunión de oración? ¿Y por qué estás llorando?

John no recordaba. Cuánto debió haber estado sucediendo entre Charlene y él para que el descubrimiento de Kade ni siquiera fuera algo que hubiera alojado en la memoria.

—Piensa. Aquella con Charlene, ¿recuerdas? Kade entró a tu salón de clases y te encontró a ti y a esa... esa tipa, agarrados de las manos —incriminó Abby sacando cada palabra como una daga, pero en vez de difundir las emociones, estas se intensificaban mientras hablaba—. Y le dijiste que los dos estaban *orando*. ¿Te resulta familiar?

Una exhalación de cansancio escapó de los pulmones de John, que bajó hasta el pie de la cama.

—No supe qué más decirle.

Abby apretó el puño y golpeó la cabecera de la cama con toda su fuerza. Tres de sus nudillos empezaron a sangrar, pero no le importó. Se secó la sangre en los jeans y miró a su esposo, que tenía los ojos abiertos de par en par.

—Así es, ¡golpearé la cama si me da la gana!

Pasó un instante en que John pareció buscar frenéticamente algo qué decir.

—No fue así. Yo estaba...

—Ahórrate la explicación.

—Hola, ¿está todo bien allá arriba? —se oyó la voz de Kade desde abajo—. Creí haber oído que algo se rompió.

—Todo está bien —gritó John después de aclararse la garganta—. Tu madre dejó caer algo, eso es todo.

—¿Es eso lo que vas a hacer en los próximos seis meses, John? —inquirió Abby meneando la cabeza y mirándolo con incredulidad—. ¿Mentirles cada vez que uno de los chicos te vea con Charlene?

—¿Qué quieres que haga, Abby, decirles la verdad? —objetó él poniéndose de pie y sobándose la parte trasera del cuello—. ¿Que estoy tratando de mantenerme al margen de una verdadera aventura amorosa con Charlene, y que tú estás tan enfadada conmigo que a puñetazos estás haciendo agujeros en los muebles? ¿Es esa una mejor opción?

Abby meneó la cabeza y lo miró. *Él no comprende lo que está haciendo mal...*

—Mírame.

—¿Qué quieres de mí, Abby? —indagó John dejando de caminar de un lado al otro y mirándola—. No sabía que Kade nos iba a descubrir.

—Te pedí que te alejaras de ella. Seis meses, John. *Seis meses.*

—Estoy tratando, Abby —expuso él suspirando, ya sin tratar de defenderse—. Yo no la invité a entrar; ella llegó por su cuenta. Así que le dije que necesitaba tiempo, que me diera espacio hasta después de la boda de Nicole. Y, quieras creerme o no, ella entendió de veras. Solo me estaba diciendo que haría lo que sea para facilitarme las cosas cuando... cuando Kade entró.

Cada palabra que salía de la boca de John era como una agresión. ¿Cómo se *atrevía* Charlene aun a *tener* que decírsele que se aleje? ¿Quién le había hecho creer que John querría su ayuda para superar los próximos seis meses?

La respuesta pendía en el cuarto como la espada de un verdugo: John, por supuesto.

Él le había permitido esa cercanía a aquella mujer, y ahora Abby podía imaginar la escena en el salón de clases como si ella y no Kade hubiera sido quien los descubriera. Charlene habría estado casi inconsolable ante la idea de un silencio de seis meses entre ella y John. Desde luego que él le había agarrado las manos para consolarla. Si Kade no hubiera entrado, ¿quién sabe qué podría haber pasado?

John estaba esperando, mirándola, como un hombre a punto de ser ahorcado y sin opciones.

—Lo siento, Abby.

Ella odió la manera en que se sentía, en que la rabia le desgarraba el corazón y la hacía sentir como un monstruo por dentro.

—John Reynolds... te odio —declaró entre dientes, soltando cada palabra con tanto veneno como podía expresar—. Sal de aquí antes de que baje esas escaleras y les diga la verdad a los chicos.

La mirada de John se entrecerró mientras examinaba a su esposa.

—No puedo creer en qué te has convertido, Abby. En qué nos hemos convertido... —balbuceó con la expresión suavizada—. No sé qué...

Soltó un fuerte suspiro y se encogió de hombros.

—Lo siento, Abby —concluyó, y sin pronunciar otra palabra salió del cuarto.

Mientras él cerraba la puerta y bajaba las escaleras, a ella le dolieron partes que no sabía que existían. *Regresa, John. ¿No te importa? ¿No puedes decirme que te olvidarás de esa mujer, que ella no es importante para ti y que aún me amas?* Quedó confundida en medio de su sufrimiento, la mano le sangró de nuevo y entonces golpeó la almohada. Una y otra y otra vez... hasta que la rabia interior amainó y dio paso a un océano de tristeza.

Ayúdame, Señor... Ya no sé qué hacer. Haz que el tiempo pase rápido, por favor. No soporto vivir con él sabiendo que está enamorado de ella.

El amor todo lo soporta. El amor jamás se extingue...

Durante la mayor parte de su vida adulta había dado por sentado algo: Si la Biblia lo decía, Abby lo creía. Pero mientras yacía allí sollozando en una forma que amenazaba con consumirla, el versículo que le llegó a la mente le hizo considerar que quizás la Palabra de Dios no tenía ninguna veracidad.

El versículo se le repitió en la mente. *El amor todo lo soporta... el amor jamás se extingue... jamás se extingue... jamás se extingue...*

Era mentira; tenía que serlo. El amor entre John y ella posiblemente no podía soportar esto. Mientras la hija de ambos soñaba y planeaba iniciar el amor, ella y John conspiraban y planeaban acabar con el amor. O nunca se habían amado en absoluto, y Abby sabía sin ninguna duda que sí se amaron, o esta vez el versículo estaba equivocado.

Debido a que el amor que una vez compartieran, el amor que había brillado como un faro entre los naufragios de otros matrimonios, estaba absoluta e indudablemente acabado.

El amor terminaba, así era.

Abby arrastró sus hinchados dedos hasta su pecho y dejó brotar otra oleada de lágrimas. La enfermedad terminal que el vínculo entre ellos estaba padeciendo había tardado años, y al final el amor mutuo había sufrido una muerte dolorosamente previsible. En cuestión de meses tendrían la adecuada documentación, la tumba de papel que lo probaba.

Se sentó allí por un buen rato hasta que empezó a dormitar, las mismas palabras, los mismos sentimientos repitiéndosele una y otra vez en la mente.

Te odio, John Reynolds... te odio... te odio.

Te odio.

Doce

Era el domingo del Súper Tazón, un día festivo entre Navidad y Pascua en casa de los Reynolds, pero Abby y Nicole habían acordado pasar la mañana y la primera parte de la tarde buscando vestidos de novia. El día afuera con Jo Harter no había producido más que una interminable conversación, así que esta vez Nicole estaba decidida a encontrar al menos un vestido que le gustara.

Se hallaban en el vestidor, y Abby estaba subiendo la cremallera del quinto vestido en una hora cuando el humor de Nicole pareció afectarse. Desde el comentario de Kade, Abby había estado ultrasensible con cada uno de los chicos, consciente de que en cualquier momento podían oír algo respecto a su papá y Charlene, o captar las tensiones entre sus padres.

—¿Estás bien, querida? —preguntó Abby arreglándole el pelo sobre la parte posterior del vestido y retrocediendo—. Cielos, Nic, es precioso.

Abby ya usaba solo de vez en cuando el diminutivo del nombre de su hija.

—Papá ha estado últimamente más silencioso que de costumbre —afirmó Nicole inclinando la cabeza y mirando con atención a su madre—. Está feliz de que me case, ¿verdad? Quiero decir, le gusta Matt, ¿no es cierto?

Cada centímetro del cuerpo de Abby se puso alerta al instante.

—Sí, cariño, por supuesto que le agrada —contestó, e hizo una pausa para buscar las palabras correctas—. Ha estado ocupado con el colegio, eso es todo.

Nicole examinó su reflejo en el espejo y tiró suavemente del vestido algunas veces hasta quedar satisfecha con cómo se le ajustaba.

—Las mangas son demasiado escuetas.

Abby se fijó en los detalles de las mangas del vestido y pensó que eran sencillos pero hermosos. No obstante, este no era el momento de discutir con Nicole.

—Tienes razón. Veamos si podemos hallar algunos más.

Nicole titubeó y miró otra vez a su madre.

—Kade dijo que papá ha estado orando con la señora Denton —soltó Nicole con una expresión dolida que le dio a Abby la sensación de que su hija estaba incómoda, como si estuviera sacando un tema profundo y sombrío—. Eso me fastidia, mamá. ¿No sabe ella que él está felizmente casado?

El corazón y el alma de Abby se sobresaltaron, pero se las arregló para evitar mostrarlo en el rostro. *¿Ves lo que has hecho, John? ¿Por qué no puedes alejarte de esa tipa?*

—Bueno... entiendo cómo te sientes. A mí también me molesta —contestó, inclinando la cabeza y cruzando los brazos.

Escoge tus palabras aquí, Abby. En pocos meses ella sabrá la verdad...

—Tu papá está haciendo lo mejor; eso es todo lo que sé.

—Sí, imagino que sí —opinó Nicole después de reflexionar por un momento y encogiendo luego los hombros—. No obstante hay algo con la señora Denton que no me gusta. Siempre está coqueteándole a papá, riéndole tontamente. Es odiosa.

Ojalá John hubiera visualizado a Charlene tan fácilmente como lo había hecho Nicole.

—Tu papá puede cuidarse solo —decretó Abby lanzando una risa oportuna.

—¿Así que todo está bien con ustedes dos? —inquirió Nicole sonriendo y agachando el cuello mientras su madre bajaba la cremallera del vestido.

Abby conocía muy bien a su hija para saber que este era el núcleo de su preocupación, el temor con que vive todo hijo pero que casi nunca expresa. E incluso ahora, con Nicole adulta y a punto de comenzar su propio matrimonio, la antena infantil aún estaba levantada y sus inquietudes aún eran profundas y aterradoras ante la idea de que sus padres tuvieran problemas.

—Estamos bien. No te preocupes por nosotros —la calmó Abby ayudándola a quitarse el vestido y esperando hasta que la chica se hubiera vuelto a poner la falda y el suéter—. Se supone que este es tu día, ¿recuerdas? Tenemos que encontrar un vestido de novia.

Para el final del día Nicole había encontrado el vestido perfecto, y Abby estaba agradecida de que en medio de la emoción su hija hubiera olvidado todos los pensamientos respecto a sus padres y a si estaban enfrentando problemas o no. Al llegar a casa la joven se metió a su cuarto mientras Abby picaba vegetales y preparaba bandejas de bocaditos para el partido. Como siempre, tendrían casa llena: varios de los entrenadores de John y sus familias, algunos jugadores y los amigos de los muchachos. A Abby no le importaba quién viniera, con tal de mantenerse ocupada. Mientras más atareada, menos buscaría maneras de eludir a John.

El corazón aún le dolía por la descarga del día anterior, y deseaba más que nada pasar el domingo del Súper Tazón sin tener una conversación ni tiempo a solas con su esposo.

Exactamente antes de la patada inicial Nicole bajó saltando las escaleras y se detuvo en el descanso.

—¿Ya está Matt aquí? —indagó con voz rebosante de emoción, Abby supuso que su hija quería mostrarle el vestido de novia.

—Aún no —contestó Abby colocando unos trozos de zanahorias en la bandeja y poniendo los dedos debajo del agua.

—Avisó que llegaría unos minutos tarde —informó Kade desde la sala contigua—. ¿Por qué te estás escondiendo en las escaleras?

—¡Yu-ju! Mamá, ven acá. Tengo puesto mi vestido. Rápido, antes de que llegue Matt.

Abby se secó las manos en una toalla y se dirigió a la sala de televisión. Aunque el vestido había lucido hermoso en Nicole una hora antes en el vestuario, ahora la muchacha había sacado tiempo para arreglarse el cabello y ponerse tacones altos. Verla posando con elegancia delante de su padre y sus hermanos hizo que la respiración de Abby se le atorara en la garganta. Se detuvo a mitad de camino y se quedó boquiabierta. *Señor, se ve exactamente como yo a su edad. ¿Han pasado veintidós años desde que modelé mi propio vestido durante las semanas antes de casarme con John?*

Antes de que ella pudiera hablar, John silenció el televisor y miró a su hija con los ojos bien abiertos.

—Nicki, es hermoso. Te ves... como toda una dama —balbuceó, y casi por equivocación su mirada captó la de Abby, que vio allí reflejado todo lo que ella estaba sintiendo.

¿Creamos de veras esta mujer-niña? ¿Han volado los años tan rápido para ti como para mí? ¿Y cómo es que cuando nuestra pequeña niña celebra el amor, nosotros buscamos nuevas maneras de destruir el nuestro?

Abby alejó la mirada, rechazando la sutil intimidad del momento, y volviendo la atención a donde pertenecía. A Nicole.

—Cariño, el vestido es perfecto.

Y lo era, tanto como si lo hubieran hecho para ella. El corpiño en satín blanco se le adhería a la medida, marcado por lentejuelas y bordados finos. Transparentes y sutilmente decoradas con lentejuelas, las mangas terminaban en un puño bordeado con elegante encaje diseñado que daba contra los dorsos de las manos. La falda en capas de satín caía con elegancia, bordeada con el mismo encaje de las mangas y apenas rozando el piso en el frente. En la parte posterior el vestido se extendía en una impresionante cola y en una serie de lentejuelas y más bordados que subían hasta el corpiño, haciendo ver más que delgada la cintura de Nicole.

—Recuerdo cuando yo tenía la cintura así de pequeña —comentó Abby inclinando la cabeza y mirando a Nicole.

Por allá cuando yo era la única que le hacía girar la cabeza a John.

Abby miró en dirección a su esposo y lo descubrió mirándola otra vez. En esta ocasión ella le frunció el ceño, haciendo lo posible por desanimarlo a que hiciera contacto visual. No tenían nada de qué hablar. Cualquier mirada nostálgica solo haría más difíciles las cosas. Cuando ella volvió a mirar, él había enfocado totalmente la atención en Nicole.

—Matt es un tipo con suerte —opinó John levantándose y estirando la pierna lesionada, la que había sufrido la contusión dos décadas atrás.

Eso era algo que su esposo hacía a menudo, y que la mayoría de personas pasaba por alto, pero Abby sabía cuánto esta rodilla aún le molestaba a John, cómo se le ponía rígida los días fríos y cómo lo hacía cojear al inicio de la mañana.

—¿Cuándo llegaste a ser una joven tan hermosa, Nicki? —preguntó John tomando en los brazos a su hija y estrechándola.

La escena de John y Nicole juntos fue demasiado para Abby. *Si te importara ella en absoluto no estarías agarrándole las manos a otra mujer en tu salón de clases.* Mantuvo los pensamientos para sí misma y se volvió a la cocina.

—Matt estará aquí pronto, Nicki.

Abby oyó a su hija jadear ligeramente y besar a su padre en la mejilla.

—Debo apurarme. No le digan una palabra a Matt —advirtió Nicole y se volvió hacia las escaleras, totalmente inconsciente de la tensión entre sus padres.

John estaba absorto en el segundo cuarto del partido cuando sonó el teléfono. Abby se había encerrado desde hacía rato en el estudio, así que él agarró el auricular inalámbrico y pulsó el botón de hablar.

—¿Aló?

Creyó haber oído un sonido susurrante, pero por lo demás solo silencio.

—¿Aló? —repitió, y estaba a punto de colgar cuando oyó la voz femenina.

—John, soy yo. Charlene.

Una docena de emociones le desgarraron el corazón. Sorpresa, euforia, culpa, enojo. Esperó un instante para no decir algo de lo que se arrepentiría. Especialmente con una sala llena de personas sentadas alrededor de él viendo el partido.

—Este... hola.

La mujer soltó un prolongado suspiro.

—Sé que no debería estar llamándote a tu casa... que no debería estar llamándote en absoluto. Solo que... me siento sola, John. No sabía qué más hacer.

Había ocasiones en que oír la voz de Charlene le enviaba indescriptibles sentimientos por el cuerpo. Pero aquí, a plena vista de sus hijos y en un día que siempre había sido de ellos, John estaba dividido entre querer ayudarla y saber que debía colgarle.

—Estamos viendo el partido, por supuesto. ¿Y tú?

—No puedes hablar; lo sabía. Lo siento, John... mejor te dejo.

—¿Está todo bien?

Kade le lanzó una extraña mirada tan pronto como su padre hizo la pregunta, pero John no parecía preocupado. Estaba dispuesto a mentir al respecto si tenía que hacerlo. Si Charlene estaba en alguna clase de problema, él quería estar disponible para ayudarla.

Se hizo silencio por un momento, entonces oyó a Charlene llorando.

—Me siento como... como que estoy en el limbo o algo parecido, como que no hay esperanza, promesas o futuro para nosotros —susurró ella e hizo una pausa, mientras el corazón de John se estremecía.

¿Por qué está haciendo esto ahora? ¿Precisamente cuando sabe que mi familia está alrededor? Como él no dijo nada, ella continuó.

—Te amo, John. No estaba segura hasta que me pediste que me alejara. Pero ahora... ahora estoy segura. Te amo como nunca he amado a nadie más. Pero no puedo esperar siempre...

Cuidado, vigila tu tono.

—Entiendo eso.

¿Qué esperaba ella que él dijera? Ya debía haber cuestionamientos, al menos de parte de Kade.

—Ah, no sé... —suspiró Charlene—. En primer lugar, nunca debí llamar. Lo siento.

John se volvió a quedar sin saber qué decir. Difícilmente podía hacerle promesas floridas a su amiga, aunque los chicos no estuvieran escuchando cada palabra.

—Correcto, bueno, gracias por llamar.

—John, espera... Sé que no debí haberte llamado, pero hazme solo este favor. Si crees que tenemos una oportunidad... después de la boda de Nicole. Quiero decir... dime. Por favor. Dime si crees que los Rams son el mejor equipo pase lo que pase en el partido. De ese modo sabré al menos que te importa, que quieres estar conmigo tanto como yo.

John caviló en eso por un instante.

Huye de la inmoralidad, hijo. Lo que Dios ha unido...

La voz que sin duda pertenecía a Dios cambió y se convirtió en la de Abby del otro día. *«Te odio, John... te odio».*

—¿John? ¿Me oyes?

El hombre cerró los ojos y se masajeó el puente de la nariz con el pulgar y el índice. Demasiadas voces para un domingo de fútbol. ¿Cómo se suponía que él supiera lo que quería? Las palabras odiosas de Abby seguían reproduciéndosele en la mente, por lo que la imagen de ella vomitando ira se le alojó en el corazón. ¿Por qué no hacerle promesas a Charlene? Se preocupaba por ella, ¿verdad? Y en cuanto a Abby, las cosas solo iban a empeorar.

John se aclaró la garganta. Charlene lo conocía bien... sabía que el equipo favorito de él eran los Rams y que estuviera quien estuviera en la sala, las palabras que estaba a punto de decir no parecerían extrañas. En particular con lo que St. Louis había hecho en la liguilla.

—No me siento así todo el tiempo, pero ahora mismo tendría que decir que los Rams tuvieron la mejor temporada todo el año.

Bueno, lo había dicho. Era verdad. Si él y Charlene lograban sobrevivir los próximos seis meses sin pasar tiempo juntos, John tenía todos los motivos para creer que tendría su segunda oportunidad en la vida con Charlene Denton.

—¿Qué quieres decir con que no te sientes así todo el tiempo?

John apretó los dientes. ¿Por qué lo estaba presionando? Exhaló a conciencia y obligó una risotada.

—Tú me conoces; me han gustado los Rams por mucho tiempo.

Charlene titubeó por un instante y luego soltó un grito infantil de alegría.

—John Reynolds, me has hecho la chica más feliz de todo Illinois. Esperaría toda una vida por ti ahora que sé lo que sientes.

—Muy bien, mejor cuelgo. El partido está a punto de comenzar.

—Está bien, lo siento —expresó Charlene compungida, pero su felicidad aún le contagiaba la voz—. Y lo que dije respecto a ser discretos, aún pretendo... estar aquí para ti siempre que me quieras.

Las últimas palabras de ella dieron en el blanco, John pudo sentir rubor en las mejillas.

—Correcto, entonces, te llamaré después.

Colgó, e inmediatamente Kade lo miró a los ojos.

—¿Quién era?

Aunque esperaba las preguntas, John no estaba preparado.

—Un profesor

—¿Quién? —preguntó uno de los entrenadores volviéndose hacia él.

Felicitaciones, Reynolds. Por mentir acerca de un profesor frente a una sala llena de empleados del colegio.

—Este... Joe Jackson, entrenador de pista. Solo quería ver qué pensaba yo del partido.

—¿Te llamó Jackson? —preguntó otro entrenador uniéndose a la conversación—. Yo creía que él estaba en Palm Springs con su esposa.

El temor recorrió las venas de John y de pronto sintió que todos en la sala sabían que estaba mintiendo.

—Ahora que recuerdo, tal vez estaba en Palm Springs. No lo dijo.

Los interrogantes cesaron mientras la sala volvía paulatinamente al partido. Solo entonces John se dio cuenta de cuán desesperado estuvo. Se acababa de prometer para siempre a una mujer que no era su esposa, y lo había hecho frente a una docena de familiares y amigos. Ahora el corazón casi se le salía del pecho como pago por sus decisiones. *No soy gran cosa como hombre.*

Ya estaban en el medio tiempo, y mientras John conversaba un poco con sus amigos sobre las estadísticas del partido, Kade comenzó a enumerar rápidamente hechos acerca de las águilas.

—Muy bien, escuchen esto —pidió el muchacho, y los hombres le prestaron atención, entonces se aclaró la garganta mirando el borrador de su tesis de último año—. Un águila casi nunca come algo muerto.

Levantó un dedo.

—Pero si lo hace, si algo la enferma, vuela a la roca más alta que logre encontrar, se estira sobre ella, y deja que el sol le absorba todo el veneno.

La analogía fue tan fuerte que John se preguntó si Kade sospechaba el engaño de su padre. *¿O tan solo se trata de tu tiempo, Señor?*

Estoy aquí por ti, hijo. Recuerda de dónde has caído...

Desterró el pensamiento y se enfocó en Kade, que ahora estaba de pie, disfrutando la atención mientras seguía dando más información acerca de las águilas. John pensaba aún en el águila envenenada, la que después de meterse en problemas al menos tenía el razonamiento de llevar su sufrimiento a la roca y dejar que el sol volviera a fortalecerla. Él tenía una Roca a la cual ir, un Hijo que sin lugar a dudas lo fortalecería como antes.

¡Arrepiéntete! Recuerda de dónde has caído...

El hombre parpadeó para alejar la advertencia. El problema era que no quería esa clase de ayuda. No por ahora. No cuando su esposa se había convertido en una arpía y cuando la amiga íntima de él, una joven y hermosa mujer, creía que el sol se levantaba y se ocultaba solo sobre John. ¿Qué sabía Dios de problemas como ese?

Un dolor le traspasó el pecho, por lo que hizo caso omiso a las demás personas, a lo que conversaban acerca de las águilas, y a si estaban involucrándolo o no en la conversación. *Probablemente me dará un ataque cardíaco y me iré directo al infierno.* Se secó una pequeña capa de sudor de la frente e intentó comprender cómo la vida se le había escapado totalmente de las manos. Y cómo es posible que el amor de su vida, la mujer que había anhelado desde la infancia, no solamente no lo amaba...

Lo odiaba.

Abby había oído el timbre telefónico e imaginó que era para uno de los muchachos. De cualquier modo no iba a salir del estudio, no hoy. Había terminado su tarea de preparar refrigerios, y ahora debía enviar un artículo para *Woman's Day*. Su conexión a Internet resultó buena en el primer intento, y la pantalla inicial mostró que tenía correo. A los dos clics apareció una extensa carta de Stan.

Todo respecto a su editor era tan surrealista como el mismo mundo cibernético. Stan era el divorciado padre de dos hijos y editor principal de una de las revistas más importantes del país, a la que Abby escribía al menos cada dos meses. Aunque ella había empezado su carrera por cuenta propia con artículos para pequeñas publicaciones cristianas, con el tiempo había escalado posiciones hasta que ahora los artículos que escribía los leían más de un millón de lectores, aportándole miles de dólares cada uno de esos trabajos.

De vez en cuando extrañaba la oportunidad de expresar por escrito su fe del modo en que lo hiciera cuando escribía para revistas cristianas, pero de todos modos en estos días no había mucho de qué hablar. Además, ella necesitaría el ingreso extra una vez que estuviera viviendo separada de John.

Los ojos femeninos descubrieron el inicio de la nota de Stan.

Hola, Abby... tal vez sea mi imaginación pero algo me informó que este fin de semana ha sido un poco duro para ti. ¿Quizás John y la otra mujer? Solo una conjetura. De todas maneras, espero que no. Es más, aunque parezca una locura, espero de veras que se arreglen las cosas entre ustedes dos. Y si no... bueno, puedo pensar al menos en un hombre que celebrará el día en que finalmente quedes libre.

Volvió a leer la nota. ¿Había alguna duda de que este hombre estuviera interesado en ella? Al principio sus cartas habían sido estrictamente profesionales, pero hace dos años él le preguntó acerca de su matrimonio en una nota que claramente era más personal que las otras.

Abby le había escrito: «Digamos solo que no estoy lista para entregarte un artículo sobre felicidad conyugal».

A la semana siguiente Stan la había sorprendido con un ramo de flores. La tarjeta en el interior decía: «Para la mujer más hermosa de Illinois... John no sabe lo afortunado que es».

Había sido fácil escribir eso hasta como coqueteo profesional, la clase de transacción que se da en el mundo comercial, una manera de convencer a Abby de escribir principalmente para esa revista y no para otra. Luego los correos electrónicos cambiaron a discusiones normales de los artículos de ella y al desarrollo de ideas, pero luego él añadía una o dos líneas que iban más allá, hacia territorios del corazón de Abby que habían estado inexplorados por años.

Quienes sienten con mayor intensidad y profundidad se convierten en escritores... e inevitablemente se casan con quienes no pueden sentir en absoluto.

O en otra ocasión: *En las profundidades de mi alma hay un lugar cerrado solo por la prosa de un artífice de la palabra. Y tú, mi querida Abby, eres el más versado artífice de la palabra que conozco.*

No pasó mucho tiempo para que Abby comenzara a esperar los correos del hombre, conectándose dos veces al día a Internet con la esperanza de encontrar una carta de él. Desde luego que la época no pudo haber sido más perfecta porque en esa misma temporada Abby comenzó a recibir informes semanales de sus amistades.

—¿Qué pasa entre John y Charlene Denton? —quiso saber Rosemary, madre de uno de los jugadores.

Rosemary era una rubia entrometida cuya vida misma se centraba en los acontecimientos del Colegio Marion. Su informe fue el primero en una larga línea.

—Detesto ser portadora de malas noticias, pero hay rumores de que a tu esposo le gusta Charlene —comentó después por teléfono Betty de la oficina del colegio—. Sabes eso, ¿no es así, Abby?

—¿No te molesta que Charlene pase tiempo en el entrenamiento todos los días? —le preguntó Jill, esposa de uno de los entrenadores, mientras estaban sentadas en las graderías—. Si la tipa estuviera detrás de mi esposo como anda detrás del tuyo, yo bajaría y se lo diría personalmente.

—¿Está casado aún el señor Reynolds? —preguntó otro padre de familia en la oficina del colegio—. Siempre lo veo con la señora Denton. Sin duda hacen una linda pareja.

—Por lo que sé, están juntos todas las tardes...

Los comentarios seguían como torrenciales y dolorosas bolas de granizo hasta que Abby debía estar ciega como para no hacer caso a la tormenta que se veía venir. Siempre que ella tocaba el tema, John se frustraba y negaba cualquier irregularidad.

—Hay personas que quieren vernos fracasar, Abby —solía decir él—. No les demos un motivo, ¿de acuerdo?

Después de un mes de saber acerca de Charlene y de recibir más correos electrónicos de Stan, Abby se quebrantó y le abrió el corazón al editor. Aún recordaba la carta que le escribió ella la primera vez que lo dejó ver el interior de su alma. *Es como si John y yo hubiéramos estado creando durante todas nuestras vidas este intrincado edredón, cosiéndolo juntos, con cien colores y patrones de grises tormentosos hasta amarillos brillantes. Y ahora, cuando finalmente el cobertor debería estar tomando forma, ambos estamos al margen observando cómo se descose.*

De repente toda la vida gira alrededor de él, de su trabajo, de su carrera. Está demasiado atrapado en sí mismo para notar que soy yo quien está equilibrando la casa, los chicos y mis escritos, al mismo tiempo que recojo el desorden de todos los demás. Siento como si nos estuviéramos volviendo extraños...

Para entonces ya había visto una fotografía de Stan, y sabía que al menos era cinco años mayor que ella, tenía la cabeza totalmente llena de canas y la constitución regular de un profesional. Sin duda no era el ejemplar físico que

John siempre había sido, pero entonces eso quizás era mejor. Tal vez la belleza duraba más cuando venía del interior de una persona.

Abby examinó el resto de la nota de Stan y dejó que los ojos se fijaran un poco más en las últimas líneas: *Ya pasé por esto, Ab... si la situación se pone realmente mala, no dudes en llamarme. Estoy dispuesto a ayudarte siempre.*

Dispuesto a ayudarte siempre... dispuesto a ayudarte siempre.

—¿Dónde había oído antes esas palabras? Quizás un millón de años atrás de parte de John; sin embargo, ¿no estaban también en alguna parte en la Biblia? ¿No era esa una de las promesas de Dios, que nunca dejaría a su pueblo, que nunca los abandonaría?

—Ah, pero esas palabras son para corazones leales —susurró en la quietud de su estudio, apenas consciente de las risotadas entusiastas al otro extremo de la casa donde probablemente el partido ya estaría en el cuarto tiempo.

Cerró los ojos y pensó en el Señor, en lo agradable que había sido reunirse con él en privado cada mañana y buscar el plan de Dios para ella, el camino para su vida.

Volvió a mirar la nota de Stan y los dedos empezaron a escribir una respuesta. *Qué bueno oír de ti, qué bueno saber que a alguien, en alguna parte, le importó lo suficiente para preguntarme cómo estoy...*

Los dedos siguieron moviéndose a través del tablero, dejando al descubierto el corazón, el alma y los profundos sentimientos que ya no podía compartir con John. A no ser por los hijos, no tenía absolutamente nada en común con el hombre que una vez amó y con quien se casó, porque sin importar qué mentiras le dijera él, no había cómo refutar la verdad: su esposo estaba sosteniendo una aventura amorosa.

Sí, ahora las cosas eran diferentes. John había tomado la decisión de amar a otra persona; había decidido ser infiel por voluntad propia. Abby miró la nota que le había escrito a Stan y pulsó el botón de enviar.

El momento en que el correo se fue, la realidad de la situación de ella y su amigo le dio de lleno en el vientre. Sin importar qué mentiras se dijera a sí misma, sin importar en qué mala manera quería culpar a John, la verdad se hizo de pronto más clara que el agua: John no era el único infiel.

Trece

Lo que Abby menos deseaba hacer esa noche de jueves era sentarse frente a Jo Harter y escucharle otro monólogo acerca de Denny. Pero la idea de salir de casa y terminar al fin el álbum de recortes para Nicole era demasiado atractiva como para rechazarla.

—Esta es la primera vez que pego recortes, Abby. He recortado fotografías y considerado el asunto, pero en realidad no he empezado el libro de recortes de Matt, así que todo esto es nuevo para mí. Es decir, estoy tan dispuesta a escuchar sugerencias como un gran tiburón blanco a la hora del desayuno. Solo habla en cualquier momento que se te ocurra una idea, Abby...

No más historias de pesca, por favor.

Jo respiró rápidamente y siguió hablando. Había pasado una hora de monólogo mientras con toda laboriosidad Abby colocaba las fotos, los nuevos recortes y los programas de baile que Nicole preparara en octavo grado. A pesar del constante vendaval que venía desde donde se hallaba Jo, Abby estaba agradecida por una noche lejos de John. Estar cerca de él la ponía en el dilema de detestarlo o añorar algo del lejano pasado en que aún se amaban.

Abby acababa de engomar y colocar la última foto cuando Jo le lanzó la pregunta, aquella que todos sabían que era lo único de lo que no podían hablar, lo único que tanto amigos como familiares habían evitado por casi dos décadas.

—Matt me contó que ustedes perdieron una hijita; ¿es verdad eso?

Tan pronto como se pronunciaron las palabras, Abby sintió las manos pesadas y no pudo moverlas, y el corazón le tardó una eternidad en decidir si seguía palpitando o no. *Matt me contó que ustedes perdieron una hijita...*

perdieron una hijita... perdieron una hijita... Las palabras le rebotaron en el corazón, abriéndole una herida que nunca había sanado del todo.

Haley Ann.

El rostro de la niña llenó el recuerdo de Abby de modo que solo podía ver a su preciosa segunda hijita. Aun con todo el dolor que le estaba ocasionando la separación de su esposo, esos habían sido fácilmente los días más tristes en su vida con John.

Haley Ann. La dulce Haley Ann.

Abby no tenía que pensar en qué edad tendría hoy la niña si hubiera vivido. Lo sabía con tanta certeza como conocía su propio nombre o el camino a casa después de unas largas vacaciones: Haley Ann tendría diecinueve años, sería tan adorable como Nicole y estaría más emocionada que todos ellos por la boda de su hermana. Habría sido dama de honor, sin duda. La mejor amiga de Nicole.

Haley Ann.

El silencio era sepulcral; Abby comprendió que Jo esperaba una respuesta. Pestañeó para contener las lágrimas que le ardían en los ojos y, sin levantar la mirada, intentó pensar en las palabras adecuadas.

—Sí. La perdimos. Ella era... muy joven.

Hasta Jo tuvo la sensatez de no entrar en un monólogo sobre el tema de hijos muertos a tierna edad. Al contrario, esperó casi un minuto y cuando continuó tenía la voz más suave que antes.

—Lo siento, Abby. Debió ser más duro que la tapa de una alcantarilla.

Abby asintió, avergonzada por no haber podido contener las lágrimas. Cuando Jo bajó la mirada hacia las fotografías, Abby se secó rápidamente las mejillas, evitando que el acuoso rastro cayera de lleno sobre el libro de recortes y arruinara las fotos que habría sido imposible reemplazar.

Haley Ann. ¿Fue cuando la fe de Abby dio un giro para empeorar? No había parecido así en ese momento, cuando su vínculo con el Señor había sido su única seguridad de que un día volvería a sostener a su hija, acunándola en los brazos en un lugar llamado eternidad. Pero en realidad ahora que miraba hacia atrás, Dios pudo haberle dado a su segunda hija más tiempo en la tierra. ¿Qué sentido había en permitir que un precioso ángel como Haley Ann naciera en este mundo solo para llevársela cuatro meses después...?

—¿Era mayor que Nicole?

Abby quiso maldecir a la mujer, suplicarle que dejara de hacer preguntas respecto al único lugar en su corazón donde nadie entraba. Pero la lógica le indicó que las intenciones de Jo eran buenas. Se armó de fortaleza, haciendo caso omiso al modo en que otras lágrimas le hacían borrosa la visión, y sin levantar la mirada buscó desesperadamente la voz.

—Era... ella era menor. Dieciocho meses.

Jo se retorció en la silla.

—Es muy probable que no hables mucho de ella, Abby, pero ya que tú y yo vamos a estar emparentadas de aquí en adelante, espero que no te importen mis preguntas. Nunca conocí a alguien que perdiera una hija tan tierna. La mayoría de las personas aseguran que es la sentencia de muerte para un matrimonio. No obstante, tú y John, quiero decir, mira, ustedes dos. Aún fortalecidos después de todos estos años. No parecería que hubieran pasado por algo tan horrible como eso.

A pesar de las fotografías extendidas delante de ella, una imagen distinta surgió en Abby. John y ella en la sala de emergencia del hospital despidiéndose del cuerpecito inerte de Haley Ann. Síndrome de muerte súbita de lactante, habían dicho los médicos. Muerte repentina, un riesgo para cualquier bebé. Y allí estaba John, con camiseta y pantaloncillos de gimnasia, corriéndole lágrimas por las fuertes y apuestas mejillas, cargando en brazos a la bebita como si con amor pudiera de algún modo devolverle la vida. Abby podía verlo ahora, podía sentir aun cómo el llanto estremecía el cuerpo de su esposo, podía escucharle todavía la voz: *Amado Dios, yo la amaba*. Abby recordó cómo él estrechó contra sí el cuerpecito sin vida, protegiendo así a la criatura del modo que no había podido hacerlo mientras yacía en la cuna.

—Haley Ann... mi preciosa niña, Haley Ann...

La imagen de John con su segunda hija permaneció en la mente de Abby, grabándosele en la conciencia hasta no poder resistirla un momento más.

—Discúlpame —expresó, alejándose de la mesa de artesanía y dejándose caer sobre la tapa cerrada del inodoro. Por real que había sido Haley Ann, no había lugar en la vida de Abby para pensar en la niña ahora.

—¿Por qué te la llevaste de nuestra vida? ¿Por qué?

La susurrada pregunta rebotó en las paredes embaldosadas del baño y volvió hacia Abby. No había hoy más respuestas de las que hubo entonces cuando murió Haley Ann. Y aunque ese lugar secreto en el corazón de Abby conservaba viva a la niña y le seguía los logros y los cumpleaños, nunca se había permitido volver al día en que encontró a su bebita bocabajo en la cuna, inmóvil y sin aliento.

Abby apretó los puños y lloró con una contundencia casi violenta. *¿Por qué aquí, Señor? ¿En el almacén artesanal?* ¿No pudo haber tenido una respuesta justa para la pregunta de Jo Harter? ¿Se necesitarían otros veinte años para que la mención de Haley Ann no encendiera una fogata de emociones?

Pasaron cinco minutos, luego diez, y se oyeron unos suaves toques a la puerta. El corazón de Abby se aceleró. *No me obligues a explicarme, Dios, por favor.*

—¿Quién? —inquirió tragando grueso; la garganta parecía hinchada por los efectos de las lágrimas.

—¿Abby? Soy yo... Jo. ¿Estás bien?

Si Abby hubiera hecho una fila de personas con quienes confraternizar en esta, su época para expresar lo que sentía, sin lugar a dudas Jo Harter hubiera estado al final. La mujer era todo crema pero sin pastel, demasiado atrapada en pláticas superficiales para entender el funcionamiento del corazón. Sin embargo, las dos iban a relacionarse por medio del matrimonio de sus hijos, y Abby no deseaba ser responsable de algo que pudiera indisponer a la futura suegra de Nicole; ni siquiera ahora, cuando todo en Abby deseaba desaparecer por una hendidura en la pared y encontrarse consigo misma bajo las cobijas de la cama en el cuarto de huéspedes.

—Estoy bien. Saldré en un momento.

Hubo una pausa. *Haz que ella lo crea, por favor...*

—Está bien. Me estaba poniendo un poco nerviosa sola. Llegué a creer que te habías enfermado o algo así.

Me enferman tus preguntas...

—Estoy bien. De veras. Ya salgo.

Cuando Jo se hubo alejado de la puerta, Abby se paró y se salpicó agua en la cara. No había manera de ocultar el hecho de haber estado llorando, pero la mayoría de mujeres estarían demasiado absortas en sus libros de recortes para notarle el rostro manchado por las lágrimas. Respirando profundamente, se negó a pensar un minuto más en Haley Ann y en la época de su vida en que había necesitado a John Reynolds para salir adelante.

Observó su reflejo en el espejo.

—Enfócate aquí y ahora, Abby.

El corazón pareció endurecérsele un poco en respuesta. Ella podía hacer esto: Volver allá, enfrentar a Jo y a cualquier otra pregunta que tuviera, concluir una noche de diseño de fotografías e irse a casa. Podía hacerlo sin entregarse a la urgente presión de remontarse en el tiempo, al nacimiento de Haley Ann y a todo lo que habían sido sus vidas ese año.

Olvídalo, Abby. Piensa en el presente.

Con una resolución de la que no sabía que era capaz, aspiró hondo y volvió a la mesa de artesanía. El resto de la noche, pese a las preguntas de Jo y su bienintencionado intento de volver a llevar la conversación a un parloteo, Abby se ocultó detrás de las puertas de acero del corazón y se negó a dejarse afectar.

No fue sino hasta llegar a casa a las diez y media esa noche y encontrar dormida a toda la familia, que hizo aquello que deseara hacer desde la primera vez que Jo tocó el tema. Moviéndose en silencio para no despertar a nadie se puso un abrigo grueso que la protegería hasta de las temperaturas más gélidas. Luego se envolvió unas bufandas alrededor del cuello y la cabeza, y se puso un par de guantes termales. Agarrando del garaje una silla plegable salió caminando con dificultad a través de la nieve hasta el muelle; desplegó la silla y se sentó, observando el reflejo de la luz de la luna sobre el helado lago.

¿Habían pasado realmente diecinueve años?

Le entró frío por una hendidura en las bufandas y se las apretó más. Siempre que necesitaba tiempo a solas, espacio para pensar, soñar y recordar cómo volver a existir, Abby iba allí. Al muelle: invierno, primavera, verano u otoño. Sin que importara el clima.

Recordó las fechas como si fueran ayer. Haley Ann nació el 24 de octubre de 1981, una hora después del partido de fútbol de la liga contra el Colegio Southridge. Murió exactamente cuatro meses más tarde, el 28 de febrero de 1982. En noches como esta parecía como si realmente Haley Ann no hubiera muerto en absoluto, como si quizás estuviera durmiendo arriba en el cuarto junto a Nicole, tan parte de la familia como Kade, Sean o cualquiera de ellos.

El cuerpo de Abby se aclimató al frío, por lo que se relajó. A través de la resplandeciente superficie del lago observó imágenes que se formaban, revivió escenas de la vida como si estuvieran ocurriendo por primera vez. Su embarazo había sido un sueño, y más de una vez John le había susurrado que ese niño, ese segundo bebé, seguramente sería varón.

—Tú sabes, Abby... para continuar la tradición.

Por supuesto que él había estado bromeando, y a medida que se acercaba la fecha del parto ya no bromeaba con tener un niño.

—Estoy seguro que es una niña. Tan preciosa como Nicole y tan perfecta como tú. ¿Qué podría ser mejor que estar rodeado de princesas?

Y efectivamente, cuando John llegó al hospital después del partido de fútbol a tiempo para unírsele en la sala de partos, ambos supieron que él había tenido razón. No hubo nada difícil o fuera de común en el parto, nada que pudiera lanzar alguna sombra de aprensión de que esa niñita no era otra cosa que la misma imagen de la salud. Tuvo la piel rosada casi desde el momento en que nació, y los llantos le venían en espasmos tan cortos que parecían más bien el tintineo de la risa de su hermana mayor y no los gemidos de una vigorosa recién nacida.

—Lo sabía, chica Abby; ella es perfecta. Otra preciosa princesa para el castillo Reynolds.

Aún podía oír a su esposo, podía verlo cargando a su diminuta hija, susurrándole, dándole la bienvenida al mundo.

—Solamente las mejores princesas tienen la sensatez de nacer después del pitazo final de un partido de fútbol americano...

Le cantaba y le susurraba tonterías mientras Abby se quedaba dormida, exhausta.

La mañana siguiente cuando Abby despertó, allí estaba John, con sus largas piernas estiradas a través del cuarto de hospital, una mano en la espalda de Haley Ann, que se hallaba en el moisés al lado de él. Recordaba muy bien la alegre sensación que le brotó esa mañana en el corazón, cómo había imaginado que todos los días que yacían por delante serían color de rosa. La madre de Abby había venido de Wisconsin para cuidar a Nicole, y más tarde ese día el grupo tuvo una fiesta informal en honor al nacimiento de la bebita, con pastel, serpentinas, globos y una canción que Haley Ann se la durmió toda.

—Ella es *mi* hermana, ¿verdad, mamá? —expresó Nicole inclinando amorosamente la cabeza y poniéndole la nariz tan cerca de la de su hermana bebé que las dos casi se topaban.

—Sí, ella es toda tuya, Nicole.

Abby se había imaginado la diversión que tendrían ellas dos, creciendo juntas, compartiendo una habitación, secretos, ropa y amigos. Serían inseparables, no como Abby y su hermana, que era cuatro años menor y demasiado absorta en su propia vida como para tener amistad con Abby.

Nicole y Haley Ann.

Poco después Abby llevó a casa a la recién nacida, escribió los nombres de las niñas en las paredes de color lavanda y les compró camas gemelas. Abby cerró los ojos y dejó que el recuerdo se le hiciera realidad en la mente. Podía ver las letras blancas en espiral, oler la pintura fresca en las paredes y oír los gritos infantiles de Haley Ann cuando estaba enojada o quería que la cargaran.

La temporada de fútbol americano terminó en diciembre, y esa misma semana vendieron su vivienda de dos habitaciones y se mudaron a la casa en el lago... donde habían vivido desde entonces. Cada día subsiguiente trajo horas de tiempo familiar, noches de sosiego con John estirado en el sofá, Haley Ann colocada sobre el brazo doblado de él mientras Nicole se le acurrucaba en el otro. Era un padre maravilloso, tierno y afectivo, con la innata capacidad de hacer reír espontáneamente a Nicole y hasta a Haley Ann.

Una noche en que habían abierto los regalos, poco después de que las niñas se quedaran dormidas, John agarró a Abby de la mano y la llevó afuera al muelle. En medio de la animada actividad de mudarse y de tener una recién nacida en casa, lo único que Abby había hecho era admirar el muelle desde lejos. Pero esa noche, forrados en sus abrigos de invierno, John entrelazó los dedos entre los de ella y, con suavidad, la hizo volverse hasta que quedó frente a él.

—¿La oyes, Abby?

Ella escuchó atentamente, la noche invernal tan serena como la luna a través del agua. John le acarició los brazos y la acercó hacia él hasta abrazarla.

—Cierra los ojos —le susurró.

Al hacerlo, Abby escuchó los apacibles sonidos que no había notado antes. Una tenue brisa en medio de los árboles que bordeaban el lago, el simple choque del agua contra la helada orilla. Las palpitaciones del corazón del hombre cuyos brazos la rodeaban.

—Sí, eso creo.

Él entonces se echó hacia atrás y la miró a los ojos, y ella sintió que la amaba más profundamente que antes, si es que era posible.

—Es la música de nuestras vidas, Abby.

Una sonrisa se dibujó en los labios de John, que se inclinó hacia ella, besándola en una forma que la hizo sentir segura, protegida y querida. Deseada, a pesar de las ojeras causadas por las largas noches despierta debido a Haley Ann.

—Baila conmigo, Abby... baila conmigo.

Tomándole tiernamente la mano entre la suya, John la llevó en cortos círculos, bailando con ella solos en el muelle ante la melodía de la vida, mientras sus bebitas dormían adentro. No importaban los lugares en que el hielo hacía resbaladiza la madera, ella estaba segura y tranquila en brazos de John, era una bailarina conducida a través del más fabuloso piso de baile.

Aquello fue algo que él hizo a menudo durante los dos meses siguientes: llevarla afuera y bailar con ella sobre el muelle. Algo que la hacía olvidar los pañales del día, los biberones y las noches en vela. Abby creía con todo el corazón que esos días, esos sentimientos entre John y ella, nunca terminarían. No se trataba solo del baile, era también la manera en que Nicole se volvía más tierna y amable con Haley Ann, y el modo en que todos se sentían juntos como familia. Casi invencibles. Como si nada malo en todo el mundo pudiera tocar lo que tenían.

Abby parpadeó, tratando de contener una avalancha de tristeza.

No hubo nada extraordinario con el 28 de febrero. Nada durante la alimentación de Haley Ann la mañana que indicara que sería la última vez que Abby tendría cerca a la pequeñita, o la última vez que la miraría a los ojos mientras las dos sostenían una conversación que solo madre e hija entendían. Cuando la bebita terminó de comer, Abby la besó con ternura y la recostó a su lado.

Dos horas después, aproximadamente cuando Haley Ann solía despertarse de su siesta matutina, Abby estaba doblando una carga de ropa lavada sobre la cama cuando tuvo una repentina sensación de pánico, una advertencia que no podía explicar.

—¿Nicole? —llamó con un timbre urgente de voz que se oyó en toda la casa.

—¿Sí, mamá? —contestó rápidamente su hija mayor, que ese mes cumpliría dos años.

La voz de la niña le dijo a Abby que la pequeña estaba donde se suponía que debía estar. Ubicada frente al televisor, observando *Plaza Sésamo*.

—¿Es hora de almorzar? —inquirió Nicole.

—No, cielo, aún no —replicó Abby tratando de calmar su acelerado corazón—. Mamá tiene primero que despertar a Haley Ann de su siesta.

Entonces dejó la toalla que había estado doblando y entró corriendo al cuarto de la bebita.

—Haley, cariño, despierta. Mamá está aquí.

El recuerdo hizo que un estremecimiento le bajara por la columna. Haley Ann estaba bocabajo, posición que adoptaba a menudo, pero la pequeñita no mostró ninguna señal de movimiento ni con la cantarina voz de su madre.

Ardientes lágrimas le bajaron a raudales por las mejillas mientras revivía el momento, volviendo a sentir la leve rigidez en su bebita mientras la levantaba en brazos y le notaba la coloración azulada en el rostro y los dedos.

—¡Haley Ann! ¡Despierta! —había gritado, sacudiendo a la diminuta bebita lo suficiente para reactivarle la respiración, para despertarla del terrible sueño en que se había sumido.

Al no haber reacción ni señales de vida, agarró el teléfono y marcó el 9-1-1.

—¡De prisa, por favor! Mi bebé no está respirando.

Durante los diez minutos siguientes Abby le dio a Haley Ann respiración boca a boca, haciendo caso omiso a la manera en que Nicole se acurrucaba contra la puerta observando, entonando una y otra vez la canción del alfabeto para sí misma.

—A-B-C-E-F-G...

Abby pudo oír el temor en la voz de Nicole y ver la forma en que la niña se retiró a otro rincón de la casa cuando llegaron los paramédicos; uno de ellos alargó los brazos hacia Haley Ann.

—Señora, nosotros nos encargaremos ahora.

Y en ese instante habían obligado a Abby a entregarles la bebita, desesperada por creer que aún había esperanza pero segura en lo profundo de su ser que Haley Ann estaba muerta. Un policía tomó información de Abby: a qué hora despertó la nena, qué había comido esa mañana, cuánto tiempo había dormido. Finalmente preguntó por el padre de la bebita.

—¿Hay un número al que podamos llamar por usted, señora Reynolds?

Abby había estado fuera de sí, apenas capaz de respirar. Pero de algún modo extrajo el número de lo más recóndito de la mente. Todo lo que ocurrió a continuación fue confuso. Los policías llevaron a Nicole a una casa vecina, luego escoltaron a Abby hasta el hospital detrás de una ambulancia. Tan pronto como llegaron, John los recibió.

—¿Qué ocurre, cariño? ¿Qué pasó? —preguntó con el rostro, normalmente rozagante y lleno de vida, ahora gris y apagado; el temor se le salía por los ojos.

No había nada que Abby pudiera decir. Haley Ann se había ido; estaba segura de ello.

—Haley Ann... ella está... ella no despertó de su siesta... Oh, John, ora. Por favor, ora.

Esas fueron las últimas palabras que Abby logró balbucear, el momento final antes de desplomarse contra John y ceder paso a los sollozos que le desgarraban el corazón. Se quedaron juntos fuera de la sala de emergencia, donde los médicos inyectaban medicamentos a la bebita, usando toda posibilidad para reactivarle el corazoncito.

Pero era demasiado tarde. Dios se había llevado a Haley Ann a casa, y no se podía hacer nada más para cambiar esa realidad. Poco menos de una hora después los médicos los dejaron a solas con la nenita para que juntos pudieran despedirse de ella. Era imposible imaginar que solo cuatro meses antes habían estado celebrando en este mismo hospital, acogiendo la nueva vida de la pequeña en sus corazones y en su hogar.

John fue el primero en cargarla. Moviéndose lentamente, como atrapado en arenas movedizas, se ubicó cerca de la cama de hospital y se llevó con cuidado a la bebita hasta el pecho.

Esta fue la misma imagen que Abby viera temprano esa noche en el almacén artesanal, la imagen de John sosteniendo a su diminuta hijita muerta, tratando de encontrar una manera de despedirse.

Lo único que pronunciaba era el nombre de la bebita, repitiéndolo una y otra vez mientras las lágrimas salpicaban la fría piel de la pequeña. Pero cuando a Abby le llegó el turno de cargarla, John se quebrantó y lloró.

—Oh, Abby, es culpa mía. Dios me está castigando. Lo sé.

Abby apretó con fuerza a Haley Ann y se recostó en el hombro de John, conectados así los tres como lo habían estado tan a menudo en las semanas anteriores.

—No, amor, no es culpa de nadie. Nadie pudo haber sabido...

—Yo... yo quería que fuera niño —balbuceó él meneando la cabeza, sollozando con más fuerza, casi violentamente—. Nunca te lo dije, pero en lo más profundo... yo esperaba que fuera... un niño.

Las palabras de su esposo hicieron que el corazón de Abby se hinchara con compasión, y le brotaran lágrimas con más fuerza que antes. Pobre John. A él le había gustado el hecho de que Haley Ann fuera niña, y hasta había recibido con brazos abiertos a su segunda hija. Pero en realidad anhelaba un hijo. Y allí en el cuarto de hospital... abrazados los dos al cuerpo de Haley Ann, él se culpaba por la muerte de la niña.

—No, John, no hagas eso. Esta fue decisión de Dios; él se la llevó a casa. ¿No lo ves? No tiene nada que ver con que quisieras un niño.

De algún modo las palabras de ella lo fortalecieron, y aunque John seguía llorando, una vez más se volvió la roca, el pilar de fortaleza mientras depositaba el inmóvil cuerpecito, acomodando las sábanas alrededor y dándole un beso de despedida.

Tomaron la decisión de incinerarla, y dos semanas después caminaron hasta el muelle y dispersaron las cenizas en medio de la brisa que soplaba sobre el lago. Esa noche Abby y John soltaron lágrimas silenciosas, y cuando ella ya no pudo decir nada, él inclinó la cabeza y oró en voz alta.

—Señor, sabemos que eres soberano. Solo tú das vida y puedes llevarnos a casa, a cualquiera de nosotros, en cualquier momento —empezó, y se le quebrantó la voz, entonces Abby le extendió el brazo a través de los hombros, gesto que le brindó la capacidad de continuar—. Cuida de nuestra pequeña Haley Ann, por favor, Dios. Y ten la seguridad que nuestro amor por ti, y el amor entre nosotros, solo se ha fortalecido debido al breve tiempo de ella aquí, a su muerte súbita. Volvemos a dedicar nuestras vidas a ti, Señor. Además te rogamos que nos bendigas con más hijos en los años venideros.

Treinta minutos después, cuando las cenizas de la criaturita se hubieron asentado en las profundidades del lago, John rodeó a Abby con los brazos y le susurró palabras que ella no olvidaría ni en un millón de años.

—Ella siempre será parte de nosotros, Abby. Exactamente aquí. Siempre que saquemos tiempo para detenernos y recordar.

Después de perder a Haley Ann, el vínculo entre John y Abby pareció fortalecerse más que antes. Los familiares y amigos les brindaron condolencias y palabras de consuelo, pero la única paz verdadera, la única sanidad que podrían experimentar, se hallaba en la presencia mutua. Ahora eran grandes amigos que habían sobrevivido a un golpe devastador y que salieron más fortalecidos al otro lado.

A causa de la fe que tenían, es verdad. Pero más que nada, debido al apoyo recíproco. No necesitaban palabras ni explicaciones, solamente lo que sentían estando parados al borde del muelle, tomados de las manos, mirando a través del lago. Fue una pérdida que parecía posible soportar solo porque cada uno contaba con el otro. Como si después de perder a Haley Ann pudieran sobrevivir a cualquier cosa que la vida les presentara mientras estuvieran juntos.

Abby tomó una honda inhalación que la sacó del recuerdo mientras dejaba que el aire invernal le llenara los pulmones, llevándose la tristeza. Se secó las húmedas mejillas y recordó un poco más.

La muerte de Haley Ann solo había sido el comienzo.

Tres meses después un tornado de categoría cuatro en la escala de Fujita devastó a Marion, salvándose la casa de los Reynolds pero matando a diez personas e hiriendo a otras 181. El pateador del Colegio Southridge, un alegre joven responsable de la mayor parte de payasadas en los vestuarios, estaba entre los fallecidos, junto con uno de los compañeros de John, un profesor de biología con esposa y dos tiernos hijos.

Al igual que con la pérdida de Haley Ann, John y Abby no necesitaban palabras esa tarde pasada la tormenta. Volvieron a dejar a Nicole con los vecinos, se arremangaron y trabajaron hombro a hombro ayudando a vender víctimas en la sala temporal de hospital instalada en el gimnasio de Southridge. Una vez más esa noche cada uno se fortaleció en el otro, descubriendo que juntos podían manejar lo inimaginable. A altas horas de la madrugada del día siguiente John buscó un pequeño rincón privado, acomodó la cabeza contra una pared de ladrillo y finalmente lloró a lágrima viva. Abby se puso instintivamente a su lado, cubriéndole la espalda con el cuerpo, diciéndole en un modo que no requería de palabras, que ella con él, que entendía.

Con razón ese año valoraron tanto las vacaciones, celebrando la vida después de todo lo que habían perdido. Y ninguno de los dos se sorprendió cuando Abby se enteró a principios del otoño que estaba embarazada de nuevo.

Gloria en lugar de cenizas, exactamente como prometía la Biblia.

Cuando Kade nació en abril de 1983 creyeron que quizás, solo quizás, los sufrimientos habían quedado en el pasado. Kade era la prueba de que la vida seguía, de que a pesar del futuro cada día era precioso en sí mismo. Nicole cumplió tres años esa primavera y, aunque de vez en cuando aún mencionaba a Haley Ann, su nuevo hermano llenó con rapidez los lugares vacíos en todos ellos.

—Un día serán los mejores amigos, Abby; puedo sentirlo —había afirmado John mientras se abrazaban en la sala poco después de que llevaran a Kade del hospital a casa.

Abby valoraba la forma en que John proyectaba la vida de Kade, suponiendo que los días de su hijo no serían acortados como ocurriera con los de la hermanita.

Y al final John tuvo razón. Un año después celebraron el cumpleaños de Kade, sin poder expresar en palabras el alivio y el agradecimiento porque ese bebé no hubiera dejado de respirar mientras dormía.

—Tú y yo, John, somos sobrevivientes —había pronunciado Abby recostada en el pecho de su esposo mientras él la estrechaba contra sí estando sobre el muelle una noche algunas semanas después. El verano parecía llegar temprano ese año; ya se oían los chillidos de grillos en el fondo.

—La música nunca cambia... —replicó él mirando nostálgicamente al lago—. Pero de nosotros depende que sigamos bailando.

Entonces la miró a los ojos y ella supo, en ese momento, que nunca se sentiría conectada con nadie más como se sentía con él. Su esposo era un atleta, un entrenador de fútbol americano acostumbrado a frases cortas y a gritar órdenes pero ella le conocía otra faceta: la del hombre que podía mirarle directamente al alma.

—Baila conmigo, Abby —pidió él manteniéndole la mirada—. Nunca dejemos de bailar.

Abby parpadeó y sintió que el recuerdo se desvanecía en medio del viento invernal. A ella le constaba otra cosa, por todas las épocas en las que John parecía totalmente absorto en el fútbol, por todos los días, semanas y meses en que parecía tan solo un individuo sin más sentimientos que su impulso de ganar. El corazón del hombre que John Reynolds había sido era más profundo que el lago detrás de la casa y más hondo que cualquier cosa que Stan Jacobs pudiera ofrecer en un correo electrónico.

Eso fue particularmente cierto el 7 de junio de 1984.

Un suspiro se escapó de Abby, entonces se dio cuenta de que realmente no podía abandonar los lugares del pasado sin volver a revivir un último recuerdo. Junto con el temprano verano de ese año vino un estallido de graves tormentas que culminaron en un desencadenamiento de tornados ese 7 de junio. Puesto que la mayoría de ciclones se gestaban en Wisconsin e Iowa, ese día Abby había llamado a su padre, preocupada por la seguridad de ellos.

—Todo está bien, cariño. Solo hemos tenido algunos tornados en nuestra región, ninguno importante. Además, tu madre está totalmente fuera de peligro, pues esta semana se encuentra de visita en casa de su hermana.

Abby recordó el alivio que las palabras de su padre le habían producido. Tía Lexie vivía en Barneveld, Wisconsin, en el extremo occidental del estado. Papá tenía razón. Ninguno de los tornados ese día había sido cerca de Barneveld. Abby le aseguró a su padre que estaría orando; y después de arropar a Nicole y a Kade en la cama, John y ella vieron las noticias hasta pasadas las diez de la noche.

—Parece que el tornado se está calmando —dijo John apagando la televisión. Luego los dos se fueron a dormir.

No fue sino hasta que el papá de Abby llamó la mañana siguiente que ella supo la devastadora noticia.

Exactamente antes de medianoche, un tornado categoría cinco arrasó con Barneveld, destruyendo casi todo el pueblito. Nueve personas murieron y casi dos mil quedaron heridas. La mamá y la tía de Abby estaban entre las víctimas.

—Lo siento, nena, nunca deseé tener que decirte algo como eso —le informó su padre, entrenador por mucho tiempo e individuo siempre fuerte, llorando al otro lado de la línea.

Para el final del día, John, Abby y los niños estaban al lado del hombre, ayudándole a superar la pena y planificando el funeral de la fallecida.

Al recordar ahora Abby supo que solo hubo un motivo para que ella hubiera sobrevivido esa época de su vida. Dios, en toda su misericordia, le había dado a John. Y con él a su lado podría sobrevivir cualquier cosa. La ferocidad de un tornado, la pérdida de su madre. Hasta la muerte de la preciosa Haley Ann. Con John no se necesitaban palabras. Ella se sentía consolada con solo estar entre los brazos de él, regodeándose en la presencia de su esposo.

Los años habían traído otros tiempos difíciles, pero nada como la sarta de tragedias a las que sobrevivieron a principios de la década de los ochenta. Abby volvió a sentir las lágrimas y se acercó más al borde del muelle, se quitó el guante, y se inclinó de tal modo que tocó el agua helada con los dedos.

Haley Ann. Te extraño, nenita.

La voz de John resonó en medio de la brisa. *«Ella siempre será parte de nosotros, Abby. Exactamente aquí. Siempre que saquemos tiempo para detenernos y recordar...»*

Las palabras de su esposo se desvanecieron en medio de la noche y el silencio, glaciales y aterradoras, abriéndose paso entre las venas de Abby. *¿Y si ya no somos «nosotros», John? ¿Quién recordará a Haley Ann cuando solo seamos dos individuos, aislados y solitarios?*

Quitó la mano del agua y se la secó en el abrigo antes de volver a ponerse el guante. Mientras lo hacía se dio cuenta de lo profunda, enorme y abrumadora que había sido la pérdida de lo que habían compartido ellos dos. Cómo este muelle, este lugar donde ahora se hallaba, no solo sería el sitio donde yacían las cenizas de Haley Ann sino también donde yacían las cenizas del amor que vivieron, la sepultura de todo lo que habían sido juntos.

En los sensibles lugares de sus corazones, en ese exclusivo corazón que una vez habían compartido, Haley Ann aún vivía. Pero ahora... sin ellos dos sacando tiempo para recordar, todo acerca del mundo de la pequeña se desvanecería en la helada noche.

Haley Ann, nena, te amamos. Pase lo que pase, mamá y papá te aman...

Las lágrimas se le desbordaban por las mejillas y Abby volvió a estirar la mano englobada hacia el agua, tratando en alguna manera de agarrar a su diminuta hija y a todo aquello que habían perdido desde entonces. Todo incluyendo uno al otro.

—No puedo oírla, John... —balbuceó, y las susurrantes y entrecortadas palabras quedaron suspendidas en el aire sobre ella—. La música ya no está tocando.

Siempre supo que podría sobrevivir a la lobreguez debido a que la cercanía de John le proporcionaba fuerzas para seguir adelante. Pero ahora solo era una mujer con algo más de cuarenta años y con la cabeza llena de recuerdos de una niñita que ya no existía. Una mujer indiferente, temerosa y sola en medio de la noche, sentada sobre un muelle donde una vez, muchísimo tiempo atrás, fuera amada.

Catorce

CORRER ERA BUENO PARA EL ALMA, AL MENOS ESO ES LO QUE EL ENTRENADOR Reynolds decía siempre a sus jugadores. Pero la de hoy era una fresca tarde a inicios de febrero, y esta vez él no estaba seguro de sobrevivir al ejercicio. Tenía la respiración entrecortada y fatigosa, como si estuviera corriendo en el estadio y con las graderías fijas a sus espaldas. Peor aún, tenía una ocasional opresión en el pecho, muy parecida a la sensación que tuviera el domingo del Súper Tazón...

No estaba preocupado de veras, pues era consciente de que no había nada malo con su corazón. Físicamente no, en cualquier caso. Su condición era muy buena, y cuidaba mucho su alimentación. No, los dolores se relacionaban simplemente con el estrés que resultaba de estar casado con una mujer pero enamorado de otra.

Giró en el extremo de la pista del Colegio Marion y pensó en usar su tiempo para orar como lo hiciera en sus días de juventud, como había hecho por un tiempo incluso después de dejar de asistir a la iglesia.

No te gustaría mucho lo que estoy pensando en estos días, Dios.

¡Arrepiéntete! Huye de la inmoralidad, hijo mío... acércate a mí y yo me acercaré a ti.

Los versículos le rondaban el corazón y flotaban suavemente como aves en vuelo. Había verdad en las palabras de la Biblia; John lo sabía con tanta seguridad como conocía su nombre. Pero nada respecto a esa verdad se aplicaba a la situación que vivía ahora. En ninguna parte se hablaba de sabiduría para un hombre que hacía promesas a una mujer que no era su esposa.

Un pasaje de Proverbios le centelleó en la pantalla de la mente. *Aléjate de la adúltera; no te acerques a la puerta de su casa.*

Ridículo. John meneó la cabeza, tratando de aclarar la idea en la mente. Charlene era una joven hermosa y sin un amigo en el mundo. Una mujer amante de la diversión que admiraba todo acerca de John y que estaba dispuesta a esperar pacientemente mientras él y Abby resolvían los detalles del divorcio.

Difícil creer que fuera una adúltera.

Aceleró el ritmo y, a lo lejos, en medio de los árboles que bordeaban el riachuelo que colindaba con el colegio, vio un halcón suspendido en el viento. Extractos del informe de Kade acerca de las águilas le llegaron a la mente y parecieron impactarlo por primera vez.

«*El águila deja que la tormenta la transporte a un lugar más alto... cuando está en problemas encuentra una roca y deja que el sol le elimine cualquier veneno. El águila no bate las alas como las gallinas, los cuervos y los gorriones. Sobre la roca espera pacientemente las corrientes térmicas, y solo entonces alza vuelo. No por sus propios esfuerzos sino por el impulso del viento debajo de sus alas*».

Las analogías por poco le vociferaban. Estando con Cristo se elevaba como un águila, no por sus esfuerzos sino por la fortaleza del Espíritu Santo. En sus propias fuerzas... bueno, apenas era más que una gallina. Batiendo alas y escarbando en la tierra, y sin despegar nunca del suelo.

Quiero volver a ser un águila, Señor. Muéstrame cómo. Cuando haya dejado atrás este enredo, ayúdame a ser para Charlene el hombre que no pude ser para Abby.

Aléjate de la adúltera, hijo mío.

Esa no era la respuesta que John quería, por lo que alejó la mirada. Lo mejor era olvidarse del águila. Si estaba condenado al gallinero, al menos sería una gallina feliz. La idea de pelear con Abby toda la vida era intolerable. Inimaginable. El divorcio era la única opción posible, aunque significara que nunca volvería a remontarse. Además, sus días de volar con Abby habían acabado hacía mucho tiempo. En ese instante ambos necesitaban gallineros separados si pretendían sobrevivir.

Juntos se picotearían hasta matarse.

John giró hacia otro extremo, apreciando la manera en que el aire fresco le enfriaba la piel empapada de sudor. En verano la pista estaría abarrotada de personas durante todo el día. Pero ahora, meses antes de primavera, a menudo él se hallaba solo. Aclaró la mente y dejó vagar sus pensamientos.

Por raro que pareciera, la persona a quien había extrañado más estos días no era Abby, sino a su propio padre, Sam Reynolds. Invencible tanto en el campo de juego como en su fe. John respiró hondo y siguió corriendo. *Papá, ojalá estuvieras vivo, sé que podrías hacer que todo lo que ha pasado tuviera sentido.*

Su padre había estado presente en las tragedias como cuando perdieron a Haley Ann y a la madre de Abby a principios de la década de los ochenta; y también en 1985 y 86 cuando se inauguró el Colegio Marion y John salió de Southridge para trabajar como director técnico de fútbol americano de las Águilas. Hubo días en que le pareció imposible superar los sufrimientos de implementar un programa a partir de cero. Pero su padre siempre estuvo presente, listo con palabras de sabiduría, dispuesto a brindar equilibrio a una vida que parecía haberse salido de control.

Se desvanecieron los pensamientos de águilas, adúlteras y un iracundo Dios al recordar sus primeras temporadas como director técnico en Marion, pero en vez de recuerdos paternos le llegó una imagen tras otra de alguien que había estado allí en una manera incluso más tangible.

Abby.

El fútbol reinaba en el sur de Illinois, donde la magnética atracción del clásico *Pigskin* era más estupenda para la mayoría de las personas que cualquier otra. La idea de que el victorioso cuerpo técnico de Southridge renunciara a su principal cabecilla para que este se encargara de dirigir el nuevo programa en el Colegio Marion fue al principio bien recibida por los habitantes. Particularmente cuando muchos de ellos aun recordaban a John como el «Milagroso» de Michigan, el mariscal de campo que no cometía errores. Sin embargo, cuando el equipo conformado por los mejores jugadores perdió 0-11 en su primera temporada, un rugido de voces comunitarias dio a conocer sus sentimientos. El periódico local publicó editoriales en que cuestionaban si un joven ayudante sin experiencia en dirección técnica era la decisión correcta para el preciado y nuevo programa en Marion.

Las antiguas voces de descontento aún sonaban claras en la mente de John. El consejo escolar hacía ver que los estudiantes de Marion tenían lo mejor de todo: laboratorios de ciencia, salones de computación y profesores. Por sobre eso, el colegio tenía un estadio de medio millón de dólares, mejor que cualquier otro del estado. ¿Por qué entonces, cuestionaban los editoriales, había contratado el distrito escolar como director técnico al primer individuo que surgió? ¿Por qué no buscar en el estado un hombre que pudiera hacer del Colegio Marion el ganador que merecía? Debían olvidar este asunto de levantar un programa. Los padres y los aficionados querían una tradición ganadora. Ahora. No el año próximo ni el venidero.

La frustración de esa temporada y de la siguiente ardía en el estómago de John. ¿No sabían ellos que se necesitaba tiempo para desarrollar una tradición? ¿No lograban ver que en el momento en que se abrieron las puertas de Marion fueron transferidos a este nuevo colegio todos los muchachos que no tenían ninguna posibilidad de jugar en el mejor equipo de Southridge?

John había anticipado que se necesitaban tres años completos para adquirir talento que pudiera igualar al de Southridge. No le preocupaba el hecho de que el nuevo club de aficionados y los ofuscados padres de familia de Marion quisieran resultados de la noche a la mañana, en particular al jugar contra los ahora antagonistas Chieftains de Southridge. Después de todo, él solo era un ser humano.

Un día a mediados de verano entre las dos primeras temporadas de John, Abby fue a verlo a un entrenamiento y esperó con paciencia hasta que en la cancha no hubiera quedado ningún jugador ni entrenador. Él se hallaba solitario en el banco, sin darse cuenta de que su esposa venía por detrás hasta que le puso los brazos alrededor de los hombros.

—Conseguí una niñera —le susurró al oído—. Salgamos a caminar.

Pasearon durante una hora por la pista, la misma en que ahora él estaba corriendo, y en ese tiempo ella le aseguró en una docena de formas diferentes que él era un talentoso entrenador.

—Los padres de familia no tienen idea de cómo disponer una jugada o crear una defensa. No saben qué clase de atletas dedicados necesitas para competir con Southridge.

John escuchaba, pendiente de cada palabra. No era tanto que esa tarde Abby le participara algunas revelaciones profundas, sino que mientras ella hablaba él se daba cuenta de que había olvidado la verdad. Había permitido que las críticas de la comunidad le arruinaran la confianza y le acumularan la presión, impidiendo que el desempeño de ese otoño fuera mejor que el anterior.

Al final de la caminata ella se puso frente a él, quitándole de la frente un mechón de cabello.

—Toda la ciudad, en realidad todo el mundo, podría pasar por alto tu talento como entrenador, John Reynolds —declaró, entonces se inclinó hacia él y lo besó en la boca de manera halagüeña—. Pero yo no lo haré nunca. Lo que tienes allá afuera...

Ella hizo oscilar el brazo hacia el campo de juego.

—...no es ninguna clase de magia. Es un regalo de Dios. Nunca permitas que alguien te convenza de que no es así.

Las palabras de ánimo le restauraron la fe en sí mismo y le ayudaron a sobrellevar la pretemporada y también a prepararse para el otoño. Pero su segundo año demostró ser más desastroso aun que el primero. A mitad de temporada jugaron contra Southridge y se toparon con una derrota de 48-0.

Los titulares del día siguiente rezaban: «¿Única alternativa del Colegio Marion: Despedir a Reynolds?» El artículo de la prensa lo culpaba de hacer demasiados pases, de no conocer a su gente y de no tener preparado a su equipo.

—Están jugando con la banca de Southridge, por Dios —gritó Abby cuando vio el periódico—. Ninguno de sus muchachos habría estado en el equipo si se hubieran quedado en Southridge. ¿Qué quieren?

La situación empeoró. Para final de temporada John encontró en su casilla de correos una nota anónima escrita a máquina advirtiéndole que los padres de familia estaban haciendo circular una solicitud de despido. Otra nota, firmada por el prepotente padre de uno de los jugadores, decía: «Nunca he visto un entrenador más inútil que usted, Reynolds. Quizás sea buen tipo, pero en el campo de juego es una calamidad».

El padre de John le dio un consejo que a él mismo le había ayudado en el negocio bancario.

—Siempre habrá detractores, hijo. La clave es escuchar el llamado de Dios. Si lo escuchas, la opinión de todos los demás solo es pura palabrería.

John intentó mantener su enfoque, trató de recordar las sabias palabras de Abby y de su propio padre, pero la temporada se volvía insoportable a medida que pasaban las semanas. Una noche, después de otra exagerada derrota, John se quedó en el vestuario una hora después de lo acostumbrado. El partido había sido un desastre, sus jugadores reñían por tonterías y hasta los entrenadores auxiliares parecían no estar de acuerdo con las jugadas que él hacía. Ahora que todos se habían ido se puso de rodillas y le entregó la profesión de entrenador al Señor, rogándole que le mostrara una salida. Al final de ese tiempo sintió que solo había una opción: renunciar. Dimitir y dejar que alguien más ofreciera el programa ganador que querían los habitantes de Marion.

Eran más de las once cuando esa noche cerró y salió al campo de juego, pero a pesar de lo tarde que era, Abby estaba allí, esperándolo como solía hacerlo después de cada partido.

—Cariño, lo siento. No tenías que esperarme —le declaró tomándola en brazos, estremecido por lo bien que se sentía ser sostenido, amado y apoyado en una noche en que parecía que todo el mundo estaba contra él.

—Esperaría una vida por ti, John Reynolds. ¿Recuerdas? —lo desafió ella, con voz alentadora, un verdadero bálsamo para el espíritu del hombre—. Soy la chica que te ha amado desde mis diez años de edad.

—Mañana voy a entregar mi renuncia —confesó él retrocediendo y mirándola a lo profundo de los ojos.

John recordó la ira que resplandeció en la mirada de Abby.

—¿*Qué?* —objetó ella retrocediendo varios pasos y enfrentándolo de lleno—. *No* vas a entregar tu renuncia.

Abby anduvo nerviosamente de un lado al otro, boquiabierta, con la mirada fija en él.

—No puedes hacerlo. Dios te trajo aquí para hacer un trabajo. No puedes dejar que esos... esos ignorantes padres de familia te saquen de la misma posición para la que fuiste creado. No te dejaré renunciar. Piensa en las horas de...

Ella había seguido hablando de ese modo durante cinco minutos hasta que finalmente se quedó sin palabras.

—Esta es mi Abby, tímida y reservada —opinó John despeinándole el cabello y sonriendo con tristeza—. Sin embargo creo que es hora. Ellos quieren otra persona. Dejémosles que lo hagan a su manera.

—Esos tipos están equivocados, John —cuestionó ella con los ojos inundados de ira—. Un par de ellos no son más que viejos frustrados y amargados que nunca han servido para nada en la vida. Supongo que no pudieron participar en deportes siendo muchachos y tampoco pueden ser preparadores deportivos como adultos. ¿Qué hacen por tanto? Pretenden dirigir desde las graderías, haciendo infelices en el proceso a sus hijos y a personas como tú.

Abby hizo una pausa y John recordó la sinceridad en esas palabras.

—Quieren que renuncies, John, ¿No puedes ver eso? No saben siquiera lo esencial acerca de dirección técnica pero aun así han estimulado a esta... a esta comunidad entera a la locura de hacer que te despidan —explicó ella, apretando el puño y proyectándolo al aire—. No permitas que esos dementes padres de familia ganen así no más, John. Tú tienes un don; yo lo he visto. Además, estás olvidando la primera regla de ser cristiano.

—¿Qué regla es esa? —preguntó John, pudiéndose oír concordando en silencio con ella en todo; entonces se le acercó, acariciándole la mejilla con el dedo, amándola por la forma en que creía en él.

—El enemigo duplica sus esfuerzos cuando hay un gran progreso a la vuelta de la esquina —declaró ella mirándolo directo a los ojos, inclinándose luego y besándolo larga y lentamente antes de retroceder—. No renuncies, John. Por favor.

En realidad los ataques del enemigo se habían duplicado ese año. Tanto él como Abby recibían iracundas y anónimas cartas, algunas incluso enviadas a su propia casa.

—¿Por qué nos odian? —había gritado ella esa tarde, rompiendo en cien pedazos una de las cartas.

—No te odian a ti, sino a mí. ¿No lo captas, Abby? Si logran herirnos lo suficiente quizás consigan salirse con la suya para que yo renuncie.

Pero cada vez que él estaba tentado a abandonar sus esfuerzos, Abby lo ayudaba a cambiar de opinión. En esos primeros años su esposa siempre había sabido exactamente qué decir o hacer cuando él estaba quebrantado, cansado o necesitado del toque de ella. Este era un arte que le había llevado años perfeccionar.

John recordó la rapidez con que había cambiado el ambiente del equipo una vez que esa época quedara atrás. Ese verano esperaba con ansiedad el otoño y con ello la oportunidad de mostrar a la ciudad de Marion los frutos de su arduo trabajo. Durante años no volvió a pensar en ese verano... pero ahora sintió adecuado hacerlo como si al recordar pudiera hallar algo de la fortaleza, la razón y la guía que se le habían perdido en la vida.

Recordó una cálida tarde en que el entrenamiento iba mejor que nunca, y John había llamado a su padre para hablar del tema.

—Parece que estás haciendo todo bien, hijo —había opinado papá; hablar de fútbol era para ellos un ritual: una parte de la vida que John sabía que siempre estaría presente, del mismo modo que el invierno seguía al otoño—. ¿Cuáles son tus posibilidades?

—Este es el año, papá —había contestado rápidamente, el sufrimiento de la temporada pasada había quedado atrás—. Tienes que venir aquí y ver a estos muchachos. Son más fabulosos que la mayoría de los jugadores universitarios.

—Con tal que yo esté allí cuando te entreguen el trofeo estatal —había expresado su padre riendo confiadamente al otro extremo de la línea—. Ese es un momento que no me perdería por nada en el mundo.

—Quizás no sea este año, pero sucederá, papá. Eres el primero en oírlo aquí.

La noticia que le convulsionó el mundo llegó al día siguiente. John se hallaba en el salón de pesas con sofocantes temperaturas afuera de casi cuarenta grados centígrados y la humedad no muy por detrás. Los supervisores casi nunca prendían el aire acondicionado en verano, y tanto John como los otros entrenadores no se quejaban. Era bueno para los muchachos ejercitarse en un gimnasio caluroso. Eso los endurecía y los alistaba para competir.

John estaba repasando la rutina de un jugador, asegurándose de que el régimen de entrenamiento de ese joven aumentara según el programa, cuando Abby apareció en la puerta. Una sombra en los ojos femeninos le reveló dos cosas. Primera, la noticia no era buena; segunda, fuera lo que fuera, lo superarían juntos. Como lo habían hecho durante todos los tiempos difíciles que habían enfrentado.

Solo con la mirada, sin palabra alguna, ella sugirió que la conversación debía realizarse tras puertas cerradas. John se excusó con el jugador, y en segundos él y Abby estuvieron solos, frente a frente.

—¿Qué pasa? —inquirió él, con el corazón palpitándole tan fuerte que se preguntó si Abby también lograba oírlo—. ¿Están bien los niños?

Después de perder a Haley Ann, John nunca había supuesto que sus hijos estarían sin ninguna novedad al final del día solo por haber estado bien en la mesa del desayuno.

Contuvo la respiración mientras Abby asentía.

—Los chicos están bien. Es tu papá —informó ella acercándose y poniéndole las manos en los hombros—. Tu madre acaba de llamar. Sufrió un ataque cardíaco esta mañana. Oh, cariño... no lo superó.

La noticia hirió a John como un cuchillo filoso, pero antes de que tuviera tiempo de reaccionar notó lágrimas en los ojos de Abby. Esa también constituía una pérdida para su esposa. Sintiendo como si tuviera el corazón en el piso, la abrazó, extrañamente consolado por el hecho.

Durante veinte minutos ella permaneció allí con él, apoyándolo y asegurándole que su padre estaba con el Señor, en un lugar mejor. Asegurándole que las pocas lágrimas que le bajaban por las mejillas estaban justificadas, aun allí en el cuarto de ejercicios del Colegio Marion. Una vez asimilada la noticia, Abby lo dejó solo y le dijo al otro entrenador que John necesitaba privacidad porque su padre y mentor había muerto esa mañana.

Cuando John estuvo listo para salir ya no había estudiantes alrededor, ni ningún profesor bienintencionado o miembros del personal indagando lo ocurrido. Abby se había encargado de eso.

Recordó ahora y se dio cuenta de cuán diferente habría sido ese día. Abby pudo haberle dejado con la secretaria el mensaje de que «llamara a casa» o pudo haber esperado hasta después de la merienda para darle la noticia. En vez de eso había corrido la milla extra, había llevado el peso de las malas nuevas, se había obligando a llorar más tarde, e inmediatamente había encontrado una manera de estar con él.

Intentó imaginar a Charlene en esa situación... pero fue imposible.

Charlene no conoció al padre de John, nunca lo amó ni lo respetó ni esperó sus llamadas. No le había dado a luz los nietos, ni había vivido sabiendo que los papás de ambos fueron los mejores amigos desde la juventud.

¿Qué pudo tal vez haber dicho Charlene que hubiera conmovido a John del modo que lo conmovió la presencia de Abby esa tarde?

Es una nueva época, Reynolds. Deja en paz a la chica. A su tiempo tendrás recuerdos con ella.

La idea debió haberlo consolado, pero en lugar de eso sintió el escalofrío más extraño bajándole por la espalda. Se sacudió la sensación y volvió a recordar a Abby, que tenía en un asilo de ancianos a su papá... un hombre que había sido el mejor amigo del padre de John.

—Debo verlo y hablar con él —susurró disminuyendo el ritmo.

Había iniciado ese día con ocho kilómetros, pero no tenía la euforia que por lo general acompañaba a sus ejercicios. En su lugar había una sensación de desconcierto y perplejidad.

Al final, desde luego, había venido el título estatal. Menos de seis meses después de la muerte de su padre, las Águilas de Marion terminaron invictas la temporada. Era como si las terribles temporadas de mediados de los ochenta solo hubieran sido una pesadilla, porque allí estaba John, en lo alto de la plataforma de los vencedores, recibiendo un trofeo de la mitad del tamaño de Kade de seis años de edad.

Recordó el momento como si fuera ayer. Se agachó, estiró los músculos de las piernas y cerró los ojos. Todo respecto a esa noche era ahora tan dulce como lo había sido entonces. Cuando le llegó el turno de hablar, su mensaje fue sencillo.

—Quiero agradecer a Dios por darme una esposa que nunca ha dejado de apoyarme —manifestó mirando hacia las graderías, sabiendo que ella estaba allí en alguna parte, llorando sin duda, valorando el momento tanto como él—. Te amo, Abby. No estaría aquí sin ti.

Entonces había alzado el trofeo hacia el cielo nocturno y levantado la mirada.

—¡Esto es para ti, papá!

El recuerdo desapareció. John se irguió, se secó la frente y se dirigió al auto. ¿Cómo podía pasar el resto de su vida con Charlene, una mujer que no había conocido al padre de él? Una mujer que no experimentó con él el tornado de Marion, ni que estuvo a su lado cuando las cenizas de su hijita revoloteaban en el aire y se asentaban en el lago que él más amaba. Una mujer enamorada de un hombre que Abby Reynolds ayudó a crear.

Si hubiera otro camino, Dios, muéstramelo...

El silencio le insinuó que no lo había. Ellos estaban a tres goles por debajo y con menos de un minuto de juego. Simplemente era demasiado tarde en el partido. Pero por cierto que eso fuera, John no podía negar lo que finalmente había llegado a comprender: Unirse a Charlene sería como permitir que una parte de sí mismo muriera, una parte que aún pertenecía, y que siempre pertenecería, a una pequeña hada rubia de ojos azules que le atrapara el corazón en las arenosas playas del Lago Geneva ese verano cuando él solo contaba con diecisiete años.

Quince

LA IDEA DE UNA DESPEDIDA DE SOLTEROS EN PAREJAS SE LE OCURRIÓ A MATT. Razonó que puesto que Nicole Reynolds era hija del famoso entrenador John Reynolds, casi pertenecía a la realeza... al menos para los niveles de Marion. Así que sin duda debería haber al menos una parrillada para celebrar el hecho de que la muchacha se estaba casando.

Abby no iba a oponerse ya que por lo único que habían pospuesto contarles a los chicos lo del divorcio era para darle a Nicole ese tiempo de felicidad.

—¡Por supuesto! —exclamó mirando expectante a su hija el momento en que Matt propuso la idea—. Podríamos invitar a la mitad de la población de Marion.

Los ojos de Nicole centellearon al instante, Abby sufrió por ella. Por felices que fueran estos seis meses nunca compensarían el dolor que John y ella estaban a punto de causarles a Nicole y sus hermanos.

—¿Podemos, mamá? ¿No te importaría?

—Para nada, cariño. Invita a quien quieras.

—Una clase de despedida de solteros en parejas —comentó Nicole codeando a Matt—. Como tuvo tu amigo Steve el año pasado, ¿recuerdas?

—Exactamente. Algo como eso puede reemplazar otra despedida de solteros después —contestó él bromeándole.

—Ah no, no te apresures —objetó Nicole codeándole más fuerte esta vez y riendo—. No dije nada de eso.

Abby los observó. *Se ven como nosotros hace veintidós años, Señor.*

El amor jamás deja de ser... El amor no se extingue, hija mía.

Las palabras para nada eran agradables, pero igual allí estaban. Un recordatorio constante de cómo John y ella habían fallado.

—No puedo evitar que mis amigas me hagan más adelante una despedida de soltera, ¿verdad, mamá? —opinó Nicole lanzándole una sonrisa a su madre.

Con eso la idea había echado raíces. Invitaron a los compañeros de entrenamiento de John y a una docena de viejas amistades de Nicole, chicas con quienes había vitoreado en el Colegio Marion y con las que se mantenía en contacto. Matt invitó a varios de sus compañeros de la facultad de derecho, y Nicole insistió en invitar a tres familias que hasta donde recordaba habían sido más cercanos que parientes.

John estuvo de acuerdo con la fiesta, pero en privado no le gustó la idea desde el principio.

—Es muy difícil fingir cerca de los hijos —le comentó una noche a Abby—. Peor aun con el mundo entero observándonos.

—No me hables de fingir —contestó Abby sintiendo que el rencor le salía a la superficie—. No soy yo la que desfila por ahí con un amante del brazo.

Entonces desapareció dentro de su oficina antes de que él pudiera responder al fuego.

Se llevaban mejor evitándose uno al otro; por ello, en los días que precedieron a la fiesta, se las arreglaron para hacer precisamente eso. John pasaba más tiempo haciendo ejercicio o corrigiendo exámenes en el colegio, y ella se mantenía ocupada ayudando a Nicole a hacer listas de invitados y a escoger ornamentos de boda. Pasaba las tardes con Sean, llevándolo a partidos de minifútbol, a entrenamientos de béisbol y a practicar natación en el club.

Cuando se veía obligada a estar en casa con John, hallaba motivos para permanecer en su estudio. Y de ese modo lograron sobrevivir los dos primeros meses.

Llovía a cántaros la noche de la fiesta de Matt y Nicole, por lo que Abby lanzó una mirada a la mesa. Queso y galletas, frutas y bizcochos, todo estaba en orden. Hasta la empacada Biblia familiar de parte de John y ella.

Una Biblia era el regalo de bodas tradicional en la familia Reynolds, y aunque John había reñido con Abby en cuanto a la mentira, ella había optado por un ejemplar con portada de cuero y grabado con los nombres de la pareja.

—De ese modo Nicole siempre puede mirar la Biblia y recordar cómo le mentimos durante su compromiso —había lanzado John el comentario desde donde estaba sentado en la sala, pasando de ESPN a Fox Sports—. Gran idea de regalo.

—Quizás si leyéramos la nuestra con un poco más de frecuencia no estuviéramos en este lío.

Las pujas entre ellos se estaban haciendo más frecuentes, y Abby no tenía idea cómo irían a sobrevivir hasta julio. Arregló un montón de servilletas decoradas sobre la mesa de la cocina. No era de extrañar que John estuviera más irritable que nunca. *Quiere estar con Charlene, no con nosotros.* El pensamiento traspasó el corazón de Abby, y lo rechazó. Este era el día de Nicole y Matt, y ella se había prometido no revolcarse en la autocompasión.

Sencillamente supéralo, Abby. Mantente sonriendo y supéralo.

John había temido este día desde la primera vez que oyó hablar al respecto. Una cosa era honrar la temporada de felicidad de Nicole. Pero esto... esta idea de una despedida de solteros en pareja era un mal chiste. Mejor era dejar que alguien más les hiciera una fiesta.

El timbre de la puerta sonó, y John se levantó para saludar a los invitados, ayudándoles con los abrigos y guardando sombrillas en la entrada. En ese momento no le quedaba más que sonreír, seguir adelante con el plan, y orar por poder esquivar a Abby durante las próximas cinco horas.

Los amigos de Nicole llegaron primero, pero a la media hora la casa estaba llena de docenas de rostros conocidos. Como solía suceder cuando se reunían los entrenadores, el personal de las Águilas de Marion se juntaba en la sala de estar no muy lejos de la televisión y de un nuevo programa deportivo. Pero con el estruendo de aplausos afuera y las bromas de tantas personas en la sala, finalmente los entrenadores renunciaron y apagaron el aparato.

John examinó a sus compañeros, muchachos con quienes había pasado muchas horas de entrenamiento, planificación y celebración. Joe, Sal, Kenny y Bob. Los mejores amigos que un hombre esperaría tener. Tal vez si lograra mantenerse enfocado en el fútbol, la noche volaría sin que nadie notara nada diferente entre él y Abby.

—¿Cuánto tiempo hemos estado juntos, muchachos, nosotros cinco? —preguntó John recostándose en su sillón, con los pies en alto, sonriendo a los hombres que lo rodeaban.

—Sabes que precisamente el otro día le estaba preguntando eso a Alice —contestó Joe poniéndose el dedo en la barbilla e inclinando la cabeza, y luego mirando al techo en profunda concentración—. Los cinco no estuvimos juntos hasta 1987, ¿no es así?

—Sí, antes de llenar la solicitud yo esperé hasta que el hijo de Rod Moore se graduara —asintió Kenny riéndose con fuerza de su propio chiste y palmeándose su abultado vientre—. Hay tanto que puede caber en una vieja panza.

—Creo que fue en 1987. El primer año en que todos nos volvimos Águilas —confirmó John, y meneó la cabeza—. Entonces han pasado catorce años. ¿Adónde diablos fue a parar el tiempo?

—Piensa en esto... en todos los altibajos de la vida —añadió Bob sonriendo, con los ojos brillándole debido a un millón de recuerdos—. Ese primer título estatal... ¿Saben qué? Nunca ha habido nada parecido excepto esto último, viéndote a ti y a Kade. Bueno, eso fue algo especial.

Kenny emitió una leve sonrisa y le dio una palmadita a John en la rodilla.

—Sí, la familia Reynolds siempre ha sido especial. Quiero decir, de veras, ¿cuántos de nosotros hemos anhelado a lo largo de los años tener un matrimonio como el de John y Abby?

—Pues sí, ella es única. Desearía que mi esposa comprendiera el compromiso de la dirección técnica como lo hace Abby —comentó Bob lanzándole a John una galleta de sal y guiñándole un ojo—. John, tu esposa es una en un millón. Si no la hubieras conservado yo me habría casado con ella.

Una sensación de cosquilleo le bajó a John por la columna desde el cuero cabelludo. ¿Tenía todo el mundo que poner en un pedestal su matrimonio con Abby? ¿No podían hablar de otra cosa? John tomó cortas y firmes respiraciones y trató de parecer normal.

Bob no iba a dejar de hablar de los muchos méritos de Abby.

—Y para que lo sepas, John, Kenny es el siguiente en la lista después de mí, ¿verdad, Ken?

—Ella es una joya —contestó Kenny sonriendo y asintiendo una vez más para dar énfasis.

Tanto Bob como Kenny estaban divorciados, y Sal nunca se había casado. Solo Joe tenía esposa en casa, y hasta donde a John le constaba, eran felices. Sintió pesadez en el cerebro tratando de pensar en algo más de qué hablar.

—Hemos tenido nuestros altibajos como todos los demás.

—Correcto, como la vez que Abby se cayó por la escalera en Sea World —opinó Joe riendo a carcajadas y mirando al rostro de los que estaban alrededor; entonces deslizó la mano en forma descendente—. ¿Recuerdan, muchachos? Esos deben haber sido los momentos «bajos».

A su pesar, John rió ante el recuerdo. Cerró los ojos y meneó la cabeza lentamente, avergonzado por Abby aún después de todos esos años.

—Vamos, John vuelve a contarnos —pidió Kenny inclinándose hacia el frente y tomando un sorbo de té helado—. Ha pasado un buen rato desde que tuviéramos una buena risotada a expensas de Abby. Además, Sal no ha oído la historia de Sea World, ¿verdad, Sal?

—No, creo que no la he oído.

—Sí, pues solíamos contar historias todo el tiempo —continuó Joe, luego agarró otro puñado de papas fritas y se quedó a la expectativa—. ¿Sabes...? La última anécdota de Abby manejando, el último chisme de Abby yendo de compras, la última pelea de Abby con los vecinos...

El comentario de Joe sacudió a John como un martillazo. ¿Cuándo había dejado él de hablar con sus entrenadores acerca de Abby?

—Vamos, John —pidió Joe metiéndose varias papas fritas a la boca—. ¿No estaba ella llevando un cono de helado o algo así?

El recuerdo llegó de modo claro y vívido. Sean había sido una especie de bebé sorpresa, nacido el otoño de 1990. Durante la primavera siguiente habían ido en auto a Ohio para visitar Sea World. Nicole tenía diez años y Kade siete. El viaje fue desde el principio toda una comedia de equívocos.

Habían decidido por anticipado que John llevaría a Sean en un portabebés y que Abby cargaría a la espalda los suéteres y las pertenencias de la familia en una mochila. John miró alrededor del salón y vio que los muchachos esperaban expectantes la anécdota. Agarró una servilleta y se secó las manos.

—Está bien, está bien. La mayoría de ustedes conocen la historia. Estábamos en el parque y Abby quería ver el espectáculo de los leones marinos.

—No los delfines ni las ballenas, sino los leones marinos, ¿verdad, entrenador? —explicó Joe, que era buenísimo para añadir colorido siempre que John contaba una anécdota.

—Debíamos llegar a los leones marinos... antes que pudiéramos hacer algo más —continuó John, e hizo una pausa melodramática para causar impresión—. De todos modos teníamos cinco minutos antes del inicio de la función y vimos un quiosco donde vendían helados, contiguo al estadio de los leones marinos. Era un día caluroso, los muchachos tenían sed, así que Abby se pregunta: ¿Por qué no? Comprémosles unos conos a los chicos antes del show. De ese modo se los pueden comer allá adentro.

—Me gusta la idea —interrumpió Joe, que había oído la historia varias veces antes y sabía lo que venía a continuación; luego se echó para atrás en el asiento y sonrió.

—Correcto, así que nos paramos al inicio de la fila y pedimos tres conos. Había dos adolescentes trabajando en la caseta, por lo que creímos que teníamos bastantes posibilidades de que nos atendieran. Pero los muchachos adentro se miraron uno al otro muy lentamente, luego nos voltearon a ver y se volvieron a mirar.

—¿Conos de helado? —inquirió uno de los chicos.

—Sin duda eran defensores de línea —comentó Joe codeando en el estómago a Kenny, que años antes había estado en esa posición, la cual era su especialidad como entrenador.

—Oye, no te metas con nosotros los defensores. Nos chiflamos un poco cuando hay helado cerca.

—Bueno, estos tipos eran realmente retrasados porque pasaron varios minutos decidiendo si habíamos pedido realmente tres conos —siguió narrando John, sonriendo ahora, disfrutando la anécdota, absorto en el recuerdo de ese verano una década atrás—. Todo el tiempo Abby miraba el reloj y decía cosas como: «No me puedo perder la función de los leones marinos, John. Debemos lograr que estos tipos se apuren». Y yo contestaba: «Sí, querida, estoy haciendo todo lo posible»; debido por supuesto a que no se podía hacer nada para hacerlos mover más rápido. Entonces, y aquí hablo absolutamente en serio, uno de los tipos va a la máquina de helado, agarra un cono, y jala la palanca. El helado se amontona cada vez más hasta desbordarse y caer al suelo. Sin titubear, el sujeto mira el caos, tira el cono a la basura y agarra otro cono vacío.

—Entonces ya faltaban como tres minutos para el espectáculo, ¿no es eso cierto, John? —volvió a interrumpir Joe riéndose ante el relato—. Sin contar con que ahora la fila ya llegaba hasta fuera del estadio de los leones marinos.

—Correcto. Así que finalmente obtuvimos los tres conos, y Abby se da cuenta de que necesitamos servilletas. Los tipos señalan hacia un mostrador de servicio a treinta metros de distancia, por lo que Abby sale en veloz carrera. Me explico, Abby era muy atlética en su tiempo. Pista y zapatos deportivos. Incluso ahora les podría ganar a la mayoría de ustedes en una carrera. Pero ese día su juego de piernas no fue tan eficiente como pudo haber sido y, a tres metros de llegar, el helado que cubría el cono que sostenía se cayó y le quedó aplastado sobre el pie.

—Metiéndosele directamente en sus lindos zapatos —comentó Joe riendo ahora a carcajadas y meciéndose en la silla—. ¿Se lo pueden imaginar, muchachos? ¿Abby Reynolds? ¿Vestida así, con suave helado de chocolate derritiéndosele entre sus lindos dedos?

John empezó a reírse ante la escena.

—La gente empezó a mirarla, preguntándose por qué esa mujer había corrido con tal rapidez y fuerza llevando desde el principio un cono de helado. Y allí estaba ella, con un zapato lleno de helado, el cono vacío en la mano, el resto de nosotros observándola desde el otro lado del área de descanso y el espectáculo de los leones marinos a punto de empezar. Así que Abby agarra un montón de servilletas, se limpia el helado del zapato, y vuelve a meter el pie allí.

Kenny reía ante lo expuesto y Sal comenzó a carcajearse con tanta fuerza que debió depositar su bebida en el suelo.

—¿Y qué pasó con el espectáculo de los leones marinos?

—Entonces ella regresa corriendo a la caseta de helados, no hace fila, y le dice al tipo que necesita otro cono, solo que esta vez se lo ponga en un vaso. El sujeto lo hace, y ahora comienzan a tocar la música para la función de los leones marinos. «Vamos, consigamos asientos», nos dice a los demás. Y sale disparada...

—Dirigiendo el camino como una mujer en un remate de la tienda Nordstrom —volvió a interrumpir Joe con la cara roja por tratar de contener la risa.

—Seguimos justo detrás de ella, serpenteando entre la multitud, decididos a conseguir puestos antes de que el primer león marino subiera al escenario —siguió narrando John, respirando hondo y riendo con más fuerza ante las imágenes en su mente—. Así que allí estamos en lo alto del estadio; Abby divisa una fila a medio camino, escalones abajo. «Síganme», dice. Y esas fueron sus últimas palabras. Las gradas...

John trató de contener el aliento y se dio cuenta de lo bien que se sentía, sentado ahí con sus amigos, casi sin poder respirar por la risa y por la manera en que Abby se había visto esa tarde de verano—. Las gradas eran de cierta clase...

Hizo varios gestos.

—Alta, baja, alta, baja. Sin tener idea de por qué, así es como eran. Pero Abby solo debió haber visto un tamaño porque dio muy bien el primer paso, pero en el momento en que trató de poner el pie en el suelo para el segundo paso acabó parándose en nada más que en el aire y comenzó a rodar.

Todos los hombres se reían ahora a carcajadas, bajaban la comida, se inclinaban, tratando de respirar. John logró hablar otra vez y, a pesar del temblor en el cuerpo, continuó con la anécdota.

—No a rodar de cualquier modo, ¿me hago entender? La mochila se le subió desde la espalda hasta el cuello y... otra vez le bajaba...

—Parecía ... —interrumpió Joe con voz estridente por la falta de oxígeno—. Parecía una tortuga, ¿verdad, John? Rodando escalones abajo, uno tras otro... la mochila... sobre la cabeza.

—Correcto —asintió John respirando hondo y tratando de controlarse—. La cabeza apenas le sobresalía un poco desde la mochila y finalmente... finalmente un tipo estiró la mano y detuvo la caída de Abby.

Kenny era un hombre corpulento y cuando se reía con tanta fuerza como ahora empezaba a emitir un sonido como el del mismísimo león marino. Cuando John comprendió esto soltó más carcajadas. Entre respiraciones entrecortadas logró terminar la historia.

—Por supuesto que todo... todo el estadio estaba repleto de personas, y el espectáculo ya había... empezado —balbuceó e inhaló con fuerza—. Al principio la gente creyó que eso era parte del show...

—Unas cuantas mujeres comenzaron a aplaudir —volvió a interrumpir Joe, apenas logrando que las palabras le salieran de la boca por la risa que le estremecía el cuerpo—. En realidad ella detuvo el show. Hasta los leones marinos esperaron para ver lo que estaba sucediendo.

John asintió; el recuerdo era tan cómico que empezó a reírse como una niñita. Abby se veía tan lamentable.

—Pues sí, ese hombre estira la mano y la detiene, y ella... tratando de parecer casual... se levanta rápidamente y saluda al público. Luego se vuelve y me mira, y ahí es cuando veo el helado...

—El vaso de helado que ella estuvo sosteniendo —interrumpió otra vez Joe, encorvado ahora casi hasta la mitad debido a la risa, y los demás hombres también reían tan fuerte que estaban atrayendo la atención de todos en la sala—. ¡Recuerden el primer helado que se le había caído primero sobre el zapato!

—Así que allí estaba ella, con las rodillas y los codos raspados y sangrando, la mochila enredada en el cabello y el helado manchándole todo el frente de la falda.

—Yo muy bien habría comprado boletos para ver eso —comentó Sal aullando en voz alta—. La pequeña señora «Perfectamente vestida esposa de entrenador» luciendo de ese modo... con todo el estadio mirándola.

—Nos sentamos y la función volvió a empezar —continuó John respirando para obligarse a calmarse—. Abby no dijo una palabra hasta que acabó el show, luego se volvió hacia mí y me dijo: «Está bien, ¿cómo me pude haber visto?» Me quedé totalmente desconcertado.

—Es probable que alguien en alguna parte haya captado en video una escena de diez mil dólares —opinó Joe dándose esta vez una palmada en la rodilla, y el grupo volvió a reír.

—Claaaarooooo —exclamó John sacudiendo la cabeza y exhalando larga y fuertemente—. Eso era algo genial siempre y cuando le ocurriera a otra persona.

—No me había reído tanto en años —expresó Joe secándose una lágrima de los ojos, y meneando luego la cabeza—. Y lo bueno del asunto es que hasta el día de hoy Abby también puede reírse de eso.

—Sí, eso es lo mejor con Abby —asintió Kenny logrando dominarse—. Ella no se toma demasiado en serio a sí misma.

—¿Dónde está, a propósito? Debería estar aquí para contarnos cómo se sintió —dijo Sal exhalando, tratando aún de contener la respiración mientras miraba alrededor de la sala.

Un punzante estremecimiento le atravesó el estómago a John, borrando toda la gracia del momento anterior. Pero antes de que pudiera responder Nicole entró y les sonrió.

—Díganme, ¿a qué se debe todo el alboroto aquí?

—Tu papá nos está contando lo del viaje a Sea World... tú sabes, el verdadero «viaje» —contestó Joe empujándole el hombro a John—. Cuando tu mami causó sensación en la función de los leones marinos.

—Sí, qué bueno que Sean estaba en las espaldas de papá, ¿eh? —comentó Nicole sonriendo y moviendo la cabeza de lado a lado—. Pobre mamá, estaremos contando ese incidente hasta que esté vieja y canosa. Al menos no salió herida.

Nicole atravesó la sala hasta su grupo de amigos, los muchachos empezaron a hablar todos a la vez. John sintió náuseas repentinamente, pues las palabras de Nicole le pincharon las entrañas como golpes perfectos.

«Hasta que ella esté vieja y canosa... hasta que ella esté vieja y canosa».

La esposa de su juventud, su mejor amiga y compañera de toda la vida, no envejecería ni encanecería con él. No, entonces estaría casada con alguien más, pasando el resto de su vida con otro hombre. Es más, no habría historias acerca de Abby en los años venideros, nada para entretener a las amistades con anécdotas de cuando le pusieron una multa por exceso de velocidad o cuando ella quemó las patatas en el Día de Acción de Gracias. Si John iba a ser sincero consigo mismo, el incidente que acababa de relatar quizás sería el último que narraría alguna vez acerca de su preciosa chica Abby. Una vez divorciados, qué sentido tendría sentarse con los muchachos a recordar buenos tiempos pasados con ella, los momentos divertidos que nadie en la familia olvidaría jamás.

Y en cuanto a Charlene... bueno, de todos modos John estaba casi seguro de que ella no le vería el humor a los recuerdos familiares de ellos.

Abby se las arregló para quedarse en la cocina la primera hora de la fiesta, charlando con algunas de las amistades de Nicole cuando pasaban. Papá había querido unírseles en la casa, pero sus enfermeras advirtieron que la emoción sería demasiado para él. Por tanto, Nicole y Matt habían prometido visitarlo al día siguiente después de la iglesia. Abby miró por la ventana a Matt y a sus compañeros sentados alrededor de una mesa de picnic en el pórtico trasero cubierto. Se palpó ligeramente los bordes de los labios. Le agradaba Matt. El muchacho era dinámico e inteligente. Había una gentileza respecto a él cuando se hallaba al lado de Nicole que hacía suponer a Abby que el muchacho sería un padre maravilloso. *Oro porque eso dure. No permitas que los años alejen eso de ti, Matt...*

Era la primera semana de marzo y, aunque oficialmente no había llegado la primavera, la tormenta que soplaba por encima les aseguraba que estaba a punto de llegar.

Ya no será por mucho tiempo. Cuatro meses y la farsa habrá terminado.

Estaba sola en la cocina lavando platos cuando oyó a John y sus amigos reír a carcajadas en la sala. Al principio el sonido la enfureció. *Él parece demasiado feliz, Dios. ¿Es que no sufre ni siquiera un poco?*

Se acercó más a la puerta y captó partes de la conversación. *La función de los leones marinos... rodando escalones abajo... rebotando... como una tortuga...*

Hablaban del viaje a Sea World hace como diez años. Sola y sin nadie a quién engañar, se le llenaron los ojos de lágrimas y se le formó una sonrisa en los labios. ¿Cuánto tiempo había pasado desde que rieran juntos por esa anécdota? ¿Y por qué la estaba contando John ahora?

Se alejó, apoyándose en la refrigeradora, con los ojos cerrados y el corazón palpitándole contra las costillas. *Señor, ¿cómo podemos hacernos esto uno al otro? ¿Por qué no salgo allí, me río con él y me siento con él. ¿Volviéndolo a amar?*

El amor jamás deja de ser, hija mía... El amor no se extingue.

Bueno, se extinguió para nosotros, ¿ahora qué, Señor? ¿A dónde vamos a partir de aquí?

Habían pasado meses, incluso años, desde que ella tuviera una charla con Dios en que dejara que los pensamientos del Señor la impregnaran, permitiéndose responderle. Pero ahora, esta noche, con una casa llena de gente a la que amaba más que a nadie en el mundo, estaba desesperada por respuestas.

Lo estoy deseando, Dios. Dime. ¿Qué se supone que hagamos a continuación? Necesito verdadera ayuda aquí, Señor.

Silencio.

Abby vaciló un poco y se secó las lágrimas. Bueno. Si Dios no iba a hablarle, ella tendría que seguir sola el camino. No sería la primera vez. En todo sentido había estado sola desde el día en que Charlene Denton se fijó en John.

Aquel de ustedes que esté libre de pecado, que tire la primera...

Esa no es la respuesta que quiero... Abby dio media vuelta y se obligó a pensar en algo más. Tenía invitados que atender, después de todo. Este no era el momento de andar con la culpa hasta el cuello, no mientras todos los demás la estaban pasando bien. John era el único culpable del desorden en que se hallaban, y Abby no dejaría que alguien le dijera otra cosa.

Ni siquiera Dios mismo.

El último de los invitados se fue, y Nicole estaba apilando nítidamente sus regalos abiertos en medio de la mesa de la cocina. Los muchachos y Matt jugaban Nintendo en la habitación de Kade, y papá se había retirado temprano. Solo mamá estaba despierta, pero después de terminar de lavar los platos había anunciado que se iba al estudio a terminar un artículo.

La fiesta había sido un tremendo éxito, dándole a Matt y Nicole tiempo para sus más íntimos familiares y amigos. Hubo risas y se contaron recuerdos y buenos momentos para todos hasta cerca de las diez de la noche. Pero Nicole no se podía quitar de encima la sensación de que algo estaba mal.

Sumamente mal.

Se sentó al borde de la mesa y deslizó una pierna sobre la otra. *Señor, ¿qué pasa? ¿Qué estoy sintiendo?*

Le vino a la mente la imagen de sus padres y se dio cuenta de que no habían estado juntos ni una sola vez durante la velada. *¿Está todo bien entre ellos, Señor? ¿Tienen alguna clase de problema?*

Ora, hija. La oración del justo es poderosa y eficaz.

La respuesta fue rápida y casi audible. Dios quería que ella orara... pero, ¿por sus padres? ¿Por qué necesitarían ellos oración? ¿Estaban tal vez pasando apuros económicos? ¿Les estaba costando la boda más de lo que podían costear?

Oh, Señor, mi corazón se siente atribulado más allá de las palabras. Padre, permanece con mis padres y haz que estén unidos. Tengo temor... no los vi juntos esta noche y... bueno, quizás parezca demasiado dura, pero tengo la más fuerte sensación de que algo anda mal. Tal vez dinero o cualquier cosa. No sé. Por favor, Padre, rodéalos con tus ángeles y protégelos del diablo y de sus terribles maquinaciones. Donde haya estrés, cálmalos; donde haya malos entendidos, aclári. Y úsame, Señor, como quiera que puedas usarme, para ayudarles a que aclaren sus asuntos. Es decir, si están errados.

Terminó la oración y examinó la cerrada puerta del estudio. Sin dudarlo se levantó y atravesó la sala, tocando una vez antes de girar la manija y entrar.

—¿Qué haces?

Su madre levantó rápidamente la mirada, luego observó por un instante la pantalla de la computadora y pulsó dos veces el ratón.

—Adiós —anunció la computadora.

—Estaba... revisando mi correo —titubeó su madre sonriendo en una manera que parecía un poco demasiado feliz, y girando la silla de tal modo que quedó frente a Nicole.

¿Por qué se ve tan nerviosa?

—Hola, mamá... ¿está bien todo? ¿Entre papá y tú, quiero decir?

Nicole examinó a su madre, buscando indicios de que las cosas podrían ser realmente peores de lo que se había imaginado. Quizás como si estuvieran peleados o algo así. En todos sus años de crianza Nicole recordaba tres ocasiones en que ellos se pelearon. Siempre había sido la sensación más desconcertante con que se había topado. Sus padres eran como dos rocas, las personas a quienes todos miraban cuando querían saber cómo se supone que debía funcionar un matrimonio.

La última vez que se habían levantado la voz fue años atrás, ¿verdad? Nicole esperó la respuesta de su madre, consciente que le temblaban sus propios dedos.

—Sí, por supuesto. Todo está muy bien —contestó su madre inclinando el rostro, con los rasgos curiosamente angustiados—. ¿Qué te hace preguntarlo, querida?

Nicole tragó grueso, sin estar segura si debía hacerle saber sus inquietudes.

—No los vi juntos esta noche, ¿sabes? Me pareció extraño.

—Cariño, había demasiadas personas aquí —contestó Abby sonriendo una vez—. Cada vez que salía para unirme a tu padre, alguien más entraba para hablarme o me pasaba una bandeja vacía para llenarla. La noche nos alejó, eso es todo.

Una sensación cálida inundó a Nicole, y se le relajó todo el cuerpo. Después de todo solo había sido su imaginación.

La oración del justo es poderosa y eficaz. Ora, hija. Ora.

Una alarma volvió a sonar en el corazón de la joven. ¿Por qué el Señor le estaba dando pensamientos como ese si todo estaba bien? Aclaró la mente y miró con seriedad a su madre.

—Me estás diciendo la verdad, ¿no es así, mamá? ¿No se trata de dinero o algo así? Lo último que quiero es complicarles las cosas a papá y a ti.

—Cariño, al morir tu abuelo Reynolds nos dejó suficiente dinero. Créeme, casarte no nos está ocasionando ninguna clase de preocupación económica.

—¿De verdad? —inquirió Nicole apoyándose en una cadera y escudriñando el rostro de su madre—. ¿Está todo bien?

—Ya te lo dije, mi amor —respondió Abby mientras algo impreciso y sombrío le cruzaba la mirada y luego desaparecía rápidamente—. Todo está bien.

—Vamos, quiero mostrarte los regalos —expresó entonces Nicole agarrándole los dedos.

—Ya los vi una vez, Nicki —contestó su madre parándose y estirándose.

—Lo sé, pero los he organizado todos. Tú sabes, licuadoras y tostadoras en un lado de la mesa, regalos sentimentales en la otra parte.

—Oh, muy bien —concordó Abby sonriendo y abrazando a su hija mientras entraban a la sala una al lado de la otra—. Guíame.

Estaban solo parcialmente allí cuando Nicole se detuvo y apretó con mayor fuerza a su madre.

—Gracias por la Biblia, mamá —comunicó alejándola y mirándola más hondamente a los ojos—. De todos, es mi regalo favorito.

—Qué bueno. Consérvala de ese modo y tú y Matt pasarán enamorados los próximos cincuenta años. Fíjate en lo que te digo, querida.

Nicole sonrió y enganchó el codo con el de su madre, moviéndose rápidamente a su lado mientras encontraban los regalos en el centro de la sala de estar. Examinaron cada artículo mientras conversaban de la fiesta y de la próxima boda, y Nicole supo que la incitación del Señor a orar por sus padres era algo bueno. Hasta los matrimonios más firmes necesitaban oración. Pero papá y mamá estaban bien. Nicole sintió la certeza de que sus extrañas sensaciones de preocupación no eran más que imaginación hiperactiva.

Eso y un buen caso de ansiedad debido al compromiso.

Dieciséis

Denny Conley era muy nuevo en cuanto al cristianismo para saber a dónde más ir. Solo sabía que cavilaba mucho, y solo había una Persona con quien quería compartir sus inquietudes. Además, llevarle sus problemas al Señor muy de noche en esta forma se había vuelto una rutina.

De algo estaba seguro: había vencido la antigua rutina de saltar de bar en bar y preguntarse cada mañana cómo diablos había llegado a casa.

La iglesia era pequeña, no como las grandes capillas más cercanas a la ciudad. Y el interior estaba casi oscuro ese lunes por la noche a finales de marzo. Denny tenía una llave porque últimamente había estado haciendo labores de limpieza, y conservaba el llavero personal al lado del que abría su vivienda.

Tranquilamente, para no molestar ni siquiera al gato de la iglesia, Denny fue hasta la primera fila y se sentó en una banca. Como había hecho muchas veces en los últimos meses, miró con reverencia la cruz de madera.

Denny se había criado como católico y había visto muchas cruces. Crucifijos, en realidad. De aquellos en que un Jesús con cara de angustia cuelga de brillantes vigas de bronce. No había nada de malo con los crucifijos excepto que ponen el enfoque en el sufrimiento.

A veces era bueno recordar el dolor del Señor. Es más, una vez después de llegar borracho a casa una noche algunos meses atrás fue que Denny había mirado el crucifijo en la pared de su cama y se arrimó para verlo un poco más de cerca. ¿Era verdad? ¿Colgó realmente de una cruz un hombre inocente llamado Jesús y murió por los pecados de Denny Conley? Le era difícil creerlo. ¿Por qué haría alguien algo así? ¿Y menos por una persona como él?

Para entonces habían pasado cuatro años desde que su hijo había hallado esta relación personal con Dios. A partir de ese momento era de lo único que Matt hablaba. Cielos, era de lo único que aún habla hoy. Pero el encuentro de Denny con el crucifijo ocurrió en una noche semanas después de la última vez que hablara con el muchacho. Había estado tembloroso y listo para perder la conciencia con el whisky, pero llamó su atención algo en la manera en que Jesús colgaba allí, soportando todo ese dolor y sin quejarse por eso, solo para que individuos como él y Matt pudieran ir al cielo.

Bueno, algo como eso era casi más de lo que Denny podía soportar.

Al día siguiente buscó la sección de iglesias en la guía telefónica y se contactó con una bonita comunidad que mostraba una foto de un hombre que parecía amigable, llamado Mark. Esa tarde Denny pasó por allí y conoció al hombre; efectivamente, el pastor Mark le dijo lo mismo que Matt había estado diciendo desde el primer momento. Jesús murió por todos los suyos, sin importar si se tratara de una buena o de una mala persona o de algún borracho que saltaba de bar en bar, llegando así a poner la paz entre Dios y el hombre. De cualquier modo, era asunto de Denny aceptar el regalo del cielo o huir de él y seguir viviendo por su cuenta.

Denny recordaba mejor esa decisión que casi cualquier otro detalle de su vida. En el pasado había cometido equivocaciones. Se alejó de Jo cuando Matt solo era un mocoso, se casó con otra mujer y pasó dos décadas bebiendo. Esa noche, más borracho que una mofeta, otra vez estaba soltero y buscando ofertas.

Sin embargo, nunca le habían ofrecido nada como lo que el pastor Mark le brindara esa tarde. Viva eterna. Ya pagada. Y lo único que debía hacer era pedirle a Jesús que le perdonara sus pecados pasados y luego se aferrara al regalo que ya era suyo, para que lo disfrutara.

En realidad, era demasiado como para no aceptar. Una oferta que Denny simplemente no podía rechazar. Esa noche le pidió a Cristo que entrara a su vida; el cambio en su corazón fue casi instantáneo. Lo primero que hizo al llegar a casa fue llamar por teléfono a Matt.

«Tu viejo ya es creyente, Matt. Igual que tú».

Se hizo una pausa, Denny no estaba seguro pero creyó que Matt estaba llorando un poco al otro extremo de la línea. Esa conversación había sido solo el principio. Hablaron más en los últimos meses que en todos los años anteriores, pero aún no se habían visto. Ni una vez desde que Denny se alejó de él y de Jo, cuando el muchacho tenía cuatro años. Matt había querido verlo después de la primera llamada, pero Denny no deseaba que el muchacho lo viera borracho. Y en ese entonces no había muchos días... bueno, no había muchas *horas* en que no estuviera totalmente beodo.

Pero el día en que empezó a creer también creyó en algo más. Creyó que si Dios pudo resucitar a Jesucristo de entre los muertos, sin duda podía librar a Denny Conley de los demonios del alcoholismo.

Le sonrió a la cruz. Desde entonces habían pasado cuatro meses, veinticuatro cultos en la iglesia, y cincuenta y dos reuniones con el grupo de Doce Pasos diseñado para acabar con la adicción a la bebida. Estaba ganando peso y perdiendo el semblante rojizo que desarrollara durante años de beber. En realidad, casi podría estar listo para ver a Matt. Cada día, cada hora, hallándose limpio y sobrio. Y todo debido a Cristo.

Todo eso lo llevó a su actual oración, aquella que lo había guiado esa noche a la iglesia, por la que se había tendido directamente al pie de la cruz. Una oración por la salvación de Jo. Denny sabía por Matt que su madre era totalmente cínica con relación a Jesús. Tal vez estaba amargada, irritada o frustrada por haber llevado una vida de madre abandonada. No iba a ser fácil para ella aceptar la verdad.

Que Denny Conley era un hombre nuevo.

Suspiró. Algo acerca de la inminente boda hacía parecer más apremiante el asunto. Después de todo, él acudiría. Tan seguro como que el cielo era azul, iba a estar en la iglesia cuando su hijo se casara con esa joven novia. Y si Dios le oía bien, tomaría algunos minutos para hablarle al corazón de Jo.

Entonces quizás, solo quizás...

Denny inclinó la cabeza y cerró los ojos.

«Señor, mi Jo está herida a causa de mí... y porque no te conoce aún. Ella te necesita, Señor. Sin embargo... bueno, no soy realmente quien deba decírselo, ¿sabes a qué me refiero? La lastimé muchísimo todos esos años, lo que me pesa horriblemente. Tú sabes eso tanto como yo. Pero Jo... ella cree que todo esto acerca de Jesús solo es una fase, quizás mi manera de relacionarme con Matt después de tanto tiempo perdido entre nosotros».

Hizo una pausa.

«De todos modos, Señor. Tú sabes lo que quiero decir. Estira la mano y toca el corazón de Jo, Padre. Hazla sentir intranquila para que nada más que tú le dé paz. Sálvala, Señor. Y obra para que los dos podamos hablar. Juntos, quiero decir, tal vez de algún modo en la boda. Haz que esté lista para verme, Dios. Por favor».

Caviló por un instante.

«Imagino que lo que te estoy pidiendo, Padre, es un milagro para Jo. Exactamente como el milagro que nos diste a Matt y a mí».

Titubeó.

«En el nombre de Jesús, amén».

Cuando hubo terminado de orar dejó un poco más la mirada fija en la cruz, agradecido porque Jesús ya no colgara allí sino que estuviera vivo para siempre. Con la mirada aún hacia lo alto, y sus pensamientos puestos en su Salvador, Denny hizo lo mismo que siempre hacía después de esos momentos de oración.

Cantar.

El pastor le dijo que los cánticos habían existido durante más de cien años, pero para Denny Conley eso era algo nuevo. Por lo que a él respecta se pudieron haber escrito solo para él. Como las vacilantes notas de un piano polvoriento, la voz resonó y se levantó hacia una audiencia unipersonal. No importaba si estaba desentonado o si despertaba al gato y este pensara que el hombre se había vuelto loco. Lo único que a Denny le importaba era la canción.

Las palabras de la melodía.

Oh, Dios eterno, tu misericordia
Ni una sombra de duda tendrá;
Tu compasión y bondad nunca fallan
Y por los siglos el mismo serás.

Entonces tarareó un poco, porque aún no sabía todas las palabras. Pero algún día se las iba a saber. Hasta entonces, cantaría la parte que había memorizado.

¡Oh, tu fidelidad! ¡Oh, tu fidelidad!
Cada momento la veo en mí,

Nada me falta, pues todo provees,
¡Grande, Señor, es tu fidelidad![1]

Era jueves por la noche otra vez y la clase en el almacén de artesanías de álbumes de recortes estaba vacía excepto por Abby, Jo y otras dos mujeres. Abby ya había elaborado la mitad de los años de colegio de Nicole y progresaba bastante bien, a pesar del continuo parloteo de Jo.

Quedaban aún dos horas en la sesión cuando Jo respiró hondo y formuló una nueva línea de preguntas en dirección a Abby.

—¿Crees que vas a ir al cielo, Abby? Quiero decir, de veras... en caso de que existiera un lugar llamado cielo al que algunas personas van cuando mueren.

Abby pestañeó y bajó la fotografía que tenía en la mano. Esto no era algo en lo que pensara mucho últimamente, pero sin duda era verdad. Le había entregado la vida a Cristo décadas atrás, y aunque su existencia personal era un desastre, eso no significaba que Dios la hubiera rechazado, ¿correcto?

—Sí, yo diría que me estoy yendo al cielo —contestó tragando discretamente saliva.

—¿A un verdadero lugar llamado cielo? ¿Crees de veras que vas a ir allá algún día? —interrogó Jo, lanzando rápidamente la siguiente pregunta, y sin darle tiempo para contestar—. ¿No solo un lugar de fantasía, como una idea o un sueño, sino un lugar real?

Abby suspiró. Era suficiente que la atormentara la culpa en lo que concernía a John, pero que la obligaran a pensar en el cielo, era demasiado... casi más de lo que podía soportar. Ella y John ya habían cumplido la mitad de la sentencia de seis meses de fingir que estaban felizmente casados; estaban a mitad de camino del día en que presentarían los papeles de divorcio. *¿Qué sé yo acerca del cielo?*

—Sí, Jo, es un lugar real. Tan real como cualquier otro lugar aquí.

Por primera vez desde que conocía a la mujer, Jo Harter no tuvo respuesta, y dejó que la aseveración de Abby calara durante casi un minuto antes de pensar en otra pregunta.

---

1. "Grande es tu fidelidad", letra por Thomas O. Chisholm, traducción Honorato Reza. © 1923. Ren.1951 y sus trad. Hope Publishing Co., Carol Stream, IL 60188. Todos los derechos reservados. Usada con permiso.

—Si tienes razón... si ese lugar celestial existe, eso significa que el infierno también existe. ¿Dirías que eso es así, Abby?

La señora Reynolds reposó el brazo en el borde de la mesa y miró con cuidado a Jo. *Soy aquí el ejemplo más imperfecto, Señor, pero úsame, por favor. Hasta en la condición en que he estado últimamente, sé esto: La salvación de Jo es superior a cualquier cosa con que yo esté tratando.*

—Así es, Jo. El infierno es un lugar verdadero.

—¿Lago de fuego y todo eso? ¿Tormento y tortura por siempre y para siempre?

—Correcto, así es como Jesús lo describe.

—Pero solo es para individuos malos, ¿correcto? Tú sabes, ¿asesinos y gente que pesca sin licencia?

Abby estaba desprevenida. *Ayúdame, Señor. Dame las palabras.* Entrelazó los dedos y miró profundamente dentro de los ojos de Jo, tratando de mostrar la compasión que de pronto sintió en el corazón por esta mujer, la futura suegra de su hija.

—No según las Escrituras —contestó Abby, e hizo una pausa—. La Biblia dice que el infierno es para todos los que deciden no aceptar el regalo de la salvación.

—Bueno, esa es la parte que me cuesta creer —objetó Jo malhumorada—. Todo el mundo habla sin parar de lo amoroso que es su Dios para concluir después que ese mismo Dios envía gente al infierno, y no me queda más remedio que cuestionar eso.

Tomó una rápida respiración.

—¿Qué clase de Dios amoroso enviaría a alguien al infierno? —concluyó.

No puedo con esto, Señor. Habla a través de mí, por favor. El corazón de Abby se le llenó con palabras que no eran las suyas.

—Las personas se confunden un poco cuando piensan acerca de Dios. Mira, cuando alguien muere, Dios realmente no lo *envía* a ninguna parte.

—Solo hay un Dios, ¿correcto? —inquirió Jo con el rostro arrugado a causa de la confusión—. ¿Quién más podría estar enviando allá a esa persona?

Abby sonrió. *Señor, ella realmente no sabe. Gracias, Dios, por el privilegio de decírselo.*

—Por lo que entiendo de la Biblia, nosotros mismos tomamos nuestras decisiones. Cuando morimos, Dios simplemente respeta esas decisiones nuestras.

—¿Qué significa eso? —preguntó Jo con fascinación en la mirada, habiendo olvidado por completo la confección del álbum de recortes.

Una sensación de indignidad inundó a Abby, pero continuó, creyendo a Dios para pronunciar cada palabra.

—Significa que si hemos admitido nuestra necesidad de un Salvador y aceptado el regalo gratuito de la salvación por medio de Cristo, cuando morimos Dios respeta esa decisión recibiéndonos en el cielo —explicó, sin querer dar a Jo mucho a la vez, por lo que hizo una pausa para que ella asimilara esta primera parte—. Pero si hemos decidido no ir tras una relación con Jesús, si hemos hecho caso omiso a las oportunidades que Cristo nos presenta, entonces cuando morimos Dios también nos acepta esa decisión. Sin la cobertura de la gracia de un Salvador santo, una persona no tiene forma de obtener la entrada al cielo. En ese caso, el infierno es la única opción que queda.

Jo se volvió a quedar en silencio por un momento.

—¿Entonces crees que todo ese asunto es cierto? Y si me muriera esta noche... quizás no... —pareció como si no lograra terminar la frase; en vez de eso agarró su fotografía y comenzó a cortar, cambiando de tema sin levantar la mirada—. ¿Le oí bien a Nicole que estamos planeando una excursión de chicas la semana anterior a la boda? A decir verdad, no se me puede ocurrir una mejor idea. Para mí una excursión me hace pensar en una cabaña y un lago, y si hay algo que me encanta hacer cuando estoy de vacaciones es pescar a la antigua...

Jo estaba yéndose otra vez por las ramas, huyendo tan rápido como podía de la última frase que no había podido terminar. Abby escuchaba solo en parte, pero tenía la atención enfocada principalmente en el Señor, suplicándole que permitiera que las semillas de la verdad se enraizaran en el corazón de Jo.

Y que en el proceso quizás avivara algo en el suyo propio.

—¿Sabes, Abby? Creo que recuerdo cuando la situación se volvió mala para Denny y yo. Bueno, él tomó la decisión de irse y todo eso, pero también fue culpa mía. Ahora lo veo más claramente. Se necesitan dos para hacer que un matrimonio funcione y dos para hacer que se destruya. Sin duda esas son palabras de sabiduría.

—A veces, pero no siempre —asintió Abby, y pensó en John y Charlene—. En ocasiones una persona encuentra a alguien más a quien amar. Eso también sucede.

—¿Sabes lo que pasó? —continuó Jo aparentemente sin haberla oído—. Me llené de ocupaciones. Me atareé con Matt, llevándolo a clases infantiles y al parque, y quedándome dormida a su lado en la noche. Me olvidé mucho de Denny, Abby. Aproximadamente en esa época las cosas insignificantes se volvieron enormes, ¿sabes qué quiero decir? Él dejaba destapada la pasta dental y olvidaba poner sus interiores en la cesta de ropa sucia. Empezamos a pelear por todo, y después de eso no pasó mucho tiempo para que solo fuéramos extraños andando en una casita cuadrada en el centro de Carolina del Sur.

—Mmm. ¿Dónde vive él ahora?

—En un pequeño apartamento como a una hora de aquí. Al menos eso es lo que dice Matt. No he hablado con él en años.

Ya era avanzada la noche, y Abby reflexionó en lo que Jo había dicho respecto del cielo y el infierno, y de cómo dos personas destruyen lo que han construido juntas.

Esa noche antes de quedarse dormida, sus últimos pensamientos se relacionaron con Jo Harter.

Es demasiado tarde para John y yo, Señor, para nuestro matrimonio. Pero no es demasiado tarde para Jo. Esta noche, Señor, por favor... permítele terminar esa importantísima frase antes de que se duerma. Hazle saber que sin ti no tendría ninguna posibilidad de ir al cielo.

Ah, y tú sí, ¿verdad, Abby?

La voz le silbó en el corazón, y ella no quiso reconocerla. Aún amaba mucho a Jesús, nunca lo había rechazado ni se había alejado voluntariamente, ¿o sí? Sintió un mal presentimiento en el estómago. Está bien, pero no lo había rechazado a menudo. Y aunque no había duda de que las decisiones que John y ella estaban tomando hacían sufrir a Dios, con seguridad no los alejarían del cielo.

Abby cerró los ojos sobresaltada por la verdad. Tal vez no pierdan el cielo pero ella estaría perdiendo el paraíso de envejecer al lado del padre de sus hijos, y de amar al hombre que una vez fuera su media naranja.

Diecisiete

EL FÚTBOL AMERICANO DE PRIMAVERA LE DIO A JOHN OTRO MOTIVO PARA estar fuera de casa, así como la certeza de que en tres cortos meses él y Abby podían dejar la farsa y proseguir con sus vidas. John no estaba seguro de lo que eso significaba, pero no tenía palabras para agradecer las horas en que se paraba en la línea de banda del campo de entrenamiento del Colegio Marion, descuidadamente haciendo correcciones y dando ánimo cuando el equipo realizaba jugadas y se preparaba para una temporada aún a meses de distancia.

El ardiente sol de la tarde caía sobre la cancha y las temperaturas eran más altas de lo normal. Con razón el equipo tenía problemas para enfocarse. John cruzó los brazos, permaneciendo parado con las piernas separadas a la misma distancia de los hombros y las rodillas rígidas. Esa era una postura conocida por sus atletas que siempre parecía expresar la autoridad absoluta del entrenador.

Su mariscal de campo, un estudiante de segundo curso que parecía asumir la posición de Kade, retrocedió y buscó frenéticamente un receptor desmarcado. En la zona de combate dos jugadores tropezaron entre sí mientras el balón se alzaba por sobre sus cabezas.

—Alinearse de nuevo —gritó John—. Ustedes parecen un grupo de jugadores inexpertos. Empiecen de nuevo y háganlo bien, o pasaremos los próximos quince minutos haciendo carreras. Cálmense. Estamos aprendiendo las jugadas, ¿recuerdan?

La siguiente vez resultó mejor, y el balón se posó fácilmente en las manos de uno de los aleros cerrados.

—¡Mejor! Así se hace. El campeonato estatal de fútbol nos espera, muchachos. ¡Sigan así!

Gritaba lo mismo cada primavera por casi veinte años, y ahora casi podía realizar un intenso entrenamiento de manera mecánica mientras tenía la mente a kilómetros de distancia.

A seis kilómetros, exactamente. De vuelta a la casa que aún compartía con Abby, el lugar donde los planes de boda eran constantemente el centro de toda conversación y donde la mujer con quien se casara había hecho de la evasión cierta clase de arte.

De modo que así es como van a terminar las cosas, ¿eh, Dios? En una borrosa imagen de hiperactividad, planes de boda y promesas de nuevo amor. Toda la familia se enfocaba en la celebración de Nicole y Matt, y los planes no dejaban ni siquiera media hora para que John y Abby hablaran de cómo era posible que fueran a hacer esto, de cómo podían cortar esos vínculos de dos décadas de profundidad. ¿Iba simplemente a desaparecer en la distancia lo que ellos tenían, lo que habían compartido?

El amor todo lo soporta, hijo mío. El amor jamás se extingue.

John apretó la mandíbula.

—¡Muévete a la derecha, Parker! —gritó—. Líneas defensivas, alinearse cada vez como mencioné antes. El fútbol es un juego de adaptaciones.

No se trataba de amor, sino de renunciar a algo. El amor se había ido hace mucho tiempo de su matrimonio. Hace veinte años, incluso diez, este proceso de separación habría sido insoportable. Pero lo que él y Abby estaban perdiendo ahora era un matrimonio de conveniencia. Dos personas que habían descubierto una manera de coexistir, de pagar las cuentas a tiempo y de celebrar juntos los logros de sus hijos.

El amor no tenía nada que ver con eso.

Recuerda de dónde has caído. Ama como yo te he amado.

Masticó su chicle gastado y se frotó la nuca mientras miraba hacia el suelo. Había intentado eso, ¿verdad que sí? La primera vez que Charlene entró en acción y él se llenó de fortaleza para salir de la habitación de ella. ¿No era ese un logro para recordar de dónde había caído? Miró una vez más a los jugadores en la cancha.

Era Abby, en realidad; por su culpa se había destruido todo. Exigía mucho y no era... bueno, ya no era la misma. Siempre autoritaria con él y acusándolo con la mirada de no haberle cumplido las expectativas. A veces parecía que lo único que lo separaba de ser solo uno de los chicos bajo el control de Abby era el hecho de que la lista de cosas por hacer que él tenía era más larga que la de ellos.

Ella no lo había amado en años.

—Alinearse de nuevo y repetir la jugada —gritó.

Si Abby lo amaba, qué extraña manera de demostrarlo.

—Corre más hacia el fondo la próxima vez, Sanders. Toda la línea ofensiva: esforzar los pies al máximo. Háganlo de nuevo.

No, ella no lo amaba. No como solía hacerlo antes cuando aparecía en una preparación para primavera o encontraba un lugar en la tribuna de vez en cuando para una práctica de verano de dos días, o cuando lo esperaba al final de cada partido... y no únicamente en los importantes. Cuando los chicos, los artículos y su papá no eran más relevantes que él.

John resopló. Esa era la última responsabilidad que ella le estaba lanzando: el padre de Abby.

«Él no estará en el mundo para siempre, John. No te haría daño que lo visitaras de vez en cuando».

¿Por qué tenía ella que expresarlo de ese modo?

—Juego de piernas, Johnson —exclamó con una voz que rugió por toda la cancha—. El secreto de atrapar un pase está en el juego de piernas. Encuentra tu ritmo y deja que el balón te llegue.

¿No pudo ella haber dicho simplemente que a su padre le gustaba pasar tiempo con él? John respiró de manera acompasada y meneó la cabeza. No se trataba de las palabras exactas de Abby sino de su tono. Todo lo que le decía estos días era para provocarlo.

No como los días de antaño en que ella había venido tras él y...

Un delicado roce de dedos le frotó la nuca y John dio la vuelta.

—¡Charlene! —exclamó, y puesto que sus jugadores estaban mirando, se recuperó al instante, recobrando la postura y obligándose a adoptar un aire de indiferencia—. No te oí venir.

Ella usaba una apretada camiseta color azul marino y una falda colorida que se le ajustaba en todos los lugares correctos, deteniéndosele exactamente por debajo de los tobillos. *No puedo seguir con esto, Dios. Aléjala de mí.*

—Te vi aquí afuera y no pude resistir —expresó la mujer haciendo un puchero en tal forma que a John se le conmovieron las entrañas—. ¿Me perdonas?

Él logró sentir la sonrisa que se le formó en los labios, pero cambió el peso del cuerpo y se hizo a un lado hasta quedar otra vez frente al campo de juego.

—Parker, trata de quedarte rezagado esta vez cinco segundos en la zona de defensa del mariscal de campo. Bajo esas luces nocturnas de viernes cada segundo cuenta. Vamos, muchachos, vamos. ¡Orgullo de las Águilas!

Por el rabillo del ojo vio a Charlene ubicándosele al lado, parada lo suficientemente cerca para que los codos desnudos de ambos se tocaran, y bastante lejos para no suscitar la curiosidad de los jugadores.

—¿No hay respuesta, entrenador? —preguntó ella, cuya atención parecía enfocada en la cancha.

¿Por qué tenía esta mujer que hacerlo sentir tan vivo, tan bien respecto a sí mismo?

—Perdonada —expresó él lanzándole una sonrisa de soslayo; *no lo digas...*—. Te ves muy bien.

—Gracias, tú también —manifestó ella inclinando la cabeza de tal modo que escudriñó por completo a John con la mirada; al volver a mirarlo a los ojos puso una expresión más seria—. Te he extrañado.

John apretó los dientes. *Huye de esto, hijo mío. ¡Huye!*

—Abby y yo ya no nos hablamos —declaró parpadeando para quitarse la amonestación—. Somos dos extraños bajo el mismo techo.

Charlene se arrimó más, rozándole el brazo contra el de él en un modo que le envió fuego por las venas.

—Estoy tomando algunas clases nocturnas... pero estaré en casa esta noche —anunció, tocándole juguetonamente el zapato con la sandalia—. ¿Por qué no pasas por ahí? Dile a Abby que es una reunión de entrenadores. Parece que necesitas alguien con quien hablar.

John dio un paso adelante y ahuecó las manos alrededor de la boca.

—¡Corre otra vez! Eso estuvo espantoso, defensa. Enfócate en el balón —ordenó y palmoteó tres veces—. Parezcamos campeones estatales allí afuera.

—Estás evadiendo mi pregunta, entrenador —advirtió Charlene después de unos instantes.

Una brisa llegó hasta ellos y llenó las fosas nasales de John con el débil aroma del perfume femenino. *Dios, no puedo resistir esto...* La idea de pasar una noche con ella, de reencontrarse después de tres meses de mantenerse intencionalmente lejos, era más tentadora de lo que quería creer.

—Quizás.

¡Huye! Evita a la adúltera, hijo.

Las palabras susurradas le resonaron en el corazón y le helaron considerablemente la sangre. Por motivos que no pudo entender, de repente recuperó mucho de su dominio. Después de todo, le había pedido a su amiga que esperara hasta después de la boda de Nicole. Entonces, ¿por qué estaba ella aquí?

—En realidad, quizás no. Esta noche debo corregir un montón de exámenes.

Las palabras de Charlene vinieron entonces lentas y moderadas, dirigidas de forma deliberada al lugar donde nacían las pasiones de John.

—No puedes huir para siempre de mí, John Reynolds —advirtió, y dejó que el brazo se le arrastrara lentamente a lo largo del de él mientras se volvía para irse—. Estaré cerca por si cambias de opinión.

Saber que ella se alejaba le ocasionó sentimientos contrastados. Una parte de él deseaba hacer sonar el silbato, terminar el entrenamiento, seguirla a casa y quedarse con ella toda la noche. Nada físico, solo una noche de conversación con una persona que realmente le resultaba simpática. Pero otra parte experimentó alivio como nunca antes lo había sentido. Fuerte y palpable. Como si acabara de salvarse de caer al más profundo y tenebroso abismo.

Posiblemente dentro del foso del mismísimo infierno.

El apartamento de Matt estaba a poca distancia del Colegio Marion, y con el clima más agradable de lo común solía correr de ida y vuelta hasta las instalaciones cada día después de clases. Sus asignaciones eran ahora más manejables que las de cualquier otro semestre, pero el estrés empezaba a apoderarse de él mientras estudiaba para el próximo examen de posgrado y acompañaba a Nicole a todo lado. Correr obraba maravillas para restaurarle el ritmo.

Esa tarde se imaginó que podría realizar más que su acostumbrado trote de cinco kilómetros. Las Águilas estarían entrenando y quizás podía hablar con el padre de Nicole durante uno o dos minutos. Era extraño, en realidad. Que con la boda y todo eso, él y Nicole necesitaran pasar juntos más tiempo que nunca, pero cada día era más difícil que el anterior en cuanto a la relación física de ellos.

La noche anterior fue un ejemplo perfecto. Nicole estaba en casa de él haciendo planes acerca de las canciones que el disc-jockey pondría en la recepción, y antes de que se dieran cuenta los dos se hallaban en el sofá, besándose. Las ansias, el deseo que ella le provocaba era tan fuerte que a veces se sentía como Esaú: dispuesto a vender su derecho de primogenitura por un simple plato de lentejas. O en este caso, por una sola noche de...

Matt se ató los cordones de los zapatos con tal ferocidad que demostraba su frustración. ¿Por qué no podía calmarse en esta área? Doce semanas. Ochenta y cuatro días, y se podrían amar del modo que anhelaban. Pero la noche anterior cuando ella se separó de él con los ojos tan nublados con un deseo igual al que él también sentía, prácticamente debió pedirle que se fuera.

—Aún no —le había dicho ella, todavía jadeando por el besuqueo—. Solo son las nueve y media.

Matt se dirigió a la cocina, haciendo caso omiso del comentario de Nicole y se bebió rápidamente un vaso de agua helada. *Piensa en algo más, Matt. Peceras sucias... exámenes de posgrado... La UELC.* Resultó. Las emociones se le calmaron poco a poco.

—¿Me oíste? —inquirió Nicole con tono de frustración, y Matt entendió que aún no le había contestado.

—No me importa qué hora sea; debes irte. Créeme, Nicole —determinó después de beber el último trago de agua.

Momentos como ese los habían dejado a punto de pelear, cuando lo único que él deseaba hacer, lo que cada parte de su cuerpo anhelaba, era amarla de manera total y completa. *Señor, ayúdame a pasar estos tres meses próximos sin exponernos al peligro.*

Respetándose y honrándose mutuamente...

Honrar. Esa era la clave. Temprano esa mañana había leído el versículo pero solo ahora lo conmovió. ¿Por qué no había pensado antes en la verdad contenida allí? Solo podría tener victoria si veía a Nicole del modo que Dios la veía, como hija del Rey, no como la chica maravillosa y piadosa que estaba a punto de ser su esposa.

Honrándose mutuamente...

Matt se puso en camino hacia el colegio, pensando aún en la idea. Así tenía que ser, la razón por la que Dios lo guiara en primer lugar a ese versículo. Para cuando llegó al colegio estaba decidido a hablar del tema con el entrenador Reynolds. Por Nicole sabía que sus padres habían evitado la intimidad física hasta después de estar casados. Si había alguien que pudiera entender lo que significaba considerar a una mujer, era John Reynolds. Y ya que Matt aún no tenía esa clase de relación con su propio padre, no se le ocurrió pensar en otra persona con quien poder hablar de eso esa tarde que el papá de Nicole.

El campo de fútbol del Colegio Marion apareció a la vista. El equipo estaba disperso por el césped, y el padre de Nicole se hallaba en la zona de banda con... ¿era la madre de Nicole? La mujer parecía más pequeña y tenía cabello oscuro. Mientras más se acercaba, más fácil le era ver que no se trataba de Abby Reynolds, aunque la acompañante permanecía codo a codo con el padre de Nicole.

Matt examinó el modo en que el entrenador Reynolds parecía estar disfrutando la atención de la mujer. La manera en que se sonreían, sus codos tocándose... De no saberlo mejor, Matt se habría preocupado. Pero tal vez ella solo era una entrenadora de chicas, alguien con quien John trabajaba.

Aún estaba examinándolos, acercándose al lugar, cuando la mujer rozó al pasar al padre de Nicole y atravesó resueltamente la cancha, regresando a los edificios del colegio. Unos segundos después Matt se hallaba al lado del hombre mayor, jadeando y sudando debido a la carrera.

—Hola, señor Reynolds.

El papá de Nicole había estado observando a la morena mientras se iba, y dio la vuelta, con ojos desorbitados.

—¡Matt! ¿De dónde vienes?

El joven se inclinó y contuvo la respiración.

—De casa. Suelo correr por aquí todos los días. Pensé que podría encontrarlo —expresó, y señaló a los chicos en el campo de juego—. ¿Fustigando a esos muchachos para mantenerlos en forma?

El padre de Nicole emitió una extraña sonrisa y titubeó por un instante.

—Cada año. La misma rutina —informó, y dio un paso hacia la cancha—. Aguanta un poco antes de soltar el balón, Parker. ¡Dales tiempo a los receptores para llegar a la zona de ataque!

—¿Es ella una de las entrenadoras aquí? —inquirió Matt con la cabeza inclinada y señalando en dirección a la mujer.

—Ella, ¿quieres decir? —objetó el papá de Nicole relamiéndose los labios y mirando por sobre el hombro—. ¿La señorita con quien yo estaba hablando?

De nuevo su reacción parecía extraña. *Tal vez preocupado con el entrenamiento...*

—Correcto. Hace unos minutos.

—Es profesora aquí, una amiga —comunicó y gritó otra orden a su equipo—. ¿Qué te trae por aquí?

—Honra, supongo —contestó Matt tomando una postura similar al del hombre a su lado, con la atención enfocada en el campo de juego.

Luego miró a su futuro suegro. ¿Era imaginación de Matt, o el rostro del hombre había palidecido desde su llegada? Quizás se sentía indispuesto.

—¿Honra?

—Nicole y yo hemos estado peleando mucho últimamente —confesó Matt haciendo pequeñas figuras de ochos con los pies y pensando para elegir las palabras—. No sé, no creo que debería ser así exactamente antes de nuestra boda.

—¿Peleando? —objetó el entrenador Reynolds con el entrecejo arrugado—. ¿Quieres decir que no están llevándose bien?

—No, todo lo contrario —respondió el joven exhalando por los labios fruncidos y meneando la cabeza—. Nos estamos llevando demasiado bien, si usted sabe a lo que me refiero.

Entonces niveló la mirada con la del padre de su novia.

—Es como si ni siquiera pudiera estar cerca de ella. Estoy tan tentado que no logro ver las cosas adecuadamente.

El perfil de la mandíbula del entrenador se flexionó levemente. *Grandioso, ahora él cree que soy un perro. ¿Por qué querría yo hablar con él acerca de eso? Dame las palabras, Señor. Estoy seguro que este tipo tiene discernimiento... ojalá pudiera lograr que lo compartiera conmigo.*

—Pero ustedes han... —titubeó el señor Reynolds como si tuviera temor de hacer la pregunta—. Es decir, ¿cuán lejos han llegado...?

—No, no se trata de eso —contestó al instante Matt—. Nos hemos evitado mutuamente. Le prometimos a Dios, y también uno al otro, que nos conservaríamos puros.

El joven meneó la cabeza y miró hacia el suelo por un instante.

—Es más difícil de lo que yo creía. Como una constante tensión debido a que queremos estar juntos, pero sabemos que hay mucho que podríamos tomar.

—Ya entiendo —expresó el padre de Nicole asintiendo con la cabeza—. Quisiera poder decirte que es más fácil.

—Tal vez yo deba cambiar mi manera de pensar, ¿sabe? —declaró Matt cambiando de posición para que el señor Reynolds pudiera verlo mejor—. Esta mañana leí un pasaje bíblico acerca de la honra a los demás, considerándolos superiores a nosotros mismos. Creo que allí hay verdad, algo que me podría ayudar a superar esto sin incumplir mis promesas.

—Honrar a otros, ¿eh? —expresó el entrenador tragando grueso, como si estuviera luchando con las palabras.

Las porristas habían empezado a practicar en una cancha adjunta, y dos de ellas llegaron corriendo, casi sin aliento y sonriendo. Tenían toda la atención enfocada en Matt.

—Señor Reynolds, nos lo ha estado ocultando... —balbuceó una rubia menuda moviendo la cola de caballo.

—Sí, ¿quién es el nuevo entrenador? —quiso saber la más alta, sonriendo con timidez y codeando a su compañera.

Matt contuvo la risa. Había pasado mucho tiempo desde que estuviera en las instalaciones de un colegio, pero muchachas como estas no lo afectaban. Solo había una chica que ya tenía poder sobre él. De inmediato extendió la mano cortésmente a una de las porristas y luego a la otra.

—Matt Conley y no soy un nuevo entrenador.

—Matt se va a casar con mi hija en unos cuantos meses —explicó el padre de Nicole después de aclararse la garganta y de arquear sarcásticamente las cejas hacia las muchachas.

Los ojos de las dos jóvenes se abrieron del todo, reprimiendo un ataque de risa nerviosa.

—Ah... bueno. Está bien —titubeó la rubia agarrando del brazo a su compañera y disponiéndose a marcharse, sonriendo por sobre los hombros—. Adiós, Matt. Encantadas de conocerte.

—¿Es este un problema cotidiano? —comentó el entrenador Reynolds lanzándole una mirada humorística al muchacho.

—A veces, pero eso pasa con la mayoría de los muchachos —contestó Matt con una leve sonrisa y encogiendo los hombros; luego se puso serio—. Después de conocer a Nicole es como si las chicas ni siquiera estuvieran allí.

Entonces miró al hombre a su lado.

—Algo así como usted y la señora Reynolds.

El papá de Nicole cruzó los brazos más ajustadamente frente a él, y Matt le vio los puños apretados.

—Conserva ese sentimiento, Matt. Hagas lo que hagas, consérvalo.

—¿Estuvieron, este... lucharon usted y la señora Reynolds con mantenerse puros antes de casarse?

Un suspiro se le deslizó al hombre entre los apretados dientes. Luego miró a Matt e inclinó la cabeza como si estuviera atrapado en una docena de recuerdos.

—No fue fácil. Creo que fue como dices: Honré a Abby. La amé por lo que era, no por lo que ella pudiera hacer por mí. No por el sentimiento que yo tenía cuando estábamos juntos —explicó e hizo una pausa—. Una vez que tuve mi enfoque adecuado, no resultó tan mal.

La amó por lo que era, no por lo que ella pudiera hacer por él. Matt repasó eso en la mente una y otra vez y sintió como si alguien le hubiera encendido una luz. Se llenó de esperanza y supo que la próxima vez que viera a Nicole le miraría el alma y no el cuerpo. Tal vez por eso es que Dios les pedía a las parejas que esperaran. Para que pudieran aprender a amarse mutuamente. Porque con los años se necesitaría esa clase de amor para hacer algo hermoso de la relación entre ellos.

—Usted tiene el mejor de los matrimonios, señor Reynolds. Quiero que sepa lo mucho que me ha ayudado su ejemplo —comentó Matt, moviendo luego la cabeza de lado a lado, asombrado ante la sabiduría que los años habían desarrollado en el padre de Nicole—. Quiero amar a Nicole del mismo modo que usted a la madre de ella. Lo que menos quiero es el desastre que mis padres hicieron de su matrimonio.

—Tus padres se separaron hace mucho tiempo, ¿verdad? —inquirió el papá de Nicole cambiando la posición del cuerpo.

—Cuando yo estaba pequeño. Mamá se atareó mucho conmigo y papá... bueno, él tenía dificultades para negarse a las chicas. Igual que a la botella. Después de un tiempo se consiguió otra persona y nos abandonó.

El entrenador Reynolds tragó saliva y miró el equipo.

—Él... este... ha estado en contacto contigo últimamente, ¿verdad? Eso es lo que nos contó Nicole.

—Sí, es fantástico. Entregó su vida a Dios y los cambios han sido otra cosa. Sin embargo, mi padre se perdió mi crianza. Se perdió mucho —informó Matt dejando que la mirada se le posara en la arboleda a lo lejos—. Me pregunto cuán distintas podrían haber sido las cosas si él hubiera sido creyente antes. ¿Sabe? Como ustedes. Entonces el divorcio no habría sido una opción, y habrían hallado el modo de hacer funcionar las cosas.

—Está bien, muchachos, vengan —gritó el padre de Nicole hacia la cancha después de respirar hondo, e inmediatamente los jóvenes dejaron lo que estaban haciendo y corrieron hacia su entrenador, que entonces miró a Matt—. No sé si pude ser de alguna ayuda para ti, hijo, pero debo hablar con el equipo. ¿Quieres dar una vuelta por ahí?

—Está bien —contestó Matt alargando la mano y estrechando la del entrenador—. Tengo que regresar a casa y estudiar. En realidad me ayudó mucho.

Era todo lo que el joven necesitaba, saber que este hombre había enfrentado tentación y había triunfado a través de aprender a amar de verdad a la que sería su esposa.

—Hasta luego, entrenador.

Y con eso Matt se fue corriendo a casa, seguro de poder sobrevivir los próximos tres meses con la ayuda de Dios y el ejemplo del señor Reynolds.

John había estado temblando por dentro desde el momento en que Matt llegó, temiendo en gran manera que el novio de su hija hubiera captado algo entre Charlene y él, un matiz, un indicio o una mirada de coquetería. Una señal de que John Reynolds no era el hombre que parecía ser, sino más bien un hipócrita vil y embaucador.

Por eso habló brevemente con su equipo y lo envió al salón de pesas, donde esperaba el entrenador Kenny. Cuando el último jugador salió de la cancha, el temblor en John se había convertido en completas convulsiones.

Mentiroso, John Reynolds. Mentiroso, farsante, hipócrita.

Rechazó la burlona voz y comenzó a caminar hacia el campo de juego, recogiendo conos e implementos de trabajo pertenecientes al equipo.

Eres una víbora, un tipo despreciable.

Apretó los dientes y obligó al cuerpo a calmarse. Las náuseas hicieron que el almuerzo se le subiera a la garganta y jadeó varias veces para no vomitar. *Debo hablar con alguien, sacarme esto del pecho.* Quizás el papá de Abby. Pensó en el hombre como lo había hecho a menudo últimamente, el mejor amigo de su padre, postrado enfermo en un asilo y sin los beneficios de las visitas regulares de su yerno.

No querrá verme ahora, de todos modos.

Un dolor le inundó el corazón, y en lo más profundo de su ser supo otra vez que eso no tenía nada que ver con su salud. De pronto le volvieron las palabras de Matt en tono alto y claro, como si alguien le estuviera gritando.

«Honré a Abby. Honré a Abby... Honré a Abby. La amé por lo que era, no por lo que pudiera hacer por mí. No por el sentimiento que yo tenía cuando estábamos juntos. La amé por lo que era...»

Se reprendió. *¿Cómo pudiste hablarle a ese muchacho como si comprendieras el amor? Ya no distingues entre el verdadero amor y la lujuria.*

Una opresiva sensación le cayó sobre los hombros poniéndole una carga que apenas podía soportar.

Una vez tras otra, las afirmaciones de Matt le resplandecieron en la mente.

«Usted tiene el mejor de los matrimonios, señor Reynolds... su ejemplo me ha ayudado... quiero amar a Nicole del mismo modo que usted a la madre de ella. Me pregunto cuán distintas podrían haber sido las cosas si él hubiera sido creyente antes. Entonces el divorcio no habría sido una opción... no habría sido una opción... no habría sido una opción».

John arrastró una bolsa llena de conos por el campo de juego. Sin percatarse, todo lo que Matt dijo fue errado. Todo. *Y le hiciste creer que todo era verdad.* De repente entendió las náuseas; él mismo se estaba enfermando. Había ido tan lejos que debía ir por Charlene e irse de la ciudad mañana mismo. Olvidarse de la familia. Ellos no querrían nada con él una vez que supieran la verdad. La carga en el corazón de John se hizo más pesada hasta que bajó la bolsa con el equipo y se puso de rodillas, inclinándose hacia el frente, con el rostro clavado en la húmeda grama.

¡Ayúdame, Dios! No puedo dejarlos ahora, no todavía. Oh, Señor, ¿cómo te he fallado tan miserablemente?

Óyeme, hijo. La voz sonó tan fuerte, tan real, que John se sentó y miró alrededor. *Ámense uno al otro... como yo los he amado, así deben amarse uno al otro.*

Echó una mirada en varias direcciones, pero no había nadie más en la cancha, y un escalofrío le bajó por los brazos. A Dios aún le importaba, aún oía los lamentos de John. O no habría contestado de este modo. *No puedo hacerlo, Señor. Ella me detesta. Es demasiado tarde para amar.*

Silencio.

John volvió el rostro hacia el cielo. *Sáname del deseo que siento por Charlene, Señor. Mi cuerpo la quiere como... como...*

Entonces lo golpeó la realidad.

Deseaba a Charlene de la misma manera que un día deseara a Abby. Exactamente igual. Pero cuando pensó en el consejo que le había dado a Matt, simplemente no se aplicaba a Charlene. No la amaba de esa forma, no amaba el alma ni el espíritu de la mujer. Solo había algo que amaba en ella: la manera en que lo hacía sentir. Física y emocionalmente.

Pero de ninguna manera espiritualmente.

Entendió allí en la línea de las cuarenta yardas, mientras de todo corazón suplicaba la intervención de Dios, que lo que buscaba en Charlene Denton era una sombra, una falsificación. Porque lo verdadero, el amor que había anhelado toda su vida, solamente lo podía encontrar en Abby Reynolds.

La mujer que le había enseñado por primera vez lo que era amar.

Dieciocho

La llamada telefónica que Abby había temido toda la vida adulta llegó a las 4:15 de la tarde la primera semana de mayo. John estaba en entrenamiento; Nicole y Sean practicaban atrapadas afuera; Kade trabajaba en su proyecto de fin de año en la biblioteca del colegio.

—¿Aló?

—¿Señora Reynolds? —dijo alguien después de titubear en el otro extremo—. Soy Helen del Asilo de Ancianos Wingate. Temo que su padre ha sufrido un derrame cerebral.

La respiración de Abby se le atoró en la garganta. *No, Dios. Ahora no. No con la boda de Nicole tan cerca. Lo necesito, Señor. Por favor.*

—¿Está... está bien él?

—Sucedió hace como treinta minutos, y desde entonces ha estado en coma. No parece tener control de sus extremidades.

¿Qué? ¿Ningún control? Las palabras resonaron en la mente de Abby.

—No estoy segura de haber comprendido. ¿Quiere usted decir que él está demasiado cansado para moverse?

—El derrame pudo haberlo paralizado, señora Reynolds —contestó suspirando la mujer en la línea, luego titubeó—. Siento tener que informarle esto por teléfono.

Querido Dios, no, por favor. Una serie de imágenes centellearon en la pantalla del corazón de Abby: su padre corriendo por la línea de banda en uno de sus partidos, haciendo carreras cortas de velocidad junto a sus jugadores, jugando tenis con ella el año antes de su diagnóstico. Él se nutría de ser activo.

Si le desaparecieran las piernas, los deseos de vivir las seguirían rápidamente. *No, Señor... por favor. Ayúdalo.*

—Voy para allá —anunció, agradeciendo a la mujer y colgando el teléfono.

Entonces, como si con el control pudiera evitar que su padre agonizara, salió y explicó con mucha calma la situación a Sean y Nicole. Luego llamó por teléfono a Kade.

—Al abuelo le dio un derrame.

—¿Estás segura? —contestó Kade mostrando sorpresa en la voz—. Apenas el fin de semana estuve allí. Parecía...

—Es verdad —lo interrumpió ella esforzándose por mantener la compostura—. Tu papá está en entrenamiento. Ve por él y reúnete conmigo en Wingate.

Abby contuvo un sollozo.

—Apúrate, Kade.

Ahora debía hacer otra llamada telefónica, a su hermana en la Costa Este.

—¿Qué tan grave es? —inquirió Beth, que no había estado muy cerca de su padre desde antes de que ella se divorciara doce años atrás; sin embargo, ahora había preocupación en la voz.

—Está mal, Beth. Súbete a un avión, rápido.

Abby, Nicole y Sean se apiñaron en la furgoneta, y el viaje que por lo general tardaba quince minutos duró diez. Entraron corriendo al hospital y Abby vio que Kade y John aún no habían llegado. *No eches a perder esto, John.* Él no había visitado al padre de ella en más de un mes.

Abby desterró el pensamiento. Ahora no había tiempo para emociones negativas. No con su padre luchando por vivir al otro lado del pasillo.

—Nicole, quédate aquí con Sean y espera a tu papá y a Kade. Veré primero al abuelo.

La joven asintió, con los ojos húmedos y el rostro demacrado y lleno de tristeza. Siempre había estado cerca de su abuelo. Especialmente en los ocho años desde que renunciara a su casa en Wisconsin y se mudara más cerca de ellos. Lo mismo pasaba con los muchachos. Él había sido parte de sus vidas casi hasta donde podían recordar.

Abby corrió por el pasillo y abrió suavemente la puerta del cuarto del anciano. Lo que vio la hizo llorar. El enfermo se hallaba boca arriba y totalmente quieto, el rostro inactivo y las manos inmóviles, como si hubiera envejecido veinte años de la noche a la mañana. Una enfermera estaba cerca de él tomándole los signos vitales.

—¿Deberíamos llamar una ambulancia? —preguntó Abby poniéndose inmediatamente al lado de su padre y agarrándole la mano, impactada por el modo en que esta quedaba floja entre la de ella.

—Se encuentra estable ahora —contestó la enfermera negando con la cabeza mientras ajustaba la aguja intravenosa—. No pudieron hacer nada más por él. Le estamos dando una medicación para deshacer el daño ocasionado por el derrame. Aunque tomará tiempo.

—¿Para surtir efecto?

—Para saber si hizo algún bien. A veces un derrame importante puede desencadenar una serie de derrames. Con alguien tan enfermo como su padre son escasas las posibilidades de recuperarlo sin daño, señora Reynolds.

—Pero es posible, ¿no es verdad? —inquirió Abby apretando la mano de su padre—. Quiero decir, podría salir de esto y estar igual que antes del derrame, ¿o no?

—No es muy probable —declaró la enfermera después de titubear, terminando de trabajar en el paciente y enderezándose, y mirando luego directamente a los ojos de Abby—. Creemos que lo mejor es que la familia venga ahora, señora Reynolds. Otro derrame podría acabarlo, eso temo.

Más lágrimas inundaron los ojos de Abby, que asintió sin poder hablar. La enfermera entendió la indirecta y salió dejándolos solos. Abby esperó hasta que la mujer saliera y entonces pudo hablar.

—Papá, soy yo. ¿Me puedes oír? Todos estamos aquí, papá. Los chicos están en el otro cuarto.

Los párpados de su padre se movieron y la boca, seca y rajada, comenzó a agitarse sin emitir ningún sonido.

—Papá, estoy aquí. Si quieres hablar, estoy exactamente aquí —informó Abby mientras le rodaban lágrimas por las mejillas, aunque su voz era más fuerte que antes—. Estoy escuchando, papá.

La boca del anciano se movió un poco más, y esta vez los ojos se le pusieron tres veces en blanco, como si estuviera tratando de enfocarse en Abby, intentando verla una última vez.

—Oh, papá, lo siento mucho... —balbuceó con voz quebrantada y poniendo su cabeza sobre el pecho de su padre, dando vía libre a los sollozos que se le habían originado en el corazón—. Te amo, papá.

—John...

La palabra sorprendió a Abby, que levantó la cabeza buscando señales de vida en el rostro de su padre. Los ojos de él se abrieron poco a poco y se toparon con la mirada de Abby. De nuevo la boca se le movió y repitió la misma palabra que emitiera un momento antes.

—John...

—¿Quieres a John, papá?

Abby no entendía. John no lo había visto en semanas. ¿Por qué ahora, cuando no podía moverse, y apenas hablaba, querría hablar con John? En particular cuando sabía la verdad acerca del atribulado matrimonio de ellos.

Había una súplica en los ojos del enfermo que era inconfundible, como si lo que tuviera que decirle a John fuera lo más importante en ese momento, lo más apremiante en la vida. Abby recordó lo fuerte que se había visto su padre ese día en el partido de fútbol de Michigan cuando la familia de ella había saludado a John fuera del vestuario del equipo. La temporada en que ella solo contaba con diecisiete años. Más tarde esa semana su padre le había guiñado un ojo y le había confesado algo.

—John siempre ha sido como un hijo para mí, Abby. El único hijo que alguna vez tuve. Mi esperanza era que él esperara que crecieras.

Abby miró ahora a su padre y le apretó la mano.

—Está bien, papá. Lo traeré —anunció, empezando a retroceder—. Espera aquí ahora, ¿bueno? Ya vuelvo.

Las lágrimas bajaban por las mejillas de Abby, que corrió por el pasillo, aliviada al ver a John y Kade con Nicole y Sean en la sala de espera. John se apuró a encontrarla, con los chicos pisándole los talones.

—¿Cómo está? —inquirió John con voz más que apremiante.

—Él está... está... —balbuceó ella, vencida por los sollozos. El cuerpo se le estremecía por la fuerza de la conmoción.

No te lleves a mi padre, Señor. Es lo único que tengo. Mi único amigo. Por favor...

La familia la rodeó, y John le puso los brazos alrededor, sosteniéndola en un flojo abrazo que quizás se veía más cómodo de lo que se sentía.

—Cariño, lo siento. Estamos aquí contigo.

Abby se tambaleó ante la sensación de los brazos de John alrededor de ella. ¿Cuánto tiempo había pasado desde que ella permaneciera abrazada por él? ¿Y cómo aún sentía que era el lugar más adecuado del mundo? Pensó en las palabras de su esposo y no estaba segura si apretarse más a él o patearle una pierna. ¿Cómo se atrevía a mentir y a llamarla cariño en un momento como este? ¿Era así de importante parecer bueno frente a los chicos? Él no había sido protector para ella en años. ¿Por qué sería distinto ahora?

¿Y por qué sentía tan bien que él tuviera los brazos alrededor de ella? Lloró suavemente, conservando para sí las emociones beligerantes.

—¿Está... aún está vivo, mamá? —indagó Nicole con una expresión atormentada por el miedo.

Abby asintió con la cabeza, entendiendo de pronto que no había explicado la situación.

—No se puede mover; apenas puede hablar. Él... parece un hombre diferente.

Nicole empezó a llorar, John la abarcó en un abrazo junto con Sean y Kade. Los cinco se aferraron entre sí, y Abby comprendió que no solo estaba perdiendo a su padre. Estaba perdiendo todo esto... la capacidad familiar de padecer juntos, de sufrir los momentos sombríos y desesperados bajo la fortaleza de su esposo. En unos pocos meses estaría sola, obligada a soportar sola todo revés y todo hecho importante.

Desde donde se hallaba en la parte posterior del grupo, Kade comenzó a orar.

—Dios, venimos ante ti como familia a pedir que estés con nuestro abuelo, el papá de mamá. Él te ama mucho, Señor, y bueno... tú sabes eso. Pero está enfermo de verdad, Dios. Por favor, permanece con él ahora y ayúdalo a no temer.

Abby presionó más sobre el hombro de Kade. Él era un buen chico, tanto como el hombre que una vez fuera John. La idea de que su hijo saliera para la universidad en el otoño bastó para que una oleada de desgarradores sollozos le atravesara el estómago. Luego cayó en la cuenta de que Kade no había orado pidiendo sanidad.

Casi como si Dios los estuviera preparando ya para lo inevitable.

Los sollozos amainaron después de algunos minutos, y Abby recordó la petición de su padre. Levantó la cabeza y miró a John a los ojos.

—Él pidió verte.

¿Fue imaginación de ella, o la mirada de John se nubló con temor en el momento en que se lo dijo?

—¿A mí? —preguntó John emitiendo un sonido apenas más fuerte que un susurro.

—Parece urgente —asintió Abby.

—Espérenme aquí —pidió él soltando una firme respiración y asintiendo hacia la sala de espera—. Ya vuelvo.

Se dirigió por el pasillo sin vacilar mientras Abby permanecía cerca detrás de él. Entraron juntos al cuarto, y ella se puso a observar desde el otro lado de la cama. La cabeza de su padre se movía inquietamente sobre la almohada, y cuando los oyó abrió los ojos, escudriñando hasta encontrar a John.

La boca empezó a movérsele de nuevo y al fin siguió el sonido.

—Ven...

John se acercó a la cama y agarró la inerte mano del padre de su esposa entre las suyas más fuertes.

—Hola, Joe.

El corazón de Abby se quebrantó al ver a su padre esforzándose por hablar. Era evidente que no se podía mover, y ella comprendió que la enfermera había tenido razón. El derrame lo había dejado paralizado... al menos por ahora.

Una vez más el anciano comenzó a abrir y cerrar la boca, pero ahora tenía los ojos más alerta, más enfocados. No dejaba de mirar el rostro de John.

—Mala...

¿Qué estaba diciendo su padre? Ella no lograba entenderlo y la expresión en el rostro de John le comunicó que él tampoco.

—Está bien, Joe —articuló John en voz baja y suave—. No luches. El Señor está aquí.

Oh, por favor... tú más que nadie...

Abby se detuvo. Este no era el momento de albergar resentimientos hacia John.

—Papá... —dijo ella en voz alta para que él pudiera oírla desde el otro lado del cuarto—. Dilo de nuevo.

—Ma-la —repitió su padre manteniendo la mirada fija en el rostro de John.

Las sílabas eran arrastradas, pronunciadas tan juntas que era imposible entenderlas. Abby cerró los ojos y trató de oír más allá de las palabras entrecortadas.

—Ma-la... ma-la.

—Ma... —balbuceó John tratando de repetir el principio de cualquier cosa que el anciano intentara decir—. Puedes decirlo una vez más, Joe. Lo siento.

Abby deseó que su padre tuviera la capacidad de hablar claramente. Aunque fuera esta vez en que lo que deseaba decir tenía tanta importancia para él. *Por favor, Dios... dale las palabras.*

El anciano parpadeó dos veces, y los ojos se le llenaron con desesperación a medida que la voz se le hacía más fuerte.

—Ámala... ámala.

«Ámala». La palabra golpeó a Abby como una onda, quitándole la determinación de ser fuerte. *«Ámala».* En el momento de más dolor en Joe, cuando la misma muerte podría estar a solo minutos de distancia, el mensaje de él para su yerno era este: Ámala. Que amara a su hija Abby ahora y para siempre. Que la amara.

Abby miró a través del cuarto y vio que John también había entendido. Las lágrimas le bajaban por las fuertes mejillas, y él pareció esforzarse por hallar las palabras correctas. Cuando ninguna salió, asintió, mientras la barbilla le temblaba bajo la intensidad del momento.

Joe Chapman no se permitió un descanso. Volvió a parpadear, la única acción que parecía haberle quedado, y esta vez emitió las palabras aun con más claridad.

—Ámala... John.

La culpa y el remordimiento se abrían paso entre los rasgos de John, que inclinó la cabeza mirando a Abby a través de la cama. Entonces, sin decir nada, el anciano levantó una temblorosa mano en dirección a ella, haciéndole señas, suplicándole que se acercara a su esposo.

—Por favor —articuló Joe silenciosamente las palabras.

Dos rápidas respiraciones se alojaron en el pecho de Abby, que se acercó a John. Sin importar que su esposo hubiera dejado de amarla, y a pesar de las maneras en que él había traicionado sus votos matrimoniales, a pesar de Charlene y todo lo que encarnaba, Abby se acercó. John extendió el brazo hacia ella hasta tenerla abrazada, ceñida contra él. Una pareja que como un solo cuerpo estaba ahora frente al anciano.

Aunque solo fuera para tranquilizarlo en su momento de agonía.

—Ella está aquí, Joe. Mira... ella está aquí. Las lágrimas de John caían sobre la mano del moribundo y sobre las sábanas mientras Abby permanecía junto a él, con un brazo aferrado al esposo y el otro palmeando la rótula del padre.

Los ojos del anciano se movieron de John hacia Abby y la cabeza se le empezó a inclinar aun más ligeramente, de arriba hacia abajo, como si aprobara lo que estaba viendo entre ellos. Asintió de este modo por un rato y dejó que los ojos se le posaran una vez más en John.

—Ámala.

—Lo haré, papá —afirmó John, que nunca antes lo había llamado así.

Pero desde la muerte de su propio padre, John no había tenido un hombre que cumpliera ese papel. Con los años se había consumido demasiado con esta vida cada vez más aislada, como para pasar más tiempo con el padre de Abby. Y ahora... al llamarlo *papá*, John estaba expresando su arrepentimiento.

—Ámala... siempre —balbuceó el padre de ella, y sus palabras se debilitaron, pero el mensaje era excepcionalmente claro y repetitivo.

Ama a Abby. Una y otra vez. Ámala ahora. Ámala por siempre.

Dos cortos sollozos se escaparon de lo profundo del corazón de John, que parpadeó muy fuerte para poder ver con claridad.

—Siempre la amaré, papá —respondió, volviendo a asentir y apretando más la presión en Abby.

Una paz se asentó sobre el moribundo, y todo el cuerpo pareció relajársele. Los ojos se le movieron lentamente hasta volver a toparse con los de Abby.

—Los chicos...

—Iré por ellos —manifestó John soltándose rápidamente, y asintiendo hacia su esposa.

En menos de un minuto volvió con los tres en fila. Nicole se colocó al otro lado de donde estaba Abby; Kade y Sean se agacharon al lado de su hermana.

El anciano lanzó una mirada inquisidora a John, que en respuesta retomó al instante su puesto al lado de su mujer.

—Hola, abuelo —dijo Nicole llorando francamente, indiferente al maquillaje que se le corría por las mejillas—. Estamos orando por ti.

Como si todo indicio de movimiento requiriera el esfuerzo de una maratón, papá giró la cabeza hasta lograr ver a sus nietos.

—Buenos... buenos chicos.

Sean empezó a llorar y con los ojos húmedos Kade puso un brazo alrededor de su hermano, acercándolo, haciéndole saber que las lágrimas eran buenas en momentos como este. Sean se inclinó hacia delante y rodeó al abuelo con los brazos, aferrándose como si pudiera evitar que el anciano los dejara.

—Te amo, abuelo.

El cuarto se inundó con sonidos de suaves sollozos, y Abby notó que en los ojos de su padre también había lágrimas.

—Jesús...

Sean se paró lentamente y se colocó apretadamente entre Nicole y Kade.

Abby creía entender, pero igual le dolía lo que pasaba.

—Jesús... papá... ¿quieres ir a estar con Jesús?

En respuesta, otra oleada de paz inundó los rasgos del enfermo, y las comisuras de los labios se le levantaron solo una fracción.

—Los... amo... a todos.

Un parpadeo de preocupación centelleó una vez más en los ojos del abuelo, que se volvió con espantosa lentitud otra vez hacia John y Abby. Antes de que pudiera decir algo, John intensificó la presión que tenía sobre ella, mientras lágrimas frescas le brotaron de los ojos.

—Lo haré, papá.

—Dios... —balbuceó el papá de Abby mientras los hombros se le desplomaban más profundamente en la cama y la sonrisa le crecía hasta llenarle el rostro—. Dios... está feliz.

El cuerpo de Abby se convulsionó por los sollozos, detestando el modo en que lo estaban haciendo creer que todo estaba bien, y sin embargo deseando con todo el corazón que John hablara en serio. Que se amaran mutuamente, y que al hacerlo volvieran de algún modo a hacer feliz a Dios.

Con los cinco aferrados del abuelo, cada uno esperando que de alguna manera no fuera tiempo de irse, el anciano cerró los ojos y respiró tres veces más.

Entonces se fue.

Se necesitaron cinco horas para despedirse, terminar el papeleo y observar mientras un asistente de la funeraria se llevaba el cadáver a fin de prepararlo para el entierro. El funeral se estableció para tres días después; durante la noche Abby sintió como si caminara penosamente entre melaza, como si la muerte le hubiera ocurrido al padre de otra persona y no al de ella. Como si todo el proceso de planificar el funeral de Joe Chapman fuera poco más que una escena mal actuada de una pésima película.

John se quedó al lado de ella hasta llegar a casa, luego cuando los tres chicos se retiraron a sus camas él fue a sentarse en la silenciosa sala, dejando caer la cabeza entre las manos. Abby lo miró. *¿Estás deseando haber tenido más tiempo con él, John?*

Se guardó la pregunta para sí y subió las gradas para asegurarse de que los chicos estuvieran bien. Uno a uno los volvió a abrazar y a asegurarles que el abuelo estaba ahora en casa, en el cielo con la abuela donde había anhelado estar por años. Cada uno de los muchachos lloró en brazos de Abby mientras hacía la ronda, pero ella permaneció fuerte.

No fue sino hasta bajar las escaleras que sintió lo definitivo de la situación. Su padre se había ido. Nunca más volvería a sentarse junto a él, sosteniéndole la mano y oyéndole hablar de los gloriosos días en la cancha. Su mentor, su protector... su papá.

Se había ido.

Abby llegó al último escalón, giró y de repente no pudo dar un paso más. Con la espalda apoyada a la pared, se desplomó, hundiendo la cabeza entre las manos, dando rienda suelta a los sollozos que había estado conteniendo desde el último aliento de su padre.

—¿Por qué? —cuestionó en voz baja para que nadie oyera, llorando suavemente—. ¡Papá! ¡No! ¡No puedo soportar esto!

—Abby...

Las manos de John se posaron en las de ella antes de que lo oyera venir. Manos tiernas, fuertes y protectoras que con cuidado le retiraron los dedos del rostro y después le colocaron los brazos alrededor de la cintura de él mientras la acercaba hacia sí.

—Abby, lo siento mucho.

Ella sabía que debía alejarse, rechazar el consuelo a la luz de las mentiras que él le había dicho a su padre esa tarde. Pero no podía hacerlo más de lo que podía dejar que el corazón le palpitara. Inclinó la cabeza sobre el pecho de su esposo y apreció la sensación, dejando que él le absorbiera el estremecimiento del cuerpo, el torrente de lágrimas que empapaban la sudorosa camisa de entrenamiento de John... una camisa que olía a colonia de un día, a césped y a algo dulce e innato que pertenecía a este hombre y solo a él. Abby se regocijó en el aroma, sabiendo que no había otro lugar donde preferiría estar.

John apretó el abrazo y dejó reposar la cabeza en la de ella. Solo entonces Abby sintió la manera en que el cuerpo de él temblaba. No con deseo como tan a menudo durante sus primeros días, sino con tristeza, con una oleada de sollozos que eran más profundos que los que Abby alguna vez había visto. Pensó en cómo su esposo había perdido la oportunidad, en cómo había preferido estar ocupado en vez de visitar al padre de ella en sus momentos de agonía.

Qué inmensa debía ser la culpa en él.

La mujer levantó la cabeza y se volvió a tragar sus propios sollozos, buscando el rostro de John, muy cerca del de ella. Él tenía cerrados los ojos, y los rasgos llenos de sufrimiento. Abby permitió que la frente de John reposara en ella, y sintió que el llanto de él se calmaba un poco. Con los brazos rodeándola aún por la cintura, su esposo abrió los ojos mirando fijamente los de ella.

—Yo lo amaba... tú sabías eso, ¿verdad, Abby?

—Lo sé —asintió ella mientras las lágrimas le bajaban por las mejillas.

—Él era... era como mi propio padre —balbuceó en tono apenas más perceptible que un susurro, y ella apreció el momento aunque el corazón le gritaba: *¿Qué estás haciendo, Abby? Si las cosas entre ustedes dos están acabadas, ¿por qué se siente tan bien estar aquí? ¿Por qué viene él a ti si ya no te ama?*

John dejó que el costado del rostro rozara el de ella, acariciándola en una manera dolorosamente conocida. Una sensación de caída libre se abrió paso por entre las entrañas de Abby mientras su cuerpo reaccionaba instintivamente a la cercanía de John.

—Papá me dijo que eras como un hijo para él... —masculló aferrándose más a su marido, pronunciándole las palabras a centímetros del oído—. Expresó que le hizo feliz que esperaras a que yo creciera porque tú eras... el único hijo que tuvo.

Una débil sensación de esperanza inundó los húmedos ojos de John, que se alejó unos centímetros para examinar el rostro de Abby.

—¿Dijo eso?

—Cuando yo tenía diecisiete años —respondió asintiendo con la cabeza, las manos aún unidas por detrás de la cintura de él—. Unas cuantas semanas después de ese primer partido, ¿recuerdas? La primera vez que te vi jugar en Michigan.

Al instante el estado de ánimo cambió, y John se quedó callado mientras enfocaba los ojos en los de su esposa. Sin decir nada el abrazo entre ellos se apretó más y los cuerpos se fusionaron. ¿No era así como él la había mirado todos esos años pasados, cuando no quería más que estar al lado de ella?

John le pasó el pulgar por la mejilla.

—Recuerdo... —titubeó, y le agarró el rostro con ambas manos, entrelazándole los dedos en el cabello—. Recuerdo...

Abby supo lo que estaba a punto de ocurrir segundos antes de que pasara de veras. Él acercó los labios a los de ella, que le vio en los ojos una nube de repentino e intenso deseo. El corazón palpitó fuertemente en el pecho femenino.

¿Qué son estos sentimientos y por qué ahora? ¿Cuando todo acabó entre nosotros?

No tuvo respuesta para sí misma, solo una verdad definida: quería desesperadamente el beso de John, deseaba saber que él aún se podía sentir conmovido entre los brazos de ella, aunque esto ya no tuviera ningún sentido en absoluto.

La besó, lenta y suavemente al principio... pero cuando ella agarró en sus brazos el rostro de él, la acción se volvió más apremiante, llena con la pasión de cien momentos perdidos. La boca de él se abrió sobre la de ella, que pudo saborear las salobres lágrimas de ambos. Lágrimas frescas, lágrimas de pasión... lágrimas de arrepentimiento.

La premura dentro de Abby se elevó y pudo sentir que el cuerpo de John volvía a temblar... pera esta vez en una forma que era conocida, una manera que la hacía desear...

Las manos de él le soltaron el rostro y le recorrían lentamente los costados de arriba hacia abajo mientras movía los labios hacia el oído de ella.

—Abby...

¿Qué quería él decir con todo esto? ¿Estaba realmente ocurriendo? ¿Estaba consolándola del modo único en que él sabía hacerlo? ¿O podría estar tratando de decirle que estaba apenado, que sin importar lo que había ocurrido en el pasado, ahora este se encontraba detrás de ellos? Ella no estaba segura de nada excepto de lo bien que se sentía estar en brazos de John, como si cualquier equivocación que sus corazones y mentes hubieran cometido podrían de alguna forma ser borradas por las sensaciones físicas que aparentemente aún tenía cada uno por el otro.

Abby lo volvió a besar y luego deslizó el rostro a lo largo del de él, consciente del modo en que John presionaba su cuerpo contra el de ella.

—Yo... no entiendo...

John le acarició la barbilla con el rostro y tiernamente movió los labios a lo largo del cuello femenino mientras que con los pulgares le hacía pequeños círculos en las costillas superiores. Encontró una vez más la boca de su esposa y la volvió a besar... y otra vez.

—Se lo prometí a tu padre, Abby... le dije que te amaría...

¿Qué? Abby sintió como si le hubieran arrojado un balde de agua helada en la cabeza. El cuerpo se le agarrotó. ¿De eso se trataba el asunto? La proximidad de él, sus besos y su deseo... ¿era todo parte de alguna clase de viaje de culpa en el que su propio padre pusiera a John minutos antes de morir? El deseo en ella se disipó como agua sobre una carretera llena de aceite. Apuntaló las manos contra las de él y lo empujó.

—Aléjate de mí —declaró escupiendo las palabras a través de los apretados dientes; la ternura en la voz había desaparecido.

—¿Qué... qué estás haciendo? —objetó John abriendo de pronto los ojos, impactado y con deseos no correspondidos.

—No necesito tu caridad, John.

—¿Mi... qué quieres decir? —balbuceó él con la expresión paralizada de asombro.

Las lágrimas llenaban los ojos de Abby y se le desbordaban por las mejillas mientras volvía a empujar a su esposo.

—No me puedes amar por... por... —masculló la dolida mujer buscando las palabras adecuadas, mientras el corazón iracundo se le aceleraba en el pecho—. Por alguna clase de obligación hacia mi padre muerto.

Abby observó cómo unas cuantas emociones centelleaban en los ojos de John. El impacto dio paso a la comprensión, y luego cambió a ira ardiente e intensa.

—¡Eso *no* es lo que estoy haciendo! —exclamó con el rostro cada vez más colorado y los músculos de la mandíbula sobresaliéndosele.

Una oleada de pesar explotó en las agrestes llanuras del corazón de Abby. ¿Por qué le mentía su esposo? Un momento antes se lo había explicado perfectamente: le había prometido al padre de ella que la amaría, y esto... *lo que* hubiera pasado entre ellos, solo era una manera sumisa por parte de John de cumplir su palabra.

Curiosamente, la expresión de él se volvía cada vez más atribulada, y Abby trató de encontrarle sentido a eso. ¿Era dolor lo que veía en los ojos de él? ¿Sufrimiento? ¿Cómo *podría* ser? En realidad ella fue la engañada al hacerle creer que la quería otra vez... quien sintiera realmente lo que había sentido él antes de que se separaran.

Nuevas lágrimas se acumularon en los ojos de John, y dos veces empezó a abrir la boca para hablar, pero volvió a apretar los dientes. El intenso enojo en sus ojos era demasiado, y Abby alejó la mirada. Mientras lo hacía, él le puso las manos en los hombros y la acercó hacia sí, besándola con una pasión que contenía tanto rabia como deseo. Ella le correspondió el beso, con el cuerpo actuando por voluntad propia.

—¡Basta! —gritó Abby más fuerte que antes, disgustada consigo misma por su incapacidad de despegarse de él.

¿Cómo puedo disfrutar su beso incluso ahora?

—¡Aléjate de mí! —le gruñó en respuesta a su propia pregunta silenciosa echando la cabeza hacia atrás.

Las manos de John le cayeron a los costados, y retrocedió. Ahora tenía los ojos secos.

—Es inútil, ¿no es verdad, Abby? —comentó, ya sin la emoción de los diez minutos anteriores.

Ella negó con la cabeza.

—No si va a ser de ese modo... solo como una manera de cumplirle la promesa a papá —advirtió la mujer abanicando los dedos sobre el corazón mientras otra oleada de lágrimas le brotaba de los ojos—. No me quieres, John. Estás enamorado de Charlene. Lo sé. No te quedes aquí tratando de convencerme que sientes algo por mí cuando los dos sabemos que no es así.

John suspiró y bajó la cabeza con frustración. Luego levantó la mirada y contempló el techo.

—Me rindo, Abby —declaró mirándola otra vez a los ojos—. Siento mucho lo de tu padre.

Hizo una pausa, con la ira y hasta la indiferencia reemplazadas ahora por una triste resignación.

—Yo también lo amaba. Y con respecto a esta noche... —concluyó, meneando la cabeza—. Lo... siento, Abby.

Sus últimas palabras eran como una cachetada en el rostro. *No te disculpes, John. Dime que querías ese beso... cada instante. Dime que me equivoco, que no fue por tu promesa a papá.* Se pasó la mano por las mejillas y se abrazó con fuerza. *Sé que sentiste algo conmigo, John. ¡Ambos sentimos algo! Dime que...*

Pero él no dijo nada, y Abby exhaló mientras le desaparecía la agresividad. No deseaba discutir con John; solo quería que su papá regresara.

—Ha sido un día largo para los dos...

De repente sintió pena por haber perdido los estribos con él. Aunque la hubiera besado por todas las razones equivocadas, de alguna manera ella sabía que intentaba consolarla, de mostrarle que a pesar de sus diferencias él aún se preocupaba. El hecho le hizo querer alargar la mano y al menos abrazarlo, pero parecía no haber modo de salvar la distancia entre ellos.

—Buenas noches, John —se despidió ella dando un paso hacia las escaleras.

Él permaneció allí, inmóvil, observándola mientras la irritación y la vulnerabilidad le fulguraban en los ojos. Sintiera lo que sintiera, no le dijo nada.

—Buenas noches, Abby.

Ella se obligó a subir las gradas hasta el cuarto de huéspedes, se quitó la ropa y se puso una camiseta que sacó de debajo de la almohada. Luego trató desesperadamente de recordar cada momento feliz que había compartido con su padre.

Pero fue inútil.

Mientras se quedaba dormida solo había un pensamiento dándole vuelta en la cabeza...

Lo bien que había sentido besar otra vez a John Reynolds.

Era la mañana del culto funeral, y el único sentimiento que había prevalecido en John en los días siguientes a la muerte de Joe Chapman no fue dolor por el deceso del hombre o por haber perdido la oportunidad de conocerlo mejor. Más bien era el recuerdo de Abby en sus brazos, atormentada, aferrada y ajustada a él, al lado de él, como no había pasado en años.

El recuerdo del beso que se dieron.

Creyera lo que ella creyera, el beso no había salido por obligación. Los sentimientos de él habían sido más fuertes que todo lo que alguna vez sintiera por alguien más. Incluso Charlene. Pero obviamente Abby no había sentido lo mismo. Como siempre, había hallado un motivo para pelear con él.

Desde entonces John había batallado tan fuertemente con los pensamientos acerca de Abby que esa mañana del funeral solo había dormido dos horas. Había estado despierto la mayor parte de la noche preguntándose qué significaban los sentimientos. ¿Había hecho el padre de Abby alguna oración milagrosa o pronunciado algunas poderosas palabras de sanidad? ¿Era posible que la muerte de Joe Chapman pudiera provocar nueva vida en el matrimonio agonizante de ellos?

No parecía así.

Después de todo, su esposa no le había expresado más de cinco palabras desde entonces, y en las noches seguía yéndose al cuarto de huéspedes sin más que una despedida. Sin embargo... la posibilidad estaba allí, ¿no era cierto? O tal vez Abby tenía razón. Quizás el beso fue por alguna obligación profunda hacia el padre de ella, como alguna compensación por haber hecho al hombre una promesa que posiblemente no podía cumplir.

¿Amarla para siempre? ¿Cuando estaban a semanas de divorciarse?

John soltó un silencioso y frustrado suspiro, y miró alrededor del templo. No había muchas personas, solo unas cuantas que recordaban la bondad de Joe Chapman. Amigos de Abby del colegio donde él trabajaba, principalmente padres de los amigos de los muchachos. Matt Conley y su madre, Jo; la hermana de Abby, Beth; y un puñado de enfermeras de Wingate. La madre de John estaba demasiado enferma con el mal de Alzheimer como para salir del asilo, o de lo contrario hubiera estado allí. El padre de Abby también fue amigo de ella.

Joe había sido en sus días de gloria el conocido entrenador de fútbol que John Reynolds era ahora; y como ocurría con este en la actualidad, cientos de individuos habrían reconocido a Joe Chapman en la calle, lo habrían saludado en los supermercados, y se habrían considerado afortunados de estar entre sus amigos. Pero aquí, al final del viaje, solamente era recordado por un puñado, un remanente del club de admiradores que una vez fuera suyo.

¿Es esto lo único que cuenta, Dios? ¿Vivir año tras año, afectando vidas de centenares de chicos únicamente para quedar solo?

Tú no eres de este mundo, hijo...

El versículo le llegó tan fácilmente como el aire, y John supo que era cierto. Sin embargo... luchó con sus sentimientos, sin estar exactamente seguro de cómo se sentía con relación al cielo. Parecía bueno, sin duda. Hablar de que Joe Chapman estaba descansando, en paz, con un cuerpo sano y que no se desgastaría... asegurándose unos a otros que él se hallaba en la presencia de Dios junto a su esposa, al padre de John y a una docena más que se fueran antes que Joe.

Pero aun así, se había ido. Y ahora eso parecía lo mejor.

Un predicador se dirigió al podio y desdobló una hoja de papel.

«No conocí mucho de Joe Chapman —comenzó—. Por tanto seguí la sugerencia de su hija Abby y contacté a la iglesia cristiana donde Joe fuera miembro durante casi treinta años».

Hizo una pausa y dirigió la mirada hacia el pequeño grupo reunido. A John le gustó el estilo en que el hombre hablaba, de manera lenta y amigable, como si los conociera a todos por años.

«A ustedes les podría sorprender lo que descubrí —continuó el pastor encogiendo los hombros y sonriendo con tristeza—. No estoy seguro de que a él le hubiera gustado que yo se los dijera, pero creo que está bien solo por esta vez. Así ustedes podrán saber qué asombroso hombre era realmente Joe Chapman».

Miró las notas.

«Joe Chapman fue profesor y entrenador de fútbol americano. No ganó una gran cantidad de dinero. Pero cada otoño desde el primer año que dictó clases, y hasta jubilarse, compraba una cena completa para el Día de Acción de Gracias, y hacía que la iglesia la entregara a uno de sus jugadores. Un muchacho y su familia que de otro modo no la habría tenido».

John sintió vergüenza por dentro. *¿Qué había hecho él por otros? En ese momento no se le ocurrió nada...* A su lado, Abby lanzó una mirada curiosa a la fila donde se hallaba su hermana. El padre de Abby nunca había hablado de estas cenas, no las había mencionado en absoluto. Era obvio que ni siquiera Abby había sabido algo al respecto. John volvió a enfocar la atención en el pastor.

«Hasta que la enfermedad de Parkinson se le llevara la mejor parte, Joe pasaba las primeras horas un sábado de cada mes rastrillando hojas, plantando flores, o haciendo cualquier cosa que pudiera para mantener limpias las instalaciones de la iglesia. El pastor me cuenta que ni la familia de Joe conocía estas acciones de servicio. ¿Por qué? Porque Joe quería que solo su Señor lo supiera».

John sintió que se le conmovían las entrañas. *Desperdiciamos una vida hablando de inicios de temporadas y partidos de transición, y nos perdemos las verdaderas victorias. ¿Por qué no dediqué tiempo para llegar a conocerlo mejor, Señor?*

No hubo respuesta mientras el pastor bajaba la mirada a las notas y meneaba una vez la cabeza.

«Pero he aquí lo curioso. Cuando la esposa de Joe murió en el tornado de 1984 también murieron otras ocho personas. Entre ellas había un hombre sin seguro y sin medios materiales pero que se ganaba el pan con el sudor de la frente. Dejó atrás una esposa y cuatro chicos destinados a vivir el resto de sus días de la asistencia social.

»Joe supo de esta mujer en el funeral de su propia esposa y al día siguiente llamó a un banquero amigo en Michigan...»

¿Un banquero amigo? John se enderezó en la banca. Ese tenía que ser su padre. ¿Qué otro banquero amigo tenía el hombre en Michigan?

«Resulta que el banquero amigo fue quien llevó a Joe Chapman al Señor años atrás, y ahora Joe quiso darle otra oportunidad de invertir en la eternidad. Le dijo a su amigo que la mujer viuda y sus hijos necesitaban un lugar dónde vivir. Y Joe unió la mitad del dinero del seguro de su esposa con la donación de su amigo banquero, y juntos pidieron a la iglesia que comprara una casa para esa familia. Tal vez ustedes no lo sepan, pero el dinero donado a una iglesia para una causa específica no es deducible de impuestos. Es decir, la única razón de que Joe y su amigo pidieran que la iglesia fuera intermediaria se debió a que deseaban que su acto fuera totalmente anónimo».

John oyó que la respiración de Abby se le ahogaba en la garganta. Ninguno de ellos sabía nada acerca de la mujer, de sus hijos huérfanos, ni de la casa que sus padres habían donado. Una casa construida con una clase de amor del que John se había olvidado por completo. La bondad de la acción era demasiado para que él soportara, y los ojos se le humedecieron. No sorprende que hubiera hecho tal desastre de su vida. ¿Cuándo había dado él alguna vez de ese modo, desinteresadamente, a expensas de su propia comodidad?

«Hasta el día en que murió, Joe Chapman ayudó a esa mujer, disponiendo su pensión de modo que a través de la iglesia cada mes, año tras año, se le depositaran cien dólares en la cuenta —reveló el pastor continuando con el mensaje; entonces hizo una pausa—. Todo lo demás que yo pueda decir respecto de Joe Chapman, detalles de su carrera de entrenador o de cómo le sobreviven dos hijas, o de esos centenares de estudiantes que lo amaron, todo parece una simple reflexión tardía comparada con la manera en que el hombre amaba a su Señor».

John se sintió vacío, como si no hubiera equipado un espacio en su corazón, reservado tanto para Joe como para su propio padre. *Dios, ¿por qué no lo supe antes?*

«Lo que sí quiero es leer una carta más. Abby la halló en un cajón de la cómoda de Joe cuando murió. Es un reconocimiento escrito por uno de sus estudiantes —continuó el pastor mirando el papel en la mano y titubeando—. Dice así: "El Señor Chapman es mi profesor favorito porque nunca olvida lo que significa ser joven. No nos gruñe como algunos profesores, y sin embargo en clase todos lo escuchan y lo respetan. Muchos de nosotros queremos ser exactamente como él cuando seamos mayores. El Señor Chapman nos cuenta chistes trillados, y en su salón de clases no hay problema si cometemos una equivocación. Otros profesores dicen que se preocupan por sus alumnos, pero el Señor Chapman se preocupa de veras. Si alguien está triste o solo, el profesor le pregunta la razón y se asegura que a la hora de salida ese alumno se sienta mejor. Los momentos que he pasado en sus clases me han enriquecido mucho, y cualquiera que sea el tiempo que yo viva, nunca olvidaré a este gran hombre"».

John sintió como si se fuera de bruces, exclamando que no era justo, que Dios debió haberse llevado a alguien como él y dejar que alguien tan bueno y generoso como el padre de Abby viviera hasta los cien años.

El pastor se aclaró la garganta.

«Bueno, ahora en caso de que ustedes estén pensando que de algún modo estafaron a Joe, que después de toda una vida de entrega no recibió un trato justo por parte del Dios todopoderoso, permítanme decirles esto. Algunas personas se hacen tesoros en la tierra... casas, autos, relaciones ilícitas... y cada día al despertar, se alejan un paso más de su tesoro. Están un día más cerca de la muerte —expresó el pastor, y entonces exhibió una amplia sonrisa—. Ah, pero también hay personas como Joe, que despiertan cada día un paso más cerca de su tesoro. Un día más cerca de dejar este vestíbulo y entrar al salón principal de baile. Finalmente más cerca de estar en casa, en el lugar que fuera creado para ellas. Así que no sufran por Joe, amigos. Crean eso, como lo dijera una vez C. S. Lewis, pues la vida de Joe aquí en la tierra fue solamente el título de una portada. Y ahora él ha comenzado la historia más fabulosa de todas, una que nadie en la tierra ha leído alguna vez y en la que cada capítulo es mejor que el anterior. Si tienen la posibilidad, crean que él habría concordado con D. L. Moody, que en su momento de agonía declaró: "Dentro de poco se leerá en los periódicos que estoy muerto. No crean una palabra de eso, porque estaré más vivo que nunca"».

John sintió que le sorbían totalmente el aire. Las palabras del pastor, la imagen que había descrito del cielo, era igual a ninguna que el entrenador hubiera oído antes. Sintió como si toda su perspectiva hubiera cambiado en un solo sermón, y de repente le dolió por los cientos y miles de sermones que se había perdido a lo largo de los años.

Jo Harter estaba sentada cerca del centro del templo, escuchando con mucha atención cada palabra del predicador. Durante semanas, en realidad meses, la mujer había estado sintiendo un llamado, algo más fuerte que cualquier cosa terrenal, más fuerte que su deseo de pescar o de comprar. Aun más fuerte que su esperanza de que algún día hallara renovado amor con Denny.

Era lo mismo a lo que Matt le pidió que estuviera atenta. Un anhelo santo, lo llamó.

«Sucederá un día, mamá, espera con paciencia. Despertarás y tendrás una sensación enorme y tremenda de carencia que nada en el mundo podrá llenar. Nada sino Jesús».

Bueno, aquí estaba ella en este funeral sintiendo una total carencia, tan extraordinaria y tremenda como Matt la describiera. Durante el culto Jo se revolvía nerviosamente en su silla de un lado al otro hasta que Matt se inclinó sobre ella y le susurró.

—¿Estás bien?

—Bien —contestó la mujer estirando la mano y palmeando la rodilla de su hijo, agradecida de que esta vez él hubiera preferido sentarse a su lado y no con Nicole—. Te lo diré más tarde.

Aún no quería contárselo. No cuando cada palabra expresada por el pastor parecía escrita solo para ella.

Al final del culto el pastor hizo algo que Jo nunca había visto en un funeral. Les dijo que deseaba hacer una invitación para todos. Al principio Jo creyó que se trataba de una invitación a la comida informal en casa de los Reynolds después de la reunión, pero entonces el hombre pidió que cerraran los ojos.

Está bien, Dios, mis ojos están cerrados. ¿Qué está sucediendo aquí, en todo caso?

Ven, hija. Ven a mí.

Jo abrió los ojos y se enderezó en la banca.

—¿Quién dijo eso? —le susurró a Matt codeándole las costillas.

—Shhh —exclamó él mirándola como si ella necesitara dormir un poco más y poniéndose el dedo en los labios—. Nadie dijo nada.

Bien. Ahora estoy oyendo cosas. Jo volvió a cerrar los ojos y escuchó atentamente la invitación del pastor.

«Muchos de ustedes podrían tener ya la seguridad de lo que Joe hizo, seguridad de que sus nombres estén escritos en el libro de la vida del Cordero, seguridad de que son salvos de sus pecados debido a lo que Jesucristo hizo por ustedes en la cruz. Seguridad del cielo. Pero creo que podría haber algunos de ustedes que nunca han tomado la decisión de confiar sus vidas a Jesucristo. Si ese es su caso, usted tiene en el corazón un vacío que solo Jesús puede llenar, y deseará saber que su futuro está seguro con él. Si ese es usted esta mañana, ¿podría por favor levantar la mano? Me aseguraré de hablarle después del culto, le daré una Biblia y le ayudaré a empezar el camino correcto».

El pastor hizo una pausa, y Jo sintió el creciente anhelo con cada segundo que pasaba. Era verdad que tenía un vacío en el corazón. Sin duda alguna.

«¿Alguien?»

No tenía sentido esperar. Si caminar con Jesús había llenado los vacíos para Matt y Denny, quizás entonces llenaría el de ella. Era hora de bajarse de su altivez y hacer algo al respecto. Sin titubear un instante más, levantó la mano.

Sí quiero, Jesús. Sí. Muéstrame el camino, Dios...

Al lado de ella Matt alargó la mano y le presionó la rodilla, y cuando terminó la oración Jo se abrazó de su único hijo. Entonces la mujer se dio cuenta de algo que no había notado antes.

Por primera vez desde el inicio del funeral, Matt tenía lágrimas en los ojos.

Diecinueve

ENTRE LA ESCENA EN EL LECHO DE MUERTE DE SU PADRE Y LA MANERA EN QUE su esposo la había besado tarde esa noche, hubo momentos en que Abby se preguntaba si tal vez, solo tal vez, John estaba dudando en cuanto al divorcio. ¿Podía un hombre simular el temblor que ella había sentido mientras la rodeaba con los brazos, mientras le prometía a su agonizante padre que la amaría para siempre? ¿Podía producir lágrimas de pesar por las horas y los días que pudo haber pasado con el hombre que fuera el mejor amigo de su propio padre?

¿Pudo haberla besado realmente así por obligación?

Abby no lo creía pero, debido a toda la emoción que los rodeara esa semana, el tiempo pasó como siempre y nada cambió entre John y ella. La prueba llegó solo una semana después del funeral, cuando Nicole entró de sopetón en el estudio de Abby, con angustia en el rostro.

—¿Por qué Charlene Denton pasa el tiempo del entrenamiento con papá? —inquirió la muchacha, tan enojada que se quedó con la boca abierta mientras esperaba la respuesta de su madre.

Antes de que a Abby pudiera ocurrírsele algo ingenioso y creíble, soltó lo primero que le vino a la mente.

—¿Por qué no le preguntas a tu padre?

La reacción en el semblante de Nicole le mostró a Abby que se había equivocado. Los ojos de su hija se abrieron de par en par, y un parpadeo de temor auténtico le atravesó el rostro, como un relámpago en medio del cielo veraniego.

—¿Qué se supone que signifique eso?

En ese instante Abby tuvo el primer vistazo de la pesadilla que iba a producirse cuando les contaran la verdad a Nicole y los muchachos. Por eso intentó encubrir el asunto con una risotada que pareciera inocente.

—Cálmate, cariño. Estoy bromeando.

—Bueno, Matt no bromeaba. Los vio juntos y me preguntó la razón —objetó Nicole cambiando de posición y bajando las cejas—. ¿Qué se supone que le diga?

—Obviamente trabajan juntos, querida —contestó Abby soltando un suspiro controlado—. La señora Denton ha sido amiga de tu padre por años.

—Sí, y no me gusta eso. Ella le coquetea —advirtió la joven apretando el puño—. Además, papá pasa más tiempo con esa tipa que contigo.

A Abby no se le ocurrió nada que decir. Inclinó la cabeza y combatió un escalofrío al volver a pensar en lo duro que el entrenador John Reynolds, padre, héroe y amigo, estaba a punto de caer ante los ojos de sus hijos, que lo amaban en gran manera.

—¿Qué quieres que yo diga, cariño?

—Dime que es una coincidencia; que es mi imaginación; que papá está actuando como siempre —cuestionó Nicole resoplando, luego dudó y los ojos se le llenaron de lágrimas—. Dime que todo está bien entre ustedes.

El corazón de Abby se desplomó. Se puso de pie y haló a su hija hacia sus brazos.

—Oh, cielo, lo siento mucho —se disculpó mientras Nicole se aferraba más fuerte de lo acostumbrado; Abby deseó desesperadamente calmarle sus temores—. Todo está...

No le mientas, hija.

La voz sonó clara en las profundidades del corazón de Abby, por lo que se paralizó.

—Todo está, ¿qué? —preguntó Nicole retrocediendo un poco, mirando a Abby a los ojos, buscando cualquier señal de la seguridad que siempre había dado por sentada.

Señor, dame las palabras.

—Tú sabes cuánto nos amamos —expresó Abby volviendo a abrazar a su hija mientras las entrañas se le convulsionaban en una oleada de tristeza tan profunda que la sacudió hasta el fondo del alma—. Nuestra familia siempre se ha amado.

Nicole volvió a retroceder como si quisiera decir algo, pero antes de que pudiera hablar Abby la atrajo hacia sí y le besó la punta de la nariz.

—¿Qué tal un poco de té, quieres? Por qué no pones a calentar el agua y estaré contigo en un minuto.

La idea funcionó, y Nicole le sonrió a su madre, claramente convencida de que las palabras consoladoras de Abby demostraban que todo estaba realmente bien.

Como soldados enemigos abriéndose camino a través de un campo minado, John y Abby sobrevivieron las semanas siguientes sin que alguien sacara a relucir el nombre de Charlene. Era lunes por la noche, la última semana de clases, y Abby estaba haciendo budines de chocolate con nueces, parte de una antigua tradición de la familia Reynolds. Cada año, exactamente antes de salir del colegio, los pequeños les llevaban los budines a sus profesores y los compartían con sus compañeros de clases. A medida que se hacían mayores, el ritual se volvía casi ridículo, pero los chicos aún lo apreciaban. Incluso como jugador de último año, Kade le había preguntado a su madre la noche anterior si iba a hornear budines esa semana.

Abby agitó la cuchara de madera en medio de una mezcla húmeda para budines y pensó que el año entrante por este tiempo los chicos probablemente se habrían adaptado a su nueva vida, en que su padre ya no estaría casado con ella. Vertió la masa en un molde untado de mantequilla y lo introdujo en el horno. Luego miró por la ventana a través de la extensa y ondulada colina verde sobre el lago.

¿Era posible que Kade ya se estuviera graduando? ¿A dónde había ido a parar el tiempo? Abby parpadeó para contener las lágrimas que le ardían en los ojos. Siempre estaba batallando con las lágrimas en esos días... ¿y por qué no? Tenía una hija a punto de casarse, un hijo graduándose y marchándose a la universidad, y un esposo que ya no la amaba.

Era un milagro que no despertara llorando.

Sonó el teléfono y Abby inhaló bruscamente, cambiando de actividad. Por mucho que recordara no podía alterar la realidad de que cada aspecto de su vida estaba a punto de cambiar.

—¿Aló? —contestó, colocándose el teléfono en el hombro y secándose las manos con una toalla de papel.

—Este, sí...

Era una mujer, y parecía nerviosa. Abby sintió palidecer. *No podía ser...*

—¿Está... está allí John Reynolds? —preguntó la mujer después de aclararse la garganta.

Abby sintió que el corazón se le caía al piso de la cocina. Aunque intentó, no lograba respirar con calma.

—¿Puedo... decirle quién lo llama?

—Soy Charlene Denton —contestó la mujer al otro lado de la línea después de suspirar—. Necesito hacerle una pregunta respecto al colegio.

Una serie de emociones le explotaron en algunos puntos estratégicos por todo el cuerpo de Abby, destruyéndole temporalmente el corazón, el alma y el estómago. *Respira, Abby. Respira.* Sintió náuseas y cerró los ojos. Una docena de objeciones lucharon por competir. *Qué desfachatez, señora. ¿Por qué clase de idiota me está tomando? ¿Algo respecto del colegio? Ah, déjeme en paz.*

Al final Abby no consiguió hablar debido a las sonoras palpitaciones de su corazón. Agarró firmemente el teléfono, cubriendo el micrófono mientras la herida y la sorpresa inicial daban paso a una ardiente ira. *¡Cómo se atreve él a permitirle que llame a casa!* Cargando el aparato como si fuera una pistola atravesó la sala y entró al garaje.

John estaba ajustando una caña de pescar y levantó la mirada cuando Abby apareció. Esperó a que ella hablara, con expresión perpleja, como si pudiera sentir el enojo de su esposa a siete metros de distancia y no tuviera idea de qué había hecho para ocasionarla.

—Es *Charlene* —resaltó empujando el teléfono en dirección a John.

La sorpresa en el rostro masculino parecía genuina, pero al instante los ojos se le inundaron de culpa. Agarró el teléfono, se volvió de espaldas a Abby, y habló con voz ahogada.

Fue como si Abby estuviera ahogándose en alta mar, y John hubiera tomado la decisión de dejar que se hundiera por última vez. Estaba prefiriendo a

Charlene por sobre ella de modo tan descarado que no supo cómo reaccionar, y esperó hasta oír el sutil tono electrónico que indicaba que la llamaba había concluido.

John siguió sosteniendo el teléfono pero con la mano colgada al costado, aún de espaldas a ella.

—Debemos hablar.

La voz de Abby no era de enojo ni desesperación; no presentaba ninguna de las emociones que la habían asaltado desde que sonó el teléfono. ¿Por qué estar disgustada ahora? Lo único que faltaba era el papeleo.

Un sentimiento de resolución se apoderó de ella, produciéndole una calma antinatural mientras John daba la vuelta para verla a los ojos, con la mirada rígida, los ojos entrecerrados y listo para pelear.

—Mira, Abby, yo no le dije que... —balbuceó él con voz irritada.

—No importa —interrumpió ella en tono serio a mitad de frase, lo que sorprendió al hombre—. No quiero pelear, John. Eso no cambiaría nada.

Se sentó en los peldaños del garaje, colocándose firmemente los codos en las rodillas, con la mirada aún fija en la de él. De pronto se sintió demasiado vieja y cansada hasta para darse aclaraciones a sí misma.

—Charlene es tu futuro. Puedo verlo. No voy a gritarte ni a insultarte por estar enamorado de otra mujer. Es demasiado tarde para eso.

John resopló y puso los ojos en blanco.

—No le dije que me llamara, Abby; tienes que creer...

Abby levantó ambas manos, impidiéndole de nuevo que terminara la frase.

—No me des excusas —expresó con tono calmado pero resignado, y mientras ella hablaba la postura de John se iba relajando—. Seré sincera... no quiero que esa mujer llame aquí. Pero no soy ciega. La suerte está echada y un día...

Lo que Abby menos quería era llorar, especialmente ahora cuando el corazón ya no parecía ligado al tema en cuestión. Pero de todos modos las lágrimas llegaron, inundándole los ojos y desbordándosele por las mejillas antes de poder hacer algo para detenerlas.

—Un día ella podría ser la madrastra de mis hijos. Estoy cansada de odiar. No quiero odiarla a ella, ni a ti, ni a nadie más.

John bajó la cabeza por un momento y entonces se acercó, apoyándose contra el auto azul y respirando lentamente.

—Lo siento, Abby. Nunca quise herirte con nada de esto —declaró, y volvió a bajar la mirada, obviamente sin estar dispuesto a verla llorar.

Con tanta calma como Abby sentía, en lo profundo del corazón le conmovió que John concordara con lo que ella estaba diciendo. *Lucha por mí, John. Por nosotros. Dime que no la tragas, que estabas aquí pensando en cómo podríamos hallar una manera de hacer que lo nuestro funcione...* Pero la verdad era que en esta etapa de su matrimonio los dos conocían el resultado. Solo quedaban minutos de juego y simplemente no había ganador por ninguna parte. Excepto quizás Charlene. Abby se enjugó las lágrimas.

—Tengo que pedirte un favor.

—Lo que sea, Abby —dijo él metiendo las manos en los bolsillos, con la cabeza aún inclinada de modo que solamente los ojos hacían contacto con ella.

No lo digas, hija. El amor todo lo soporta...

La voz se desvaneció y Abby inclinó la cabeza, deseando que John viera que esta era la única salida para cualquiera de los dos.

—Termina el papeleo. Haz una cita con un abogado. Alguien que no conozcamos. De ese modo nos podremos mover rápidamente una vez que los muchachos estén casados —dijo ella, y titubeó, tratando de interpretarle la expresión pero sin conseguirlo.

Una devastadora resignación la sacudió: *Ya no soy la experta en navegar en los lugares profundos del corazón de John Reynolds.*

La mirada de él se dirigió al suelo, y pasó casi un minuto antes de que hablara.

—Llamaré a primera hora en la mañana —notificó al fin, y sin mirarla ni decir otra palabra entró lentamente a la casa.

Después de unos minutos las luces automáticas se apagaron y Abby miró al oscuro vacío, comprendiendo que en alguna forma esta era la exhibición preliminar del futuro sin John.

Total oscuridad interrumpida solo por aterradoras formas y vagas e inciertas sombras.

La semana se aceleró en una conmoción de exámenes finales, firmas de anuarios y preparativos para el grado de Kade. Pero John había cumplido su promesa. Era jueves y su cita con el abogado estaba programada para las cuatro de la tarde. Había terminado de registrar las notas en la computadora y estaba quitando los afiches de su salón de clases, tarea anual que se exigía a todos los profesores. Como había pasado tan a menudo esa semana, mientras trabajaba lo espantaba la mirada en el rostro de Abby cuando Charlene llamó.

Enrolló un afiche y suspiró con fuerza.

Charlene.

Aún no estaba seguro en cuanto a por qué lo había llamado a casa. Le dijo que tenía una pregunta acerca de la política de notas por computadora del Colegio Marion, pero John pensaba que debía haber más. Aunque Charlene había guardado la distancia que él le pidiera, cuando las sendas de ambos se cruzaban ella parecía más lanzada y menos paciente que nunca. La última vez que la vio antes de la llamada telefónica, la profesora le había preguntado qué sabía Abby respecto a ellos.

—¿Qué hay que saber?

John aún se sentía atraído hacia su amiga, pero las dudas de la mujer lo ponían nervioso. ¿Qué sucedió con la época en que la amistad entre ellos era divertida y despreocupada? ¿No entendía ella lo difícil que esto era para él? ¿Cuán devastador era ver graduarse a su hijo y casarse a su hija semanas antes de que él los abandonara a todos y empezara a acabársele la vida?

—Quiero decir que dentro de unos meses estaremos juntos todo el tiempo —había explicado Charlene haciendo un puchero fingido con los labios—. Ella tiene que saber que tienes una vida fuera del hogar familiar. Después de todo, te estás divorciando. No es como si tuvieras que guardarme en secreto a todos aquellos que te importan.

Las palabras de la mujer aún le resonaban en la cabeza, e imaginó que tenían más que ver con la llamada telefónica que con cualquier excusa respecto a calificaciones de notas o a problemas en el salón de clases. John recordó que el rostro de Abby había cambiado de enojo a helada indiferencia. *¿Es así de fácil, chica Abby? ¿Dejar que Charlene se salga con la suya? ¿Querer de mí solamente los papeles de divorcio y nada más?* Enrolló el último afiche y le estaba poniendo una bandita elástica cuando Charlene entró.

—¿Sabes qué estupendo te ves cuando estás trabajando? —inquirió deteniéndose en la puerta y sonriéndole.

La falda más corta que de costumbre dejaba que se le vieran las piernas bronceadas y tonificadas mientras atravesaba el salón de clases. Lo sorprendió mirándoselas y sonrió cuando los ojos de él se volvieron a enfocar en los suyos.

—Hola...

No había duda de que John se sentía atraído hacia Charlene, pero esa aparición repentina lo hizo enojar. ¿Qué derecho tenía esta mujer de violarle su soledad? Además, él no estaba de humor para las preguntas de ella. Pensó en decirle que se fuera mientras se erguía y estiraba la rodilla lesionada.

—Hola.

—El colegio es un pueblo fantasma —expresó Charlene con la mirada fija en los extraviados ojos de John.

Las clases terminaban a la una de la tarde todos los días durante esa última semana, por tanto ella tenía razón. No había estudiantes por ninguna parte. La mujer terminó de cruzar el salón y se apoyó en el borde del escritorio. Estaba a centímetros de John y el perfume le saturó las fosas nasales.

—Me he mantenido tan alejada como he podido, John.

El hombre levantó la cabeza y pensó en qué podría decir para mantenerse firme. *Dame las palabras, Señor... por favor.*

¡Huye, hijo! Regresa a tu primer amor...

—No deberías estar aquí. Te pedí que no...

John deseó poder hablar con más convicción, pero no quiso parecer antipático. Charlene era una de sus más íntimas amigas, aunque últimamente lo sacaba de quicio.

—Te extrañé...

—Todavía soy un hombre casado, Charlene —decretó él empujando suavemente con el pie la caja vacía de afiches hasta el borde del salón.

De pronto la frustración de John cambió. Era culpa de Abby que él estuviera en esta situación tan difícil, y con ella es con quien debía estar enojado, no con Charlene. Lo único que la profesora había hecho era ser amigable, escucharlo, hacerlo sentir que sí importaba.

Las cosas con Abby no habían funcionado por mucho tiempo.

Miró a Charlene, y de repente se volvió a sentir atraído a ella.

—Por mucho que yo desee no estarlo —expresó dando un paso hacia la mujer.

John pensó en lo que acababa de decir. *¿Por mucho que yo desee no estarlo?* *¿Qué era eso? ¿No me casé con una chica a la que esperé años para casarme?* ¿Era él realmente quien hablaba? John rompió la conexión entre Charlene y él, y miró al piso. ¿Estaba loco?

La profesora pareció sentir que los pensamientos de él habían cambiado. Ladeó la cabeza y arqueó las cejas, poniendo en el rostro la imagen de la compasión.

—Debe ser difícil. Fingir todo el tiempo frente a los muchachos, quiero decir —explicó ella, e hizo una pausa—. Desearía que hubiera algo que yo pudiera hacer...

John se apoyó en el escritorio al lado de la mujer. Esta vez el ofrecimiento de ayuda de Charlene le resonó en la mente. ¿Cuándo fue la última vez que a Abby le importaron los sentimientos de él o que había querido ayudarlo? Ella no había sido su mejor amiga en años. Quizás las tensiones con Charlene solo eran el resultado de la incapacidad suya de pasar tiempo con Abby. Después de todo, en estos días su mejor amiga era... levantó la mirada y volvió a fijarla en los ojos de Charlene.

—Debemos tomarlo con calma.

De modo tan natural como si ellos fueran quienes hubieran estado casados por años, ella se le acercó, acuñándose entre las rodillas de él mientras le rodeaba el cuello con los brazos.

—No he esperado todo este tiempo porque quiera apresurar las cosas.

La voz de Charlene era más que un susurro, sondeándole la mirada con los ojos; John estuvo seguro de que ella entendía lo débil que era él. Sin quererlo, las rodillas de John se apretujaron un poco, manteniéndola cerca, sin querer dejarla ir ahora ni nunca.

—No quiero volver a cometer las mismas equivocaciones —logró decir él con una pasión tan fuerte que era aterradora.

De repente sintió que podría vender su mismísima alma para tener el objeto que su cuerpo anhelaba tan intensamente. Llevó la mano hasta el rostro de Charlene y le acarició el pómulo.

—Dime que no cometeremos las mismas equivocaciones, Charlene.

Ella no contestó. Una risita le llenó el rostro, pero en vez de devolverle la sonrisa, John sintió algo profundo en el estómago. Algo dudoso... incluso resistente. No lo podía precisar, pero algo en la sonrisa de la profesora no le gustó... algo falso.

Antes de que él pudiera reflexionar en esos sentimientos, ella se acercó más, ajustándose contra él, quien de buena gana le aceptó el beso. Al principio fue lento y tierno, pero en cuestión de segundos se llenó de pasión encendida e intensa más allá de todo lo que John podía recordar.

—Ven a casa conmigo, John, te necesito...

Él se hallaba sentado aún sobre el escritorio, pero a medida que el beso continuaba se deslizaba más hacia el borde, más cerca de ella, sumergiendo los dedos en el hermoso cabello oscuro de la mujer. *Ayúdame, Señor... he perdido todo control... es como si ella me hubiera embrujado.*

Un fuerte sonido metálico resonó por los altavoces.

—Se recuerda a todos los profesores que el señor Foster ha solicitado que tengan listos sus salones de clase para inspección mañana a las ocho de la mañana.

Las palabras resonaban fuertemente desde el intercomunicador hasta el frente del salón, por lo que John retrocedió como si lo hubieran abofeteado.

—Además, las tareas de grado se han colocado en la puerta de la oficina principal. Gracias.

Los ojos de Charlene estaban nublados con la intensidad del beso y volvió a exhibir la misma sonrisa que momentos antes molestara a John. Se acurrucó otra vez contra él, enmarcándole el rostro con los dedos.

—¿Dónde estábamos?

John pensó en Abby, en el breve pero intenso encuentro que tuvieron después de la muerte de Joe, en cómo entonces la pasión había sido mucho más fuerte que esta, de algún modo mejor... más pura. Náuseas de lo que había hecho le torturaron el estómago. *¿En qué clase de individuo me he convertido?*

Volvió el rostro y se soltó de la mujer, alejándose un metro y sentándose en uno de los escritorios de los estudiantes.

—Lo siento; eso no estuvo bien —expresó mirando a Charlene cuando la respiración se le estabilizó.

Reposó el brazo en el escritorio e hizo descansar la frente entre el dedo índice y el pulgar, sobándose las sienes, orando porque Dios le dispersara los sentimientos reprimidos que tenía por esta mujer. Cerró los ojos mientras seguía hablando.

—No estoy listo para esto.

Entonces abrió los ojos y la miró por sobre el borde de la mano.

Charlene asintió una vez con la cabeza y fue a sentarse detrás del escritorio de él, mostrándose de repente menos como la seductora y más como la amiga bienintencionada; John cambió de actitud fácilmente. Era como si para complacerlo ella pudiera asumir cualquier papel que deseara. Ese pensamiento y la sonrisa de su amiga lo enviaron aun más al borde; sintió que el cuerpo se le enfriaba.

—Te he extrañado... pero no vine aquí por eso —le dijo Charlene mirándolo fijamente.

De pronto John se puso nervioso, ansioso por dirigirse a la cita con el abogado. De todos modos, ¿a dónde podría conducir este encuentro con Charlene? Esperó que ella continuara.

—Me hicieron una oferta de trabajo —comunicó la mujer cruzando los brazos y con el rostro más serio que antes.

El corazón de John se sobresaltó. Ella no se iría, ¿o sí? El año anterior Charlene había obtenido su acreditación administrativa de enseñanza y había tanteado el terreno en otros distritos escolares locales. Intentaba conseguir un cargo de subdirectora en alguna parte de Marion.

—Qué bueno —manifestó él mirándola a los ojos, esperando más clarificación.

—El trabajo es en Chicago, John —informó ella juntando las manos y bajando la mirada—. Alguien en la oficina distrital comentó a la docencia principal allá que yo estaba buscando trabajo.

La mujer volvió a levantar la mirada; John pudo ver cuán fuertemente ella estaba luchando.

—Es una buena oferta.

Los músculos en la mandíbula de él se tensaron y luchó consigo mismo. ¿Por qué sus sentimientos por Charlene estaban desenfocados? En un momento deseaba no haberla conocido, al siguiente quería...

—¿Es lo que quieres?

Si así era, él difícilmente podía interponérsele en el camino.

—Te quiero a ti, John Reynolds —contestó la profesora exhalando a través de una fruncida boca mientras los ojos se le llenaban de tristeza—. Así tenga que lavar platos para vivir.

Bueno, ahí venía de nuevo. Sin embargo, ¿por qué las palabras de ella lo hacían sentir como si una prensa le oprimiera el corazón? Había algo que ella no estaba diciendo.

—¿Pero...?

—Pero si tú no te ves... teniendo un futuro conmigo... —balbuceó ella, con ojos llenos de lágrimas, sacando de la cartera un pañuelo nítidamente doblado, dándole toquecitos a la humedad antes de que se le estropeara el maquillaje perfectamente elaborado—. Entonces no tengo más alternativa que irme. A empezar otra vez una vida en alguna parte sin ti.

Mucho tiempo atrás John había visto una película donde un hombre estaba atrapado en un pasillo que se encogía, en que ambas paredes lo aplastaban lentamente. Bueno, con todo lo que le estaba amenazando, John supo cómo se sentía aquel tipo.

—¿Qué quieres que te diga? —inquirió él con los hombros caídos.

—Dime que sientes lo mismo que yo, que nos ves a los dos juntos cuando al fin dejes atrás todo este caos que estás viviendo —respondió ella rápidamente.

Entonces pudo ver en los ojos de Charlene que él le importaba tanto como para rechazar cualquier empleo, como para invitarlo a casa aunque eso significara hacerlo enojar, como para arriesgarse a que la atraparan besándolo en el salón de clases... claramente una violación a la política escolar. La verdad era sencilla. Charlene creía estar enamorada de él; además clarificaba que si él estuviera dispuesto, ella orientaría el resto de su vida en torno a John.

Ella era joven y hermosa, brillante e increíblemente dedicada; en su presencia se sentía amado, valorado y lleno de vida. ¿Por qué entonces no aprovechar la oportunidad que ella le estaba ofreciendo?

¿Era el hecho de no estar legalmente divorciado aún lo que lo retenía? ¿Era la fe de él? ¿O era la forma en que últimamente ella se había mostrado tan manipuladora y agresiva? Tenía los sentimientos tan desordenados que no encontró respuestas que darle.

—Sabes cómo me siento con relación a ti.

—Eso no es lo que estoy preguntando —objetó Charlene, haciendo pasar su tono de atribulado y sincero a impaciente—. ¿Soy parte de tu futuro? *Eso es* lo que necesito saber.

John caviló en la pregunta. Sentía un profundo cariño por la profesora... ¿verdad? ¿No había sido ella la única dispuesta a estar con el alma en vilo mientras él ordenaba los detalles del divorcio? ¿No era ella quien había sido su amiga, su confidente y su aliada, mientras Abby se alejaba más con cada año que pasaba? Pensó en el sufrimiento en los ojos de Abby cuando Charlene llamó a casa el otro día. ¿No era por eso que Abby había dejado de ser amiga de él? ¿Por sentirse reemplazada por Charlene?

De repente lo único que John quiso fue alejarse de esa mujer, donde pudiera revisar sus emociones.

—¿Cuándo se los tienes que hacer saber? —preguntó él agarrando los afiches y sintiendo que ella lo seguía con la mirada.

—Para finales de julio.

Finales de julio. No había ninguna manera de que el tiempo pudiera ser más ideal. *Como cambiar los sueños de Abby por los de Charlene.*

—Dame algún tiempo, ¿está bien? —le pidió él estremeciéndose por dentro y expulsando el pensamiento de la mente—. Te lo diré antes de la boda.

—Si me quieres, John, me quedo.

Él no tenía nada más que decirle. Así que miró el reloj en la pared.

—Tengo que salir corriendo.

Los abogados del divorcio cobraban por hora. Se puso de pie, agarró unas carpetas y las llaves del auto, dejando así a Charlene sola en el salón de clases y sin siquiera despedirse de ella.

Cuando John se subió a la camioneta logró verse en el espejo y se asombró del hombre en que se había convertido. Su hijo mayor se estaba graduando al día siguiente, y unas semanas después llevaría a su única hija al altar para entregarla en matrimonio. Pero aquí, en las horas anteriores a los logros por los que su familia había esperado toda la vida, él se había dejado arrastrar por una oleada de pasión que de no haber sido por su oración débilmente pronunciada lo habría llevado... ¿a dónde? ¿Hubiera cancelado su cita y habría seguido a Charlene hasta su casa? ¿Hubiera dejado que las pasiones dictaminaran sus acciones como si él no tuviera ninguna responsabilidad en el mundo?

Volvió a pensar en su oración y en cómo el retumbante mensaje de la oficina había roto el hechizo y cambiado el momento para que él pudiera volver a pensar con claridad. Un escalofrío lo recorrió al pensar en lo que pudo haber pasado.

Entonces se le ocurrió.

¿Cuál era la diferencia? Si cedía ante Charlene ahora o más tarde, estaría destruyendo algo que jurara guardar eternamente, estaría sepultando para siempre los sueños de Abby, Nicole, Kade y Sean. ¿A quién quería engañar?

La imagen del padre de Abby y su última solicitud le inundaron la mente: «*Ámala... ámala... ámala*».

Aceleró a fondo y sintió que la camioneta arrancaba a toda velocidad. Los planes ya estaban en movimiento, habían ido demasiado lejos como para cambiarlos a pesar de piadosos y lejanos susurros, grados, bodas o promesas hechas en el lecho de muerte de que honraría su matrimonio. Era demasiado tarde para todo eso. Su matrimonio estaba en fase terminal, y en algunos minutos él tomaría parte en lo único que le quedaba por hacer.

Sentarse con un abogado y redactar el certificado de fallecimiento.

Veinte

Por lo general Denny Conley no era un hombre nervioso. Después de todo había tenido agallas para pararse frente a su grupo de Doce Pasos y contar toda la desdichada historia de cómo había desperdiciado sus primeros años de paternidad, y de cómo se había alejado de Jo y Matt cuando el chico apenas tenía suficiente edad para recordarlo. No solo eso, sino que en los últimos años había sido tan valiente como para contarle a toda la congregación que él, Denny Conley, era un pecador y que necesitaba un Salvador.

Había aprendido que la valentía venía de Dios y no de sí mismo, y que eso era algo bueno. Esa clase de poder nunca lo defraudaría.

Pero nada de eso importaba ahora mientras seguía las instrucciones finales hacia la casa de Nicole Reynolds. Estaba temblando como un flan, y solamente la gracia divina le impedía dar la vuelta y regresar a casa, una hora hacia el sur.

La reunión había sido idea de Matt.

—Papá, no esperes hasta la boda —le había dicho su hijo con tanta sinceridad que esta vez fue Denny quien se había quedado sin habla—. Ven a la fiesta de grado. Habrá mucha gente; encajarás perfectamente.

Denny tragó saliva. *Tranquilízame, Señor. Apacíguame.*

Desde luego que había visto fotografías de Matt, pero no había mirado a su hijo a los ojos desde que el muchacho tenía cuatro años. No había sentido esos brazos jóvenes alrededor del cuello ni guerreado con su hijo ni le había pasado los dedos por el cabello. No lo había amado como debería hacer un padre. Una ráfaga de vergüenza sopló dentro de su destartalado Ford, y sacudió la cabeza.

—Ese muchacho debe estar loco —murmuró Denny en voz alta mientras cambiaba de carril—. No debería estar dándome ni la hora.

Ese era otro de los beneficios de ir tras Jesús, las recompensas de que habló el pastor Mark cuando Denny tomó la decisión por primera vez. La idea de que podría tener realmente una segunda oportunidad con su muchacho, una oportunidad para conocerlo y amarlo como debió haber hecho desde el principio, era casi más de lo que Denny podía imaginar.

Sin duda por eso trataba de no temblar. Después de casi veinte años estaba a punto de volver a ser padre. No solo eso, sino que iba a conocer a la preciosura con quien su hijo se casaría. Ella era inteligente, igual que Matt, y venía de personas... padres que se habían amado desde el inicio...

Padres como pudieron haber sido Denny y Jo si él hubiera hecho las cosas de manera distinta.

Desaceleró al pensar en Jo. Con toda la emoción de ver otra vez a Matt, había hecho todo lo posible por no pensar en la mujer a quien se había prometido para siempre. Miró las instrucciones. Doblar a la derecha en el semáforo, cuatro cuadras hacia el lago. Giro a la izquierda, la casa de los Reynolds era la tercera a la derecha. Estaría allí en dos minutos.

La mejor de todas las noticias, desde luego, era que Jo también había entregado su corazón a Dios. Dos décadas después de estar dispersos por el mundo, los miembros de la familia de Denny Conley habían encontrado cada uno su camino al hogar del Salvador. Ese solo hecho era prueba de que Dios era real y que escuchaba las oraciones de su pueblo... aun de aquellos con voz desentonada como él, con tan poco que ofrecer.

Denny estaba más nervioso que nunca, si eso era posible, pero nada podía reemplazar el gozo profundamente arraigado en el estómago como una llama perdurable. ¡Iba a ver a su esposa y a su hijo otra vez! Los iba a abrazar, a apretarlos entre sus brazos. El corazón de Denny palpitaba con tanta fuerza que le sorprendió no poder verlo saliéndosele del pecho con cada latido. Dio la última curva y vio cerca de veinte autos reunidos alrededor de una de las entradas.

La casa de los Reynolds. *Aquí voy, Señor. Camina a mi lado.*

Se pasó la mano por el cabello peinado hacia atrás, moviéndose más rápidamente ahora, como si estuviera dejando atrás todo lo relacionado con su antigua vida y entrando a una existencia más nueva y brillante con cada paso que daba.

Jo Harter se había acomodado en una silla con vista a la ventana principal, mirando hacia afuera cada minuto más o menos, buscando en la calle la antigua chatarra que Denny manejaba. Matt le había descrito el vehículo, para luego arrepentirse de haberlo hecho. No era para él esta rutina de estar dando vueltas por la ventana.

La fiesta estaba en lo mejor, personas reunidas en grupitos por toda la casa, celebrando la graduación del joven Kade Reynolds. Sin duda ese muchacho tenía un futuro maravilloso por delante, Jo se lo había dicho en el momento en que llegó. Después de eso ella había hallado a Matt para preguntarle por décima vez cuándo iba a llegar Denny.

—Mamá, él dijo que no estaba seguro —contestó el joven sonriéndole como si de algún modo se hubieran invertido los papeles, convirtiéndose el muchacho en el adulto paciente y ella en la chiquilla fastidiosa.

Vamos, llega, Denny...

Ni bien había pensado en las palabras cuando vio un vehículo como el que Matt describiera, que pasaba lentamente, girando y deteniéndose no muy lejos de la casa. Jo contuvo la respiración mientras él se bajaba y se dirigía a la casa. El hombre se veía exactamente como lo recordaba. No mucho más alto que ella, cabello oscuro, el poco que le quedaba, y con las piernas tan chuecas que ella lo podría distinguir entre una multitud. Como atrapar un pescado si alguna vez veía uno.

Sin otro momento de vacilación, Jo atravesó la sala casi danzando hasta la puerta del frente y la abrió.

—¡Denny!

El hombre se paró en seco, con los ojos fijos en los de ella mientras en el rostro se le dibujaba una sonrisa de oreja a oreja que le salpicaba los cachetes con los hoyuelos más lindos que ella hubiera visto alguna vez. De repente Jo se vio entre los brazos de él, segura sin necesidad de hablar que el maravilloso Dios al que servían había sacado de la nada poco menos que un milagro.

Puso las manos a lo largo de cada lado del rostro de ella, examinándola como a un billete ganador de lotería.

—Jo... te he extrañado, encanto. No puedo creer que yo esté aquí.

Había un centenar de cosas que Jo había esperado decir pero ninguna de ellas estuvo a la mano excepto unas lacónicas palabras:

—Bienvenido a casa, Denny Conley.

—Gracias, Jo —contestó él otra vez con una sonrisa que iluminaba la tarde—. Y ahora creo que tengo un hijo a quien ver.

Desde la puerta de la cocina Abby contemplaba el número de invitados cada vez más reducido, y la mirada fue a parar en Jo y Denny, absortos en conversación con Matt y Nicole. Parecían terriblemente aduladores. ¿Era posible que la vida resultara bien para Jo y su amado Denny después de tantos años? Recordó el monólogo de la mujer acerca de su exesposo y de cómo esperaba perder diez libras con el fin de atraer la mirada de él en la boda.

Observó cómo brillaban los ojos de Jo y vio el modo en que le hablaba al hombre a quien claramente aún amaba. La mujer podría haber perdido peso en los últimos meses, pero no era lo que ella hubiera perdido lo que tenía a Denny pendiente de cada una de las palabras de su exesposa.

Era lo que había ganado.

Abby suspiró y volvió a entrar a la cocina. *¿Por qué la fe de Jo parece más real que la mía, Señor? ¿Ella solo ha sido creyente unos meses?*

Silencio.

Agarró un montón de platos sucios y empezó a lavarlos en el fregadero. No era justo. John y ella habían sido fieles al Señor toda la vida, enseñando a sus hijos a caminar con Dios, edificando una relación con él, adorándolo. Pero ahora, cuando más importaba, la fe de ellos era como una batería corroída y muerta. Incapaz de dar ninguna clase de energía.

Lavar platos era algo mecánico, así que mientras trabajaba escuchó las conversaciones en la sala adjunta.

—Vamos, Kade, dime que no es verdad lo de tu hermana —Abby reconoció la voz de Dennis Steinman, uno de los compañeros de equipo de Kade—. No se está casando de veras con otro, ¿verdad?

—Sí, en cuatro semanas.

El tono de Kade era suave y alegre. La fiesta ya era un gran éxito, bendecida por la presencia de amigos, profesores y gente del lugar que habían sido parte de la vida del joven desde que era niño.

—Vamos, yo creía que ella me estaba esperando. Ella me amaba, amigo.

—No, Steiner, eso no era amor sino lástima.

Entre los amigos estallaban las risotadas, y Abby recordó los inicios de esa tarde y la ceremonia de graduación. John había sido uno de los profesores a quienes pidieron que permaneciera cerca de la sección de estudiantes, por lo que Abby y los demás se sentaron juntos pero sin él. Ella lo había mirado de vez en cuando, y se dio cuenta de que él no tenía enfocada la atención más allá de los alumnos, sino en Kade, su hijo mayor, su mariscal de campo estrella... y el estómago de Abby le había dolido ante la pérdida que John estaría sintiendo esa tarde. Siempre dolía despedirse de un estudiante de último año, alguien con quien John había trabajado durante tres o cuatro años seguidos.

Pero perder a Kade...

Abby recordó cómo había lucido su hijo unas horas antes, engalanado con toga y birrete; listo para hacerle frente al mundo. Sin importar lo que deparara el futuro, ella nunca olvidaría la imagen del muchacho recorriendo orgullosamente el campo de fútbol para recibir su diploma, el mismo campo en que él y John habían forjado una vida de reminiscencias, un vínculo que permanecería por siempre. El corazón de Abby se llenó con nebulosos ayeres y recuerdos de una época más feliz cuando Kade recién empezaba a ir a la escuela y todo parecía que iría a seguir para siempre.

Terminó de lavar el último plato y comenzó a secarlos. Este debía haber sido un día en que John debió sincerarse con ella, un día en que podrían haber caminado por el muelle, recordándose uno al otro los momentos en que vaticinaron este mismo acontecimiento. Cómo habían volado los años escolares de Kade, exactamente como pasó con Nicole. Nadie, ni siquiera Charlene Denton, podía saber con exactitud qué sentía el corazón de John al observar graduarse a Kade.

Nadie, menos Abby.

Apiló los platos secos, y se secaba las manos en el paño de cocina cuando captó la voz de Matt.

—Sí, estamos totalmente listos. Flores, dama de honor, combinación de colores, juegos de platos y servilletas, mentitas para que los invitados echen a perder la cena...

—Matt tiene razón —opinó Nicole riendo por la broma—. No puedo creer que la planificación esté hecha.

—Desde luego que la planificación es parte de la diversión —comentó Jo como si estuviera guardando un secreto.

Denny había estado allí poco más de tres horas y los dos ya se estaban codeando y haciendo contacto visual como recién casados. Jo no paraba de hablar de la gran molestia y el costo de las bodas suntuosas, cuando hizo una pausa suficientemente larga para respirar.

—Está bien, chicos. ¿Quieren saber la noticia?

A Abby le habría gustado entrar a la sala y acomodarse al lado de Nicole, pero se quedó en la cocina. Algo en el tono de Jo le decía que en realidad no quería que ella estuviera allí, de todos modos. No si la noticia era tan buena como parecía.

—Me estoy mudando aquí —expresó Denny como si estuviera a punto de reventarse—. Debo empacar mis cosas y conseguir un nuevo empleo tan pronto como pueda.

Abby pudo oír la sonrisa del hombre y una extraña punzada le atravesó el corazón. No era correcto. ¿Cómo es que dos personas como los padres de Matt podían llevarse bien cuando John y ella, la pareja que todos veían como ejemplo, no lograban ponerse de acuerdo ni para conversar?

Ninguna respuesta rebotó en el corazón de Abby.

—Cielos, papá, ¿hablas en serio? —resonó con esperanza la voz de Matt.

—Sí, y algo más, también...

—Espera un momento —interrumpió Jo—. Nicole, ¿dónde está tu madre? Quiero que ella oiga esto de primera mano.

La voz de la mujer se oyó más cerca; Abby dio media vuelta de modo impaciente mientras Jo y Denny entraban a la cocina tomados de la mano, con Nicole y Matt sonriendo detrás de ellos.

—Abby, sencillamente no puedo contarles a los muchachos lo que Denny y yo decidimos sin decírtelo al mismo tiempo —explicó Jo mirando al hombre a su lado y encogiendo los hombros varias veces como una colegiala.

—Está bien... —balbuceó Abby con la toalla colgándole de la mano.

Ella se reprendió en silencio por no parecer más entusiasmada. El hecho de que su vida fuera un desastre no era culpa de Jo. Lo menos que podía hacer era sentirse feliz por la mujer. Forzó una sonrisa.

Jo se inclinó hacia adelante, más que emocionada.

—¡Nos vamos a casar! —exclamó como si no pudiera contener un instante más las palabras; un rápido chillido se le escapó de los labios—. ¿Puedes *creerlo*? ¿Denny y yo, después de todos estos años?

—Dios mío, felicita... —manifestó Abby, pero su voz fue ahogada por los festivos gritos y las exclamaciones de Matt y Nicole, que ahora abrazaban a la madura pareja.

Abby se quedó por fuera, mirando torpemente, esperando a que pasara el momento. Cuando este pasó, Jo respiró firmemente y una sonrisa le iluminó todo el rostro. Describir a la mujer como radiante habría sido un enorme menosprecio.

—Tú sabes qué pasó, ¿no es verdad, Abby? —inquirió Jo estirando una mano y poniéndosela en el hombro.

El destino está jugando conmigo.

—En realidad no... —titubeó sonriendo otra vez, esperando no levantar sospechas en Nicole al actuar con total falta de entusiasmo.

—Vamos, Abby —expresó Jo palmeándole juguetonamente el brazo—. Fuiste tú quien me habló acerca de él.

—¿De él?

La mujer estaba chiflada. Abby nunca había visto a Denny hasta esta noche.

—Dios. El Señor, Dios, Abby —explicó Jo lanzando un suspiro exagerado, luego meneó la cabeza y soltó una carcajada—. Declaro que tienes el sentido del humor más sarcástico de este lado de Arizona.

Codeó a Denny en las costillas y le lanzó una carcajada.

—He aquí a Abby, la que me habló del cielo, de Dios y todo lo demás —continuó Jo, luego miró a Matt y Nicole—. Entonces en el funeral del abuelo... bueno, allí fue cuando entregué por primera vez el corazón a Jesús. Después de eso supe que él también me iba a dar algo más. No solo eternidad con él sino que mi dulce Denny regresara donde pertenece.

Dicho eso, la jovial mujer plantó un prolongado beso directamente en los labios de Denny, haciéndole subir un rápido fulgor carmesí desde el cuello hasta la calva.

—Este... cariño, ¿qué tal si tú y yo salimos a caminar donde esté tranquilo?

Abby no había creído que fuera posible, pero la sonrisa de Jo se le extendió por toda la cara ante la sugerencia e inmediatamente se despidió de los demás. En un instante los dos se habían ido. Matt y Nicole se abrazaron por el júbilo del momento, y entonces Matt se excusó, dejando atrás a Nicole con el rostro radiante y los ojos llenos de esperanza por el futuro.

—¿Puedes creerlo, mamá? ¿No es Dios increíble?

—Increíble —contestó Abby mirando el fregador aún en la mano y comenzando distraídamente a sacar brillo a las cerámicas del mesón.

Nicole titubeó por un instante, habiéndosele desvanecido de pronto la sonrisa.

—No pareces segura.

Recupérate, Abby. No le des un motivo para dudar de ti...

—¿Acerca de qué? —curioseó, levantando la mirada y fingiendo no saber.

—Acerca de Dios —contestó Nicole cruzando los brazos y descargando el peso del cuerpo en una cadera—. Pregunté que si Dios no era increíble, y cuando respondiste... no parecías segura.

—Lo siento, cariño —manifestó Abby riendo tan ligeramente como pudo—. Creo que estoy cansada. Ha sido un fin de semana larguísimo. Ver a Kade graduarse, hacerle esta fiesta, alistarme para tu boda.

—No estás enferma ni nada parecido, ¿verdad? —objetó Nicole con preocupación en los ojos.

—No, para nada, cariño —respondió al instante Abby meneando la cabeza—. Solo recuperándome un poco de lo que está pasando por aquí.

—Pero estás feliz por Jo y Denny, ¿verdad? —declaró Nicole aún con un tono de dureza en la voz, por lo que Abby quiso desesperadamente cambiar el tema de la conversación.

Exprésalo, Abby.

—Ah, por supuesto. Se les ve maravillosamente juntos. Quiero decir, si no es así como a Dios le gusta obrar, no sé cómo entonces.

—Exactamente —asintió Nicole bajando los hombros y suavizando las líneas de la frente—. Es lo que intenté decir en primera instancia. Pues sí, esos dos otra vez juntos es como... no sé, es como más de lo que Matt y yo imagináramos alguna vez.

Abby se sintió relajada mientras doblaba el fregador y lo extendía al borde del mesón. Se acercó más a Nicole y la abrazó tiernamente, luego retrocedió lo suficiente para mirarla a los ojos.

—Tú y Matt han estado orando por ellos, ¿no es cierto?

—Todos los días —contestó la joven mientras los ojos le danzaban como momentos antes.

—Entonces eso, mi amor, es absolutamente increíble —opinó Abby, esta vez con una sonrisa sincera.

Aún estaban allí paradas, frente a frente, las muñecas de Abby balanceándose sobre los hombros de Nicole, cuando John entró de sopetón y se detuvo.

—Ah... creí que Nicole estaba con Matt.

—Hola, papá —expresó la muchacha dando media vuelta y sonriéndole a su padre—. ¿Por qué, dónde está Matt?

—Afuera con sus padres. Creí que... —titubeó, se veía preocupado.

¿Qué pasa ahora? Abby sintió que se le oprimían las entrañas, y soltó a Nicole.

—Ve afuera y únete a él, cariño. Deberían estar juntos en un momento como este.

La mujer agradeció que esta vez su hija no les examinara los rostros o investigara por qué John querría hablar a solas con Abby. En vez de eso sonrió y giró en dirección al patio trasero.

—Probablemente están en el muelle. Matt sabe que allí es donde celebramos todo.

Abby sintió con tanta fuerza el comentario de su hija como si fuera un golpe físico al estómago. *«Allí es donde celebramos todo... allí es donde celebramos todo...»*

—¿Ya se fueron todos? —preguntó Abby mirando a John a los ojos.

—Sí. Todos menos Jo y Denny —respondió él tragando saliva y luchando por mantener el contacto visual con su esposa.

Permaneció en silencio por un instante, pero Abby se negó a rescatarlo. *Tienes algo que decir, dilo. No puedo esperar toda la noche.*

—Debemos hablar —manifestó John aclarándose la garganta.

—Así es, casi por cinco años ahora —objetó Abby encogiendo los hombros.

—Mira... —dijo John en tono repentinamente impaciente, cansado e intranquilo—. No necesito tu sarcasmo, Abby. Hablo en serio. La boda será cuando menos pienses y debemos... hay algunas cosas que tenemos que discutir.

—Estoy escuchando —contestó ella mirándolo con dureza y sin delatar nada en la voz.

El abatido hombre dejó caer la mirada por un instante y retrocedió.

—Los papeles ya están listos. Volví a hablar ayer con el abogado —informó con derrota en la voz, pero también con algo más... una determinación que no había tenido antes—. Quiere que pases por allá en algún momento esta semana y les des una mirada antes de que firmemos.

—¿Los revisaste? —quiso saber ella mientras las comisuras de los labios le empezaban a arder.

—Simplemente como lo discutimos —dijo John asintiendo con la cabeza—. Todo se divide. Tú te quedas con la casa. Yo me quedo con los ahorros y la camioneta. Manutención hasta que Sean cumpla dieciocho años. Seguiré añadiendo a los fondos universitarios de los chicos. Todo está explicado en detalle.

Escucharlo fue como oír un informe de la autopsia de su matrimonio. Abby trató de luchar contra el malestar que le brotaba por dentro, pero fue inútil.

—Bien. Lo que sea con tal de salir de este desastre —comentó inclinando un poco la cabeza.

Se oían risotadas lejanas, Abby supo que Nicole y los demás estarían afuera por un buen rato. La noche era demasiado hermosa para desperdiciarla adentro.

A menos, desde luego, que fuera necesario clarificar detalles del divorcio.

—Nos encontramos en este desastre porque en algún momento... hace mucho tiempo... dejamos de amarnos —opinó John mirándola con dureza—. No fui yo solo quien lo hizo, Abby. Fuimos los dos. Tú estabas atareada con los chicos, y yo estaba...

—Atareado con Charlene.

—No. Yo estaba atareado trabajando —corrigió ladeando la cabeza con frustración—. Y antes de que nos diéramos cuenta dejamos de hablarnos. Tal vez estábamos demasiado cansados o quizás no teníamos nada que decir. Pero te puedo garantizar algo, Abby. Este desastre no se debe solo a mí.

La examinó, por un momento ella creyó verle un destello de arrepentimiento en los ojos.

—He hecho arreglos para ir a vivir donde uno de los profesores de educación física después de la boda. Tendré empacadas mis cosas para poder salir una vez acabada la recepción.

Abby volvió a sentir la punzada. Pestañeó dos veces y luchó para que la voz le sonara normal.

—¿Cuándo se lo decimos a los muchachos?

—Después de que Matt y Nicole vuelvan de su luna de miel.

Abby asintió lentamente y fue hasta el fregadero, mirando por fuera hacia el oscuro patio que llevaba al lago, al muelle y a las alegres voces que aún resonaban en esa dirección.

—Está bien.

Por un instante ninguno de los dos habló; Abby se preguntó si John había salido de la cocina. La respiración se le atoró en la garganta cuando él llegó por detrás y le puso las manos en los hombros.

—Lo siento, Abby. Esto no es... nunca pensé...

Ella se debatía entre liberar bruscamente el cuerpo y dejarse abrazar. Pero permaneció quieta.

—Lo sé. Yo también lo siento.

—Sin embargo, cumpliré mi promesa con relación a Charlene —expresó él retirando las manos y carraspeando—. Nada hasta después de que concluya el divorcio. Tienes mi palabra.

«*Tienes mi palabra... tienes mi palabra... tienes mi palabra*». Una silenciosa y triste risa empezó a ascender por la garganta de Abby pero se desvaneció. Ella permaneció de espaldas a él y parpadeó para alejar las lágrimas.

—Me gustaría estar sola ahora, John, si no te importa.

Sin despedirse, sin volverla a tocar o sin preguntarle si se hallaba bien, John simplemente dio media vuelta y se retiró. Después de un momento la mujer oyó que la puerta de la alcoba se cerraba detrás de su esposo, y pensó en los cientos de veces que ese sonido la había sacado de las tareas a altas horas de la noche, ofreciéndole la sosegada intimidad del amor corporal, los susurros uno al lado del otro debajo de las cobijas, o simplemente reposar la cabeza sobre los hombros de él solo para oírlo respirar.

Pero esta noche... esta noche el sonido marcaba la finalización de una reunión comercial entre dos compañeros de trabajo que se habían reunido con el fin de analizar los arreglos funerarios para un socio. Un socio cuya inminente muerte estaba ligada a ser alguna clase de alivio.

Veintiuno

En toda la vida Nicole no se había sentido más cerca de Dios que durante esas semanas previas a su boda. Todo lo que sus padres le enseñaran acerca del amor, todo lo que habían orado por ella y el ejemplo que le dieran con su propio matrimonio, estaba finalmente a punto de culminar en el momento más particular y glorioso de la joven.

Era lunes de una inolvidable mañana de verano, a solo días de la boda, y Nicole apenas podía esperar un minuto más.

Abrió una maleta y la colocó sobre la cama. Quizás el viaje de campamento haría pasar más rápidamente el tiempo. Nicole no sabía si así iba a ser, pero igual estaba contenta de ir. Era algo con lo que siempre había soñado: una oportunidad de pasar unos días con las mujeres más cercanas en su vida y extraer de ellas y de Dios todo lo que pudiera acerca de lo que significaba amar de veras a un hombre, y juntos ser compañeros de por vida en un vínculo que duraría por siempre en este mundo.

Una suave brisa se coló por la resguardada ventana, a través de la cual la joven miró el lago que se extendía afuera. Siempre le había encantado que su cuarto diera a la parte trasera de la casa. ¿Cuántas mañanas se había sentado en el alféizar a escribir los sentimientos que tenía en el corazón mientras miraba hacia el exterior? Algo respecto del modo en que el sol lanzaba su brillo a través del agua la hacía expresar francamente sus emociones, y hoy no era la excepción.

Nicole se detuvo y observó, respirando el aire veraniego. No había nada como el verano en el sur de Illinois; con frecuencia, Matt y ella habían hablado de conseguir una casa muy parecida a la de sus padres, una vivienda modesta con vista al lago y llena de espacio para... bueno, para los niños en el futuro.

Precisamente la semana pasada recibieron la noticia de que Matt había pasado el examen del Colegio de Abogados, y ya estaba recibiendo ofertas de dos firmas locales y de otras más en el área de Chicago.

Pensar en el futuro de ambos la hacía sentir que resplandecía por dentro.

Imaginó a sus padres un día dentro de pocos años teniendo la oportunidad de ser abuelos, y sonrió... pero la imagen cambió exactamente cuando empezaba a echar raíces. Nicole recordó las preocupaciones de Matt en cuanto a Charlene Denton.

No hay nada de qué preocuparse. Esa mujer es una cualquiera.

El estado de ánimo se le enfrió en gran manera. Se dirigió a la cómoda y sacó dos pares de pantalones cortos que necesitaría en el campamento. Charlene no era una amenaza para el matrimonio de sus padres. De ningún modo. Su padre estaba profundamente dedicado a su madre, y lo estaría por siempre. Estaban enamorados. Quizás atareados, pero igual enamorados.

No obstante, mientras Nicole más intentaba desechar la idea, más amenazada se sentía por los pensamientos acerca de la otra mujer. Finalmente suspiró con fuerza y cayó de rodillas cerca del pie de su cama.

—Bien —comenzó a orar inclinando la cabeza en un susurro que solo ella y el Señor podían oír—. Está bien, Dios, no me gustan mis pensamientos, pero tal vez los tenga por alguna razón. Quizás hay algo respecto a esa mujer que está ocasionando problemas entre papá y mamá.

Batalló por un momento.

—Quiero decir, no lo creo, de veras. Pero aun así. Cualquier cosa que esté provocando esta sensación, deseo que la quites, Señor. Si Charlene es un problema, haz que se vaya.

La joven hizo una pausa para permitir que el Espíritu de Dios dirigiera la oración. Eso era algo que había aprendido años atrás cuando se diera cuenta por primera vez de su hábito de correr por delante del Señor. Mientras esperaba, se sintió guiada en una dirección específica.

—Lo que estoy realmente tratando de decir, Señor, tiene que ver con mis padres. Ellos tienen muchos proyectos y... bueno... renuévales el amor. Úsanos a Matt y a mí, si ayudamos en algo. Lo que se necesite, solo asegúrate de que se amen para siempre. Y ayúdame a no desperdiciar más tiempo pensando en papá y esa... y en esa mujer. El amor viene de ti, Padre. Y amor es lo que ha habido siempre en esta familia. Acreciéntalo para que sea más fabuloso que nunca.

Una paz la inundó y le tranquilizó el inquieto corazón. La joven sonrió, aliviada y agradecida al mismo tiempo.

—Siempre puedo contar contigo, Dios. Gracias anticipadas por lo que vas a hacer en ese viaje a acampar —concluyó, y estaba a punto de pararse cuando pensó en un último detalle—. Oh, haz que las horas vuelen, Señor. Por favor.

Abby arrastró la maleta por el pasillo y la colocó al lado de las otras mientras buscaba a John por los alrededores. El hombre había prometido cargar la furgoneta, pero como de costumbre últimamente se había ajetreado en el garaje... su escondite más común en las horas en que no le quedaba más remedio que estar en casa.

Las demás mujeres ya estaban en la sala, hablando al unísono e intercambiando historias de viajes anteriores similares. Originalmente iban a ser seis, pero las dos amigas de Nicole se enfermaron a última hora. Eso dejaba a Abby, Nicole, Jo y Beth, la hermana de Abby, que había volado tanto para el campamento como para la boda y que, además, estaba inusitadamente animada.

—Estamos listas —comunicó Abby recorriendo el pasillo y abriendo la puerta del garaje.

No esperó la respuesta de John sino que cerró la puerta y dio media vuelta para unirse a las demás en la sala. En segundos oyó a su esposo cargando el equipaje, y poco después se reunió con ellas en la sala, ligeramente sofocado.

—Sus equipajes ya están en la camioneta.

John no quiso hacer contacto visual, pero por el tono de Abby supo que el hombre estaba alegre, no le quedó ninguna duda de que las demás no se dieron cuenta del detalle. Jo fue la primera en ponerse de pie.

—Me consta, John Reynolds... —empezó a decir, yendo hasta donde él y dándole una palmadita en la mejilla como lo haría una tía consentidora—, que no has envejecido nada desde tus días de jugador en Ann Arbor, Michigan.

Entonces le guiñó un ojo a Abby y se volvió otra vez hacia John.

—Debería ser contra la ley que te veas así de bien a tu edad.

A las demás les causó risa la franqueza de Jo. Por un brevísimo instante John captó la mirada de Abby, ella miró hacia otro lado. *Sácame de aquí, Señor. ¿Qué se supone que yo haga, quedarme ahí parada y concordar con Jo? ¿Y qué si él se viera bien? Los dos estaban contando los días hasta el divorcio.*

Entonces se dirigió al auto mientras las otras mujeres la seguían. Las cuatro se acomodaron en la camioneta cerrada y se despidieron de John. Abby estuvo agradecida de que Nicole no comentara el hecho de que su papá no la hubiera besado cuando salieron. A los cinco minutos el vehículo entró a la autopista y Jo aprovechó una pausa casi imperceptible para iniciar la conversación.

—Bueno, chicas, creo que debo hablarles acerca del milagro de Dios —manifestó ella, sentada al lado de Beth en el asiento trasero, con Nicole en el asiento del pasajero en el frente; entonces Jo palmeó a Abby en la espalda—. Ustedes chicas ya están enteradas, pero Beth aquí no lo sabe, y además...

Soltó una estridente carcajada.

—No puedo dejar de hablar al respecto. Es decir, real y verdaderamente. Es peor que mis anécdotas de pesca. Adondequiera que yo vaya se hacen evidentes por todas partes...

—¿Qué se hacen evidentes? —interrumpió Beth.

—Bueno, mi amor por Dios y por Denny, ir a unirnos en matrimonio, y todas las cosas a las que yo había renunciado mucho tiempo antes de que...

Esto promete ser bueno. Abby se reclinó contra el asiento y se enfocó en la carretera. Posiblemente no podía haber nadie más cínica con relación a las virtudes del matrimonio que su hermana. Beth se había casado a los veintiún años, tuvo dos hijas a los veintitrés, y se separó a los veinticinco. Le gustaba decir que unirse a alguien de por vida era más una guerra psicológica que un matrimonio, y que si alguna vez estuviera tentada a volver a cometer esa equivocación esperaría que alguien la encerrara por enajenación mental. Beth era de las que opinaban: «Si me quedo sola me compraré un perro», y hasta aquí no lo había hecho. Cada vez que surgía el tema ella explicaba que estar casada tres años le curó de por vida la soledad.

Hasta ahora Abby no había considerado las chispas que podrían salir volando si Jo y Beth decidieran hablar de la fe ese fin de semana. *Bueno, Dios, pase lo que pase obra a favor de nosotros... Esta salida a acampar es por Nicole.*

La oración vino fácilmente, como si hubiera estado en conversación con el Padre por meses y meses.

El momento señalado es para ti, hija.

La respiración de Abby se le atoró en la garganta y entonces apretó con fuerza el volante. Una cosa era expresar una oración circunstancial, pero otra era sentir de manera tan rápida y segura en lo más profundo del corazón lo que parecía ser una respuesta... parpadeó con fuerza y expulsó las palabras de la mente. Debía estar imaginándose cosas. La acampada no tenía nada que ver con ella. Dejó de prestarle atención al Señor y se volvió a enfocar en la conversación de Jo.

—Y por eso difundo por todas partes al Señor, su bondad y cómo obró un poderoso milagro para Denny y yo, además de que podría hacer lo mismo por todo aquel dispuesto a creerle.

Abby miró por el espejo retrovisor y vio que Jo tomaba una bocanada de aire. Beth usó la oportunidad para aclararse la garganta.

—Bueno, odio ser aguafiestas, en particular cuando estamos reunidas debido a la boda de Nicole, pero en cuanto a mí, encontré mi milagro en el divorcio. Algo respecto a preparar la cena noche tras noche para un hombre que no puede mantener la cremallera cerrada cuando tiene otras mujeres alrededor, sencillamente no cuadra con el sentir de un Dios milagroso, ¿me entienden de lo que hablo?

Nicole se movió intranquila en el asiento delantero y lanzó una mirada a su madre, que asintió. *Fabuloso.* Era probable que a este paso hiciera de árbitro todo el fin de semana.

—¿Quiere alguien que paremos para tomarnos un café antes de seguir hacia la cabaña?

El viaje hasta el lugar tardó un par de horas, pero los últimos cincuenta kilómetros estuvieron tan apartados que Abby no creyó que habría otra persona a ochenta kilómetros de ellas. La cabaña pertenecía a un amigo de su padre, y la familia Reynolds la utilizaba al menos una vez al año, aunque solo durante una semana de pesca. Abby sabía que para Nicole y los muchachos el lugar representaba tan solo tranquilidad y total soledad, por lo que no le sorprendió que su hija prefiriera ir allá en lugar de que le hicieran una despedida de soltera. Después de todo, ya habían tenido el asado para las parejas.

Al llegar, las cuatro mujeres desempacaron.

—Muy bien, ¿quién quiere salir a caminar? —preguntó entonces Abby poniéndose de pie y examinando el grupo.

—Yo —contestó Beth parándose casi al instante.

—Vayan adelante ustedes —expresó Jo señalando primero hacia la puerta y después palmeando la portada de la Biblia—. El Señor y yo tenemos que hacer algunas atrapadas.

—Mamá, ¿por qué esta vez no van tú y tía Beth? —preguntó Nicole mirando a su madre y recostándose en la vacía litera inferior—. Jo tenía algunos versículos que quería compartir conmigo, ¿está bien?

Abby sintió un vacío en el estómago. Si ella y Beth iban a estar solas, quizás entonces era el momento de contarle la noticia.

—Me parece bien, tomaremos el sendero alrededor del lago y regresaremos como en una hora —asintió la sorprendida madre.

Se dirigieron hacia el norte por una senda de grava que circundaba el agua, caminando en silencio hasta que ya no se veía la cabaña.

—Sin duda que es hermoso.

Beth era tan bien conservada como Abby, pero de facciones más duras, casi campechanas. Se ganaba la vida como ejecutiva de publicidad, pero había adquirido tal posición jerárquica que sacar tiempo libre no era problema. Aunque podía ser astuta y brillante en una reunión comercial, lo era mucho más en casa con botas de excursión y pantalones cortos, tomando unos días en Silver Moon Lake.

—Mmm. Me gustan los árboles. En especial en esta época del año —comentó Abby poniéndose al lado de Beth apenas la cabaña estuvo fuera de la vista—. Como si estuvieran anunciando a grito que ya llegó el verano.

—Esa es mi hermana —expresó Beth sonriendo—. Siempre la escritora.

Caminaron en silencio por un instante, deteniéndose a espiar a una familia de venados que bebía a la orilla del lago. La tarde se enfriaba rápidamente y el anochecer descendía como una plácida colcha sobre el bosque. El corazón de Abby latía con tanta fuerza que creyó que Beth podría oírlo. *¿Se lo digo ahora? ¿Debería esperar?*

—Beth, yo...

—¿Qué es lo que...

Rieron porque eso era algo que habían hecho desde niñas: hablar precipitadamente las dos al mismo tiempo.

—Dilo tú —manifestó Abby asintiendo a su hermana.

La sonrisa de Beth se desvaneció.

—¿Qué es lo que pasa entre tú y John?

Una alarma resonó en la superficie del corazón de Abby. Si Beth podía sentir un problema, ¿qué estarían sintiendo los chicos? ¿Habían sido tan obvios John y ella?

—¿Qué quieres decir?

—Mira, hermanita mayor, he pasado muchas cosas en la vida. Allá en la casa tú y John eran las únicas personas que aún están patinando en el invierno, como si temieran percibir algo con tan solo intercambiar una mirada al pasar.

Abby se quedó en silencio, horrorizada de que Beth hubiera visto a través de lo que John y ella creían que era una actuación perfecta.

—Te... tenemos mucho que hacer.

Beth no replicó, solamente lanzó a Abby la mirada de una hermana menor esperando toda la historia. Reanudó la marcha y Abby se le unió a su lado. Siguieron así por otros cinco minutos mientras el estómago de Abby se le revolvía con la verdad. Cuando ya no pudo soportarlo más se detuvo y bajó la cabeza. Las lágrimas no fueron algo en lo que pensara, solo fueron un desbordamiento de emoción que había aumentado demasiado como para contenerlo.

Beth vio que las primeras lágrimas salpicaban contra la grava y alargó la mano, envolviendo a su hermana en un abrazo que Abby sintió seguro, cálido y conocido, haciéndole sentir el hecho de que Beth y ella no habían estado cerca por mucho tiempo. Con una repentina comprensión la hermana mayor entendió que la distancia entre ellas había sido por su culpa. Cuando Beth y su esposo se divorciaron, Abby básicamente había dejado de escribirle. Ella se había preguntado: ¿Qué clase de mujer cristiana no podría hacer que las cosas con su esposo funcionaran? Y no había habido nada en las últimas décadas que indicara que Beth se estuviera acercando más a Dios, así que Abby había decidido dejar que la relación se debilitara.

La verdad de su propio espíritu crítico era casi más de lo que podía soportar. En los brazos de Beth las lágrimas de Abby se convirtieron en desgarradores sollozos que la quebrantaron y le arrancaron todo lo que quedaba de su fe en que las cosas actuaban para bien.

—Cuéntame, Abby, no importa... ¿qué pasa? —inquirió Beth, que normalmente era dura e insolente, pero que ahora en el mundo privado de ellas en la parte trasera del lago, era tan amable y cariñosa como habría sido la madre de ambas.

—Tienes... tienes razón acerca de John y yo —confesó Abby manteniendo el rostro oculto en el hombro de su hermana—. Beth, nos estamos divorciando.

Aunque expresaría esas palabras muchísimas veces en los meses y años venideros, esta quizás era la única vez en que su afirmación no necesitaba ninguna explicación.

—Oh, Abby, lo siento mucho —exclamó Beth acariciándole el cabello a su hermana y en buena hora refrenándose para no decir algo incluso remotamente sarcástico—. ¿Lo saben los chicos?

—Estamos esperando hasta después de la boda —contestó Abby negando con la cabeza.

—Vaya, Abby, no te envidio —comentó Beth exhalando por entre sus fruncidos labios, y haciendo luego una pausa y meneando la cabeza—. Quiero decir, ¿quién habría pensado...?

A los pocos minutos las lágrimas de Abby disminuyeron y ella se alejó, secándose la humedad en las mejillas, reticente a hacer contacto visual con su hermana. ¿Así se iría a sentir siempre que alguien le preguntara por su fallido matrimonio? ¿Como si ella hubiera defraudado al mundo entero?

El amor es paciente, es bondadoso... El amor jamás se extingue.

Las palabras de 1 Corintios 13 le resonaron en la cabeza de igual modo que lo habían hecho muy a menudo en los meses anteriores, por eso se las sacudió. Sin importar cómo había orado en años anteriores por su matrimonio, esta vez el amor estaba terminando. Su esposo quería estar con alguien más. Todo estaba acabado y no había vuelta atrás, sin más remedio que tratar de ver una manera de seguir adelante.

—¿Hay alguien más? —preguntó Beth ladeando la cabeza a fin de poder hacer contacto visual con Abby—. Para cualquiera de los dos, quiero decir.

—John ha estado viendo a alguien de su trabajo, pero sinceramente nuestro matrimonio murió antes de que ella entrara en escena —respondió Abby encogiendo los hombros.

—¿Y tú, también? —indagó Beth arrastrando los pies en la grava del camino—. Quiero decir, ¿estás viendo a alguien?

—No, nada como la situación de John —negó Abby pensando en su editor.

Continuaron en silencio, más lentamente que antes.

—Los hombres pueden ser tan canallas —opinó Beth, y su afirmación no era para denigrar a Abby ni al matrimonio que había tenido con John por varios años; simplemente estaba participándole su opinión sobre el asunto—. Sin embargo... ¿tú y John? Es decir, pude sentir que algo estaba mal pero no tenía idea...

Un suspiro salió por entre los labios de Beth, mirando las copas de los árboles mientras caminaba.

—¿Te hace eso querer advertirle a Nicole, verdad?

Las defensas de Abby retrocedieron ante la sugerencia de Beth. No, ¡no quería advertir a su hija! El matrimonio seguía siendo algo bueno, lo correcto para la mayoría de personas. Lo que le había sucedido a Beth y su esposo, lo que estaba ocurriendo con Abby y John, seguía siendo la excepción. Tenía que serlo. Abby no se podía imaginar un mundo en que toda esperanza por el amor perdurable fuera inexistente.

—Nicole y Matt estarán bien —declaró Abby con seguridad en la voz; Beth arqueó una ceja.

—Creí que tú y John también acabarían bien.

—Estuvimos bien muchos años —expresó Abby recuperando el ritmo; de pronto se sintió ansiosa por volver a estar con Nicole, en un lugar donde el reciente amor aún parecía repleto de promesas y en el que la realidad del divorcio de ella estaba a semanas de distancia.

—¿Qué sucedió? Si no te importa que pregunte.

Abby suspiró y dirigió la vista hacia el lago, caminando sin mirar el sendero mientras daban una curva. Había tenido meses y años para pensar en esa pregunta pero la respuesta aún no llegaba con facilidad.

—Creo que fue el año en que Nicole entró a la selección de fútbol. John estaba absorto en el fútbol americano y los muchachos, Nicole y yo pasábamos fuera casi todos los fines de semana.

Beth asintió sin decir nada.

—Estábamos tan ocupados con los chicos, tan atrapados en nuestras vidas separadas, que cuando nos juntábamos... no sé, era como si fuéramos extraños o algo así. Me frustraba cuando él no preguntaba por los partidos de los muchachos o por los artículos que yo escribía; él se había sentido igual cuando yo no le preguntaba por el entrenamiento o los partidos de viernes por la noche —exteriorizó e hizo una pausa—. No sé. Él dejaba cosas tiradas por ahí y yo olvidaba hacer la merienda de las noches. Empezamos a sacarnos de quicio. Como si hubiera sucedido mucho desde la última vez que estuviéramos juntos y no hubiera una verdadera manera de ponernos al día. Lo que antes me motivaba para ir rápido a casa y hablar con mi esposo ya no parecía importante y así... nuestras conversaciones se volvieron más charlas vacías y funcionales que otra cosa.

Abby sintió lágrimas otra vez, y pestañeó para poder ver con claridad.

—En realidad no estoy muy segura, Beth. Fue como si de la noche a la mañana ya no fuera divertido todo aquello que antes nos hacía reír. Ya no me contaba los detalles que solía compartir conmigo. El tiempo que pasábamos juntos en el muelle, donde solíamos hablar solo de nosotros dos, quedó en el olvido. Cosas como esas. Me di cuenta en ese tiempo e imagino que eso empeoró las cosas. Yo no deseaba oír hablar de sus jugadores en la rutina de entrenamiento; me cansé de preocuparme con qué estudiante de segundo curso podría estar en el equipo principal y cuál de último año haría los mejores puntajes del año. Sencillamente no me importaba. Quería que me preguntara por *mi* día, que actuara con un poco de interés acerca de lo que yo estaba escribiendo y qué revista lo estaba comprando.

Hubo silencio por un momento mientras seguían caminando.

—Tú y John tenían algo que la mayoría de personas nunca obtienen en toda la vida —comentó finalmente Beth respirando hondo.

Una ola de tristeza inundó a Abby, que se paró en seco secándose los ojos y tratando de entender sus sentimientos.

—Cuando pienso en el hombre que fue, del que me enamoré... me cuesta creer que estemos pasando por esto.

—Pero la verdad es que ustedes no son las mismas personas que eran en ese entonces, hasta yo puedo ver eso.

Beth hacía parecer cierto lo que decía, como si individuos como Abby y John simplemente cambiaran, y matrimonios como el de ellos murieran cada día de la semana. A Abby le dieron ganas de gritar, de detener esa locura, de correr a casa y zarandear a John hasta que ambos comprendieran la equivocación que estaban a punto de cometer.

Pero ¿era una equivocación?

John estaba ahora enamorado de Charlene, y en más de un año no le había preguntado a Abby cómo le iba. La verdad de que Beth tenía razón la hizo enojar aun más.

—Regresemos —pidió.

Abby se sentía como si estuviera cargando a John, Nicole, Kade y Sean literalmente sobre los hombros, sabiendo que la carga solo se haría más pesada, no más liviana, en los días venideros. Se secó las últimas lágrimas y comenzó a caminar hacia adelante una vez más.

—Nicole se estará preguntando dónde estamos.

—No diré nada. Obviamente —declaró Beth estirando la mano y apretando una vez la de de su hermana—. Estoy aquí, contigo.

Abby esbozó una sonrisa. Beth tenía buenas intenciones y, aunque esta hermana mayor había pasado la vida convenciéndose de que tenía poco o nada en común con su independiente y cínica hermanita, estaban llegando rápidamente los días en que ambas tendrían más similitudes de las que ella misma creía.

—Gracias.

Recorrieron en silencio el resto del sendero y pronto estuvieron otra vez en la cabaña. Abby abrió la puerta, y entonces se quedó helada por lo que vio. Jo y Nicole estaban sentadas con las piernas cruzadas sobre la misma litera, una frente a la otra, tomadas de las manos e inclinadas orando. Beth alcanzó a verlas y retrocedió hasta una silla lejana en el porche frontal.

Pero Abby no pudo alejarse. Ahí estaba su única hija, la muchacha a la que le había enseñado a orar, por la que había orado innumerables noches año tras año, ahora unida en oración prácticamente con una extraña. Una mujer que hasta hace unos meses era una divorciada que no sabía ni lo básico acerca de tener una relación con el Señor. Sin embargo, allí estaba Nicole orando con esa mismísima mujer.

Quizás la clase de oración que Abby podría haber hecho antes con Nicole... bueno, si la situación fuera diferente. Comprendió entonces que había perdido algo de sí misma, la parte que años antes habría estado allí sentada donde Jo se hallaba. *Otra víctima de nuestro agonizante matrimonio*. A través de las lágrimas se preguntó cómo, por qué horrible y miserable giro del destino, había cambiado papeles con la mujer que tenía en frente. Y si había alguna manera en que pudiera volver a levantarse del foso en que se hallaba y colocarse en el lugar en el que con suma elegancia y tranquilidad estaba Jo Harter.

El momento en que la furgoneta desapareció de la vista, John guardó la bicicleta de cambios que había estado arreglando, se lavó las manos, y atravesó la sala familiar hacia su sillón preferido. Sean se había ido en su bicicleta a casa de un amigo a medio camino del lago, y Kade estaba ejercitándose en el colegio, tratando de ganar otras diez libras antes de ir a la universidad.

La casa estaba más tranquila de lo que había estado en días.

¿Cómo ninguno de ellos lo notó? ¿No era evidente que en meses él y Abby no habían tenido mucho contacto delante de los chicos? John dejó la inquietud en el fondo de la mente y pensó en que tenía sed. Atravesó la sala, entró a la cocina y se sirvió un vaso de agua. Mientras lo llenaba, la mirada se le posó en el teléfono.

«Estaré en casa... llámame si quieres... llámame si quieres... llámame si quieres...»

Las palabras de Charlene le resonaron en los oídos hasta que se sintió halado hacia el teléfono. *Ayúdame a salir de esto, Dios... Por favor. Le prometí a Abby...*

El amor todo lo soporta... el amor jamás se extingue.

El pensamiento le resonó en el endurecido corazón y le hizo poner los pies en movimiento, retrocediendo hacia la sala, lejos del teléfono. A medio camino hacia su silla divisó un escrito sobre la mesa y se detuvo para leer el título.

«Méritos de las Águilas: Proyecto de fin de curso por Kade Reynolds».

Kade se había lucido con el artículo y durante días había estado insistiéndole que lo leyera. John alargó la mano y lo levantó, lo abrió en la primera página y revisó el índice. «Características de un águila... Lo que hace diferente a un águila... El águila toma un compañero...» El artículo tenía diez páginas y parecía tedioso.

Léelo, hijo... léelo.

Fue atraído hacia el escrito por algo que no lograba ver... ni explicar. Una voz silenciosa como la de Dios cuando habían pasado días conversando... pero ¿por qué Dios querría que él mirara el informe de Kade?

Entonces otra voz resonó a través de él.

No pierdas tu tiempo. ¿A quién le importa un águila? Estás a una semana de mudarte y tienes la casa solo para ti. Sácale el máximo provecho.

Mientras el pensamiento se le paseaba por la conciencia, John quitó la mirada del escrito que tenía en la mano y la fijó en el teléfono.

«Estaré aquí... llámame, John... estaré aquí».

Sin pensarlo dos veces, dejó otra vez el documento sobre la mesa. Negándose a pensar en las promesas hechas a Abby o en la clase de hombre en que se había convertido, levantó el auricular. Pero el teléfono sonó en el momento en que iba a pulsar el número de su amiga. Retrocedió tan rápido como si Abby hubiera entrado a la cocina. Pulsó un botón y sostuvo el aparato al oído, con el corazón palpitándole de manera salvaje.

—¿Aló?

—¿Papá? —oyó la voz de Nicole destilando tierna nostalgia—. Soy yo. Estoy en el celular desde nuestro viejo campamento. ¿Puedes creer que me alcance a contactar desde aquí?

El deseo de John de llamar a Charlene desapareció al instante. Obligó a su voz a parecer normal, como si hubiera estado sentado en la sala viendo ESPN.

—Hola, cariño. ¿Se están divirtiendo?

—Sí, vamos a jugar Scrabble y a hablar toda la noche —informó, haciendo una pausa; John casi pudo verle el brillo en los ojos—. Mamá me dijo que podía hacerte una llamada rápida y que te deseara buenas noches.

Una delgada capa de sudor surgió en la frente de John, que se tragó la ansiedad.

—Me alegra que se estén divirtiendo, mi tesoro —contestó; *¿debería decirlo?*—. Y, este, saluda de mi parte a mamá.

Nicole suspiró ante la mención de su madre, y John tuvo la sensación de que la joven estaba debatiendo entre hablar o no.

—Papá, estoy orando por ti y mamá.

El nivel de ansiedad de John se duplicó.

—¿Por... por nosotros?

¿Qué le habría dicho Abby a la muchacha? ¿Y por qué ahora, con la boda a solo unos días?

—Los padres también necesitan oración, papá —explicó Nicole riendo nervicsamente—. Imagino que mientras estemos fuera para pasar unos días hablando de amor y esas cosas, yo también podría orar por ustedes. Quizás vernos a Matt y a mí casados en el aniversario de bodas de ustedes también los haga sentir recién casados. Creo que no les hará daño.

Había un centenar de cosas que John quería decir, pero no estaba seguro que debiera expresar alguna. Defender el matrimonio que tenían era mentirle a su hija, pero no decir nada era admitir que había un problema.

—Nunca hace daño orar —contestó respirando profundamente.

—Bueno, me debo ir. Me cuesta creer que mi luna de miel será dentro de una semana. Se siente como si se estuvieran acabando mis días de ser una niñita, ¿sabes?

John sintió el corazón como si alguien se lo hubiera arrancado y pisoteado. Docenas de imágenes de Nicole le atravesaron la mente: desdentada en su primer día en el jardín de infantes, engalanada en azul y gris en uno de los partidos de fútbol de John y animando al lado de las muchachas mayores, pateando un balón de fútbol americano por sobre las cabezas de tres defensas en un partido de torneo cuando se hallaba en octavo grado, tocando el piano con su toga y su birrete antes de graduarse del colegio. ¿A dónde se había ido el tiempo? ¿Y qué pasaría con la sonrisa de ella dentro de dos semanas cuando recibiera la noticia?

Al hombre se le hizo un nudo en la garganta, y otra vez se quedó sin saber qué decir.

—¿Papá? ¿Aún estás allí? —preguntó Nicole preocupada porque la conexión estuviera cortándose.

—Aquí estoy, cariño. Trata de pensar en el asunto no tanto como una terminación sino como... un nuevo comienzo.

—De acuerdo... eso es lo que mamá también dijo —asintió Nicole; gracias a Dios que estaba demasiado emocionada para pasar mucho tiempo mirando el pasado—. Bueno, te veré en unos días, papá. Te amo.

—Yo también te amo, Nicki —contestó John cerrando los ojos y dejándose caer en el sillón más cercano al comedor.

Desconectó la llamada y depositó el teléfono en la mesa, imaginando el derrumbe que yacía por delante. Antes de que pudiera decidir qué hacer a continuación, el teléfono volvió a sonar. *¿Qué habrás olvidado esta vez, Nicole?*

—Aló, cariño, soy todo oídos...

Hubo una pausa, luego sonó la voz de Charlene con frialdad en el otro extremo.

—Eso es agradable... ¿esperándome a mí o a alguien más?

La cabeza de John comenzó a darle vueltas. Detestó la perturbada y confusa maraña en que se había convertido su vida.

—Este... creí que era Nicole.

—Nicole —repitió Charlene con voz monótona—. Pero no Abby, ¿correcto?

Lo que faltaba.

—No me acoses. No tengo que defenderme de ti, Charlene.

Él suspiró y se frotó las sienes, con los ojos cerrados. Pasó casi un minuto en silencio.

—Perdóname por haber sido brusco contigo. Solo que no quiero hablar contigo ahora... necesito tiempo.

Hubo una pausa, y luego oyó un lloriqueo. *Fabuloso, ahora estoy haciendo llorar a dos mujeres.* Extrañamente las lágrimas de Charlene solo consiguieron frustrarlo más.

—Debo colgar.

—Llámame cuando estés listo... y no hasta entonces, ¿está bien? —balbuceó Charlene aclarándose la garganta.

—De acuerdo —concordó John mientras una extraña sensación de alivio le inundaba el alma.

Cuando colgó puso los antebrazos sobre la mesa de la cocina y miró por la ventana hacia la sombría noche. ¿Qué estuvo a punto de hacer? ¿Por qué iba a llamarla en un principio? ¿Y cómo podía sentir por ella algo tan fuerte en un minuto y apenas tolerarla al siguiente?

Nunca había sido así con Abby, al menos no al principio. En realidad, no después de diez años. Con ella siempre había buscado momentos para estar juntos. Tenían en común una química que no había desaparecido con el tiempo. *¿Por qué me dejaste de amar, Abby? ¿Por qué perdiste todo interés en mí?*

La mirada se le volvió a posar en el informe de Kade que aún estaba sobre la mesa, y hasta pudo oír la voz de su hijo: «*Dale una ojeada, papá. Lo voy a dejar aquí mismo hasta que lo leas*».

Pues bien. Charlene no volvería a llamar; estaría solo toda la noche. ¿Por qué no? Levantó el documento y atravesó la cocina para ir a sentarse en su sillón en la sala. Una vez cómodo abrió en la primera página. El reporte estaba bien escrito y lleno de información y, a pesar de todas las emociones que guerreaban dentro de él, John sintió una oleada de orgullo. A Kade le iría bien en la Universidad de Iowa, y no solo en la cancha.

Leyó la introducción y a través del cuerpo de la crónica, recordando otra vez cómo el Señor exhortaba a su pueblo a ser como águilas. *Volarán como las águilas*... no como cuervos, gallinas ni faisanes. Águilas. Le resaltaron frases clave del reportaje, información que Kade le había participado meses atrás. «El águila solo come alimentos nutritivos. Cuando consume algo que la enferma vuela hacia la roca más elevada que puede hallar y se tiende con las alas extendidas sobre la superficie de la roca. Permanece allí hasta que el sol elimina el veneno, quedando libre para volver a volar con las demás águilas».

John volvió a dejar que la imagen se le asimilara. La siguiente sección trataba de los hábitos de apareamiento de las águilas.

«A las águilas hembras les gusta probar a su contraparte masculina». *¿Contraparte?* ¿Dónde consiguió Kade una palabra como esa? Siguió leyendo:

Cuando la hembra sabe que un macho está interesado lo dirige en una cacería por los cielos, descendiendo en picada y remontándose por sobre las colinas. Cuando el acoso está a punto de terminar vuela tan alto como puede y gira de espaldas, en caída libre, hacia el suelo. Es tarea del macho colocar su cuerpo sobre el de ella y asirle las garras, batiendo las alas con todas las fuerzas y evitándole una muerte segura. Momentos antes de tocar tierra la hembra sale de la caída libre y rodea en círculos al macho. Puesto que él ha estado dispuesto a permanecer con ella aun hasta la muerte, se habrá probado como compañero. Las águilas se unen de por vida a partir de ese momento.

John cerró el informe y lo dejó sobre la mesita a su lado. Sintió náuseas obrando bajo un manto de culpa tan pesada como cualquier muro de ladrillo.

Las comparaciones eran obvias. Desde luego que Abby y él estaban destinados al divorcio; él la había abandonado durante años y ahora solo eran dos águilas solitarias, sin ninguna esperanza y en caída libre hacia el suelo. Y mientras reflexionaba en la situación de ellos comenzó a recibir una revelación distinta a cualquier cosa antes en toda su vida.

Una revelación que solo pudo haber venido del mismo Dios todopoderoso.

Veintidós

LAS IMÁGENES DE LAS ÁGUILAS CAYENDO DEL CIELO MANTUVIERON A JOHN despierto hasta bien entrada la noche, por lo que a la mañana siguiente no solo estaba profundamente atribulado sino también cansado. Esperó hasta las nueve para llamar a Charlene.

—¿Aló? —contestó la mujer con voz más que alegre y optimista, sin parecer afectada por la llamada telefónica de la noche anterior.

¿No sabía ella lo trastornado que había estado él? ¿No le preocupaba la reacción ni la decisión de evitar hablar con ella? Un breve pensamiento se le ocurrió al hombre... quizás él solo era un interés pasajero en la vida de Charlene. Alguna clase de conquista.

No... él y Charlene se habían conocido bastante tiempo para eso.

—Hola. Soy yo.

—¡John! ¡Llamaste! —exclamó ella con emoción instantánea en el tono.

Lo último que él había hecho era concordar en llamarla cuando estuviera listo, cuando tuviera suficiente tiempo. Subió la mano a lo largo de su nuca, frotándola ociosamente. La mujer no tenía idea de lo que había pasado desde entonces.

—Debemos hablar. ¿Puedes... te importaría venir esta tarde; en algún momento después de almuerzo? —inquirió él tratando de parecer amigable pero no provocador; lo último que deseaba era a Charlene apareciéndose en traje de baño lista para pasar una tarde en el lago.

—Nuestra conversación de anoche no... bueno... no resultó muy bien. ¿Estás seguro de que deseas verme?

—Sí —respondió John respirando de manera acompasada y flexionando la mandíbula—. A la una.

—Perfecto —asintió Charlene en tono optimista y... triunfante.

¿Cuán bien lo conocería ella si creía que él cambiaba de parecer con tanta facilidad?

A medida que pasaba la mañana, John leía más del informe de Kade. El águila tenía dos enemigos naturales: las tormentas y las serpientes. Acogía la tormenta, esperando sobre la roca la corriente térmica adecuada y luego utilizándola para volar más alto. Mientras otras aves se estarían protegiendo, el águila volaba. El águila nunca batallaría contra las tormentas de la vida.

Reservaba la pelea para las serpientes, en particular cuando estas amenazaban a sus crías.

Volvió a poner a un lado el reporte. ¿Sabía Kade que había estado escribiendo específicamente para su propio padre? ¿Pudo Dios haber encontrado un ejemplo mejor para mostrarle cómo había incumplido?

No lo creyó así. Y aunque su matrimonio estaba acabado, aunque lo había estropeado en los últimos años, sintió que en el alma le nacían las raíces del cambio. Si tan solo pudiera volver a vivir con Dios... quizás, solo quizás podría recordar lo que era un águila. La clase de águila que siempre había deseado ser. Del tipo que acogería las tormentas de la vida.

Y lucharía contra la serpiente a toda costa.

Charlene llegó a tiempo, usando blancos pantalones cortos y camiseta ajustada sin mangas. El maquillaje era sencillo; parecía de veinticinco años cuando John le abrió la puerta y la invitó a entrar. *Dame fortaleza aquí, Señor. No tengo las palabras...*

Te diré qué decir y cuándo decirlo, hijo mío. Confía en mí.

Confía en mí... confía en mí. Las palabras le resonaban en el corazón, recordándole otro versículo. Aquel en Isaías que hablaba de confiar en el Señor... ¿era ese? «*Los que confían en el Señor renovarán sus fuerzas; volarán como las águilas: correrán y no se fatigarán...*»

Otra vez las águilas. Está bien, Señor. Confiaré en ti.

—Gracias por venir —expresó señalándole para que lo siguiera.

Se sentó al borde de su sillón, y Charlene en el sofá más cercano a él.

—Creí que necesitabas más tiempo —declaró ella con voz confiada, claramente esperando que él le dijera que era hora, quizás que incluso la tomara en los brazos y le mostrara exactamente cómo se sentía respecto a ella.

Sin embargo, a la luz de todo lo que Dios le había mostrado por medio del informe de Kade, la miró del modo en que vería a una vieja amiga por la que no sentía más que una platónica preocupación.

—Charlene, tú tienes toda una vida por delante. Eres... eres joven, hermosa y... y creo que lo que estoy tratando de decir es que deseo que aceptes el trabajo en Chicago.

Ella se rió como nerviosa y acomodó las piernas en una manera que la hacía más que atractiva. John lo notó, pero no fue tentado en lo más mínimo.

—Te refieres a los dos, ¿correcto? Decidiste solicitar un empleo de entrenador allí, ¿verdad que sí?

John se echó para atrás en el sillón y luego se inclinó sobre sus rodillas. *Ayúdame, Dios. Dame las palabras.*

—No... me refiero a que podría tardar meses, años, Charlene. Abby y yo podríamos haber terminado, pero simplemente no puedo entrar en otra relación contigo. No ahora, de ninguna manera.

—Te dije que esperaría —manifestó ella con un brillo momentáneo de impaciencia en los ojos—. ¿Por qué este tremendo discurso?

John se dio cuenta de que en sus propias fuerzas habría perdido una batalla de palabras con Charlene. Ella tenía una forma de terminar toda conversación con total control. Así que esperó la sabiduría de Dios.

—Me has permitido vincularme a tu vida por mucho tiempo —enunció él mirándola a los ojos y deseando que comprendiera—. Esto te parecerá cómico, pero el año entrante cuando esté viviendo solo quiero arreglar las cosas con Dios. Eso es importante para mí.

Charlene arqueó una ceja, parecía a punto de soltar una enérgica carcajada.

—¿Arreglar las cosas con *Dios*? ¿Crees que te puedes divorciar de tu esposa y pasar el año entrante volviéndote religioso? —objetó ella poniéndose lentamente en cuclillas y acercándose a él, abrazándole las piernas desnudas y poniendo la cabeza a lo largo de los muslos de John—. No es a Dios a quien quieres, sino a mí.

Una sensación de cosquilleo recorrió el cuerpo de él.

¡No! Dios, sácame de esto. Ya estropeé una relación; no lo volveré a hacer. ¡Ayúdame!

Cortésmente, y con un poder que no era suyo, quitó de un empujón a Charlene de sus piernas de tal modo que la mujer cayó de lleno con las piernas cruzadas a los pies de él.

—No puedo. ¿Entiendes?

—¿Por qué? —inquirió Charlene con los ojos llenos de lágrimas—. Tú me has querido... los dos nos hemos querido desde el día en que nos conocimos. Solo estás asustado, John. Déjame amarte. Por favor...

—Charlene, te estoy diciendo que todo acabó entre nosotros —declaró él con la mandíbula apretada.

—¿Qué se supone que significa esto? —objetó la mujer con el rostro pálido y retrocediendo un poco—. Yo creí que solo necesitabas tiempo.

—Necesito tiempo a solas con Dios.

Por difícil que era, John estaba absolutamente seguro de que hacía lo correcto. Y Charlene no podría hacer nada para que él cambiara de opinión.

—¿Con Dios? Vamos, John. Como si eso te hubiera importado el otro día en tu salón de clases o esa noche en el campo de fútbol.

Recordó el cambio radical de la noche anterior y la silenció con una mirada glacial. ¿Cómo se atrevía ella a lanzarle eso ahora?

—Lo he decidido, Charlene. Haz lo que quieras con relación a ese empleo en Chicago. Se acabó todo entre nosotros.

Exactamente cuando Charlene estaba a punto de decir algo, alguien tocó a la puerta.

El ritmo cardíaco de John se aceleró. ¿Llegaban ellas antes de hora? ¿Cómo explicaría la presencia de Charlene allí? Se paró de pronto con las piernas temblorosas y le señaló que volviera al sofá. Ella lo hizo, y él se obligó a calmarse mientras abría la puerta.

Ver a Matt Conley fue tanto un alivio como una fuente de preocupación.

—Ah, hola, Matt. ¿Qué tal?

—Oh, lo siento, no sabía que tuviera compañía —expresó el muchacho mirando más allá de John y viendo a Charlene en la sala.

La profesora captó la señal y se paró, agarrando la cartera y caminando hasta la puerta principal.

—No se preocupen por mí, caballeros —dijo riendo ligeramente—. Estaba a punto de salir.

Llegó muy campante al lado de ellos y, con Matt observando, miró directamente a John a los ojos.

—Respecto a tu sugerencia, creo que tienes razón. No puedo dejar pasar una oportunidad como esa —comentó, él pudo verle en el rostro las cosas que ella no estaba expresando—. Probablemente encontraré un lugar en Chicago antes de que finalice el próximo mes.

John no se había imaginado un final así, hablando en frases enigmáticas mientras su futuro yerno ponía atención a cada palabra. Entonces esbozó una sonrisa y retrocedió un paso para mantener la distancia entre ellos.

—Te va a ir muy bien —aseguró dándole una palmadita en el hombro del modo en que podría felicitar a uno de sus jugadores después de una buena actuación—. Gracias por venir.

Había lágrimas frescas en los ojos de Charlene mientras se iba, pero John estaba casi seguro de que Matt no las había notado. Una vez que la mujer se hubo ido, los dos hombres entraron a la sala. Matt se movió nerviosamente.

—Yo no quería hacerla ir... solo creí...

—No te preocupes. Ella necesitaba un pequeño consejo, y fue un buen momento para hablarle. Está aceptando un empleo en Chicago.

—Me di cuenta —comentó Matt, entonces se retorció las manos y sonrió—. Nada personal, pero Nicole no puede soportar a esa mujer.

—¿A Charlene? —preguntó John paralizándosele el corazón; no se había dado cuenta de que Nicole tuviera una opinión sobre ella.

—Sí, Nicole cree que ella tiene planes con usted.

John rió de manera forzada, pero otra vez Matt pareció no notarlo.

—No hay nada de qué preocuparse en cuanto a Charlene. Hemos sido amigos por un buen tiempo, pero ahora se está mudando.

Deseó que el corazón le palpitara con normalidad, atónito por la precisión en la visita de Matt y por cómo la presencia de su futuro yerno hiciera ir a Charlene. Pensó en la llamada de Nicole la noche anterior y en el anuncio en el salón de clases el otro día. Qué cerca había estado de...

¡Qué fiel eres, Dios! No he hecho sino vivir por mi cuenta durante mucho tiempo, y sin embargo aquí me estás dando toda la ayuda que necesito. Ayúdame a ser un águila, Señor... Ayúdame a aprender a volar de nuevo.

—En cierto modo por eso es que estoy aquí, supongo. Quiero decir, usted es asombroso, señor Reynolds. Mujeres como Charlene respirándole en la nuca y sin embargo, después de todos estos años, usted y la señora Reynolds teniendo este matrimonio perfecto.

Está bien, oriéntate, John. Matt no estaba aquí para espiarlo sino para advertirle.

—Bueno, ningún matrimonio es perfecto.

Matt se puso de pie y caminó de un extremo de la sala al otro y regresó.

—No es que me esté llenando de miedo —enunció deteniéndose y mirando con gran seriedad a John—. Amo a Nicole más de lo que creí posible.

Un destello iluminó los rincones de la mente de John. Él y Abby debajo del roble en el recinto de la Universidad de Michigan: *«Nunca amaré a alguien como te amo, Abby... como te amo... como te amo».*

—Recuerdo el sentimiento.

—Pero ese es el punto. Usted y la señora Reynolds nunca *perdieron* ese sentimiento, ¿sabe? Es decir, ¿cómo conservar lo que está reprimido aquí adentro... —preguntó ahuecando las manos sobre el corazón— ...y asegurarme de que nunca desaparezca?

El muchacho dejó caer el brazo al costado.

—Como les pasó a mis padres —concluyó.

John empezó a abrir la boca pero volvió a oír las voces susurrantes. *¡Hipócrita, hipócrita, hipócrita! ¿Cómo te atreves a aconsejar a este joven ingenuo cuando ni siquiera puedes cumplirle una promesa a Abby?*

—No tengo las respuestas, Matt.

El joven ante él estaba tan serio, tan resuelto a encontrar el secreto del amor duradero, que John deseó meterse en un hoyo para nunca salir. ¿Cómo se sentiría Matt al respecto dentro de dos semanas?

Háblale del águila, hijo.

El pensamiento le resonó en el lugar del corazón reservado para susurros santos.

Dame las palabras, Dios... una vez más.

—Sé que no hay una fórmula establecida, pero al menos quiero una clave —pidió Matt volviendo al sofá, sentándose, cruzando las piernas y pasándose una mano por la frente—. Se lo debí haber preguntado hace mucho tiempo.

Solo que no estaba seguro en cuanto a cómo mencionarlo sin hacerle creer que yo estaba dudando. Es decir, usted no solo es este gran hombre a quien admiro... sino que es el padre de Nicole. Eso lo hace difícil.

De pronto John se sintió desesperado por confesarle la verdad a Matt, por acabar la farsa y hacerle saber el terrible esposo que en realidad era, y cómo él y Abby habían dejado de tratarse años atrás.

Recuerda mi gracia, hijo. Háblale del águila...

He ahí la voz otra vez. Él no estaba para eso, no podía mirar a Matt a los ojos y decirle algo que pudiera...

—Quizás un pasaje bíblico o algo así. Quiero decir, he estudiado todos los versículos acerca de que Dios odia el divorcio y de cómo los dos serán una...

El hombre sintió una cuchillada de remordimiento deslizándosele por el abdomen. *No puedo hacer esto, Dios... haz que se vaya.*

—¿Has estudiado alguna vez al águila?

—¿Quiere decir, las Águilas de Marion... el más victorioso programa de fútbol americano en el sur de Illinois? —indagó Matt sonriendo.

—En Isaías, Dios dice que volaremos como águilas —expuso John sintiéndose de pronto alentado con una fortaleza que no había tenido en años, entonces estiró la mano y agarró el reporte de Kade del extremo cercano de la mesa—. Kade realizó este proyecto de último año sobre el águila, y creo que hay mucho allí.

—¿Acerca del matrimonio? —quiso saber Matt con expresión de curiosidad.

Durante los diez minutos siguientes John habló del águila y su habilidad para enfrentar las tormentas de la vida, de cómo pelea con la serpiente, impidiéndole que destruya sus aguiluchos o el gran nido. Le habló a Matt de cómo, si enfermaba, el águila se remontaba tanto como para llegar sola hasta la roca y dejar que el sol eliminara el veneno de su sistema. Y más que todo le habló de cómo el águila macho nació para aferrarse a la hembra a pesar de la caída, incluso hasta la muerte.

Cuando terminó, Matt ya no parecía preocupado. Desde donde estaba, en el umbral del reciente amor y del compromiso, la idea de aferrarse de por vida a Nicole parecía fácil y emocionante. John oró porque siempre sintiera de ese modo.

—Eso es perfecto, exactamente lo que necesitaba.

Conversaron un poco más acerca de la boda y de cuán rápidamente se realizaría todo esa semana. Al final, casi después de una hora, Matt se levantó para irse.

Aunque John aún se sentía como un hipócrita, aunque estaba seguro de que la fortaleza para hablar con Matt había sido sobrenatural, acompañó al joven hasta la puerta y se despidió de él.

—Cuatro días, señor Reynolds. Me es difícil esperar.

Matt era alto y apuesto, y con su capacidad de razonamiento, John estaba seguro de que un día no muy lejano sería un buen abogado. Pero más que un generoso proveedor, John esperaba que su futuro yerno pudiera captar la lección del águila y la importancia de persistir siempre.

Una lección que John solo querría haber entendido años antes de la primera vez en que él y Abby empezaron a caer.

Abby permaneció sola en la entrada, cansada y satisfecha, mientras agitaba la mano para despedirse de Beth y Jo. Nicole ya había llevado su maleta al interior de la casa, y si su punto de vista fuera alguna indicación, el campamento de la chica había sido un éxito total. Habían reído, hablado y hasta orado juntas; ahora Abby caminaba por el costado de la casa hacia el patio trasero cuando divisó a John, a la deriva en su bote de aluminio a remos en medio del lago.

Probablemente sintiéndose culpable. No quería enfrentarnos cuando entráramos. Ella se quedó observando el lugar por largo rato, y le llegaron una docena de recuerdos de momentos más felices. El bote no tenía capacidad para más de tres personas, pero hubo ocasiones en que parecía un yate, momentos en que John y ella pasaran una tarde en ese bote, flotando en el lago, tomando sol, riendo y conversando. Fue en ese mismo bote que soñaron en la carrera futbolística de Kade, y en que ella le había dicho que estaba embarazada de Sean.

John no remaba y, como estaba de espaldas, Abby supuso que él no sabía que ellas ya habían llegado. Entonces pensó en que esa podría ser la última vez que llegaría a casa para encontrar a su esposo de ese modo en el lago.

Había algo pacífico y perpetuo respecto a estar en el lago, John sabía que con la locura tanto del ensayo general como de la boda en los próximos días, habría poco tiempo para cualquier cosa parecida a la tranquilidad. Además necesitaba pensar, imaginar lo diferente que podría ser la vida si hubiera visto venir la ruptura y hubiese hecho algo, cualquier cosa, por contenerla.

Por supuesto, ahora era demasiado tarde. Abby no lo amaba, y ningún esfuerzo por aferrarse a ella serviría en este momento. En la caída libre de la vida, ambos se habían estrellado y quemado. Ahora su esposa andaba tras otros territorios.

John se inclinó en el interior del bote, de espaldas a la casa y a toda la alegría y la tristeza que tendrían lugar allí en las próximas semanas. Al mirar el cielo observó un ave planeando sin esfuerzo alguno en el aire y cruzándose sobre el agua en busca de un pez vespertino. Miró más de cerca. No podía ser. No aquí y ahora, cuando estaba pasando tanto en su mente, cuando el informe de Kade había sido el detonador del más grande cambio de corazón que había experimentado en toda su vida.

Pero lo era. Se trataba de un águila. Y mientras la observaba se sintió lavado por la gracia y el perdón de Dios, lleno con una esperanza que no tenía razón de ser.

Siguió mirando al águila mientras le ardían las lágrimas en los ojos. Algo relacionado con el hecho de ver a la majestuosa ave en vuelo lo llenó de fortaleza. Como si Dios quisiera hacerle saber que era posible volver a volar, aun después de una vida envenenada. Y eso era bueno porque nada iba a contaminar más su sistema, que estar delante de un juez y divorciarse de la mujer de la que se había enamorado más de dos décadas atrás.

Volvió a observar al águila hasta que el sol se puso y entonces, con una nueva y extraña sensación de perdón y propósito, una sensación de gracia que no tenía nada que ver con él mismo, remó de vuelta a la orilla donde aún no había respuestas para la pregunta más importante de todas.

Dime cómo, Señor... ¿cómo encuentro mi camino de vuelta a la Roca para que el Hijo me quite todos esos años de veneno? ¿Y cómo con las alas rotas aprenderé alguna vez a agarrar las corrientes térmicas de la vida y a volar de nuevo?

Veintitrés

Los tres días siguientes transcurrieron en un caos de preparativos. Algunos coordinadores de fiestas se dedicaron a acondicionar el patio. Por dos ocasiones los floristas llamaron a verificar el pedido tanto para la iglesia como para el porche trasero de la casa. El disc-jockey debía poner una plataforma de madera, sin darse cuenta de que el patio estaba en declive. Llamaron a un carpintero para nivelar la plataforma y así poder colocar una pista de baile. Para el tiempo del ensayo Abby estaba tan cansada que no le quedaban fuerzas.

Cansada y engañada.

Este debió haber sido un tiempo en que debía enfocar toda su energía en Nicole. En lugar de eso casi se sentía como si hiciera las cosas solo de forma mecánica: la boda, el divorcio, la ida de Kade a la universidad... todo. Andaba postergando sus sentimientos aquí y ahora porque si los experimentaba podrían matarla de veras.

Durante días ella y John estuvieron como barcos enemigos en la noche, hablando solo cuando era necesario, pero cada uno evitando de alguna forma que los chicos se dieran cuenta. Kade se estaba alistando para ir a Iowa, y Sean se hallaba ocupado con sus amigos, esperando un verano divertido. Todos tenían sus propias vidas en qué preocuparse, incluyendo a John, que sin duda ya tenía planes con Charlene para cuando Nicole y Matt salieran de la recepción de la boda.

Pues bien, Abby no iba a sentarse allí y observarlos. De pronto se dio cuenta de que debía salir después de la boda tan pronto como pudiera. Dispuso que Sean se quedara con uno de sus amigos, y reservó un vuelo para Nueva York. Se quedaría en un hotel del centro de la ciudad y vería algunos espectáculos con su editor. Finalmente era el momento de que se encontraran, de ver si compartirían algunas cosas perdurables más que una amistad por correo electrónico. Los días venideros serían buenos. Mejores que andar por la casa preguntándose qué estarían haciendo John y Charlene.

Su vuelo estaba programado para salir el lunes en la mañana y regresar el viernes. Los chicos habrían vuelto de la luna de miel el domingo siguiente, y para el lunes John y ella habían acordado darles la noticia; esta aún parecía inverosímil, como la parte espeluznante de una película de terror. Solo que esta vez no había manera de cambiar de canal ni de levantarse para salir a caminar. La realidad estaba sobre los dos, y tanto ella como John juntos, quizás por última vez, tendrían que ayudar a los chicos a entender.

Los muchachos creían que después de la boda su papá iría a pescar con algunos amigos del trabajo, y que su mamá tendría una reunión comercial en Nueva York. La idea de que durante esa semana sus padres se dirigirían en direcciones distintas no hizo surgir la más mínima preocupación en los chicos. Nicole estaba demasiado ocupada para pensar al respecto, de lo contrario es posible que hubiera hecho algunas preguntas.

Esa noche, con la boda a realizarse en menos de veinticuatro horas, Abby se quedó durante más tiempo en su estudio y luego recorrió la casa hasta el cuarto de Nicole. Su hija estaba radiante, totalmente ajetreada y escribiendo una carta. En el momento que Abby entró a la alcoba, la muchacha escondió el papel debajo de la almohada.

—Es una sorpresa para Matt.

—Oh, qué bueno —exclamó Abby atravesando el cuarto de su hija y besándola—. Estoy muy feliz por ti, cariño. Quiero que lo sepas.

La alegría en la mirada de Nicole no era algo que se podía fingir. Era lo más real y satisfactorio que su madre podría haber esperado ver la noche anterior a la boda de su primogénita.

—Él es aquel por quien oramos, mamá. Lo amo muchísimo.

Abby se sentó al borde de la cama y pasó una mano por el cabello dorado de su hija.

—No importa lo que traiga la vida, ni lo que suceda a tu alrededor, no olvides cómo te sientes esta noche. Consérvalo. Haz de tu matrimonio lo primero en tu vida.

Nicole asintió y entonces desapareció algo del brillo que tenía en los ojos.

—Dios primero, luego mi matrimonio. Eso es lo que quieres decir, ¿verdad?

Abby sintió que se le acaloraba el rostro. ¿Por qué no había pensado antes en eso? ¿Estaba tan alejada de Dios? Tan lejos de...

—¿Estás bien, mamá? Has estado muy callada en estos últimos días.

Enfócate, Abby. La conmovida madre sonrió, conteniendo las lágrimas.

—He estado sobresaturada —se excusó, rodeando a Nicole con los brazos y acercándola—. Mi bebita se va a casar mañana.

—Ah, mamá, pero eso no va a alejarnos. Lo sabes, ¿verdad? Será como ahora. Quiero decir, Matt y yo vendremos a cenar y a pasar tiempo jugando cartas contigo y papá, y un día traeremos aquí a los nietos para que nos ayuden a cuidarlos —expuso Nicole con el rostro radiante otra vez, absorta en la seguridad de las bendiciones y la bondad de Dios.

Abby cruzó los brazos en el regazo y contuvo el llanto. ¿No se había sentido exactamente igual la noche antes de su propia boda? ¿Segura de su eterna felicidad? Pero la verdad era que ninguna idea de Nicole con relación al hogar volvería a ser igual después de que John y ella estuvieran divorciados.

Las lágrimas aparecieron espontáneamente y Abby se inclinó, besando una vez más a su hija y despidiéndose de ella.

—Te veré mañana, cariño. Vas a estar definitivamente hermosa.

—Mamá... estás llorando —balbuceó Nicole tocando a su madre ligeramente por debajo de los ojos.

Abby sonrió, con la visión borrosa mientras otra oleada de lágrimas esperaba su turno.

—Lágrimas de felicidad, mi amor. Eso es todo.

Y cuando salió del cuarto, segura de que todos los demás dormían, se escurrió hacia su estudio donde podía darle rienda suelta al llanto toda la noche, si quería. Casi estaba allí cuando oyó la voz de John.

—Abby...

Ella se volvió y lo vio parado en la puerta de la cocina. Aún llevaba los pantalones de vestir y la camisa blanca con botones en el cuello que usara en la cena de ensayo, por lo que Abby se dio cuenta de lo poco que lo había visto esa noche. Aunque se habían sentado uno al lado del otro toda la noche, se las habían arreglado para conversar con otras personas. Hasta ahora él no había dicho más de lo absolutamente necesario para seguir con la farsa.

—¿Qué?

Ella no estaba dispuesta a entrar en una batalla verbal. No cuando lo único que quedaba era alejarse. No cuando en veinticuatro horas vivirían en direcciones distintas.

—No hemos tenido un momento a solas en mucho tiempo y... no sé, creí que podíamos hablar.

—Es demasiado tarde, John —objetó Abby suspirando—. No hay nada de qué hablar.

En la mirada de su esposo había un profundo sentido que no había estado allí en meses. Quizás años. *Es mi imaginación; nostalgia revelándose contra la culminación de todo.*

—Está bien. No importa —expresó él titubeando—. ¿Estás... estarás dispuesta esta semana?

Abby suspiró y sintió que el nivel de frustración le aumentaba. ¿Cómo se atrevía él a preguntarle por los planes *de ella* cuando él estaría con Charlene? De todo lo que podrían hablar, ¿por qué diablos querría John conocerle los planes para la semana entrante?

No lo digas, hija...

—Déjame adivinar, ¿quieren tú y Charlene hacer planes para cenar conmigo?

El hombre retrocedió como si lo hubieran abofeteado, sus ojos asumieron una mirada más conocida para ella.

—Olvídalo, Abby —declaró él examinándola por un instante—. Algún día quisiera saber qué le sucedió a la chica de la que me enamoré...

—Yo...

—No importa —la interrumpió levantando la mano—. Sé que es culpa mía. Todo es mi culpa, y estoy más apenado de lo que supones. Pero dentro de algunos años cuando esto quede detrás de nosotros, saca un minuto y mírate en el espejo. Y ve si aún sabes en qué te has convertido.

El tono de él no estaba lleno de resentimiento como lo había oído antes. Era más de perplejidad. Y de tristeza. Y eso hizo enojar más a Abby.

Ella podía vivir con la idea de que él finalmente estuviera atribuyéndose el crédito por la debacle del matrimonio, pero cómo se *atrevía* a acusarla de haber cambiado. Ella no había cambiado; había sobrevivido. Desde el principio, cuando los horarios de actividades de los dos habían primado por sobre su relación, la mujer de la que él se había enamorado había quedado exactamente debajo de la helada superficie. Se extendió la mano a través del pecho, manteniendo la voz muy baja para que los chicos no pudieran oírla.

—Esa misma chica aún está aquí en alguna parte, John. Pero hace mucho tiempo dejaste de buscarla —manifestó, mientras nuevas lágrimas le llenaban los ojos y la hacían pestañear para poder ver con más claridad—. Y ahora que te has enamorado de otra persona quizás la mujer que conociste quede oculta para siempre.

—No estoy en... —empezó él a decir pero la voz se le apagó y la mirada de protesta se le desvaneció mientras encogía los hombros—. Me voy a dormir.

Entonces se volvió y con dificultad subió las escaleras hacia la alcoba. Cuando estuvo fuera del alcance del oído, Abby entró a su estudio y apretó el puño, inclinándose contra el gabinete de roble y deslizándose lentamente hasta quedar tirada como un bulto sobre el suelo.

—Odio esto, Señor... ¿qué me está sucediendo?

John tenía razón. La chica con que se casara se había vuelto dura, iracunda y amargada. Sonreía en tan raras ocasiones que cuando lo hacía sentía extraño el rostro, como si los músculos en las comisuras de los labios se hubieran olvidado qué era trabajar por su cuenta. Sin nadie alrededor que la oyera, dejó que las lágrimas salieran, llorando por todo lo que perdería al día siguiente.

Los costados le dolían, pero el corazón le dolía más. Eso estaba ocurriendo de veras. John y Abby Reynolds se estaban divorciando, rompiendo la más grande promesa que se hicieran uno al otro, al padre de ella, a Haley Ann y a los demás. Al Dios todopoderoso. De pronto anheló olvidar todo el asunto, seguir a John escaleras arriba y arrastrarse a su lado en la cama. Pudo sentir la calidez de la piel de su esposo contra la de ella, oírse diciéndole que lo sentía, rogándole una oportunidad más.

La idea huyó tan rápido como vino.

John había estado viendo a Charlene durante años, sin importar cuándo el contacto se hiciera físico por primera vez. Abby había sido una tonta al dejar que la hipocresía de su matrimonio durara tanto. La ira le bullía por dentro ante el papel que este hombre había jugado al destrozar las vidas de todos en la familia. *Te odio, John. Te odio por lo que nos has hecho a todos y a mí.*

—No es justo, Dios —se lamentó la mujer con voz susurrante—. Ayúdame...

Ven a mí, hija. La verdad te hará libre.

Meneó la cabeza y luchó por ponerse de pie para ir por una toalla de papel. ¿Cómo podía liberarla la verdad? Probablemente esa verdad la lanzaría por el abismo si supiera cuán íntimos eran John y Charlene... Vino otra oleada de lágrimas tranquilas, quedando abrumada con la sensación de la pérdida que le manaba por dentro. Pérdida de su matrimonio y de su familia. Pero principalmente pérdida de esa jovencita, de la que John se enamorara.

Aquella chiquilla que Abby temía que no estuviera oculta en modo alguno, sino que más bien se hubiera ido tan lejos como para nunca volverla a encontrar.

La mañana del sábado 14 de julio amaneció más hermosa que cualquiera que Nicole recordara. Tenía tiempo más que suficiente para arreglarse, puesto que la ceremonia no sería sino hasta las tres de la tarde. Sin embargo, deseaba disfrutar el día, y eso significaba levantarse antes que los demás en la casa y observar cómo la mañana cobraba vida a través del lago.

Últimamente había estado leyendo las epístolas paulinas para entender el mensaje que Pablo tenía para la Iglesia, en particular su deseo de que vivieran en amor y gracia del modo que Dios quería. La joven se situó en el asiento de la ventana y su mirada atravesó el lago. *Gracias, Padre... el día finalmente está aquí.* Sentía el corazón como si fuera creado para ese momento; abrió lentamente la Biblia, hojeando hasta el capítulo trece de la primera carta a los corintios. Había leído esos versículos muchas veces desde que se comprometiera en matrimonio, y cada vez el Señor le había mostrado algo nuevo y revelador acerca del verdadero amor, la clase de amor que Matt y ella compartirían por siempre.

Leyó el versículo cuarto. *«El amor es paciente, es bondadoso. El amor no es envidioso ni jactancioso ni orgulloso...»* Las palabras le fluían de las páginas directo al interior del corazón, Nicole pudo sentirlas fortaleciéndola, preparándola para amar a Matt del modo que Dios quería. Pensó en el hecho de que en algún momento a altas horas de esa noche, cuando la celebración hubiera concluido, Matt y ella tendrían su primera oportunidad de amarse uno al otro con sus cuerpos. Cerró los ojos y sintió que una sonrisa se le dibujaba en el rostro.

En realidad nos las arreglamos para esperar, Señor. Permanecimos dentro de tu plan, y sé con todo mi corazón que esta noche será solo el principio.

Pensó en las ocasiones en que fueron tentados y supo que solamente la fortaleza del Señor los había llevado hasta este punto, a un lugar en que podían prometerse amor mutuo en el día de la boda, sabiendo que se habían mantenido puros. Nicole no podía imaginar un regalo más fabuloso para darle a Matt, ni una manera más grandiosa de agradar a ese Dios que los había unido.

Dios, eres tan bueno. Así como mamá siempre me lo dijo, has tenido un plan para mí toda la vida y hoy se va a hacer realidad. La joven abrió los ojos y encontró el lugar en la Biblia donde había leído. *«El amor todo lo cree, todo lo espera, todo lo soporta. El amor jamás se extingue».*

Dejó que la mirada recorriera libremente el patio trasero de la casa donde se había criado. Ese era el problema con muchas parejas. No entendían realmente lo que significaba amar. Ah, pues sí, se trataba del cosquilleo en el estómago que sucedía la primera vez que dos personas se veían, pero era mucho más que eso. Volvió a cavilar en los versículos. *«El amor todo lo cree, todo lo espera, todo lo soporta. El amor jamás se extingue».*

Esas dieciséis palabras contenían todo un manual para el matrimonio.

Pensó en sus padres y en cómo habían permanecido juntos, y una nube extraña de preocupación bloqueó el sol de la mañana. *¿Qué quieres, Señor? ¿Por qué me siento así siempre que pienso en el matrimonio de ellos?*

Ora, hija.

Casi nunca se le aceleraba el corazón, y entonces sintió el estruendo del temor en lo profundo del estómago. ¿Orar? ¿Por sus padres? ¿Otra vez? La apremiante exhortación era la misma que había sentido antes del viaje al campamento, y estaba empezando a preguntarse si sus padres ocultaban algo. Hoy no era el momento adecuado, pero cuando Matt y ella regresaran de su luna de miel tomaría una tarde y hablaría con mamá. Le preguntaría sin tapujos si papá y ella tenían problemas.

Fuera lo que fuese, no sería tan grave como para pasar tiempo haciendo hincapié en eso ahora, en el día de su boda. ¿Verdad?

Ora. Ora con insistencia, amada mía.

Está bien, Señor, te oigo. La sensación era tan apremiante que disolvió la indecisión de Nicole. Cualquiera que fuera la situación, sus padres necesitaban oración. Durante los siguientes treinta minutos la muchacha dejó a un lado todos los pensamientos acerca de la boda y de las cosas que debía hacer para alistarse, y volcó el corazón a favor de las dos personas que más admiraba en el mundo.

La emoción era tan grande en los minutos anteriores a la ceremonia que por primera vez en seis meses a Abby no la consumían los pensamientos de divorcio. Más bien estaba absorta en lo que sentía como la escena de un sueño, una que había tenido décadas antes cuando Nicole Michelle aún era recién nacida. Su hija estaba radiante, desde luego, la cintura y el corpiño del vestido le encajaban a la perfección, y el faldón y la cola ondeaban alrededor de ella como una nube de satín decorada con encajes.

Abby y Jo ya habían encendido las velas en el frente de la iglesia, y ahora Abby se abrió paso entre los hombres en esmoquin y las impresionantes damas de honor. Entonces se acercó sigilosamente a Nicole.

—Hoy podrías haber usado harapos y habrías lucido igualmente hermosa.

—Estoy muy feliz, mamá —declaró Nicole levantando la cabeza y sonriendo, encontrando la mirada de su madre y sosteniéndola.

Una delicada sonrisa salió de la emocionada Abby.

—Es obvio, cariño —asintió inclinándose y besando a su hija, y palmeándole cariñosamente la mejilla—. Kade me llevará ahora. La próxima vez que te vea serás una mujer casada.

—¿Puedes creerlo, mamá? ¡Al fin llegó el momento! —exclamó la joven apretando las manos de su madre—. Papá y tú se ven maravillosos. Nadie creería que tienen edad suficiente para ser mis padres.

Sí, Abby lo había notado. John se veía más apuesto que el novio en su esmoquin negro con fajín celeste. Sonrió, ocultando el modo en que el comentario de Nicole le había atravesado el corazón.

—Tengo que irme. Te amo, querida.

—Yo también te amo, y... ¿mamá?

—¿Sí? —contestó Abby después de esperar un poco.

—¡Feliz aniversario! —expresó la joven, y las palabras se le clavaron como dagas en el corazón de Abby, pero sonrió a su hija.

—Gracias, dulzura. Te amo...

Los ojos de Abby se llenaron de lágrimas mientras se volvía para salir al encuentro de Kade. ¿Feliz aniversario? Casi había olvidado que este día John y ella cumplían veintidós años de casados.

Ojalá todos los demás lo olviden... No podría soportarlo...

Divisó a Kade a pocos metros de distancia, charlando con una de las damas de honor de Nicole. Mientras se acercaba al muchacho sintió que alguien la observaba y miró por sobre el hombro. John estaba allí, a tres metros, parado cerca de la ventana del templo. ¿Estaba sonriéndole? ¿Por qué? ¿Para qué esforzarse tanto por fingir cuando la farsa estaba a solo horas de acabar? Abby se alejó y entrelazó los brazos con Kade mientras el chico le prometía un baile en la recepción a la dama de honor.

—¿Coqueteando desde ya con las chicas, Kade? —inquirió Abby desesperada por mantener la despreocupada sensación que había tenido un momento atrás, antes del deseo de Nicole de un feliz aniversario... antes de divisar a John.

—Siempre, mamá. Me conoces —contestó su hijo, haciendo desvanecer la sonrisa y examinándole el rostro—. Eres la madre más hermosa que alguien podría tener.

—Gracias, qué galante —respondió ella haciendo una reverencia con la cabeza.

—Ah, y feliz aniversario —deseó él sonriendo.

Ahora el dolor en el estómago de Abby era tan grande que se preguntó si lograría recorrer el pasillo.

Ya no puedo más, Dios... ayúdame.

—¿Estás lista? —preguntó Kade, esperándola.

Ella asintió, obligándose a adelantarse mientras el coordinador de la ceremonia abría las puertas del santuario. Cuando entró al escenario de la iglesia la respiración en la garganta se le atrancó. Todo era como algo sacado de una película, cintas de satín blanco adornaban los extremos de cada banca y enormes ramilletes de rosas rosadas se abrían en abanico al pie del altar. Había mucha gente allegada, la mayoría conocidos de la familia Reynolds desde que se mudaran a Marion. Es más, la iglesia parecía casi idéntica a aquella a la que Abby entrara veintidós años atrás cuando...

Y la canción. ¿Era la misma que se había oído desde el balcón hace tantos años? Debió pestañear con mucho esfuerzo para recordarse dónde estaba y quién era, que se hallaba en la boda de su hija y no en una evocación de la suya propia. Llegaron a la primera fila, donde Kade la besó en la mejilla y le guiñó un ojo. Entonces Abby se sentó sola en su sitio a observar a los acompañantes haciendo su entrada.

Las damas de honor vestían de azul claro, el mismo tono de los fajines usados por los varones. Sean era el padrino más joven del novio; cuando el grupo estuvo alineado, a Abby le impresionó lo hermosa que se veía la corte. De repente la música cambió y todas las miradas se dirigieron hacia la parte trasera de la iglesia. Mientras la multitud se ponía de pie, Abby miró entre la gente y fue de las primeras en divisar a Nicole y a John haciendo su entrada por el pasillo. A mitad de camino él se inclinó hacia su hija y le susurró algo que hizo reír a los dos. Nuevamente la emocionada madre sintió el ardor de las lágrimas en los ojos mientras los observaba.

¿Quién eres tú, John Reynolds? Ya ni siquiera te conozco. El hombre que había estado a su lado solo meses atrás prometiéndole al agonizante padre de ella... el hombre que la había besado apasionadamente esa noche, y que años atrás le pidiera que escuchara la música de sus vidas, que le había rogado que no dejara de bailar con él... el hombre con quien compartiera los recuerdos únicos de la pequeña Haley Ann... ¿Era el mismo que caminaba por el pasillo con la niñita de ambos? ¿O se trataba de un impostor, fingiendo, aguardando su tiempo hasta poder liberarse de todos?

Abby ya no lo sabía.

Miró a Matt, a quien los ojos le brillaban al ver por primera vez a Nicole en su vestido de novia. Sin duda, cualquier hombre que pudiera mirar a su prometida con esa clase de adoración le sería fiel toda la vida. Pensándolo bien, los ojos de John también habían lucido de ese modo, ¿o no?

Abby ya no estaba segura.

—¿Quién entrega a esta mujer en matrimonio? —preguntó el ministro aclarándose la garganta.

John sonrió a Nicole en un momento compartido solo entre ellos, sin preocuparse por los casi doscientos familiares y amigos que observaban.

—Su madre y yo —contestó él manteniendo la mirada enfocada en su hija aun después de haber pronunciado las palabras, levantándole luego el velo y besándola en la mejilla.

Cien imágenes centellearon en la mente de Abby. John besando la mejilla infantil de Nicole y esa misma mejilla otra vez cuando la niña fuera atropellada por un auto una horrible tarde. Ella siempre fue la niñita de papá. Nicole había apreciado ese papel, y mientras Abby los observaba la impactó un hecho: el John Reynolds que ella recordaba habría luchado en gran manera con este instante. Es más, este momento le habría destrozado el corazón. Durante los últimos días, semanas y meses, Abby se había preguntado si John anhelaba la boda. Se imaginaba que así era, ya que esta indicaba el final en su prueba de mantenerse alejado de Charlene. Pero la verdad, al menos en parte, debía ser que John se estaría muriendo por dentro. Él había temido la llegada de este día desde la primera vez que Nicole le entrara al corazón la mañana en que nació.

¿Estás triste, John? ¿Te duele del modo que creías, o ya seguiste adelante, aun en un momento como este?

Casi en respuesta captó la mirada de John mientras este se le ponía al lado. Él ya tenía los ojos inundados de lágrimas y la ceremonia ni siquiera empezaba. El hecho le recordó a Abby que si las cosas hubieran sido diferentes, John y ella habrían tenido una gran oportunidad de acercarse más durante los últimos seis meses. Habrían hablado de lo que pensaban sobre la boda de Nicole y habrían recordado su propio amor, comentando lo rápido que había desaparecido la niñez en la chica y preguntándose dónde había ido a parar el tiempo.

Abby suspiró y se miró las manos, viendo el anillo de boda que aún usaba. John no dijo nada pero se colocó de tal manera que su hombro casi topaba con el de ella. La mujer pudo sentir el calor del cuerpo de su esposo y trató de imaginar lo que Beth estaría pensando unas cuantas bancas más atrás. Probablemente lo mismo que todos pensarían al final de la semana siguiente.

Que John y Abby Reynolds eran unos hipócritas de talla mundial.

John apretó la mandíbula cuando el pastor Joe pidió la atención de la multitud y comenzó a hablar del compromiso y del plan de Dios con el matrimonio. El predicador era un hombre que la familia Reynolds conocía muy bien. Era el ministro asociado de la iglesia y quien había dirigido el grupo de jóvenes del colegio cuando Nicole era adolescente.

¿Se habían reunido Matt y Nicole con él para planear todo esto? ¿Y por qué John no había participado más? Al menos pudo haber conversado con ellos acerca de qué pasajes bíblicos querían leer en la ceremonia o qué dirección podría tomar el mensaje. ¿Se había alejado tanto en su caminar diario con el Señor? John se sintió sofocado en un manto de vergüenza y, en silencio, suplicó a Dios que le quitara esa vergüenza. *Lo siento, Padre... nunca más te dejaré ir. No me importa qué más suceda; no lo puedo lograr sin ti.* Pensó en Abby, en cómo durante semanas ni siquiera habían podido tener una conversación agradable. *Señor, ¿hay un camino? ¿Algún día, dentro de un año o dos a partir de ahora? ¿Será posible que ella me pudiera perdonar y quizás hasta...?*

—Cuando dos personas se casan, el compromiso es para toda la vida —aseguró el pastor Joe sonriendo a la congregación—. Sin importar qué más pase a lo largo del camino, estarán vinculados para siempre a esa promesa...

John recordó a un amigo lejano de su padre que se había divorciado cuando tenía treinta y tantos y que se volvió a casar con la ex esposa veinte años después. Y por supuesto que allí estaban los padres de Matt, Jo y Denny. Si ellos pudieron hallar una manera de volver a estar juntos después de tantos años, entonces...

Quizás eso nos pasará un día, Señor. John consideró la idea. *Tú eres el único que podría hacer que suceda, Dios.* Visualizó el modo en que la mirada de Abby se había endurecido, en cómo nunca estaba alegre ni reía ni dejaba que sus sentimientos se expresaran cuando estaba con él.

La reconciliación parecía tan improbable como la nieve en julio.

Conmigo todo es posible...

John se deleitó en la reciprocidad de la voz interior. Desde la noche en que leyera el documento de Kade sobre el águila, Dios había sido más que fiel, instándolo, animándolo, derramándole gracia en todo momento. El remordimiento más profundo que había tenido en toda la vida era que su relación restaurada con el Señor ocurría demasiado tarde para Abby y él. John había empezado a escribir sus sentimientos en un diario, confesando sus defectos, analizando todo lo que había hecho para dañar su matrimonio. *Tal vez algún día cuando ella no esté tan enfadada... quizás lo lea, Señor. Todo es culpa mía...*

Confiesen sus pecados unos a otros; habla con ella; cuéntale.

Solo por un momento dejó que su imaginación le mostrara una salida... pero estaba consciente de que no la había. *La mente de Abby está decidida, Señor. Ella tiene... otros planes.* Los dedos de John se empuñaron y se volvieron a relajar mientras lo invadían los celos. Kade había mencionado temprano esa mañana que la casa iba a estar muy silenciosa sin Nicole y sin mamá. Algunas preguntas posteriores le hicieron saber la verdad. Abby salía en viaje de negocios a Nueva York, lo cual solo podía significar una cosa. Se iba a ver con su amigo cibernético, su editor.

No es que pudiera culparla. Simplemente todo estaba acabado.

El pastor Joe había pasado del compromiso a la honra y parecía estar concluyendo.

—Me gustaría terminar hablando del águila por un momento —declaró sonriendo en dirección a John, que sintió palidecer.

¿Le había contado alguien algo al pastor? La respiración de John pareció acortarse hasta detenerse mientras el hombre continuaba con la prédica.

—La familia de la novia ha pasado toda una vida haciéndose llamar Águilas. Águilas de Marion —explicó, y un conocido coro de risas a bajo volumen resonó en el santuario—. Pero Dios también nos llama a ser águilas. ¿Por qué? Bueno, hay muchas razones en realidad.

Kade lanzó una mirada curiosa a John y arqueó una ceja. Era evidente que su hijo no había hablado del informe con el pastor. Entonces miró a Abby, y por su expresión impasible pudo saber que el mensaje no estaba tocando ninguna fibra en ella. *Estás tratando de decirme algo aquí, ¿verdad, Señor?*

Todo el que me oye estas palabras y las pone en práctica es como un hombre prudente que construyó su casa sobre la roca.

Un vacío profundo se le formó en el estómago. Conocía bien el pasaje bíblico que se le entretejía en la mente, pero era demasiado tarde para poner en práctica alguna cosa. Al menos con relación a Abby.

El predicador sonrió hacia Nicole y Matt.

—Pero principalmente deseo hablar del águila debido a algo que Matt compartió conmigo. Algo que aprendió de su futuro suegro, John Reynolds.

Abby miró con escepticismo a su esposo, mientras él volvió la atención otra vez al pastor. *Eso es. Ella no sabe lo que está sucediendo en mi corazón.*

—Antes de que las águilas escojan compañero... —narró el predicador, haciendo una pausa para asegurar la atención de todos en el edificio—. El águila macho traba las garras con las de la hembra mientras ella cae libremente hacia el suelo. En otras palabras, el macho debe librarla de la caída o morir en el intento. Es decir, se agarra de ella y se niega a soltarla... aun hasta la muerte.

El hombre sonrió otra vez a la pareja.

—Y por eso, Nicole y Matt, Dios los llama a ser como las águilas, porque el compromiso que ustedes hacen hoy aquí es muy parecido. Hasta la muerte. Oremos.

John no supo cuándo se le llenaron los ojos de lágrimas, pero en algún momento casi al final del mensaje las sintió en las mejillas. Mientras se las secaba, notó que Abby hacía lo mismo. ¿En qué estaba pensando ella? ¿Comprendía que no habían pasado la prueba del águila? ¿Comprendía que habían hecho todo *menos* permanecer juntos en los últimos años? ¿Que cuando la vida se ajetreó y los programas de los chicos aumentaron más y más, ellos no trabaron garras sino que emprendieron patrones de vuelo totalmente distintos? Y si su esposa sentía la punzada del mensaje, ¿qué dirección habrían tomado sus pensamientos? ¿Aún lo odiaba como se lo había manifestado la noche después de que Kade encontrara a Charlene en el salón de clases de John?

Llegó el momento de los votos. El pastor Joe le pidió a Matt que repitiera tras él, y John comprendió lo agradecido que estaba de que Nicole se estuviera casando con este joven. Era un buen muchacho... un buen hombre. Sería un esposo maravilloso para Nicole. Matt terminó su parte y llegó el turno de Nicole.

—Yo, Nicole Reynolds, te tomo, Matt Conley, como mi esposo.

John quedó impresionado por lo tranquila que se veía su hija, la mente se le desvió hacia el confuso recuerdo de Abby expresándole palabras similares en un día no muy diferente de este. *¿Estábamos así hace veintidós años? ¿Seguros más allá de cualquier duda de que duraríamos para siempre?*

El predicador estaba pasando a la parte de los anillos en la ceremonia, John miró su dorado aro. ¿Cuántas veces se lo había quitado para poder ejercitarse durante la mañana con Charlene? Claro que se había dicho que era por razones de seguridad. No deseaba que el anillo se rompiera o que le lastimara el dedo en las pesas libres. Pero la verdad, y en este momento no quería nada menos, era que quería sentirse soltero. Aunque fuera durante una hora.

Esto era algo más que podía escribir en el diario. *Señor, tengo mucho por qué estar muy avergonzado...*

Y una promesa que cumplir.

¿Una promesa? ¿Qué promesa?

—Y ahora, por el poder que me ha concedido el estado de Illinois, me honra presentarles al señor Matt Conley y su señora —continuó el pastor, sonriendo a la pareja y haciendo oscilar una mano hacia la congregación—, cuya promesa ante todos ustedes el día de hoy es el inicio de una vida de amor.

Volvió a mirar a Matt y Nicole.

—Puedes besar a la novia.

Fue durante el beso que John recordó la promesa, y el hecho le cortó el corazón como una daga. Se trataba de la promesa que había hecho al padre de Abby. Una promesa no muy diferente de la que Matt y Nicole acababan de hacer.

Que amaría a Abby Reynolds mientras viviera.

Por aterradoras que a Abby le parecieran las semanas venideras, nada podía haberle estropeado el gozo en el alma mientras la recepción de la boda de Nicole cobraba vida. Habían adornado la casa con flores y sillas plegables, y el abastecedor de alimentos había colocado una serie de toldos blancos para la línea del bufet. Desde el momento en que el cortejo nupcial llegó al lugar, el disc-jockey pareció poner la música de fondo perfecta. El sol ocultándose enviaba una brillante ráfaga de luz a través del lago, y aunque la noche era cálida no había humedad. Una suave brisa agitaba las copas de los árboles, y el crepúsculo prometía ser algo digno de retratar. Nicole y Matt se sentaron muy cerca de la casa con el resto del cortejo nupcial, mientras amigos y familiares se acomodaban en las mesas situadas alrededor del patio a uno y otro lado de la fabricada pista de baile.

Abby examinó la reunión y notó que muchas parejas parecían más felices de lo acostumbrado, como si estuvieran conmovidas, como suele pasar a menudo con la gente durante las bodas en que recuerdan que un día también brillaron tanto como el novio y la novia. Y aunque no había palabras para describir los tristes recuerdos de Abby, se negó a dejar que el desconsuelo la atrapara esta noche.

Se sentó al lado de John durante la cena, y habló más que nada con Denny y Jo, que estaban rebosantes de entusiasmo por los acontecimientos de la próxima semana.

—Si fuera por mí, te lo aseguro, detendríamos la música, nos subiríamos a la pista de baile, y diríamos nuestros votos ahora mismo —expresó Jo, y señaló el lago—. Entonces Denny y yo saldríamos allí a hacer lo que siempre hicimos muy bien.

La mujer pinchó suavemente con el codo el costado de Denny, y este sonrió. Al notar las miradas extrañas de los demás en la mesa, el hombre se aclaró la garganta.

—Pescar. Iríamos a pescar; eso es lo que siempre hemos hecho muy bien.

—Algo que al Señor mismo le gustaba hacer, ¡podría agregar yo! —añadió Jo asintiendo hacia Abby—. He estado haciendo lo que dijiste. Leyendo el libro de Juan y aprendiendo toda clase de asuntos con relación al Señor. Al llegar a esa parte de la pesca tuve que detenerme y aplaudir. Es decir, simplemente supe que Dios me gustó desde el principio. Solo quisiera no haber tardado tanto en darme cuenta. En realidad, eso era lo que estaba leyendo el otro día, Denny, ¿recuerdas... acerca de...?

La charla no mostraba señales de desacelerarse. Y aunque podría haber sido agradable hablar con otros invitados en la mesa, el fluido diálogo de Denny y Jo quitaba el enfoque en Abby y John, por lo que nadie en la mesa pareció recordar que ese día era su aniversario o que ellos no se dirigieron la palabra desde que regresaran de la iglesia.

La cena estaba acabando, y el encargado de la música invitó al cortejo nupcial a pasar adelante para bailar. Abby observó que los jóvenes reían y se meneaban, absortos en la alegría del momento. Cuando la canción terminó oyó las notas iniciales de «Sunrise, Sunset» y supo que era hora de que John bailara con Nicole.

—Ya regreso —anunció John a la mesa y subió con cuidado a la pista mientras la música empezaba a hacer las mismas preguntas que rechinaban en el vacío corazón de Abby. ¿Qué le sucedió a la pequeña niña que Nicole había sido? ¿Cuándo creció y maduró? ¿No fue ayer cuando era tan solo una chiquilla? ¿Saliendo del lago, pidiendo una toalla y un vaso de jugo?

Los ojos de Abby se inundaron de lágrimas mientras observaba a su esposo jugador de fútbol bailando la antigua canción con la hija de ambos.

Y de repente todo lo que ella pudo oír fue la voz de John diciendo lo que le había dicho docenas de veces antes, y que nunca más le volvería a expresar. *Baila conmigo, Abby. Baila conmigo. Baila conmigo.*

A medida que la recepción llegaba a su fin, Abby se descubrió comparando esta noche con aquella de seis meses atrás en que John y Kade ganaran el partido de fútbol por el título estatal. Todo el tiempo se la pasó recordándose que esta era la última vez que John y ella agasajarían y socializarían como una pareja casada. Después de todos los años de frustración y dolor, y de forjarse el divorcio, por fin habían llegado a este momento y ahora cada minuto los acercaba al final. Ella sabía que igual a lo ocurrido la noche del gran partido, hasta los recuerdos más insignificantes harían que las mentes de ambos saborearan por siempre esa velada. Había una diferencia, desde luego.

Esta vez no había ganadores.

—Hermosa boda, Abby, dile a Nicole que lució hermosísima...

—Feliz aniversario a ustedes dos... se ven tan enamorados como siempre...

—Matt va a hacerla feliz; lo puedo sentir en los huesos. Gracias por una gran noche...

—Fantástica fiesta, Abby, llámame alguna vez...

Uno a la vez familiares y amigos fueron saliendo hasta llegarle el turno a Beth. Esa noche ella y sus hijas se quedarían en un hotel de Chicago y volarían en la mañana para la Costa Este. Abby ya se había despedido de las hijas de Beth, que ahora llevó a su hermana a un lugar en el porche trasero donde nadie pudiera oírlas.

—Bueno, hermanita mayor, no envidio que les digas la verdad a esos fabulosos hijos tuyos. Pero tienes que hacerlo; no hay otro camino. Hoy te observé a ti y a John —comunicó Beth inclinando la cabeza tristemente y quitando un mechón de la frente de Abby—. Ya no hay nada entre él y tú. Estás haciendo lo correcto.

Abby deseó poder experimentar alguna sensación de victoria en las palabras de su hermana, pero no la hubo en absoluto. El hecho de que Beth tuviera razón traía poco consuelo a la realidad de lo que debía enfrentar: que estaba condenada a vivir como madre divorciada de tres hijos en crecimiento. Oírlo de ese modo le enfrió el corazón de tal manera que sintió escalofríos en los brazos mientras abrazaba a su hermana y le deseaba un regreso a casa libre de riesgos.

—Te llamaré la semana entrante cuando esté en Nueva York.

Además de los chicos, Beth era la única persona a quien Abby le había hablado acerca del viaje.

—Sé que no siempre hemos sido íntimas, pero estoy lista si me necesitas —manifestó Beth asintiendo con la cabeza, y apretó la mano de Abby mientras se dirigía a sus hijas—. Debemos poner nuestras cosas en el auto. Díganles a Nicole y a Matt que estaremos listas para irnos en cinco minutos.

Abby miró el reloj en la pared interior: diez y cuarto. Además del cortejo nupcial solo quedaban Denny y Jo. Nicole y Matt desaparecieron dentro de la casa y regresaron vestidos con ropa deportiva.

—Bueno, todo el mundo —anunció Nicole desde el porche—. Nos vamos al aeropuerto.

Abby había ayudado a los recién casados con la logística de su luna de miel. Beth los llevaría a un hotel cerca del aeropuerto de Chicago donde tenían reservada la habitación de novios. Igual que Beth, abordarían un avión en la mañana, pero el de ellos los llevaría a un centro turístico con todo pagado en la isla de Jamaica.

John estaba conversando con Denny cerca del muelle, pero al oír el anuncio de Nicole ambos hombres se dirigieron al porche.

—Trae a casa un bronceado por mí —enunció Kade abrazando a Nicole y besándole la mejilla—. Te amo.

—Yo también te amo, Kade —contestó ella con lágrimas en los ojos.

—Cuida a mi hermana, ¿de acuerdo, compañero? —pidió el muchacho dirigiéndose a Matt y golpeándolo juguetonamente en el brazo.

—Siempre —respondió el recién casado con una sonrisa en el rostro, pero con la mirada más seria que Abby le había visto.

Uno por uno Matt y Nicole compartieron palabras similares con Sean y los demás, y finalmente con los padres del novio.

—No sé ustedes, queridos, pero justo al lado de esa Biblia yo misma empacaría una vara de pescar; ¿no es así, Denny? —enunció Jo totalmente seria, y a pesar de la tristeza de tener que despedirse de Nicole y Matt, y del desastre inminente cuando todos se hubieran ido, Abby debió ahogar una risita nerviosa.

—Bueno, Jo, pensé en eso y... —señaló Nicole mirando a Matt a los ojos, con todo el rostro iluminado con sus sentimientos hacia él—. Concluí que lo más probable es que no tendremos suficiente tiempo para pescar. No en este viaje, de todos modos.

Abby observó que un hermoso rubor aparecía en las mejillas de Nicole, y luego notó que Jo estaba sorprendida.

—¿No tendrán suficiente tiempo para pescar? Cuando estén varados allí en medio de ese cálido Océano Atlántico. Bueno escuchen, ustedes dos, si cambian de opinión siempre podrían alquilar la...

Entonces Denny puso cortésmente la mano sobre la boca de Jo y se dirigió hacia los recién casados.

—Lo que ella intenta decir es que tengan un viaje maravilloso y que nos veremos cuando regresen.

Jo asintió y rió ligeramente mientras Denny le rodeaba la cintura con el brazo y la atraía hacia él.

—Está bien, está bien. Vayan. Pescaremos después.

Al observar cómo Denny amaba a Jo, y cómo Matt amaba a Nicole, Abby se sintió más sola que nunca, ahogándose en un mar de separación y soledad. *Ayúdame a superar esto, Dios, por favor.*

Busca primeramente mi reino, y todas estas cosas te serán añadidas...

Suspiró en silencio. *Más tarde, Señor. Déjame superar esta pesadilla y entonces te prometo regresar. Después de la semana entrante te necesitaré más que nunca. ¿Está bien, Señor?*

Esta vez no hubo respuesta, y la sensación de soledad en Abby empeoró. Hasta Dios estaba contra ella en estos días.

John fue el siguiente. Tomó la iniciativa y dio un paso adelante, colocando una mano en el hombro de Nicole y la otra en el de Matt. Ese algo profundo le volvió a los ojos de él cuando empezó a hablar.

—Si están de acuerdo, me gustaría orar antes de que se vayan.

Una enervante sensación recorrió la columna vertebral de Abby. ¿Era esto parte de la actuación de John, su manera de asegurarse de que Matt y Nicole creyeran que todo estaba bien en casa mientras celebraban su reciente matrimonio en Jamaica? A no ser antes de los partidos de fútbol, Abby no lograba recordar cuánto tiempo hacía que John no se había ofrecido a orar.

—Señor, concede un viaje sin problemas a Nicole y a Matt esta semana, pero por sobre todo, dales tiempo para comprender la belleza del compromiso que se han hecho mutuamente. Ayúdales a ser como águilas, Señor... ahora y por siempre, amén.

«¿La belleza del compromiso que se han hecho?» Abby repasó las palabras una y otra vez en la mente y se sintió confundida por ellas. ¿Estaba él tan des-enfocado por el hecho de haber roto su propio compromiso con ella? ¿Cómo podía orar porque Nicole y Matt fueran como águilas y porque siempre se apoyaran, cuando años atrás John había decidido abandonar a Abby y a todo lo que ambos tenían?

Rechazó esos pensamientos. ¿Qué más daba? El destino de ellos se había sellado durante meses y años. Ninguno de los dos había podido mantener un matrimonio unido. Tampoco les ayudó la consejería. ¿Por qué envidiar que a John se le ocurriera orar por un camino diferente para Nicole y Matt?

Entonces llegó el turno de Abby, que abrazó primero a Nicole y después a Matt, sonriendo en medio de lágrimas a punto de desbordarse.

—Fue una boda hermosa, chicos.

—Muchísimas gracias por todo, mamá —contestó Nicole agarrando la mano de su madre y agachando la cabeza, con los ojos resplandecientes de sin-ceridad—. No hubiéramos podido salirnos con la nuestra sin papá y tú.

—Vayan —declaró Abby asintiendo con la cabeza—. Diviértanse mucho.

—Te amo, mamá —dijo Nicole volviendo a abrazar a su madre—. Eres lo máximo.

—También te amo.

La joven se inclinó hacia adelante y le susurró a Abby en el oído.

—Recuérdame decirte lo que Dios ha puesto en mi corazón últimamente. Hablaremos de eso cuando regrese, ¿de acuerdo?

Cuando regresen... Entonces se llevaría a cabo la reunión, cuando John y ella dirían finalmente a los chicos la verdad de su propio matrimonio. Es probable que después de eso olvidaran cualquier cosa de la que Nicole quisiera hablar.

—De acuerdo, mi amor. Hablaremos entonces.

Como una ráfaga, Matt y Nicole salieron de la casa y se subieron al auto de Beth, despidiéndose por la ventanilla mientras se alejaban. Sean ya se había ido a casa de su mejor amigo, Corey, con cuya familia el chico se quedaría esa semana. Una vez idos los novios, los demás también se despidieron y Kade partió con algunos amigos. Jo y Denny fueron los últimos en salir.

—Abby, gracias por todo —expresó Jo con lágrimas en los ojos mientras la abrazaba más largo de lo normal—. Sin John y tú, sin tu matrimonio y tu fe, yo no habría conocido el verdadero amor.

El nudo en la garganta de Abby era demasiado grande para hacer otra cosa que asentir con la cabeza.

—Ustedes son los siguientes —declaró John agarrando la mano de Denny—. ¿Cuándo es el gran día?

—Dentro de dos semanas. Será una boda íntima, no tan fabulosa como esta, pero nos gustaría que tú y tu esposa estuvieran allí.

La tensión comenzó a carcomerse las entrañas de Abby, que tragó grueso.

—Y feliz aniversario, muchachos —añadió Jo estirando la mano y pellizcando primero la mejilla de su consuegra y después la de John.

—Si los dejamos solos un minuto podrán celebrarlo de veras —comentó Denny dándole un codazo a su prometida—. Vamos, Jo, te llevaré a casa.

—¡Adiós! Gracias por todo... —se despidió Jo mientras Denny trababa brazos con ella y la dirigía al auto, dejando a Abby y a John parados en la entrada.

Cuando todos se hubieron ido, la casa quedó en silencio. Los ecos de las risas y los diálogos que se realizaran allí momentos antes aún parecían escucharse débilmente en el vestíbulo. La mujer retrocedió un paso y se apoyó contra la pared. Una abrumadora sensación de temor se le posó encima, sobre la casa y en el ambiente entre John y ella.

—Creo que es hora —opinó John carraspeando y volviendo el rostro hacia su esposa.

La tristeza en los ojos del hombre era demasiado para Abby, que bajó la mirada.

—Vete, John. No hagas de esto un prolongado suplicio. Simplemente vete.

Él ya tenía la maleta en el auto, y Abby estaba segura de que también tenía las llaves en el bolsillo. Pero en vez de irse, John se acercó unos pasos.

—Abby, sé que estás enfadada conmigo y no te culpo —reconoció acercándose aun más y levantándole suavemente la barbilla hasta que ambos hicieron contacto visual.

Las lágrimas que habían estado desbordándose bajaron por las mejillas de la atribulada esposa, que se tragó un torrente de sollozos.

—Lo siento, Abby.

La voz de él era tierna, apenas más que un susurro.

—Nunca me he sentido más compungido en toda la vida.

A ella ya no le quedaban deseos de pelear. Por tanto, volvió a bajar la mirada y asintió su acuerdo mientras intentaba hablar.

—Yo tampoco.

—No tienes que creerme, pero el otro día... mientras estabas en el campamento con nuestra hija le dije a Charlene que siguiera con su vida —confesó y titubeó—. El enemigo de mi alma quería involucrarme en esa suciedad, pero Dios y yo, bueno... hemos estado hablando. Terminé con Charlene. Ella se está mudando a Chicago en unas cuantas semanas.

La mujer mantuvo la mirada enfocada en el suelo, sin saber qué decir. Insegura de creerle. Cuando encontró las fuerzas para volver a mirarlo, vio que él también estaba llorando.

—Cometí horribles equivocaciones y estoy avergonzado. Besé dos veces a Charlene cuando nunca debí...

Abby resopló de furia. Este no era el momento para una verdadera confesión. Ella no quería oír ahora hablar de Charlene. *Vete, John, acaba con esto.*

Sin embargo, él deslizó los dedos hacia la mejilla de su esposa y continuó.

—Nunca hubo nada más entre nosotros. Nunca.

—John, este no es el...

—Espera... déjame terminar —balbuceó él.

La voz de John resonaba con sinceridad, Abby volvió a confundirse. *¿Por qué está haciendo esto? ¿Romper la relación con Charlene, si es que realmente lo hubiera hecho, y hablarme tan tiernamente? ¿Por qué ahora cuando ya es demasiado tarde?*

—Mira, Abby, sé que no me crees, y eso es algo que debes resolver, pero es importante que te lo diga de todos modos —continuó John después de respirar hondo—. He cometido errores, pero no he tenido una aventura amorosa con Charlene y nunca me enamoré de ella.

Suspiró, con las manos aún enmarcando el rostro de su esposa.

—Por si sirve de algo, creo que Dios quiere que te lo diga.

El alma de Abby se sentía asfixiada dentro de sí, por lo que permaneció inmóvil. *¿Cuánto puedo soportar aquí, Señor? ¿Qué me está haciendo él?*

Te está mintiendo, Abby. Tomándote por tonta.

La respuesta llegó rápida y airadamente, desde algún tenebroso recoveco en su ser, y la espalda se le puso rígida mientras en silencio concordaba con el pensamiento. Por supuesto que él estaba mintiendo. ¿Todas esas mañanas y tardes juntos y tiempo a solas cuando Abby estaba ocupada los fines de semana? Él debía creerla increíblemente ingenua para creer que no había habido más que unos pocos besos entre él y Charlene.

—Siempre te amé —declaró John volviendo a levantarle el mentón y mirándola directo al interior del alma—. Lo sabes, ¿verdad?

Si la amara, ¿se habría involucrado con Charlene? Ahora las lágrimas caían al suelo y la falta de reacción a la pregunta de John ocasionaba nuevo dolor en los ojos de él.

John atrapó una lágrima de la mejilla de Abby que se entremezcló con una de las suyas.

—Se suponía que fuéramos uno; eso es lo que nos prometimos uno al otro hace veintidós años. Y solo porque hayamos dejado de ser uno no significa que yo haya dejado de amarte.

—Ve... ve... vete, John —balbuceó Abby asintiendo otra vez con la cabeza mientras un sollozo se le escapaba de la garganta—. Por favor.

—Está bien —concordó él retrocediendo hacia la puerta principal, con los ojos aún fijos en los de ella—. Nunca olvidaré los años que pasamos juntos. Depare lo que depare el futuro.

Vaya, ¡ahí iba de nuevo! La referencia a Charlene y al futuro que tendrían juntos. La confundida esposa dejó caer la cabeza y soltó el sollozo que tenía retenido. Se quedaron allí, sin hablarse casi durante un minuto. Cuando ella finalmente logró dominarse otra vez, abrió la puerta protectora y la sostuvo.

—Adiós, John.

—Adiós —contestó él con voz carrasposa aceptando la realidad.

Con eso salió de la casa y de la vida que habían compartido. En los años venideros él sería poco más que un extraño, alguien a quien ella solía amar hace mucho, mucho tiempo.

Sintiendo como si le estuvieran desgarrando los brazos por los costados, Abby lo observó irse, lo vio subir a la camioneta y partir. Se quedó allí hasta que las luces traseras del vehículo desaparecieron y ella ya no podía oír el motor. Entonces cerró la puerta, le echó llave, y volvió a deambular por la casa, como una niñita sin padres en medio de la guerra, herida hasta el alma. La mirada se le enfocó en la puerta trasera, y supo dónde debía estar: en el muelle. Aunque fuera sola, necesitaba estar allí.

El aire se había enfriado un poco, así que Abby subió a la planta alta para agarrar un suéter. Aún le bajaban lágrimas por el rostro mientras iba hacia el clóset, que ahora estaba más vacío sin las cosas que John ya se había llevado. Pronto se llevaría todo lo que pudiera hacer que Abby recordara el sitio de John en el hogar. Su antiguo lugar.

Los ojos de ella se fijaron en la sudadera de John con cremallera cerrada de las Águilas de Marion. Llevándola hacia sí clavó el rostro en la suave lana y sintió que otra oleada de sollozos la inundaba. Aún olía a él. La sacó del colgador y se la deslizó sobre el vestido, apreciando el modo en que ella se sentía pequeña y protegida dentro de la prenda, como si los brazos de John le cubrieran los hombros.

—Amado Dios... —balbuceó casi sin poder decir nada debido a la fuerza de las lágrimas—. No puedo creer que él se haya ido...

Otra vez sintió que el muelle la llamaba. Abrazándose con fuerza se movió del clóset al interior de la habitación... entonces hizo una pausa. Sobre la cómoda de John había una libreta color marrón. Parpadeó un par de veces, ahuyentando las lágrimas para poder ver con más claridad. ¿Qué era eso? Nunca antes había visto esa libreta.

Que no sea de Charlene... por favor, Señor...

Casi pasa de largo, pero algo la detuvo, instándola, y con cautela agarró la libreta con los dedos y la abrió.

Era letra de John. Hojeó algunas páginas y vio que había varias anotaciones. ¿Se trataba de un diario? ¿Podría ser que su esposo conservara notas de las que ella no sabía nada? Volvió a la primera página y comenzó a leer:

Julio 9, 2001: He cometido la más terrible equivocación de toda mi vida y...

Abby cerró los ojos. ¿Era una confesión de lo que John había hecho con Charlene? Si era así, no podría soportarlo, no ahora. Volvió a abrir los ojos, aterrada de lo que estaba a punto de ver. Incapaz de detenerse siguió leyendo.

...y no tengo a nadie con quién hablar, ningún lugar dónde expresar mis sentimientos. Por eso es que estoy escribiendo ahora. Oh, Señor, lo que me has mostrado en el reporte de Kade. Acerca del águila y de cómo sostiene a su compañera hasta el final. Incluso hasta la muerte. Mi equivocación es esta: Abandoné a Abby. Lo siento, Dios... si estás escuchando, hazle saber a ella cuán apenado estoy.

El corazón de Abby se le agitó de modo extraño. ¿Qué era esto? ¿Qué había hecho él que le hiciera estar tan apenado? ¿Y por qué no se lo había dicho personalmente? De pronto la mente se le llenó con la imagen de John tratando de hablarle la noche anterior, y se mordió el labio. Su esposo *había* intentado hablarle, pero ella había estado demasiado desanimada, demasiado segura de que él estaba mintiendo como para escucharlo. Se tragó una serie de sollozos y se secó el rostro con la manga de la sudadera de John. La siguiente anotación estaba en la misma página.

Julio 10, 2001: No hay nada que yo pueda hacer para que Abby crea en mí. He cometido errores, Señor. Tú lo sabes. Pero no le he mentido con relación a Charlene y yo. El recuerdo de todo momento con esa mujer me enferma el estómago...

El cuarto daba vueltas, Abby debió sentarse al pie de la cama para no caer al suelo. ¿Era posible esto? ¿Había estado John diciéndole la verdad todo el tiempo?

Le vinieron a la cabeza las muchas veces que había ridiculizado, gritado y llamado mentiroso a John. ¿Y si ella hubiera estado equivocada? ¿Y si él le *hubiera* estado diciendo la verdad?

Leyó las otras anotaciones, impresionada por la humildad y la transparencia de su esposo. ¿Había dejado el diario intencionalmente sobre la cómoda con la esperanza de que ella lo encontrara? La última anotación le respondió la pregunta:

Julio 13, 2001: Nicole se casará mañana, el mismo día que perderé todo lo que me ha importado alguna vez. Un día... quizás dentro de diez años... encontraré el momento adecuado para hablar de estos sentimientos con Abby. Por ahora... no puedo hacer nada. Todo acabó entre nosotros y por culpa mía.

La mujer cerró la libreta y la bajó. Una clase distinta de tristeza le atrapó el corazón, sofocándola con la realidad de que había estado equivocada acerca de John. Sí, él había cometido errores. Los dos los habían cometido. Pero era claro que no estaba enamorado de Charlene y que no le había mentido en cuanto a la relación con ella. Todo lo contrario. Había tratado de contarle todo detalle, de confiarle los sentimientos que él tenía en el corazón... pero ella se había negado a escucharlo.

Con lágrimas aún derramándosele por las mejillas, y sollozos abriéndose paso dentro de ella, siguió el conocido sendero hacia afuera que bajaba por la húmeda colina de pasto. Pasó las abandonadas mesas y la vacía pista de baile hacia el antiguo muelle de madera. Allí había dos sillas, y Abby se sentó en una de ellas, haciendo lo posible por controlarse. Con razón él se había ido. Ella no lo había escuchado realmente en años, no había sido la amiga en quien él necesitaba confiar.

Está bien, Abby, acéptalo. Él ya se fue. Todo acabó; puedes abrir los ojos.

Estaba helada y sola, y sentía que el dolor en el pecho la iba a matar. John Reynolds, el hombre del que se había enamorado cuando apenas era poco más que una niña, se había ido de su vida. En parte al menos porque ella no había querido escucharlo ni creer en él. *Señor, ¿qué he hecho?*

Confía en mí, hija... mira hacia mí. Todo es posible para Dios.

Pero es demasiado tarde... lo eché, y ahora no nos queda nada.

El viento en los árboles sonó como si Dios mismo estuviera llevándose un dedo a la boca. «*Shhh* —parecía decir—. *Está bien. Confía en mí, hija... ven a casa conmigo...*

Lo deseo, Dios, sí... Pero he puesto todo patas arriba.

Abby no tenía idea de cuánto tiempo estuvo sentada allí, sollozando en silencio, sin saber cómo sobreviviría a las pérdidas de su vida. Finalmente, cuando creía que no le quedaban lágrimas para derramar, la mente le recordó la boda y lo linda que había estado Nicole.

Amado Dios, permite que ella y Matt permanezcan juntos para siempre; no dejes que la felicidad de ella se atenúe a causa de John y yo.

Miró el agua e imaginó cómo Haley Ann se vería de haber sido la dama de honor de Nicole. Miró fijamente a través del agua.

—Haley Ann, nenita, te extrañamos hoy. Te extrañé.

Oyó un murmullo de arbustos y césped detrás de ella, en lo alto de la ladera, y volteó a mirar. Nunca se había sentido nerviosa aquí, en este lugar donde había vivido casi toda su vida matrimonial. Pero ahora que estaba sola todo sonido parecía exagerado. No logró ver alguna cosa, así que creyó que se había tratado de algún venado atravesando el terreno.

Volvió a mirar el agua y se levantó, con el vestido azul claro debajo de la sudadera de John ondeando en medio de la brisa. Se fue hasta el borde del muelle, luego se agachó hacia delante, moviendo los dedos dentro del agua. *Mamá te ama, pequeña niña.* Haley Ann no estaba allí por supuesto, pero algo con eso de meter la mano en el lugar donde yacían las cenizas de su bebita le daba una sensación de conexión con ella.

Era lo más cerca que podía sostener a Haley Ann en este lado del cielo, y ahora mismo era lo único que le producía una fracción de paz en el corazón. Mientras estaba allí, con el agua del lago moviéndosele entre los dedos, la mente regresó a las últimas palabras de John, en el pasillo. Así que después de todo él no había mentido...

Darse cuenta del asunto le produjo una sensación de mareo que Abby supo que nunca desaparecería por completo. La terminación del matrimonio ya no era algo de lo que podía culparlo solo a él. También era culpa de ella. *¿Por qué no lo vi antes, Señor?*

El amor cubre multitud de pecados, hija mía.

Ojalá no fuera demasiado tarde...

Levantó la mirada hacia el estrellado cielo de verano y allí, sola en medio de la noche, la sobrecogió la presencia de Dios.

Ámense los unos a los otros, como yo los he amado... ama profundamente, Abby.

Las tácitas palabras volvían una y otra vez, y suspiró por la oportunidad de poder decirle a John que ella había encontrado el diario. Pensar que todo lo que él había dicho era cierto. Que no había querido tener una aventura amorosa. Que no había estado durmiendo con esa mujer. Que probablemente los comentarios sarcásticos de Abby lo habían empujado a los brazos de Charlene desde el principio. Que había sido culpa de los dos... al negarse a hablar, viendo morir al amor...

Año tras año tras año.

Comprender la realidad era sofocante, entonces sacó la mano del agua, paralizada en esa posición encorvada en el extremo del muelle. *Dios, perdóname. ¿Qué he hecho? Pude haberle creído. En lugar de eso me convencí de que era un engañador, un mentiroso. Y lo traté de ese modo durante años. Amado Señor... ¿qué clase de mujer soy?*

Vuelve a tu primer amor, Abby. Ama como yo te he amado...

Pero ¿cómo podía volver ahora a Dios cuando lo único que merecía era condenación? Como en respuesta, Abby sintió que la inundaba una abrumadora sensación de gracia. Gracia preciosa e inmerecida. *Lo siento, Señor. ¿Cuánto de lo que pasó fue culpa mía y no lo vi hasta ahora? ¿Y por qué no pude haberte oído de este modo antes de que fuera demasiado tarde? Cielos, Dios, perdóname...*

Una fuerte voz cargada de amor y paz le resonó dentro de sí. *Morí por ti, hija, y te he amado con amor eterno... Todo está perdonado, todo está perdonado... Ahora, anda... regresa a tu primer amor.*

¿Regresar a mi...? Abby creía que las palabras en su corazón se referían al Señor. Pero tal vez... ¿podría ser? ¿Podría Dios querer que ella hablara con John, que hiciera de algún modo la paz con él, que le dijera que estaba avergonzada por dudar de él?

Se llenó de tristeza y remordimiento hasta rebosar, pero reconoció que en esos sagrados momentos había sido bendecida con alguna clase de milagro, un encuentro privado con el Señor todopoderoso. Abrió los ojos y miró una vez más a través del agua. Fuera lo que fuera que el Señor hubiera hecho con el alma de Abby, toda su perspectiva era ahora totalmente distinta, transformada en un instante divino.

—A Haley Ann le habría encantado la boda, ¿no lo crees?

Se quedó boquiabierta y se dio la vuelta, poniéndose de pie al sonido de la voz de John. Él estaba en el muelle, caminando hacia ella, y Abby debió pestañear para convencerse de que no estaba viendo visiones.

—¿John? ¿Qué estás... por qué...?

Un millón de preguntas le llegaron a la mente, pero Abby no pudo hallar la fortaleza para expresar alguna de ellas. Él se acercó hasta que sus pies casi tocaron los de ella. Las lágrimas brillaban en los ojos del hombre, pero ahora había paz en sus rasgos, una seguridad que Abby no podía explicar, lo que la llenó de esperanza.

¿Podría ser que la misma comprensión santa que se le había aclarado en el corazón de ella también se hubiera aclarado en el de John?

—Abby, dame las manos.

El impacto de ella fue tan grande que no se le ocurrió ninguna otra respuesta que hacer lo que él le pedía. Con indecisión estiró las manos, sorprendida por la reacción de su cuerpo ante el toque de su esposo mientras este volvía las palmas hacia arriba y trababa los dedos con los de ella.

John parpadeó para contener las lágrimas mientras empezaba a hablar.

—Me hallaba a tres kilómetros de distancia cuando me di cuenta de que si seguía conduciendo en esa dirección, lejos de todo esto, de mi vida aquí contigo, entonces algo dentro de mí moriría para siempre —confesó examinándola fijamente a los ojos—. No podía hacerlo, Abby. Así que di la vuelta y empecé a caminar de regreso.

Mientras escuchaba, ella tuvo que recordarse que debía respirar.

—¿Vol... volviste caminando?

—Todo el trayecto —asintió él sin dejar de mirarla—. Al principio no estaba seguro de lo que deseaba decir, pero sabía que debía decirlo.

En alguna parte de los recién iluminados pasadizos del destrozado y lastimado corazón de Abby una semilla de esperanza comenzó a germinar.

—No entiendo...

—Debo hablarte del águila —explicó John mientras las líneas de la mandíbula se le endurecían y luego volvían a relajarse.

—¿Del águila?

El ritmo cardíaco de la mujer se aceleró al doble. ¿A qué estaba llegando él? ¿Se trataba de una confesión o de otra disculpa?

—Sí. Hace mucho tiempo cometí la equivocación de desentenderme de ti, Abby —expresó él lentamente, con cada palabra impregnada de sinceridad; luego le presionó los dedos con más fuerza—. Yo estaba loco, y no te culpo si nunca me perdonas. Empecé a pasar tiempo con Charlene y... fue como si todo se derrumbara entre nosotros. Como si estuviéramos en caída libre hacia la muerte de nuestro matrimonio y ninguno de los dos pudiera hacer nada para detenerla.

Le masajeó los dedos, con la mirada fija en los ojos de ella.

—No fue sino hasta que te fuiste al campamento con Nicole que tuve la oportunidad de leer el reporte de Kade.

—¿El reporte de Kade? —inquirió Abby tratando de entender la conexión.

—Sobre el águila, ¿recuerdas? —le contestó e hizo una pausa—. A medida que lo leía, Dios me hablaba como nunca le había oído... bueno, en mucho tiempo. Y entonces supe que nunca podría estar con una mujer como Charlene. O en realidad con ninguna otra mujer.

—Encontré tu diario —informó Abby mientras frescas lágrimas le ardían en los ojos.

—¿Qué? —objetó John con las cejas arqueadas—. Yo lo empaqué... está en el auto con mi ropa...

—Está en tu cómoda —respondió Abby negando con la cabeza—. Exactamente encima del mueble.

—Eso es imposible, Abby. Sé que lo empaqué...

—No importa... —dijo ella con la voz quebrantada mientras más lágrimas le brotaban de los ojos—. Lo leí, John. ¿Cómo pude haber creído que estabas mintiendo...?

Entonces dejó que su cabeza reposara en el pecho de él.

—Lo siento mucho —continuó, y volvieron a hacer contacto visual—. Todo de lo que te acusé... me estabas diciendo la verdad, ¿no es así?

—Sí —declaró él, y la examinó fijamente mientras una lágrima se le deslizaba por la mejilla—. Hice muchas cosas de las que no me siento orgulloso, rompí promesas que debí haber cumplido... pero nunca te mentí, Abby.

—Siento mucho no haberte creído. Me apena... —balbuceó ella, y se interrumpió con un nudo en la garganta.

John meneó la cabeza de lado a lado.

—Está bien, Abby. Es culpa mía, y por eso es que estoy aquí ahora. La verdad es... que aún te amo —confesó acercándose más a ella, con las manos todavía entrelazadas—. Parecía no poder encontrar el momento adecuado o la manera correcta de decírtelo en los últimos días, pero...

Le toqueteó las palmas con los dedos.

—No quiero abandonarte otra vez, Abby. Nunca. No me importa si esto me mata; quiero amarte como un águila macho ama a su compañera. Como el Señor *quiere* que te ame. Aferrándome a ti hasta que la muerte finalmente me libere.

La cabeza de Abby le daba vueltas, y el corazón le palpitaba tan rápido que apenas podía respirar.

—¿Qué estás diciendo, John...?

—Estoy diciendo que no me puedo divorciar de ti, Abby. Te amo demasiado. Amo la historia que tengo contigo y la manera en que eres con nuestros hijos, el modo en que iluminas un espacio con solo entrar. Me encanta el hecho de que compartas todo momento importante de mi vida, que amaras a mi padre y que yo amara al tuyo... —declaró mientras dos lágrimas le corrían por las mejillas, pero él no les hizo caso; cuando volvió a hablar su voz apenas era un quebrantado susurro—. Y amo la manera en que solo tú comprendes cómo me siento con relación a Haley Ann.

Ladeó la cabeza, suplicándole.

—Por favor, Abby, quédate conmigo. Ámame para siempre del modo en que deseo amarte. Pasa tiempo conmigo y háblame. Ríe conmigo y envejece conmigo. Por favor.

Las palabras de John destrabaron algo en Abby que derribó los muros que aún quedaban alrededor de ella. Entonces se acercó lentamente a su esposo, pegando su cuerpo al de él y poniéndole la cabeza en el pecho mientras soltaba lágrimas de inconmovible alegría.

—¿Hablas... hablas en serio?

—Nunca he hablado más en serio durante toda mi vida —expresó después de dar un paso atrás y mirarla profundamente a los ojos—. Dios ha obrado en mi corazón, Abby. Quiero volver a ir a la iglesia contigo, leer la Biblia contigo y orar contigo. Para siempre. Te amo, Abby. Por favor, ya no te ocultes más de mí. Eres la mujer más hermosa que conozco, por dentro y por fuera.

John titubeó.

—¿Crees que... podrías perdonarme, volver a empezar conmigo aquí y ahora, y no desertar nunca más?

—Sí, puedo hacer eso —brotó de la garganta de Abby parte en risa y parte en sollozo mientras se aferraba a John—. Yo también te amo. Esta noche me di cuenta de que nunca dejé de amarte, aunque... incluso cuando te dije que te odiaba.

—Lo siento, Abby —susurró John dentro del cabello de su esposa, aferrándose a ella como un moribundo a la vida—. ¿Por qué nos hicimos esto?

Abby también se sintió repentinamente confusa. ¿Por qué no habían tenido esta charla meses atrás, años atrás, cuando empezaron a alejarse?

Un escalofrío de terror le recorrió el cuerpo mientras se pegaba aun más al pecho de su esposo. ¿Y si ella no hubiera encontrado ese diario? ¿Y si él hubiera seguido conduciendo sin nunca más mirar atrás? ¿Y si ellos no hubieran abrazado la gracia de Dios, ni se hubieran tragado el orgullo, ni hubieran admitido que el divorcio era la peor equivocación que podían cometer?

Gracias, Señor... gracias. Las lágrimas de Abby eran ahora de gratitud, sintiéndose humildemente sobrecogida ante el poder del amor de Cristo, el poder para rescatarlos de una destrucción segura y volver a poner a cada uno en brazos del otro.

Ella cancelaría su viaje, él traería su maleta a casa y los chicos no sabrían cuán cerca habían estado sus padres de cometer esa equivocación. No ahora, de todos modos. Algún día, cuando fuera el momento adecuado, contarían algo de lo que habían pasado. Así los muchachos sabrían que ningún matrimonio es perfecto, y que solamente la gracia de Dios hacía que dos personas, por bien que parecieran estar entre sí, estuvieran juntas para siempre.

Durante casi una hora John y Abby hablaron de eso y de otros aspectos de lo que había sucedido, reconociendo sus equivocaciones y expresándose su amor mutuo como nunca creyeron que lo volverían a hacer.

Al fin se quedaron en silencio lenta y gradualmente, y John comenzó a bambolearse rodeándola aún con los brazos.

—¿La oyes, Abby? —le preguntó en voz baja, llena de un amor que soportaría todo, que perdonaría todo; un amor que no terminaría jamás.

Ella cerró los ojos, escuchando el tenue chirrido del muelle en el agua, deleitándose en el sonido de los grillos alrededor de ellos y en el constante golpeteo de los latidos del corazón de John contra su pecho. Por entre los árboles un suave viento acarreaba ecos de recuerdos de antaño. El anunciador diciendo:

«Damas y caballeros, sus campeones estatales del 2000, ¡las Águilas de Marion!»
El precioso tintineo del llanto de Haley Ann... la tierna y clara voz de Nicole
prometiéndole una vida de amor a su joven caballero... el padre de Abby usando su último aliento para pasar el relevo a John. *Ámala... ámala... ámala.*

Todo eso era música. La misma que John le había pedido que escuchara
todos esos años.

—La oigo.

Entonces John se echó hacia atrás y la besó, con ternura, con dulzura, con
un anhelo que era innegable. Del mismo modo que la había besado veintidós
años atrás; entonces Abby tuvo la seguridad de que en alguna manera milagrosa ellos habían atravesado el fuego y habían vuelto a salir más fortalecidos
al otro lado.

Quedaron atrapados en el momento y, mientras John la llevaba por el
atracadero al son de la música de sus vidas, también le susurraba al alma las
palabras que su esposa nunca había esperado volver a oír.

—Baila conmigo, Abby —musitó él poniendo una vez más los labios sobre
los de ella mientras las lágrimas de ambos se encontraban y se mezclaban en
algún punto—. Por favor, Abby... por el resto de mi vida, baila conmigo.

Nicole y Matt estaban en el mostrador del hotel registrándose por primera vez
como el señor y la señora Conley cuando la respiración de Nicole se le trabó
en la garganta.

—¿Oíste eso?

Estaban esperando que el encargado les diera la llave de su habitación, y
Matt la miró, con expresión indiferente.

—¿Oír qué?

—Vaya —exclamó Nicole—. Creo que fue Dios, quizás. Fue tan fuerte
que creí que todos la habían oído. Como una voz diciéndome que mis oraciones habían recibido respuesta.

Matt la rodeó con un brazo.

—Por supuesto que la han recibido, mi amor —bromeó—. Mira con
quién te casaste.

—No, creo que se trata de las oraciones por mis padres —objetó ella sonriendo y negando con la cabeza.

—¿Tus padres? No estabas preocupada realmente por ellos, ¿verdad?

Nicole recordó la carga que había sentido, la insistencia celestial que había precedido a sus oraciones por papá y mamá en esos meses anteriores.

—Sí, creo que lo estaba. Dios estuvo poniéndolos en mi corazón, por eso me mantuve orando.

—Entonces hiciste lo correcto —contestó Matt sonriendo—. Más vale asegurarse que lamentarse.

—¿Crees entonces que fue Dios, diciéndome que mis oraciones fueron contestadas?

—Probablemente —respondió él encogiendo los hombros—. Sin embargo, no podría haber sido algo grave. No con tus padres.

—Tal vez tengas razón —admitió Nicole sonriendo, con el corazón y el alma inundados de paz—. Fuera lo que fuese, Dios tiene el control.

Un hombre se les acercó por el otro lado del mostrador del hotel.

—Aquí tiene, señor. Habitación 852, la suite de luna de miel —informó, pasándole a Matt un juego de llaves electrónicas—. Que disfruten su estadía.

Matt tomó a Nicole de la mano y la guió a la alcoba... y al inicio de un matrimonio que ella sabía que había sido predestinado por el mismo Dios. Un matrimonio por el que oraba que siempre fuera así de maravilloso y asombroso, uno que con la ayuda del Señor sobreviviría a cualquier cosa que les deparara la vida y que de algún modo saldría más fortalecido, más hermoso al otro lado.

Un matrimonio exactamente como el de sus padres.

Dedicado a

Donald, mi amado y compañero de juegos, y el mejor amigo de todos. Contigo todo en la vida es baile y solo puedo orar porque la música continúe todo el tiempo. Gracias por afirmar desde el principio que la palabra *divorcio* no sería parte de nuestro vocabulario. Gracias además por modelar a Cristo en cuanto al verdadero amor.

Kelsey, mi dulce niña, quien está a punto de vivir esos años duros y delicados de la adolescencia. Ya tienes suficiente edad para comprender el amor, para saber que eres una pesca única y para creer que nadie te amará alguna vez como tu papá o tu Padre celestial. Conserva eso, cariño; créeme, tu norma no podría ser más alta que eso.

Tyler, mi soñador y emprendedor, quien quiere mucho de la vida y a quien Dios ha escogido para logros fabulosos y poderosos. Oiré tu voz cantándome en distantes noches cuando mi cabello esté canoso y los días de nuestra familia sean solo un recuerdo. Gracias compañero por hacerme sonreír a toda hora.

Austin, mi energético e inagotable chico, mejor conocido como Michael Jordan. Cada día retas la sabiduría humana con tu sola respiración. Honras nuestro hogar con el constante babeo, los disparos y las clavadas, sonidos que casi me han hecho olvidar esas máquinas de hospital en cuidados intensivos.

Casi, pero no del todo. Y cada vez que tus brazos me rodean el cuello le agradezco a Dios por el milagro de tu vida.

E. J. y Sean, nuestros hijos escogidos, quienes nos han unido en una causa y un amor común. Gracias por definir la perspectiva eterna de nuestra familia y por darnos una razón para celebrar el plan de Dios. Recuerden, mis hijos amados, aunque no se desarrollaron debajo de mi corazón seguramente lo hicieron dentro del de él. Espero todo lo que el Señor ha planeado para ustedes.

Y al Dios todopoderoso,
Quien, por ahora, me ha bendecido con estas vidas.

Reconocimientos

El sueño de escribir un libro que mostrara el amor, el amor marital, como lo glorioso que el Señor ha pretendido que sea, fue inspirado en mi corazón hace mucho tiempo, y se desarrolla aquí, por la gracia de nuestro Señor. Sin embargo, no habría sido posible escribir esta obra sin la ayuda de muchas personas. En primer lugar me gustaría agradecer a la organización Mujeres de Fe: a todos allí, desde Steve Arterburn hasta Mary Graham y todas las maravillosas amigas en ese ministerio. Qué gran idea, una especialidad en ficción para todas las mujeres en todas partes, ficción que entretendrá y cambiará vidas, animará a amar e inspirará amor. ¡Bien hecho por dar una opción a los lectores! También a mis compañeras colaboradoras en Mujeres de Fe por emocionarse junto a mí y por ayudar a hacer de este libro, y de los tres siguientes, una experiencia de lectura como ninguna otra en el club de ficción del ministerio.

Profesionalmente, un agradecimiento especial a Greg Johnson, a quien le fluyen las ideas y sin duda alguna es el mejor agente del mundo. Greg, tu entusiasmo y creatividad, tu energía y devoción a Dios son un constante testimonio para mí. Me inspiras a alcanzar nuevas alturas, y me siento bendecida y honrada por estar entre los escritores que representas.

También gracias a mi editora, Karen Ball, que ha estado conmigo a lo largo de toda la jornada creativa y que le da melodía a mi trabajo. Dios te ha dotado, amiga, y agradezco por beneficiarme de esa realidad. También a Ami McConnel, Mark Sweeny y a todas las maravillosas personas en Word Publishing. Me honra escribir para ustedes ahora y en el futuro.

Gracias además para Joan Westfall por revisar esta obra a último momento. Eres maravillosa, Joan, animando siempre a los demás, buscando lo bueno, y sacando tiempo para captar hasta los detalles más insignificantes de modo que este libro sea más que profesional. Te aprecio más de lo que te consta.

Y finalmente, en una nota personal, un agradecimiento especial a Kristy y Jeff Blake por amar a mi precioso Austin durante el proceso de escribir... y a Sorena Wagner por ser la niñera más fabulosa que alguien podría tener. Ustedes son maravillosos y estoy bendecida por conocerlos. Además, gracias a mis verdaderos amigos y a mi autoproclamada cuadrilla publicitaria Christine Wessel, Heidi Cleary, Joan Wesgall, Jan Adams, Michelle Stokes y Debbie Kimsie... Gracias por emocionarse con las historias que les narro y por darme ánimo. El Señor los ha usado más de lo que creen.

También mis humildes gracias para mis guerreras de oración Sylvia y Ann. Ustedes dos son las siervas más desinteresadas y asombrosas... escuchando el llamado de Cristo y levantándome a diario tanto a mí como a mi trabajo hasta el salón del trono divino. No las merezco, pero aun así estoy agradecida. Ustedes no sabrán de este lado del cielo cuánto su constante intervención y amor por mí han afectado las vidas de nuestros lectores.

Siempre un reconocimiento especial para mi familia por su amor, apoyo y comprensión cuando la cena es macarrones con queso tres noches seguidas. Y para mis padres, Ted y Anne Kingsbury, y mis hermanos, Susan, Tricia, David y Lynne por su amor y su apoyo. También a Shannon Kane, una de mis mejores y más fieles lectoras y seguramente una de mis sobrinas favoritas. ¡Algún día estaré leyendo tus obras, cariño!

Finalmente un agradecimiento especial a los lectores que han tomado tiempo para escribirme a través de los años. Los recuerdo a cada uno en particular y a menudo oro por ustedes. Y al equipo de básquetbol Skyview por darme siempre algo que aclamar, incluso en la fecha límite.

Nota de la escritora

Me aflijo y siempre me afligiré profundamente cuando pienso en la problemática del divorcio en la sociedad actual. En el baile de la vida de nuestro medio abundan las víctimas de nuestra sociedad instantánea, autosuficiente y cómoda. Hombres y mujeres con el corazón destrozado que luchan solos; niños pequeños cuyas vidas se erigen alrededor de dos hogares, dos alcobas y dos pares de padres; chicos y chicas adolescentes que no tienen idea de cómo honrarse o cumplir compromisos.

Dios quiso que el amor no tuviera que ver con nada de eso.

Sin nada más, oro porque *Tiempo de bailar* haga que usted sea sensible. Sensible por las personas que sufren al experimentar un divorcio y por los hijos cuyos padres se han separado. Sensible al cónyuge del que usted podría, incluso ahora, estar alejándose.

Existen obvias excepciones —maltrato, infidelidad o abandono, por ejemplo— y pido en oración la intervención y la sanidad milagrosas para quienes resultan heridos en tales situaciones. Pero aun así el divorcio desagrada profundamente a nuestro Señor. En realidad, la Biblia nos dice que Dios lo abomina, que lo que él une nadie debería separarlo. Palabras fuertes, realmente. Suficientemente fuertes para hacernos reflexionar en la tremenda forma en que el enemigo de nuestras almas quiere destruir nuestras relaciones.

Pero por cada matrimonio que padece una dolorosa muerte hay otros como el de John y Abby. Matrimonios demasiado maduros para desecharse, matrimonios en los que un amor infinito y alegre, restaurado y renovado, podría volver a descubrirse si solamente estamos dispuestos a cavar profundo para encontrar tal amor; dispuestos a humillarnos y oír a nuestro Dios sobre este tema que está tan cerca de su corazón.

Si usted o alguien a quien ama están atravesando el período penoso del divorcio, por favor, no oigan condenación alguna en esta carta. Oigan compasión, esperanza y, por sobre todo, amor. Porque donde está Dios, hay fe, hay esperanza y siempre hay amor.

Amor que persevera. Amor que nunca termina.

Luchen por sus matrimonios, amigos. Pidan sabiduría y consejo piadoso en oración; busquen a Dios y encuentren una manera de volver al punto donde empezó el amor, un lugar donde el amor pueda volver a comenzar.

Para algunos de ustedes podría tratarse de renovar una relación con su Creador y Salvador. Para otros podría significar el inicio de tal relación, si esta nunca existió. El proceso es bastante sencillo. En el ejemplo más categórico de amor eterno que alguna vez existió, Cristo murió para pagar el precio por los pecados de usted y yo. Al hacer eso nos ofrece la decisión de optar por la vida eterna abundante ahora y para siempre, como una alternativa al infierno. Quizás sea hora de que usted admita su necesidad de un Salvador y de que consagre su vida a él. Encuentre una iglesia que crea en la Biblia y estudie lo que dicen las Escrituras acerca de tener una relación con Jesucristo.

Una vez que comprenda esa clase de amor y gracia, será más fácil amar a otros a su alrededor, y más fácil permitirles que le amen a usted.

Finalmente, sepa que he orado por cada uno de ustedes, suplicando al Señor que le encuentre donde se halle, que le enjugue las lágrimas y que saque belleza de las cenizas. Que les ayude a usted y a su cónyuge a encontrar un lugar de amor más grandioso que cualquier cosa que hayan conocido antes. Permitámonos amar profundamente, amigos. Por imposible que parezca, Dios está atrayéndolo, esperándolo, observándolo. Listo para ayudar si tan solo se lo permite.

Si usted o alguien que ama están divorciados o separados de un cónyuge que no ha estado dispuesto a intentar una reconciliación, entonces sepa que el Señor también está listo para ayudarles. Manténganse orando. Así como Dios fue fiel para contestar las oraciones de Nicole por sus padres, lo será para contestar las de usted. La gracia y la misericordia divinas no tienen límites y, si se aferra a la mano del Señor, un día Dios lo guiará a ese lugar que usted añora.

Un lugar de amor esplendoroso, ilimitado e inimaginable.

Gracias por viajar conmigo a través de las páginas de *Tiempo de bailar*. Que el Señor lo bendiga junto a los suyos hasta nuestro próximo tiempo juntos.

Humildemente en Cristo,
Karen Kingsbury

P.S. Como siempre, me encantaría oír de usted. Escríbame, por favor, a mi correo electrónico: rtnbykk@aol.com.

Guía de discusión para grupo de lectura

Las siguientes preguntas se podrían utilizar como parte de un club de lectura, estudio bíblico o discusión de grupo.

1. Las relaciones no cambian de la noche a la mañana. ¿Cuáles fueron algunas de las señales de que John y Abby tenían problemas? ¿Por qué es fácil pasar por alto esas señales?

2. Enumere tres aspectos que ocasionaron tensión en la relación de los Reynolds. ¿Qué pueden hacer las personas para salvaguardarse contra los problemas comunes como el exceso de actividad, las distracciones y las actitudes críticas?

3. Muchos de los problemas de los Reynolds surgieron de la desconfianza. ¿Qué pudo John haber hecho de manera distinta para que Abby pudiera haber creído en él desde el principio? ¿Qué pudo haber hecho Abby de modo diferente para mantener abiertas las líneas de comunicación entre los dos?

4. Comente qué siente usted en cuanto a la amistad de su cónyuge con miembros del sexo opuesto. ¿Qué pautas debería seguir un individuo casado cuando de tales amistades se trata?

5. ¿Cuándo se hizo claro que John y Abby estaban atravesando territorios peligrosos con amistades fuera del matrimonio? ¿Cómo pueden unas personas casadas evitar extenderse hacia extraños para que les suplan sus necesidades?

6. ¿Qué aprendió acerca del águila en *Tiempo de bailar*? ¿En qué maneras podemos aprender del ejemplo del águila?

7. ¿Cómo se hizo claro que las oraciones de Nicole por sus padres estaban recibiendo contestación?

8. ¿Qué innovaciones individuales debían experimentar John y Abby? ¿Qué lecciones tenían en común?

9. ¿Qué papel juegan nuestros recuerdos cuando enfrentamos la tentación de alejarnos de nuestro cónyuge? ¿En qué manera asistir a una conferencia como «Mujeres de Fe» nos ayuda a recordar lo que es importante?

10. Los matrimonios, como todas las relaciones, son tapices entretejidos con una variedad de colores y materiales. Tanto los colores oscuros como los tonos brillantes componen la belleza de vivir juntos. Piense en tres momentos de tristeza y en tres momentos de festividad en su propio matrimonio. Recuerde una época en que supo que amaría a su cónyuge para siempre. Sin embargo, si no lo siente así, ¿qué es lo que ha cambiado? ¿Qué puede hacer usted, con la ayuda de Dios, para dar el primer paso hacia la sanidad?

Un milagro los volvió a unir.

AUTORA DEL BEST SELLER *TIEMPO DE BAILAR*

KAREN
KINGSBURY

Tiempo de
Abrazar

UN HISTORIA SOBRE VIVIR
LA VIDA A PLENITUD

Pero ¿pueden seguir aferrados cuando
la tragedia choca contra sus vidas?

Extracto de *Tiempo de abrazar*

Abby estaba escribiendo el párrafo inicial para su último artículo de revista cuando sucedió.

Allí, entre la tercera y cuarta frase, súbitamente se le paralizaron los dedos en el teclado y las preguntas comenzaron a surgir. ¿Era cierto? ¿Habían vuelto ellos a unirse? ¿Habían eludido realmente el proyectil del divorcio sin que sus hijos supieran lo cerca que estuvieron?

La mirada de Abby se alejó lentamente de la pantalla de la computadora y se dirigió hacia un estante sobre el escritorio, hacia una reciente fotografía de John y ella. Su recién casada hija, Nicole, había tomado la foto en un juego familiar de softbol ese fin de semana antes del Día del trabajo. Allí estaban ellos, Abby y John, en las graderías detrás de la meta, cada uno abrazando al otro. Parecía como si no hubieran hecho otra cosa que estar siempre felizmente enamorados.

—Qué pareja tan hermosa —había dicho Nicole en esa ocasión—. Más enamorados cada año.

Abby observó la foto, con la voz de su hija aún resonándole en los rincones de la mente como campanillas móviles. En realidad, no había señal evidente, ninguna manera de ver lo cerca que habían estado de perder el matrimonio. Lo cerca que habían estado de lanzar por la borda veintidós años de vida conyugal.

Pero Abby lo supo al mirar la fotografía.

Estaba allí en los ojos, demasiado profundo para que nadie más que John y ella lo notaran. Un resplandor de amor sobreviviente, un afecto totalmente probado y mucho más fuerte a causa de todo lo vivido. Un amor que se había puesto de puntillas al borde de un abismo helado y profundo, que se había endurecido ante el dolor, y que había saltado. Un amor al que solo en el último instante lo habían agarrado del cuello, devolviéndolo al seguro pastizal.

Nicole no tenía idea, desde luego. En realidad ninguno de los hijos. Ni Kade, ahora de dieciocho años y en su primer año de universidad. Y sin duda tampoco el hijo menor, Sean, que a los once años no sabía lo cerca que John y ella habían estado de separarse.

Abby miró el calendario. En esta época el año pasado estaban haciendo planes para divorciarse. Entonces Nicole y Matt anunciaron su compromiso, lo que les retardó el divorcio. No obstante, Abby y John planearon decírselo a sus hijos después de que Nicole y Matt volvieran de su luna de miel.

Abby se estremeció. Si John y ella se hubieran divorciado, tal vez los chicos nunca se habrían recuperado. Especialmente Nicole, que era bastante idealista y confiaba en el amor.

Nena, si supieras...

Y sin embargo allí estaban... ella y John, exactamente como Nicole creía que debían estar.

Abby tenía que pellizcarse a menudo para creer que era verdad, que ella y John no se estaban divorciando y buscando una manera de decírselo a los muchachos. Que no estaban peleando ni haciéndose caso omiso ni a punto de tener aventuras amorosas.

Habían sobrevivido. No solo eso, sino que eran realmente felices. Más felices de lo que habían sido desde sus votos matrimoniales. Las cosas que destruyen a muchas parejas, a ellos los habían fortalecido, por la gracia de Dios. Un día, cuando fuera el momento adecuado, les contarían a los muchachos lo que casi ocurrió. Eso quizás también los haría más fuertes.

Abby se volvió a enfocar en la pantalla de la computadora.

El artículo le estaba brotando de lo profundo del corazón: «Entrenadores de jóvenes en Estados Unidos... una especie en vía de extinción». Ella tenía una nueva editora en la revista nacional que le compraba la mayoría de sus escritos. Una mujer con un sentimiento vivo por la armonía y la conciencia de las familias estadounidenses. Ella y Abby habían analizado posibles artículos en septiembre. En realidad, había sido idea de la editora hacer una denuncia sobre la dirección técnica de los deportistas.

—A toda la nación le enloquecen los deportes —anunció la dama—. Pero por todas partes que miro están pidiéndole la renuncia a otro entrenador competente. Tal vez es hora de echarle una mirada al porqué.

Abby casi suelta la carcajada. Si alguien podía escribir sinceramente acerca del sufrimiento y la pasión de entrenar a jóvenes deportistas, era ella. Después de todo, era hija de un entrenador. Tanto su padre como el de John habían sido compañeros de equipo en la Universidad de Michigan, la institución donde John jugara antes de graduarse y dedicarse a lo único que parecía natural: ser director técnico de fútbol americano.

Abby se había desenvuelto toda la vida alrededor de temporadas de juegos. Pero después de vivir las dos últimas décadas con John Reynolds, Abby podía hacer más que escribir un artículo de revista acerca de la dirección técnica. Podía escribir un libro. E incluiría todo: padres de familia que se quejan de las horas de juego, jugadores que pasan por alto el carácter y la responsabilidad, expectativas irreales, cuestionamientos y rechiflas desde las tribunas.

Acusaciones fabricadas, diseñadas para presionar la renuncia de un entrenador, surgían en círculos tras bastidores. No importaban los asados a la parrilla ofrecidos al equipo en el patio de la casa de John, ni el modo en que muchas veces después del entrenamiento sabatino él usaba su propio dinero para invitar a desayunar a los muchachos.

La situación siempre se reducía a lo primordial: ganar más partidos o de lo contrario...

¿Sorprendía que algunos entrenadores estuvieran renunciando?

El corazón de Abby se estremeció. Aún había jugadores que hacían del juego un gozo, y algunos padres de familia que agradecían a John después de una competencia altamente reñida, o que le enviaban por correo una tarjeta expresándole gratitud. De otra manera no quedaría un hombre como John en la categoría de director técnico. Algunos jugadores del Colegio Marion se esforzaban todavía en el aula de clases y en la cancha, aún mostraban respeto, y se lo ganaban con arduo trabajo y diligencia. Jugadores que apreciaban los asados en casa de los Reynolds, y el tiempo y la dedicación que John ponía en cada temporada y en cada jugador. Jóvenes varones que obtendrían títulos universitarios y buenos trabajos, y que años después de graduarse aún llamarían a la casa de los Reynolds y preguntarían: «¿Se encuentra el entrenador?»

Aquellos jugadores solían ser la norma. ¿Por qué ahora, para los entrenadores en todo el país, ellos eran la excepción?

—Sí —le había contestado Abby a la editora—. Me encantaría escribir la historia.

Había pasado las últimas semanas entrevistando instructores veteranos con programas victoriosos. Entrenadores que habían renunciado en años recientes debido a los mismos problemas que asediaban a John, y por las mismas razones por las que él llegaba a casa agotado y muy a menudo desalentado.

La puerta principal se abrió, y Abby oyó a su esposo suspirar mientras la cerraba. Las pisadas de él sonaron en la entrada embaldosada. No eran los pasos firmes y vigorosos de primavera o verano, sino los tristes que le hacían arrastrar los pies, aquellos que correspondían a una temporada de fútbol que se estaba yendo a pique.

—Aquí estoy —informó ella apartándose de la computadora y esperando.

John llegó al estudio y se apoyó en el marco de la puerta. Su mirada se topó con la de ella, y le pasó un papel doblado.

—¿Un largo día? —inquirió Abby parándose y agarrando el papel.

—Léelo.

Ella volvió a sentarse, abrió la nota y empezó a leer. El corazón se le oprimió. Querían la renuncia de John. ¿Estaban locos? ¿No bastaba con que lo acosaran a diario? ¿Qué querían esos padres de familia? Dobló la nota y la lanzó sobre el escritorio.

—Lo siento —le dijo entonces a John yendo hacia él y deslizándole los brazos por la cintura.

Él la apretó contra sí, abrazándola del modo que lo había hecho de recién casados. A Abby le encantó la sensación. Los fuertes brazos de John, el aroma de su colonia, el modo en que se fortalecían mutuamente...

Este era el hombre del que se había enamorado, el que casi había dejado ir.

Acerca de la escritora

LA AUTORA MÁS VENDIDA SEGÚN *USA TODAY* Y *NEW YORK TIMES*, KAREN Kingsbury es la novelista inspiradora número 1 de Estados Unidos. Se han impreso más de quince millones de copias de sus libros galardonados, incluyendo varios millones vendidos el año pasado. Karen ha escrito más de cuarenta novelas, diez de ellas han ocupado primeros puestos en las listas nacionales.

La última novela de Karen, *Above the Line, Take Three* [Sobre la línea, toma tres], salió a la venta el 23 de marzo de 2010. *Take Three* es la tercera de la Serie Sobre la línea. La última entrega de esta tanda, *Above the Line, Take Four* está a la venta desde el 22 de junio de 2010. *Shades of Blue* [Sombras de depresión], último título independiente de Karen, salió a la venta en octubre de 2009.

El reciente título de Karen, *This Side of Heaven* [Este lado del cielo] ocupó el quinto lugar en la lista de CBD Bestselling Fiction. Además, la novela de Karen, *Sunset* [Atardecer] ocupó el segundo lugar en la lista de éxitos principales del *New York Times*. Karen también ha escrito muchas series de gran éxito, entre ellas Redención y Primogénito. Su ficción la ha convertido en una de las principales narradoras de historias de la nación. Varias de las novelas de Karen se están considerando para importantes películas. Sus apasionantes y sumamente emotivos títulos incluyen la Serie 9-11, *Even Now* [Incluso ahora], *Ever After* [Por siempre jamás], y *Between Sundays* [Entre domingos].

Karen también es oradora pública, y llega a más de cien mil mujeres cada año a través de varios eventos nacionales. Ella y su esposo Don viven en el noroeste de Estados Unidos con sus seis hijos, tres de ellos adoptados de Haití.